肆

风语红楼

大厦倾

风之子◎著

知识产权出版社
全国百佳图书出版单位
—北京—

图书在版编目（CIP）数据

风语红楼. 大厦倾 / 风之子著. —北京：知识产权出版社，2020.6

ISBN 978-7-5130-6880-2

Ⅰ. ①风… Ⅱ. ①风… Ⅲ. ①《红楼梦》研究 Ⅳ. ①I207.411

中国版本图书馆CIP数据核字（2020）第061314号

内容提要

此书是《风语红楼》系列继壹、贰、叁辑（知识产权出版社出版）之第肆辑。此辑上篇主要剖析《红楼梦》中以贾宝玉为首的诸男子之心理、人性，剔出贾府衰败之线。以往诸君红著，皆瞩目于红楼那些美丽女子，于男子颇为缺失，也算补漏。下篇则在系列研究基础上力图还原雪芹所遗失八十回之后部分原貌，此乃作者十年红学研究之目的及结晶。

责任编辑： 张水华　　**责任校对：** 谷　洋

封面设计： 回归线（北京）文化传媒有限公司　　**责任印制：** 刘译文

风语红楼：大厦倾

风之子　著

出版发行：	知识产权出版社有限责任公司	网　　址：	http：//www.ipph.cn
社　　址：	北京市海淀区气象路 50 号院	邮　　编：	100081
责编电话：	010-82000860 转 8389	责编邮箱：	46816202@qq.com
发行电话：	010-82000860 转 8101/8102	发行传真：	010-82000893/82005070/82000270
印　　刷：	天津嘉恒印务有限公司	经　　销：	各大网上书店、新华书店及相关专业书店
开　　本：	720mm×1000mm　1/16	印　　张：	23.25
版　　次：	2020 年 6 月第 1 版	印　　次：	2020 年 6 月第 1 次印刷
字　　数：	380 千字	定　　价：	59.00 元

ISBN 978-7-5130-6880-2

序

《红楼梦》的三条叙事线索

《红楼梦》是部奇书，浑厚深邃，龙蛇藏焉。其叙事由或显或隐的三条线索构成。

巴赫的钢琴曲一般都有三条旋律，难度很高，是谓“复调”。

《红楼梦》三条线索的宏大叙事，就是伟大的“复调叙事”。其三条叙事线索由三组人物引出、推动、展开。

第一组人物是一僧一道，第二组人物是甄士隐，第三组人物是贾雨村。

首先，来看一僧一道引出的神话性叙事线索。

小说第一回即写女娲补天，单剩了一块石头未用，得天地灵气，已有人性，经一僧一道提携，化作一块美玉，到那富贵繁华温柔乡体验，所遇之事记于石上。其后，又有空空道人抄录石头所记之事传世，化为情僧，由此奠定小说的神话性叙事线索。

其次，是甄士隐引出的“真事虚写”线索。

用神话方式交代小说由来之后，笔锋一转，说到姑苏乡宦甄士隐。甄士隐的谐音就是“真事隐”，还与金陵甄家呼应，引出一个与贾府别无二致、脾气禀赋一模一样的甄家宝玉。甄士隐其实就是甄家被抄后隐姓埋名的晚年甄宝玉。这才是《红楼梦》故事的“本家”。

最后，是贾雨村引出的“假语实写”线索。

甄士隐资助贾雨村进京赶考，“真事”引出“假语”，贾雨村连带出京城贾家，这是小说主线，也是实线，写的却是“假事”，是“贾化”（假话）、“贾雨村”（假语存）和“贾家”（假家）。

三条线索，虽明暗有别，详略不一，却都清晰可寻。

第一条神话线索：

从第一回一僧一道、空空道人（情僧）出场，到甄士隐听到一僧一道所说木石神话、还泪神话以及太虚幻境，至跛足道人度化甄士隐，第五回贾宝玉梦游太虚幻境，第十二回贾瑞照风月宝鉴，第十三回秦可卿托梦，第二十五回赖头和尚和跛足道人与通灵宝玉对话，第六十六回尤三姐自刎托梦柳湘莲以及柳湘莲出家，第六十九回尤二姐自杀前梦见尤三姐，第七十七回晴雯死后托梦，借小丫头之口化为芙蓉花神，都相当完整地呈现出一种耀眼的浪漫主义情怀。

第二条“真事虚写”线索：

从第一回甄士隐资助贾雨村，到第二回带出江南甄家，第十六回写甄家繁华四次接驾，第五十六回甄家到京，进宫祝贺，拜访贾府，引出一模一样的甄宝玉以及甄贾宝玉梦中相会，第七十四回查抄大观园贾探春说甄家抄家，第七十五回提及甄府被抄，表现出清晰的虚写脉络。这条线索写的是小说故事的“本家”，也就是“真家”。

第三条“假语实写”线索：

这是小说主线，运用批判现实主义手法，人物、心理、环境极尽描摹能事，甚至一道菜，一味药，一间屋，一个人的长相穿着，一次宴饮，一场诗社，等等，事无巨细，铺陈排比，华丽炫目，如此着力，写的却是虚构的事情。

这样的叙事设计，可谓匠心独运。正应了“假作真时真亦假，无为有处有还无”的自况，没有罕见的艺术功力，难以达到这样的化境。正是这三条线索的虚实相生、交相辉映、浓淡相宜和一唱三叹造就了《红楼梦》神话与人世呼应、写意与工笔兼具、浪漫与现实交融，独特、丰富而浑厚的叙事风格。

目录

CONTENTS

序　《红楼梦》的三条叙事线索 / 1

上篇　须眉浊物

第一章　一个是美玉无瑕 / 3

第一节　古今天下第一淫人 / 4

贾宝玉如何知道秦可卿乳名 / 4

贾宝玉该为金钏之死负责吗 / 5

湘云不知金钏之事 / 8

贾宝玉和袭人的种种可能 / 9

宝玉和袭人偷情的意义 / 11

贾宝玉何等悲悯善良 / 13

贾宝玉的甜蜜三重奏 / 15

贾宝玉和通灵宝玉到底是啥关系 / 16

贾宝玉为何坏秦钟好事 / 18

贾宝玉和秦钟的无可奈何之事 / 20

贾宝玉为啥阻止茗烟偷情 / 22

贾宝玉如何无意揭穿袭人 / 23

贾宝玉奶妈解职风波 / 26

贾宝玉为何是“情不情” / 28

宝玉成长的代价 / 31
贾宝玉和妓女云儿的纠葛 / 32
贾宝玉和探春迎春的手足情 / 34
贾宝玉是有大爱的人 / 37
贾宝玉之生活在别处 / 39
贾宝玉爱女儿的至高境界 / 40
从贾琏看贾宝玉的私生活 / 43
宝玉之悟 / 44
贾宝玉出家后的困顿生活 / 45
贾宝玉的末世相 / 46
第二节　终不忘世外仙姝寂寞林 / 49
宝玉为何一见黛玉就哭泣摔玉 / 49
宝黛之小别如新婚 / 50
黛玉的心宝玉的意 / 52
宝黛之共枕眠 / 56
黛玉已俘获宝玉之心 / 58
宝玉和黛玉如何传情 / 60
宝黛争吵之谜 / 62
多少人为宝黛流泪 / 64
宝玉为谁做的和尚 / 66
贾宝玉动粗踢人为哪般 / 69
贾宝玉之流水无情 / 70
贾宝玉这个小男人的面子问题 / 72
宝玉的无情与有情 / 74
贾宝玉为啥要提防花袭人 / 77
宝玉之心已随黛玉而去 / 79
第二章　假作真时真亦假 / 83
甄士隐就是甄宝玉 / 84
甄士隐是旧宝玉痕迹 / 85
《好了歌》再证甄士隐是甄宝玉 / 86
贾宝玉、甄宝玉、曹雪芹 / 88

《红楼梦》回风舞雪倒峡逆波之法 / 89
烧了甄家的那把大火 / 91
脂砚斋就是甄宝玉 / 92
《红楼梦》批语的玄机 / 94
第三章　纵然一副好皮囊 / 97
第一节　荣国府滥淫之人 / 98
贾琏为何要巴结贾政 / 98
贾琏是个怎样的人 / 99
贾宝玉的“淫”与贾琏的“淫” / 101
贾琏如何侵吞林黛玉家产 / 103
贾琏对鸳鸯有意吗 / 107
贾琏怎样假公济私 / 108
贾琏也曾惨遭毒打 / 110
贾琏竟以女色谢贾蓉 / 112
第二节　娇妻美妾也枉然 / 114
贾琏真爱尤二姐吗 / 114
贾琏到底有没有休掉王熙凤 / 118
批语对贾琏王熙凤的偏见 / 119
平儿和贾琏的性生活 / 121
贾琏对凤姐平儿是如何变冷淡的 / 122
贾琏王熙凤夫妇难以弥合的裂痕 / 123
贾琏为何先急后怂 / 125
第四章　聚麀之诮首罪宁 / 129
第一节　焦大醉骂指向谁 / 130
焦大醉骂 / 130
贾珍和贾蔷的关系 / 131
贾珍对秦可卿的感情 / 133
贾珍很会安抚尤氏 / 135
贾珍所犯是否重罪 / 136
第二节　末世放纵长房孙 / 138
谁是《红楼梦》中的倒霉孩子 / 138

贾蓉到底有多恨秦可卿 / 141
贾蓉和秦可卿的情感变迁 / 143
贾珍贾蓉对秦可卿绝情如斯 / 145
贾蓉又坏又阴险 / 147
贾蓉如何算计王熙凤 / 148
贾蓉对王熙凤的隐喻式仇恨 / 151
第三节　东府恶之花 / 154
贾蔷的地位其实很高 / 154
贾蔷和龄官的爱情发生学 / 155
贾蓉贾蔷的悲剧人生 / 157
第五章　平生道学是沧桑 / 159
第一节　兴衰荣辱一力担 / 160
谁是《红楼梦》中最焦虑的人 / 160
贾政为何独爱贾兰 / 163
贾政家那点事儿 / 165
贾代善贾母如何在俩儿子间搞平衡 / 166
贾政升官 / 168
贾政沧桑之后见柔情 / 169
贾政对子孙的期望 / 171
贾政等人为何不识贾雨村嘴脸 / 172
贾政对林黛玉很给力 / 173
第二节　爱恨纠结父子情 / 175
贾政和贾宝玉的父子关系 / 175
贾政对贾宝玉读书入仕早已绝望 / 178
贾政贾宝玉父子传情 / 179
第六章　荒淫下流已成癖 / 185
贾赦贾政是不是贾母亲生 / 186
贾母为啥不喜欢贾赦 / 188
贾赦邢夫人最善相互利用 / 189
贾赦也非无情人 / 190
第七章　龙生九种各不同 / 193

第一节　义薄云天贾氏孙 / 194
宝玉对贾芸的期许 / 194
贾芸已是宝玉亲近家人 / 196
曹雪芹如何成全贾芸和小红爱情 / 197
贾芸和小红的清白 / 199
贾芸小红之手帕传情 / 201
红学误贾芸久矣 / 203
第二节　恶毒怨恨的小孩 / 207
贾环之“坏” / 207
贾环情史 / 208
第三节　牛心古怪为哪般 / 211
贾兰为何如此冷漠 / 211
贾兰一生 / 214
李纨之《晚韶华》 / 216
第四节　招匪引盗不肖子 / 219
贾芹和贾琏王熙凤夫妇的恩怨 / 219
贾芸探庵与贾芹结局 / 222
第五节　不幸早夭贾府殇 / 223
贾珠为何早死 / 223
贾政夫妇深爱贾珠 / 224
第六节　色字当头一把刀 / 226
贾瑞是情痴吗 / 226
《风月宝鉴》的初衷 / 228
第八章　一生枭雄为谁忙 / 231
贾雨村的小人心态 / 232
假英雄与真献媚 / 233
贾雨村的江湖嘴脸 / 235
贾雨村为何谋林黛玉之师 / 238
贾雨村真是林黛玉老师吗 / 239
贾雨村的投名状 / 240
贾雨村如何与王子腾结怨 / 243

第九章　红楼第一真俗人 / 245
薛蟠宝钗兄妹情深 / 246
薛蟠是否陷害贾宝玉 / 248
薛蟠和柳湘莲如何不打不成交 / 249
薛蟠是一只傻傻的螳螂 / 251
第十章　君子当如兰 / 253
蒋玉菡的汗巾子与贾宝玉的金麒麟 / 254
湘云和翠缕的阴阳论 / 255
卫若兰和史湘云的婚姻 / 257
第十一章　红楼四侠 / 259
第一节　红尘义侠 / 260
柳湘莲怎样痛打薛蟠 / 260
柳湘莲痛打薛蟠的意义 / 263
柳湘莲对宝玉隐秘微妙的感情 / 265
柳湘莲惧祸走他乡之谜 / 267
柳湘莲真的做了强盗吗 / 269
第二节　风尘情侠 / 271
蒋玉菡其实是忠顺亲王男宠 / 271
蒋玉菡从此开始流亡生涯 / 272
风尘情侠蒋玉菡 / 273
第三节　市井豪侠 / 275
第四节　将门少侠 / 278
第十二章　飞黄腾达的大将军 / 281
王子腾的官运 / 282
王家那点事儿 / 283
第十三章　一门双侯 / 285
四大家族谁先败 / 286
史家一门双侯爵 / 287

下篇　大厦倾覆

第一章　蚁穴溃堤 / 293
荣国府败象已现 / 294
宁国府难以为继 / 296
贾府之殇 / 297
贾府丑事早已是公开秘密 / 298
贾府会不会因乱伦获罪 / 299
戕害宝玉凤姐的小纸人儿 / 300
王熙凤如何东窗事发 / 302
何谓“玉在椟中求善价” / 304
何谓“钗于奁内待时飞” / 306
林黛玉家财产去向 / 307
巧姐为啥惨遭拐卖 / 309
刘姥姥怎样救的巧姐 / 312
凤姐结局 / 313
巧姐和板儿的纠葛 / 314
贾探春和板儿的交集 / 315
宝玉和茜雪之缘 / 317
第二章　外势绞杀 / 319
贾府和甄家到底有啥瓜葛 / 320
谁是贾府最危险的敌人 / 321
“虎兕相逢”与“双悬日月” / 323
三王查抄大观园 / 325
忠顺亲王是怎么扳倒贾府的 / 326
《红楼梦》一干男性结局 / 330
第三章　八十回后轮廓 / 333
后　记　各人得各人的红楼 / 354

上篇

须眉浊物

第一章

一个是美玉无瑕

第一节　古今天下第一淫人

贾宝玉如何知道秦可卿乳名

不得不叹服《红楼梦》叙事的“隐喻”功力，贾宝玉是怎么知道秦可卿乳名的，就是一桩悬案。

第五回贾宝玉梦游太虚幻境，梦中高喊“可卿救我！”秦可卿的反应是：

却说秦氏正在房外嘱咐小丫头们好生看着猫儿狗儿打架，忽闻宝玉在梦中唤他的小名，因纳闷道：“我的小名这里从无人知道，他如何知道，在梦中叫出来？”

那么，贾宝玉到底是怎么知道秦可卿乳名的呢？

首先，贾宝玉梦游太虚幻境，只是呼唤太虚幻境仙子可卿，并不知道秦氏乳名也叫可卿，只是一种巧合。

其次，可卿弟弟秦钟肯定知道姐姐乳名，只是姐姐交代过不许外泄而已。

最后，贾宝玉正是通过秦钟知道秦氏乳名的。秦钟和宝玉一见如故，引为知己，交情很深，很可能无意中将姐姐的乳名告诉了贾宝玉。小说第七回有这样一段话：

一时凤姐尤氏又打发人来问宝玉：“要吃什么，外面有，只管要去。”宝玉只答应着，也无心在饮食上，只问秦钟近日家务等事。【甲戌双行夹批：宝玉问读书已奇，今又问家务，岂不更奇？】

我一再强调，《红楼梦》是一部表现人性、人情世故的小说，小说所谓家务事都是头等大事。就在这一回，周瑞家的去见王夫人，见王夫人正和薛姨妈“长篇大套的说些家务人情等语”，很快第八回就抛出金玉相对的传言。以宝玉对秦可卿的好感，宝玉问秦钟家务事，当然就包括秦钟姐姐秦可卿的事情。

即便秦钟初见宝玉，不会一股脑儿全说出来，但经历了大闹学堂和智能儿的事情，与宝玉越加相知的秦钟肯定会无话不谈，偷偷告诉宝玉他姐姐的乳名的。所以此处批语说宝玉问读书很奇怪，问秦钟家事更加奇怪。这个奇怪，便是宝玉知道可卿乳名之由来。

不错，宝玉梦游太虚幻境喊可卿在前，知道可卿乳名在后，但这种巧合，却让宝玉相信了和可卿有一种命定的前缘。所以可卿命丧黄泉，宝玉才会：

如今从梦中听见说秦氏死了，连忙翻身爬起来，只觉心中似戳了一刀的不忍，哇的一声，直喷出一口血来。

才会：

忙忙奔至停灵之室，痛哭一番。

贾宝玉该为金钏之死负责吗

在很多人看来，金钏之死，贾宝玉是要负责的。由此，又带出贾宝玉不负责任的话题来。

那么，贾宝玉该为金钏之死负责吗？

首先，我以为，应该为金钏之死负责的是贾宝玉的母亲王夫人。来看原文：

王夫人在里间凉榻上睡着，金钏儿坐在旁边捶腿，也乜斜着眼乱恍。宝玉轻轻的走到跟前，把他耳上带的坠子一抟。金钏儿睁眼，见是宝玉。宝玉悄悄的笑道："就困的这么着？"金钏抿嘴一笑，摆手令他出去，仍合上眼。宝玉见了他，就有些恋恋不舍的，悄悄的探头瞧瞧王夫人合着眼，便自己向身边荷包里带的香雪润津丹掏了一丸出来，便向金钏儿口里一送。金钏儿并不睁眼，只管噙了。宝玉上来便拉着手，悄悄的笑道："我明日和太太讨了你，咱们在一处罢。"金钏儿不答。宝玉又道："不然，等太太醒了我就讨。”

金钏儿睁开眼，将宝玉一推，笑道：“你忙什么！‘金簪子掉在井里头，有你的只是有你的’，连这句话语难道也不明白？我倒告诉你个巧宗儿，你往东小院里拿环哥儿同彩云去。”宝玉笑道：“凭他怎么去罢，我只守着你。”只见王夫人翻身起来，照金钏儿脸上就打了个嘴巴子，指着骂道：“下作小娼妇，好好的爷们，都叫你教坏了！”宝玉见王夫人起来，早一溜烟去了。

这里金钏儿半边脸火热，一声不敢言语。登时众丫头听见王夫人醒了，都忙进来。王夫人便叫玉钏儿：“把你妈叫来，带出你姐姐去。”金钏儿听见，忙跪下哭道：“我再不敢了。太太要打骂，只管发落，别叫我出去就是天恩了。我跟了太太十来年，这会子撵出去，我还见人不见人呢！”王夫人固然是个宽仁慈厚的人，从来不曾打过丫头们一个，今忽见金钏儿行此无耻之事，此乃平生最恨者，故气忿不过，打了一下，骂了几句。虽金钏儿苦求，亦不肯收留，到底叫了金钏儿之母白老媳妇领了下去。那金钏儿含羞忍辱的出去，不在话下。

这段话，有两点值得注意：

第一，贾宝玉和金钏不过是玩笑。

小说不止一次写贾宝玉有一种下流痴病，喜欢缠着府里丫鬟吃人家嘴上的胭脂，也不止一次写到金钏喜欢和贾宝玉玩笑。贾宝玉为贾政召见吓得不行，金钏还开玩笑问贾宝玉要不要吃她嘴上刚抹的胭脂，这说明二人素来如此。不管是贾宝玉爱吃丫鬟嘴上的胭脂还是爱和丫鬟玩笑，王夫人应该是知道的。最明显的证据就是林黛玉初进贾府，王夫人就把宝玉的毛病向林黛玉含蓄交代了，这说明王夫人知道她儿子是什么货色。何况，金钏是王夫人贴身大丫鬟，宝玉是王夫人儿子，关系本就较一般丫鬟更为特殊和亲密。贾赦就把他房里的丫鬟秋桐赏赐给贾琏做妾，这说明给贾宝玉做妾也是王夫人房里丫鬟尤其是贴身大丫鬟未来最好的归宿。从这个意义上讲，贾宝玉和金钏有这种心思，有这番玩笑，并无大错。

第二，如果金钏真如王夫人含泪向宝钗所说和她女儿差不多，如果王夫人真想阻止这场调笑，保全母子体面和主仆之情，那么，其实并没有睡着的王夫人，只要在他们刚刚开始搭话时翻个身，睁开眼睛，坐起来，不必装睡就可以了。可是，王夫人偏偏要装睡让两人玩笑够，然后翻身起来，一巴掌打过去，把两人的玩笑上升到道德高度，指责金钏勾引贾宝玉，立即叫金钏的母亲来领出去，这显然是把金钏往死路上逼。

贾府的丫鬟，主子的贴身大丫鬟最体面。鸳鸯之于贾母，金钏之于王夫人，平儿之于王熙凤，袭人晴雯之于贾宝玉，紫鹃之于林黛玉，莺儿之于薛宝钗，抱琴之于元春，司棋之于迎春，待书之于探春，入画之于惜春，莫不如是。王夫人这一撵，显然断了金钏在荣国府的生路。

俗话说，掉毛的凤凰不如鸡，金钏已经把生存底线告诉王夫人了，“撵出去，我就没脸活在这世上”。可是，狠心的王夫人依然置若罔闻我行我素。这才是金钏的死因。

其次，贾宝玉到底有没有责任?

我以为没有。

第一，如前所述，贾宝玉素来爱和丫鬟们玩笑，爱吃丫鬟们嘴上胭脂。试问，如果都像王夫人这样处置，恐怕荣国府的丫鬟都要死绝了。

第二，王夫人翻身起来打了金钏一巴掌，贾宝玉落荒而逃，并不知道对金钏的处置。

第三，从贾宝玉逃跑出来的情形看，宝玉依据以往的经验，这种事情他干了也不是一次两次了，并没有什么大不了的，根本没想到事情会严重到这个地步，以为不过是金钏挨一巴掌挨一顿骂，自己挨一顿数落而已。

第四，从贾宝玉得知金钏死讯“五内摧伤”，“恨不得此时也身亡命殒，跟了金钏儿去”，对金钏生日念念不忘偷偷祭奠的情形来看，贾宝玉对金钏是有感情的。如果知道一次玩笑会导致金钏之死，他是绝对不会做的。

第五，按照封建礼教，贾府那样的大家族，贾宝玉根本没有和母亲辩驳的资格和资本。贾宝玉虽有反叛意识，却是自发的，并非自觉。宝玉的生存不可能脱离那个时代，不可对贾宝玉过于求全责备。

所以，事情的真相是，贾宝玉和金钏只是一次玩笑，是王夫人处置失当，导致金钏之死。贾宝玉不仅不该负责，还是受害者。他的声誉因母亲的过激反应已经受损，贾环诬告宝玉强奸金钏未遂就是证据。

湘云不知金钏之事

第三十一回，湘云来贾府，带了四颗戒指，这样分配：

把四个戒指放下，说道："袭人姐姐一个，鸳鸯姐姐一个，金钏儿姐姐一个，平儿姐姐一个：这倒是四个人的，难道小子们也记得这们清白？"

这说明此时，湘云尚不知金钏之事。否则，不会如此唐突。

从湘云给戒指的四个丫鬟来看，皆是实力派。袭人是宝玉房里第一大丫鬟，又曾服侍湘云。这倒是见了真情。鸳鸯是贾母极为依赖之人。金钏是王夫人心腹大丫鬟。平儿是凤姐的得力助手，贾琏房内人。这三人都是荣国府三位内当家的左膀右臂。

可见湘云也不是一味不知高低之人。倘若知道金钏被撵出去之事，断然不会在此提及金钏。

这样看来，金钏之事，王夫人并不想让人知道。不知道的，真不知道，知道的，装不知道。

再来看众人反应：

众人听了，都笑道："果然明白。"

这个笑里，就有这样意味，大家都不想触霉头。

这样的心理，可以推及贾珍和可卿之事，贾瑞之事，贾琏之事，甚至宝玉和袭人之事。

这便是大家族复杂微妙之处。

而此时宝玉的反应是：

宝玉笑道："还是这么会说话，不让人。"

宝玉当然知道撵走金钏，但他并不知道会有多么严重的后果。

宝钗也是第三十二回通过察言观色才略微猜到的：

一时宝钗取了衣服回来，只见宝玉在王夫人旁边坐着垂泪。王夫人正才说他，因宝钗来了，却掩了口不说了。宝钗见此光景，察言观色，早知觉了八分，于是将衣服交割明白。

只有等到金钏投井而死，纸包不住火了，王夫人才遮遮掩掩告诉宝钗，而且说的都是试探性的谎话。这个时候的她依然想掩盖真相。

王夫人为什么要这样？

很简单。家丑不可外扬，不想让人知道。贾政一房，相对荣国府和贾府，也是一个小家。这样的事情，无论真相还是宝钗帮忙圆的谎，传出去都有伤风化，要么牵扯宝玉，要么伤及王夫人。而贾政知道了第一个就不会轻饶。第三十三回，贾政听说金钏之死，是这样反应：

贾政听了惊疑，问道："好端端的，谁去跳井？我家从无这样事情，自祖宗以来，皆是宽柔以待下人。——大约我近年于家务疏懒，自然执事人操克夺之权，致使生出这暴殄轻生的祸患。若外人知道，祖宗颜面何在！"

这便是第三十四回宝钗点醒袭人"不必惊动老太太、太太众人。倘或吹到老爷耳朵里，虽然彼时不怎么样，将来对景，终是要吃亏的"的原因。

宝玉惨遭贾政毒打，几乎致残致死，明明是王夫人处置失当，贾环恶意诬陷所致，却只能打落牙齿往肚里咽，认栽。

贾宝玉和袭人的种种可能

小说第三回，初到贾府的林黛玉七岁，宝玉八岁。就在第六回，宝玉即与袭人发生性关系。这样的描写，确实让人如坠云雾，觉得匪夷所思，莫非八九岁的宝玉就具备了性能力?

其实这样的"误读"，来自第三回和第四回一个大障眼法。从第三回黛玉到贾府，到第四回薛宝钗到贾府，此间已不知不觉过去四年。

明清选秀的年龄，一般在十二三岁。小说第四回介绍薛氏兄妹是这样说的：

这薛公子学名薛蟠，字表文起，今年方十有五岁，性情奢侈，言语傲慢。……还有一女，比薛蟠小两岁，乳名宝钗，生得肌骨莹润，举止娴雅。

也就是说，第四回薛宝钗已经十三岁。

而薛宝钗不可能大宝玉五岁，大黛玉六岁。从小说叙述看，宝钗至多大宝玉一岁。

唯一的可能就是从第三回到第四回，由叙事的不确定性造成，其实已经过去四年。

完整的叙事应该是：第三回林黛玉到贾府，黛玉七岁，宝玉八岁，宝钗九岁。

所以，到第三回末尾，林黛玉“次早起来”见王夫人和王熙凤看薛姨妈书信，说薛蟠打死人，薛家欲进京待选，已经过去三年。

作为佐证，贾雨村上任应天知府，冯渊家人告状说这案子已经拖了一年，刚好对上，说明薛家打死冯渊，启程赴京，一路悠哉悠哉，游山玩水，到贾府大约花了一年时间。

如此看来，小说所谓贾政不几月便为贾雨村谋得应天府知府，正如批语所言是“春秋笔法”。第三回林黛玉“次早起来”，更是瞒天过海，已过去三年，等到第四回薛家入住贾府，时光已整整过去四年。

也就是说，宝钗来时，黛玉和宝玉已经“一桌吃饭一床睡觉”，耳鬓厮磨了四年。

到第四回，黛玉十一岁，宝玉十二岁，宝钗十三岁。

到第六回，宝玉已经接近十三岁，这个年龄段的男孩子，从成长发育阶段看，已经基本具备朦胧的性冲动和性能力。宝玉又是在那样富贵娇宠的环境生长，早熟，又刚领受太虚幻境和可卿仙子云雨的诱惑，和袭人发生性关系就是可能和可信的了。

小说第二十八回，冯紫英做东，请贾宝玉、薛蟠和蒋玉菡喝花酒，席间行令，蒋玉菡所设之令为“花气袭人知骤暖”，薛蟠抖落出真相，玉菡方知宝玉房里有一位丫鬟叫袭人，向贾宝玉赔罪。二人惺惺相惜，互赠贴身之物汗巾。不想那日宝玉所系之汗巾，乃袭人之汗巾。宝玉回来，袭人察觉，宝玉方想起赠予蒋玉菡的汗巾是袭人的。于是：

至次日天明，方才醒了，只见宝玉笑道：“夜里失了盗也不晓得，你瞧瞧裤子上。”袭人低头一看，只见昨日宝玉系的那条汗巾子系在自己腰里呢，便知是宝玉夜间换了，忙一顿把解下来，说道：“我不希罕这行子，趁早儿拿了去！”宝玉见他如此，只得委婉解劝了一回。袭人无法，只得系在腰里。过后宝玉出去，终久解下来掷在个空箱子里，自己又换了一条系着。

《红楼梦》是不废一笔的小说。曹雪芹不惜笔墨详写贾宝玉无意把袭人的汗巾赠予蒋玉菡，夜里又亲为袭人系上蒋玉菡所赠之茜香国大红汗巾，是有深刻含义的。

这种含义，就是要巧妙表现贾宝玉于蒋玉菡与袭人姻缘所起的“穿针引线”作用。否则，贾宝玉错赠蒋玉菡也就算了，为何还要费一番心思，深夜为袭人换上蒋玉菡所赠的汗巾呢？这是“有意味”的表达。

汗巾是相当私密的物件，不是亲密之人，不能相赠。正如王熙凤命平儿收拾贾琏的东西所说，汗巾和头发指甲戒指一样，也是情人间的信物。因此，贾宝玉上述举动，实在是说明，袭人与蒋玉菡的姻缘，至少在精神层面，是贾宝玉促成的。

宝玉和袭人偷情的意义

第五回写宝玉神游太虚幻境，和可卿缠绵悱恻，云雨之情。

第六回开篇，就写宝玉和袭人依警幻仙姑所授之术偷情。

这两个事件，如此交集，绝非偶然。

警幻仙姑让宝玉和可卿有梦中之情，是要让宝玉知道：

此仙闺幻境之风光尚如此，何况尘境之情景哉？

说直白点吧，就是两性之事，和神仙尚且不过如此，何况世俗男女？其意无非是要宝玉摆脱性欲纠缠，专心功名。

也许是和可卿仙子所做之事过于美好吧，袭人发现宝玉梦遗，宝玉情不自禁，又和袭人体味一番人世间男女欢愉。

也就是说，宝玉十三岁，便已领略天上人间男女欢愉之情。

如果细细考量，其间的意义又深远绵长。

第一，太虚幻境的可卿，既是天上极品，投胎下凡，也是人间极品。警幻仙姑对宝玉和贾珍贾蓉，并无偏废。区别在于，宝玉领略和可卿的天上欢愉后，只是和袭人有一次偷情，和碧痕有一次洗澡，和晴雯有一次想洗澡未遂，便戛然而止，宝玉并没有因此沉溺肉欲不能自拔，贾珍贾蓉贾琏则坠入万劫不复的沉沦。

其实宝玉和袭人之事，和碧痕之事，不过是男子性成熟的一个过程。因是大家公子，更容易得手而已。宝玉和袭人的情形，贾珍贾蓉贾琏也经历过，他们在十二三岁性成熟时，都可能和丫鬟发生过性关系。宝玉和可卿梦中云雨之事，可理解为春梦，因春梦而偷情。宝玉体验肉体欢愉领悟到的却是怜惜女性，是意淫，是和女性的精神共鸣。贾珍贾蓉和贾琏（贾琏也有个人间极品王熙凤）则陷于肉体欲望不能自拔，沦为皮肤之淫，滥淫。

第二，宝玉终究还是领略了警幻仙姑的教诲。他和可卿的神交，比之于和袭人的偷情，和碧痕的洗澡，果如警幻所言，天上欢愉，尚且如此，人间欲望，已等而下之，这就是宝玉的悟性，这就是宝玉的高贵，从此了悟情和欲的区别。

第三，如此看来，袭人和可卿的人格还是有高下之别。两人的命运，某种程度是相似的。可卿和公公贾珍发生不伦，陷入深深恐惧，饱受巨大压力，尤其在贾蓉尤氏相继察觉后，先是病倒，后是自裁于天香楼。

袭人和宝玉发生关系，也陷入了风声鹤唳的境况，经受了巨大生存压力。但她和可卿的差别在于，可卿自始至终一人承担，既没嫁祸他人，也没使阴谋诡计，还托梦与凤姐，为贾府计。可卿一生，恩怨分明，既有和贾珍的屈辱，也有和贾母王熙凤的欢乐，她并没有因屈辱而忘记感恩。袭人为自保，抓住宝玉被打的时机，把握王夫人对美女的变态心理，向王夫人进言，把视线引向晴雯甚至黛玉，取得信任后，又故作姿态推病，把贴身服侍宝玉的差事交给晴雯，让浑然不知的晴雯一步步走向深渊，绝了黛玉之路。

这就是秦可卿和花袭人的高下。一个忍辱负重甘愿牺牲，一个为求上位不择手段。

总之，小说第五回写宝玉和可卿云雨之情，第六回紧接着就写宝玉和袭人发生关系，其间的意义很丰富。不仅写出了宝玉不拘的性情，高贵的人品，对皮肤之淫的否定，也写出了可卿和袭人，仙姑和凡女的差别。宝玉经历和袭人性事再无二次，经历和碧痕的狂欢便再无出格，既是宝玉的觉醒，也暗喻了袭人碧痕的等而下之。

而袭人似乎又指向了宝钗，正如晴雯指向黛玉，宝玉经历和可卿的天上欢愉，经历短暂的世俗情欲，他的取向，只能是黛玉，而不会是宝钗。

即便和宝钗结合，也是守身如玉的结合，是断然抛弃的结合，这是宝钗的不幸，却是宝玉、黛玉之幸。

贾宝玉何等悲悯善良

普天之下，即使小说，我还没见过有贾宝玉这么悲悯善良的。

第二十五回，贾环阴险地推倒油灯，企图烫瞎贾宝玉眼睛，虽未得逞，但宝玉右脸烫起一串燎泡，那是有破相危险的。就在王夫人急火攻心，狠狠训斥贾环和赵姨娘时，贾宝玉是这样说的：

“有些疼，还不妨事。明日老太太问，就说是我自己烫的罢了。”

第三十三、三十四回，贾政暴打贾宝玉，贾环诬陷宝玉强奸金钏未遂起了很大作用。贾宝玉知道贾环告他黑状，是这样的反应：

宝玉原来还不知贾环的话，见袭人说出方才知道。因又拉上薛蟠，惟恐宝钗沉心，忙又止住袭人道：“薛大哥哥从来不这样的，你们不可混猜度。”宝钗听说，便知道是怕他多心，用话相拦袭人。

知道贾环使坏，竟然一笑而过。而且担心提及薛蟠使薛宝钗难堪，忙替薛蟠推脱。这样善良的人，是不是有点似佛祖释迦牟尼以德报怨的味道？

更何况，贾宝玉几乎被打死，换作他人，岂肯善罢甘休？！即使明里不发作，暗地里，也会报仇。以贾宝玉的身份和地位，如果存心报复，赵姨娘和贾环岂是对手？

可是他那颗敏感多情的心，压根儿没有仇恨，只有爱和宽容。

贾宝玉视赵姨娘和贾环的陷害如无物，会为一个丫鬟的死而五内俱伤，正是他有一颗博大深沉的悲悯之心。

他可能无力保护你，却可以永远关心你，他真的无力改变什么，包括他柔软的内心。

其实在那个时代，位高如贾元春者，艺高如柳湘莲者，又能保护谁？

他们和宝玉一样，自己都保护不了。既然注定是柔弱的羔羊，唯有悲悯才能强大，那是内心的强大，那是精神的强大，那是宝玉的强大。

金钏死了，贾宝玉很难过，所谓：

五内俱伤，万念俱灰，恨不得一时跟了金钏去。

第三十五回，宝玉遭贾政毒打，终于有机会向金钏的妹妹玉钏表达愧疚之情，便表现出万般温柔。

先是变着法儿和玉钏说话：凭他（玉钏）怎么丧谤，他（宝玉）还是温存和气。

又作势要去取莲叶羹，烫得哎哟哎哟乱叫，勾起玉钏恻隐之心，一边抱怨"躺下罢！那世里造了来的业，这会子现世现报。教我那一个眼睛看的上！""一面说，一面哧的一声又笑了……"

而后，又假说莲叶羹不好吃，骗玉钏吃了一口。

要知道，这莲叶羹，就是贾母王夫人等人也不得常吃。宝玉看玉钏吃了莲叶羹，高兴地说："这下可好吃了。"

玉钏伺候宝玉喝汤，不慎打翻，烫到宝玉，宝玉竟浑然不觉，一个劲儿地问玉钏"烫了那里了？疼不疼？""惹得玉钏儿和众人都笑了"，玉钏道："你自己烫了，只管问我。""宝玉听说，方觉自己烫了。"

宝玉并非为金钏的事儿在玉钏面前作秀。即便贾环推油灯烫他，宝玉也并没责怪贾环，还帮着遮掩。对粗鄙的贾环尚且如此，何况玉钏？

就这样，贾宝玉用万般温柔，宽慰玉钏失去姐姐的痛苦。

而且，贾宝玉表现出万般温柔，内心却是痛苦的，所谓：

忽见了玉钏儿，便想到他姐姐金钏儿身上，又是伤心，又是惭愧。

他是在隐藏痛苦，强颜欢笑，去解开玉钏儿心里的结。

逝者已矣，无力回天，生者当快乐，以告慰逝者。贾宝玉从逝者那里，看到的是生命的可贵，贾宝玉决意用他的温柔去消弭玉钏心中的仇恨，去升华玉钏儿的感情。他不希望仇恨就此蒙蔽玉钏的眼睛，变得如赵姨娘一般疯狂和势利。

莲在佛的世界里是神圣的，是救苦救难大慈大悲观世音菩萨的法座，代表净化众生，脱离苦海的力量。如果了解了这层意思，再来看王熙凤所说莲叶羹的稀奇和难做，再来看贾宝玉为何偏要骗玉钏吃莲叶羹，就都是深意，绝非孟浪之笔。

这就是贾宝玉的致命温柔。它能够使任何女孩心中的委屈、苦难和仇恨，冰雪消融，化解无形。

贾宝玉的甜蜜三重奏

第五十二回表面写平儿、黛玉和晴雯，却是表现贾宝玉的甜蜜生活。《红楼梦》叙事，常常是不著一字，尽得风流。

第一重，是平儿体贴。

坠儿偷虾须镯事发。平儿担心影响贾宝玉一房声誉，掩饰过去：

宝玉听了，又喜又气又叹。喜的是平儿竟能体贴自己。

平儿为何会体贴宝玉?

第四十四回，王熙凤过生日，发现贾琏偷情，又哭又打又闹，平儿也牵扯进去。那一回，贾宝玉可是在平儿身上用过心的。所谓：

宝玉素日因平儿是贾琏的爱妾，又是凤姐儿的心腹，故不肯和他厮近，因不能尽心，也常为恨事。

又谓：

宝玉因自来从未在平儿前尽过心——且平儿又是个极聪明、极清俊的上等女孩儿，比不得那起俗蠢拙物——深为恨怨。今日是金钏儿的生日，故一日不乐。不想落后闹出这件事来，竟得在平儿前稍尽片心，亦今生意中不想之乐也。

贾宝玉的心意，平儿隐隐感觉到了：

平儿今见他这般，心中也暗暗的战敠：果然话不虚传，色色想的周到。

所以，第五十二回平儿情掩虾须镯，是回报贾宝玉对她的一片怜惜之情。

第二重，是黛玉的体贴。

薛宝琴不想给贾宝玉看西洋女孩的字，撒谎说没带来，林黛玉给戳穿了。林黛玉为贾宝玉，竟不惜伤及薛宝琴情面，还有袭人多早晚回来的相问，对宝玉呵护晴雯的理解，可谓细致入微。

第三重，是晴雯的体贴。

晴雯病重，缝补孔雀裘，熬了一夜，累得“力尽神危”。那一针一线，是对之前晴雯生病时宝玉悉心呵护的回报。

所以，第五十二回最幸福的，其实是贾宝玉。关于平儿、黛玉和晴雯的叙事，字里行间奏响的，却是贾宝玉的甜蜜三重奏。

所以，贾宝玉很幸福，曹雪芹很感恩。

贾宝玉和通灵宝玉到底是啥关系

大多数人读《红楼梦》，皆认为贾宝玉和通灵宝玉是一体的。其实不然。

第一，来历不同。

小说第一回就明确叙述了通灵宝玉的由来，乃是女娲补天遗弃在大荒山青埂峰下的一块石头。贾宝玉的前世，则是赤瑕宫神瑛侍者。赤瑕宫在“西方灵河岸上三生石畔”。

通灵宝玉的出处和神瑛侍者的所在，隔了十万八千里，不在同一个方位，不是同一个地方。

第二，叙事各异。

小说第一回先直叙通灵宝玉由来，而神瑛侍者和绛珠草的“木石前盟”，则是通过甄士隐梦境，一僧一道叙述，通灵宝玉才与神瑛侍者投胎转世联系在一起的。所谓：

忽见那厢来了一僧一道，且行且谈。

只听道人问道：“你携了这蠢物，意欲何往？”那僧笑道：“你放心，如今现有一段风流公案正该了结，这一干风流冤家，尚未投胎入世。趁此机会，就将此蠢物夹带于中，使他去经历经历。”

这桩风流公案就是神瑛侍者和绛珠草的木石前盟，神瑛侍者投胎，绛珠草随之转世“还泪”。而这蠢物，一僧一道幻化为通灵宝玉的那块石头，是跟了神瑛侍者投胎来的。这已经很明白地指出，神瑛侍者和通灵宝玉来历不同，身份不同，根本就是两个人。

紧接着：

那僧道："正合吾意。你且同我到警幻仙子宫中，将蠢物交割清楚，待这一干风流孽鬼下世已完，你我再去。如今虽已有一半落尘，然犹未全集。"道人道："既如此，便随你去来。"

再一次说明，以神瑛侍者和绛珠草为首这一般"风流孽鬼"和通灵宝玉这个"蠢物"实在不可混淆。

第三，曹雪芹似乎预感到即便这样写，还是有"误读"风险，又设计甄士隐看"蠢物"，再次提醒我们，蠢物是蠢物，风流孽鬼是风流孽鬼，蠢物不过是趁此机会挟带去人世间游历一番而已：

士隐听了，不便再问。因笑道："玄机不可预泄，但适云'蠢物'，不知为何，或可一见否？"那僧道："若问此物，倒有一面之缘。"说着，取出递与士隐。

士隐接了看时，原来是块鲜明美玉，上面字迹分明，镌着"通灵宝玉"四字，后面还有几行小字。正欲细看时，那僧便说已到幻境，便强从手中夺了去，与道人竟过一大石牌坊，上书四个大字，乃是"太虚幻境"。

第四，小说明确交代，通灵宝玉是贾宝玉出生时含在口里的，所谓"衔玉而生"。这是贾宝玉和通灵宝玉并非一体的直接证据。

第五，很多人的误读可能来自脂批，批语对贾宝玉和通灵宝玉一会儿称石兄一会儿称玉兄，其实脂批的称呼是很有讲究的，一般称通灵宝玉为"石兄"，喻其幻象之下的本相，称贾宝玉为"玉兄"，乃是贾宝玉之名的昵称，好比黛卿、宝卿、袭卿和晴卿，不赖脂批。

既然认定贾宝玉和通灵宝玉并非一体，那么，二者究竟是什么关系？

第八回有通灵宝玉的详细描写：

通灵宝玉正面图式

通灵宝玉

莫失莫忘　仙寿恒昌

通灵宝玉反面图式

注云：一除邪祟　二疗冤疾　三知祸福

由此，这块贾宝玉出生时含在口里的通灵宝玉和贾宝玉的关系就非常清晰了，通灵宝玉其实就是贾宝玉的"护身符"：

第一，通灵宝玉正面所刻"莫失莫忘　仙寿恒昌"，是指贾宝玉只要一生佩戴这块通灵宝玉，“莫失莫忘”，就能保佑一生“仙寿恒昌”。

第二，通灵宝玉反面“注云”是对“莫失莫忘　仙寿恒昌”的解释“一除邪祟　二疗冤疾　三知祸福”。一是保佑宝玉远离邪恶鬼祟，二是保佑宝玉不受冤屈不得疾病，三是预知祸福。

这不是护身符是什么?

所以，第二十五回贾宝玉被马道婆巫咒之术戕害，生命垂危之际，贾政和赖头和尚、跛足道人有这样一番对话:

那僧笑道：“长官不须多话。因闻得府上人口不利，故特来医治。”贾政道：“倒有两个人中邪，不知你们有何符水？”那道人笑道：“你家现有希世奇珍，如何还问我们要符水？”贾政听这话有意思，心中便动了，因说道：“小儿落草时虽带了一块宝玉下来，上面说能除邪祟，谁知竟不灵验。”那僧道:“长官你那里知道那物的妙用。只因他如今被声色货利所迷，故不灵验了。你今且取他出来，待我们持诵持诵，只怕就好了。”

却原来，是通灵宝玉“被声色货利所迷，故不灵验”，贾宝玉才遭此大难。

如此一来，贾宝玉和通灵宝玉的关系就明了了。这块通灵宝玉，哪里会是贾宝玉，分明就是贾宝玉的护身符。

贾宝玉为何坏秦钟好事

首先，秦钟和智能儿是有真感情的。

秦钟临死还“惦记着智能儿尚无下落”。而智能儿，一个小尼姑，居然敢跑去秦家探视生病的秦钟，并明明白白对秦钟说:

“你想怎么样，除非等我出了这牢坑，离了这些人，才依你。”

她是真心想和秦钟长相厮守。

其次，秦钟没有勇气承认对智能儿的感情。原文:

且说秦钟、宝玉二人正在殿上玩耍，因见智能过来，宝玉笑道：“能儿来了。”秦钟说：“理那东西作什么？”宝玉笑道：“你别弄鬼，那一日在老太太屋里，一个人没有，你搂着他作什么呢？这会子还哄我。”秦钟笑道：“这可是没有的话。”宝玉道：“有没有也不管你，你只叫住他倒碗茶来我吃，就丢开手。”秦钟笑道：“这又奇了，你叫他倒去，还怕他不倒？何必要我说呢。”宝玉道：“我叫他倒的是无情意的，不及你叫他倒的是有情意的。”秦钟只得说道：“能儿，倒碗茶来给我。”

那能儿自幼在荣府走动，无人不识，常和宝玉秦钟顽笑。他如今大了，渐知风月，便看上了秦钟人物风流，那秦钟也爱他妍媚，二人虽未上手，却已情投意合了。今智能儿见了秦钟，心眼俱开，走去倒了茶来。秦钟笑说：“给我。”宝玉叫：“给我。”智能儿抿嘴笑道：“一碗茶也争，我难道手上有蜜！”宝玉先抢得了，吃着，方要问话，只见智善来叫智能去摆茶碟子，一时来请他两个去吃茶果点心。他两个那里吃这些东西，坐一坐仍出来玩耍。

秦钟没有勇气承认对智能儿的感情是可以理解的。一来智能儿是尼姑，这可是大逆不道的事情。二来秦家对秦钟寄予厚望，即便智能儿还俗，也是万万不能。三来秦钟尚小，不能自立。

但是，贾宝玉可不管那么多，他知道秦钟的感情，也希望秦钟勇敢承认这份感情，就如他勇敢承认对林黛玉那份感情，所以，贾宝玉时时处处刺激秦钟，要他承认这份感情。就好比一个朋友对另一个朋友说，你是爱她的，就承认吧。

最后，正如此，才会发生贾宝玉暗中拿住秦钟和智能儿偷情的事情：

谁想秦钟趁黑无人，来寻智能。刚至后面房中，只见智能独在房中洗茶碗，秦钟跑来便搂着亲嘴。智能急的跺脚说：“这算什么！再这么我就叫唤。”秦钟求道：“好人，我已急死了。你今儿再不依，我就死在这里。”智能道：“你想怎样？除非等我出了这牢坑，离了这些人，才依你。”秦钟道：“这也容易，只是远水救不得近渴。”说着，一口吹了灯，满屋漆黑，将智能抱到炕上，就云雨起来。

那智能百般的挣挫不起，又不好叫的，少不得依他了。正在得趣，只见一人进来，将他二人按住，也不则声。二人不知是谁，唬的不敢动一动。只听那人嗤的一声，撑不住笑了，二人听声方知是宝玉。秦钟连忙起来，抱怨道：“这算什么？”宝玉笑道：“你倒不依，咱们就叫喊起来。”羞的智能趁黑地跑了。宝玉拉了秦钟出来道："你可还和我强？"秦钟笑道："好人，你只别嚷的众人知道，你要怎样我都依你。"

仔细分析这段描述，可以看到，贾宝玉坏秦钟好事，无非是要秦钟承认这份感情。此时此刻，秦钟感情虽真，对智能儿所做却是皮肤之淫。贾宝玉经历过和袭人的皮肤之淫，知道害人匪浅，后患无穷。贾宝玉及时制止这一时冲动，对秦钟好，对智能儿更好，这方是朋友之道。就这样，秦钟和智能儿的感情总算在似是而非中确定，所谓：

又有秦钟恋着智能，调唆宝玉求凤姐再住一天。

可见，贾宝玉之所以坏秦钟好事，还是他珍惜女孩和珍重感情的本性使然，无非是要秦钟和智能儿的感情成为爱情，而不是偷情。

贾宝玉和秦钟的无可奈何之事

秦钟弥留之际，贾宝玉前来看视：

来至秦钟门首，悄无一人，遂蜂拥至内室，唬的秦钟的两个远房婶母并几个弟兄都藏之不迭。

此处批语：

【甲戌侧批：妙！这婶母兄弟是特来等分绝户家私的，不表可知。】

曹公妙文，端的是不着一处闲笔，寥寥一语，秦家的后事就交代清楚了。何谓"绝户"，就是一家死绝，没人了，这样人家的家产就由远房族人瓜分矣。

这两位婶婶并几个堂兄弟，不是来照顾秦钟的，是来等着分家产的。

关于家产继承问题，《红楼梦》多有表现。只要不死绝，是可以由儿子甚至女儿来继承和支配的。邢家父母亡故，有已经成家立业的儿子，还有未曾出嫁的女儿，但是邢家的财产却一直由出嫁的邢夫人把持着。这合不合理？不合理。邢家的财产理应由儿子和未出阁的女儿共同享有。但邢夫人"势大"，仗着贾府地位和贾赦威势，趁父母早逝，兄弟姐妹尚小，需要监管之机，强行控制了邢家家产。这样的“擦边球”，只要邢氏兄妹不告，官府是不会管的，即便告了，官府也未必敢管。所以，古时也是如此，虽有律法，依然是强者的社会。

林黛玉家也是如此。林如海和贾敏虽然去世，尚有一个未出阁的女儿，林黛玉享有林家财产的合法继承权。林家自六世之初，就出来做官，已经出了五服，族人流散，没有往来，形同陌路。这种情况下林如海托付贾府全权处理后事，将林黛玉和林家家产一并托付贾府，不仅合法，也是人之常情。

这样的梳理，有助于我们把握住《红楼梦》某些似是而非不甚明朗的关键问题。

人都是讲感情的，此时秦钟将死，这些平时不相往来的亲戚，虚情假意地前来探望，实则是等他死去尸骨未寒来分家产的，对将死者而言，这是多么残酷的现实。秦钟此时的心情，就是这样的：

那秦钟魂魄那里肯就去，又记念着家中无人掌管家务，又记挂着父亲还有留积下的三四千两银子，又记挂着智能尚无下落，因此百般求告鬼判。

说残酷点，秦钟从并无感情甚至是陌生的婶母兄弟眼里看到的，是怎么还不死的期盼和焦虑。贾宝玉来看他时，秦钟已被放在他死后睡的床榻上了，所谓“移床易箦多时矣”。这就是放弃一切救治延缓生命的手段，坐等秦钟死的意思。聪慧如秦钟者，怎不伤心绝望？所以见到宝玉，第一句话就是：

“怎么不肯早来？再迟一步也不能见了。”

可谓字字滴血。

从感情的角度讲，秦钟哪里肯把家产交给这些绝情的亲戚，他宁愿给宝玉也不愿意给这些亲戚，给了宝玉，智能儿就有了些依靠。可是，为之奈何？秦家已无人，就算是曾经的姐夫贾蓉和亲家翁贾珍，可卿一死，就从此撩开手，再一次证明他们的虚伪和无情，他们爱的只是秦可卿的肉体，大办葬礼只是为了赎罪。

就这样，秦钟在纠结悔恨的心情中死去，秦家那薄薄的家业，以及他的小情人智能儿，从此他再不能顾及。秦钟将死之时，才醒悟，这冰冷的世界，一个男人，无力保护属于自己的一切，才是最大的悲哀，于是，他留给宝玉的那几句话，也算是切肤之痛肺腑之言：

“以前你我见识自为高过世人，我今日才知自误了。以后还该立志功名，以荣耀显达为是。”说毕，便长叹一声，萧然长逝了。

只可惜，宝玉是第二个秦钟，并未领悟到挚友遗言的深远含义。等他能够领悟的时候，已是大厦将倾，爱人亡故，无力回天。贾宝玉唯一的选择，只能是抽身出来，做他的“洒家”去了。

贾宝玉为啥阻止茗烟偷情

秦钟的“偷情”和茗烟的“偷情”，其实不同。

秦钟是真心爱慕智能儿，至死还在牵念。茗烟则很可能就是玩玩。

其一，茗烟居然连女孩多大岁数都没搞清楚，就把人家搞上床，难怪贾宝玉会说：

“连他的岁属也不问问，别的自然越发不知了。可见他白认得你了。可怜，可怜！”

其二，以贾宝玉在贾府的尊宠，其奴仆地位也不低，茗烟又是其中翘楚，所谓：

茗烟乃是宝玉第一个得用的，且又年轻不谙世事。

又谓：

这茗烟无故就要欺压人的。

据此，茗烟玩弄女孩的嫌疑非常大，贾宝玉捉奸方式便大大的不同。对秦钟，是进去轻轻按住，带有玩笑的意味。对茗烟则是：

刚到窗前，闻得房内有呻吟之韵。宝玉倒唬了一跳：敢是美人活了不成？乃乍着胆子，舔破窗纸，向内一看——那轴美人却不曾活，却是茗烟按着一个女孩子，也干那警幻所训之事。宝玉禁不住大叫：“了不得！”一脚踹进门去，将那两个唬开了，抖衣而颤。

这里又有一个问题，贾宝玉不仅阻挠方式极为粗暴，是“一脚踹进门去”，而且大喊一声“了不得！”

这又是为什么？

第一，贾府是有德之家，素来注重门风声望，家规很严，不允许奴仆丫鬟乱来，甚至不允许年轻主子乱来。为什么袭人和贾宝玉有云雨之事便风声鹤唳？为什么金钏会死？为什么傻大姐捡个绣春囊，王夫人就声泪俱下训斥王熙凤？为什么司棋、晴雯被撵？都是为的道德风化。所以茗烟的苟且行为性质严重。

第二，贾宝玉是茗烟的主子，负有管教责任。

第三，贾宝玉的阻挠，其实是救了那个叫卍儿的女孩。卍儿不过是个不入流的小丫鬟，茗烟可是贾府小厮里的小霸王，她敢拿茗烟怎样？所以贾宝玉此举是在保护那个小丫鬟。贾宝玉对女孩没有责备，只有保护，所谓：

宝玉跺脚道："还不快跑！"一语提醒了那丫头，飞也似去了。宝玉又赶出去，叫道："你别怕，我是不告诉人的。"急的茗烟在后叫："祖宗，这是分明告诉人了！"

第四，贾宝玉其实也在保护他的心腹小厮茗烟。贾宝玉进去，第一句话就是：

"青天白日，这是怎么说。珍大爷知道，你是死是活？"

卍儿是东府丫鬟，这事如果贾珍知道，茗烟会很惨。

第五，更重要的，贾宝玉是教育茗烟，要真心对女孩。那句"连他的岁属也不问问，别的自然越发不知了。可见他白认得你了"就是一种点醒和责备。

如此看来，贾宝玉阻挠茗烟偷情，更多出自他的善良本性，本无可指责。

贾宝玉如何无意揭穿袭人

王夫人严禁丫鬟勾引贾宝玉，金钏之死就是证明。然而，和贾宝玉发生性关系的是袭人，而且已经有人隐约知道，宝玉奶妈李嬷嬷的痛斥，晴雯和袭人的吵架都说明了这一点，这使袭人感觉到威胁。金钏是王夫人的心腹大丫鬟，只是和宝玉调笑几句，就被撵出去，投井而死。宝玉也连带遭毒打。如果王夫人知道袭人和贾宝玉上床会怎样?

所以，金钏之死和宝玉遭暴打其实已经向袭人敲响警钟。袭人的处境其实很危险，她必须尽快撇清，力图自保。

不错，袭人向王夫人告白，并没说明试图勾引宝玉的是谁，她实在也指不出来是谁，只因真正勾引贾宝玉的就是她自己。

所以，她只能含混地暗示王夫人，有人企图勾引贾宝玉，把视线从自己身上引开。袭人把握住王夫人天生不喜欢漂亮丫鬟、认定生得好的丫鬟都是会勾引人的狐狸精这一变态心理，巧妙利用大观园和贾宝玉房里比她长得好看的丫鬟多得是的情形，实则就是一种告密。这种告密的高妙之处在于，不用具体说谁，把自己撇清就好。如果告密都要说得明明白白，指名道姓，也太幼稚了吧?

从袭人进言的效果看，她巧妙利用王夫人先入为主的偏见，达到了撇清、保全自己，进而获得信任的目的，把危险引向长得更加漂亮的晴雯、芳官、四儿，甚至黛玉。

这就是袭人进言的外在背景和内在逻辑。

所以，袭人告密，心思缜密，恰到好处，实在阴险。

曹雪芹似乎担心依然有人看不透、看不穿、看不懂，在晴雯、芳官、四儿相继遭逐后，又煞费苦心设计这样一个情节，让茫然无所知的贾宝玉凭借正常的智商和本能做出判断。第七十七回：

宝玉哭道："我究竟不知晴雯犯了何等滔天大罪！"袭人道："太太只嫌他生的太好了，未免轻佻些。在太太是深知这样美人似的人必不安静，所以恨嫌他，像我们这粗粗笨笨的倒好。"宝玉道："这也罢了。咱们私自顽话怎么也知道了？又没外人走风的，这可奇怪。"袭人道："你有甚忌讳的，一时高兴了，你就不管有人无人了。我也曾使过眼色，也曾递过暗号，倒被那别人已知道了，你反不觉。"宝玉道："怎么人人的不是太太都知道，单不挑出你和麝月秋纹来？"

袭人听了这话，心内一动，低头半日，无可回答，因便笑道："正是呢。若论我们也有顽笑不留心的孟浪去处，怎么太太竟忘了？想是还有别的事，等完了再发放我们，也未可知。"宝玉笑道："你是头一个出了名的至善至贤之人，他两个又是你陶冶教育的，焉得还有孟浪该罚之处……"

第一，袭人的话表现出她对王夫人变态心理的准确把握，晴雯遭难只因生得太好，她袭人能获得信任只因粗粗笨笨，这便是她构陷的基础。

第二，贾宝玉提出一个很尖锐的问题，要说言语不检点，不单单是晴雯、芳官和四儿，袭人、麝月和秋纹都有，怎么王夫人只知道晴雯、芳官、四儿的话，不知道你们的？

很显然，有人定期向王夫人作有选择性的汇报。不是谁都可以向王夫人汇报的，从袭人进言后王夫人对袭人的信任和恩宠看，宝玉房里只有袭人可以随时向王夫人汇报。麝月和秋纹是袭人调教出来的，对袭人构不成威胁，袭人自然放过。而晴雯、芳官、四儿，则是生得好的一类，又深得宝玉之心，顺着王夫人的心理，自然不能放过。

小说没写，不等于没发生，这便是《红楼梦》的“留白”之处。

第三，宝玉追问犀利，袭人的反应是：

听了这话，心内一动，低头半日，无可回答，因便笑道。

这难道不是心虚的表现？如果袭人真没告状，听到这里可能就恼了吧？如果真没汇报，袭人心内动什么？有什么好动？有就是有，没有就是没有，何必低头半日，对答不上？

这样的遣词造句，用意已经相当明显。

第四，此后袭人进一步掩饰，以开玩笑的口吻说自己迟早也会被撵走。宝玉听了袭人苍白的解释，说了这么一句话：

“你是头一个出了名的至善至贤之人”。

这话说得也太满了吧？至善至贤，就是薛宝钗也没得到过这样的评价。故意把话说满，就是反讽，这是在狠狠讽刺袭人的伪善。曹雪芹胸怀再悲悯宽容，叙事风格再含蓄内敛，此时也忍耐不住要借宝玉之口发泄出来。如果袭人清白，曹雪芹何必要这样无情讽刺？

第五，其实袭人告密是有伏线的。第三十四回：

王夫人听了这话，如雷轰电掣的一般，正触了金钏儿之事，心内越发感爱袭人不尽，忙笑道：“我的儿，你竟有这个心胸，想的这样周全！我何曾又不想到这里，只是这几次有事就忘了。你今儿这一番话提醒了我。难为你成全我娘儿两个声名体面，真真我竟不知道你这样好。罢了，你且去罢，我自有道理。只是还有一句话：你今既说了这样的话，我就把他交给你了，好歹留心，保全了他，就是保全了我。我自然不辜负你。”

王夫人所谓“我就把他交给你了，好歹留心”的话，就是贾宝玉房里的事情就交给你了，你要时时留心，看清楚谁想勾引贾宝玉，一有风吹草动随时向我汇报的意思。这是王夫人的授权，也是袭人可以随时向王夫人报告的特权。

所以，即便懵懂如贾宝玉者，凭借本能也隐隐察觉袭人的可疑。袭人此时已无退路，迫不得已，只好以死来威胁宝玉，化解危机：

袭人听了这篇痴话，又可笑，又可叹，因笑道：“真真的这话越发说上我的气来了。那晴雯是个什么东西，就费这样心思，比出这些正经人来！还有一说，他纵好，也灭不过我的次序去。便是这海棠，也该先来比我，也还轮不到他。想是我要死了。”宝玉听说，忙握他的嘴，劝道：“这是何苦！一个未清，你又这样起来。罢了，再别提这事，别弄的去了三个，又饶上一个。”袭人听说，心下暗喜道：“若不如此，你也不能了局。”

为表清白，拿“死”来吓人，是花袭人惯用伎俩。和晴雯吵架，挑拨宝玉要撵走晴雯，林黛玉及时赶到，袭人向黛玉表清白，咒自己死，所谓“除非一口气不来死了”。向王夫人告白，也是以死明志，所谓“粉身碎骨，罪有万重，都是平常小事”。至于对宝玉，她知道宝玉不忍任何一个女孩儿死，更是常常拿“死”来做撒手锏，最后的结果自然是不了了之。但是，那一句“那晴雯是个什么东西，就费这样心思，比出这些正经人来！还有一说，他纵好，也灭不过我的次序去”，已经把袭人内心对晴雯的真实态度，袭人诬告晴雯的目的交代清楚了。那就是袭人就是要灭过晴雯的贾母相中宝玉未来之妾的次序。

告密者，袭人也。

贾宝玉奶妈解职风波

贾宝玉奶妈李嬷嬷告老一事，其实写得非常隐晦，不细细琢磨看不出什么问题。

第八回贾宝玉看望薛宝钗，随后和黛玉一起在薛姨妈那里吃饭。李嬷嬷一再阻拦宝玉喝酒，不仅败宝玉之兴，也败众人之兴。

李嬷嬷阻挠宝玉喝酒，十分顽固，经薛姨妈屡次劝解而百折不回，搞得宝玉兴味索然，实在是不给薛姨妈面子。宝钗老到，一言不发，但内心肯定也是不爽的。直至林黛玉发作，抬出外婆和舅舅来，李嬷嬷才稍稍让步。

李嬷嬷不敢得罪林黛玉，一是深知黛玉在贾母那里的分量，二是说不过林黛玉。但这会让薛姨妈更加难堪，薛姨妈说话没用，倒是黛玉还管用些，薛姨妈的面子往那搁？薛姨妈可是王夫人的亲妹妹，王夫人苦留在贾府居住的贵客，李嬷嬷如此不识时务，已经大大得罪了这些人。

所以，宝玉回到贾母那里，贾母不见李嬷嬷，宝玉才会嚷道：

“他比老太太还受用呢，问他作什么！没有他只怕我还多活两日。”

偏偏李嬷嬷又不检点，临时脱岗，办私事去了，被贾母发现，宝玉借着酒力，把一腔不满发泄了出来。

但是，事情还没有完。

宝玉留给晴雯的豆腐皮的包子，李嬷嬷拿去给她孙子吃了。

宝玉嘱咐泡好的枫露茶，正好解酒的，李嬷嬷喝了。

宝玉气不打一处来，迁怒茜雪：

宝玉听了，将手中的茶杯只顺手往地下一掷，豁啷一声，打了个粉碎，泼了茜雪一裙子的茶。又跳起来问着茜雪道：“他是你那一门子的奶奶，你们这么孝敬他？不过是仗着我小时候吃过他几日奶罢了。如今逞的他比祖宗还大了。如今我又吃不着奶了，白白的养着祖宗作什么！撵了出去，大家干净！”说着便要去立刻回贾母，撵他乳母。

事情越发闹大，还牵扯上无辜的茜雪。这时的茜雪，应该是宝玉房里的大丫鬟，袭人晴雯麝月茜雪，还没秋纹什么事。而且再次惊动贾母，派人来过问。

到第十九、二十回李嬷嬷再次出场，她老人家已告老解事，不仅吃了宝玉留给袭人的酥酪，还痛骂袭人一顿，捎带着也骂了宝玉，发泄胸中怒气，直到王熙凤亲自来劝解才罢。

从李嬷嬷的话我们知道，茜雪也为这事儿被撵出去了。

如此，贾宝玉奶妈李嬷嬷解职的来龙去脉就清楚了。

李嬷嬷失职，得罪薛姨妈薛宝钗和林黛玉，招致宝玉不满，开小差为贾母觉察，碍于奶妈的脸面，让其告老退休，她儿子李贵依然是宝玉跟班的头儿，无辜的茜雪则成了替罪羊。宝玉酒醉时所谓的撵出去，是要撵奶妈李嬷嬷，不是撵茜雪。但贾府却各打五十大板，安排李嬷嬷退休，撵走茜雪。这是典型的中国式世故人情，明明错在李嬷嬷，但碍于情面，茜雪倒成了替死鬼。这是宝玉一生少有的伤及无辜的错事。一个“欠（茜）”字似乎已传达出宝玉对这个女孩儿的亏欠之情。

贾宝玉为何是“情不情”

第十九回，有一条批语很重要：

【庚辰双行夹批：此皆宝玉心中意中确实之念，非前勉强之词，所以谓今古未有之一人耳。听其囫囵不解之言，察其幽微感触之心，审其痴妄委婉之意，皆今古未见之人，亦是今古未见之文字。说不得贤，说不得愚，说不得不肖，说不得善，说不得恶，说不得光明正大，说不得混账恶赖，说不得聪明才俊，说不得庸俗平凡，说不得好色好淫，说不得情痴情种，恰恰只有一颦儿可对，令他人徒加评论，总未摸着他二人是何等脱胎、何等心臆、何等骨肉。

余阅此书，亦爱其文字耳，实亦不能评出此二人终是何等人物。后观《情榜》评曰“宝玉情不情”，“黛玉情情”，此二评自在评痴之上，亦属囫囵不解，妙甚！】

批语结尾处“亦属囫囵不解，妙甚！”是说情榜关于宝黛情不情和情情的评语，也属于一种混沌式的感悟，十分精妙。那么，到底何谓“情不情”？又妙在哪里？

首先，贾宝玉有情而多情。

贾宝玉对女性持一种有情而多情的态度，小说多有表现。不唯对林黛玉，对任何不平凡的女性，都是有情而多情的。宝钗、湘云、三春、可卿、妙玉、邢岫烟、香菱、尤二姐、尤三姐、晴雯、袭人、平儿、鸳鸯、龄官、芳官，等等，甚至乡下偶遇的一个丫头，宁国府看到的一个美人轴子，宝玉都会恋恋不舍，格外牵挂。

贾宝玉这种情，一是悲悯，是发自心底怜惜这些女子的遭遇。比如，贾琏偷情平儿无端遭王熙凤和贾琏打骂，香菱离奇可怜悲惨的身世，鸳鸯为拒绝贾赦立下毒誓，龄官和贾蔷的苦恋。二是良善，希望她们好。贾宝玉对这些女子的情，不是要占有的情，而是希望她们过得好，有个幸福的结局。对龄官就是这样，一旦知道龄官和贾蔷的纠葛，没有怨恨，只是痴了。三是赎罪，是为天下男子对女性的伤害表达歉意。可卿死，宝玉陪着贾珍贾蓉痛哭一场；平儿、鸳鸯和香菱的遭际使得宝玉为贾琏贾赦薛蟠感到羞愧；即便尤二姐死，他也陪着贾琏去哭一场。四是尊重，贾宝玉注重和这些女孩的精神共鸣和心灵交流，而不是性欲。这就是警幻仙姑所谓的“意淫”。

这就是贾宝玉对女性的情，一种大爱，一种至情。

其次，情之有别，是为“不情”。

贾宝玉毕竟有自己的真爱，就是林黛玉。这样一个有情而多情的男子，又该是怎样爱自己的爱人？贾宝玉对林黛玉的爱，并不像大多数爱情，随爱人逝去而逐渐淡漠，而是愈加强烈，强烈到即使面对破败家族老迈父母新婚妻子，也毅然决然的出家，去践行爱情誓言。这样的爱情，千古难寻。

如此，贾宝玉对林黛玉不顾一切的爱情最终导致他对于其他女性的无情。尤其是他的妻子薛宝钗，宝玉虽然是有情而多情的，但关键时刻，却是冷酷无情，使一生担当受尽磨难的薛宝钗终成弃妇，这是何等的“不情”！

而且，贾宝玉情不自禁的多情，事实上也害了那些女孩。比如和贾宝玉调笑的金钏，痴情以对的晴雯，勇于献身的袭人，甚至贾宝玉在玫瑰露事件中对彩云的格外保护，也使得贾环对彩云疑心，直至翻脸。这也是一种“不情”。

如此种种，宝玉就是个矛盾和纠结的个体，有情而多情，专情却不滥情，有情而不能自禁，为此情而伤彼情，是为情，是为不情，是为情不情。

脂批说到贾宝玉三大病，其中一病就是情极之毒，所谓：

至晚饭后，宝玉因吃了两杯酒，眼饧耳热之际，若往日则有袭人等大家喜笑有兴，今日却冷清清的一人对灯，好没兴趣。待要赶了他们去，又怕他们得了意，以后越发来劝，【庚辰双行夹批：宝玉恶劝，此是第一大病也。】若拿出做上的规矩来镇唬，似乎无情太甚。【庚辰双行夹批：宝玉重情不重礼，此是第二大病也。】说不得横心只当他们死了，横竖自然也要过的。便权当他们死了，毫无牵挂，反能怡然自悦。【庚辰双行夹批：此意却好，但袭卿辈不应如此弃也。宝玉之情，今古无人可比，固矣。然宝玉有情极之毒，亦世人莫忍为者，看至后半部则洞明矣。此是宝玉三大病也。宝玉有此世人莫忍为之毒，故后文方有“悬崖撒手”一回。若他人得宝钗之妻、麝月之婢，岂能弃而为僧哉？此宝玉一生偏僻处。】

这段文字说的是宝玉晚饭多喝了两杯，回到房里，和花袭人纠葛未解，想和袭人她们玩吧，又怕袭人她们从此得了意，越发劝他读书；想拿出主子的威势来弹压她们，又觉过于无情。烦恼之际，突然觉得，与其如此，还不如全当她们都死了的好，那样便了无牵挂。

因一时困局，就希望花袭人麝月他们全死掉，仔细想想，贾宝玉确实蛮无情。这就是用情太深，反而无情，用情太过，反而生怨，用情太专，反而绝情，情到深处，反而狠毒之意。

但是，批语以此批评宝玉情极之毒，是为“世人莫忍为之毒”，胜于世人千千万万，甚于贾雨村、贾赦、贾珍、贾琏、贾蓉之流，八十回后抛弃薛宝钗麝月这样的娇妻美婢，出家当和尚，只说到了事情的一个方面。

从薛宝钗袭人和麝月这一方面来看，贾宝玉如此狠心全当她们死了，为一己私意，置他人于死地，确实够自私够狠毒。但是从另一方面来看，贾宝玉又能在林黛玉和晴雯死后毫无牵挂怡然自得吗？

不能。

晴雯死，宝玉之痛苦，直到听到小丫鬟“胡诌”晴雯已为芙蓉花神才欢喜起来，饶是如此，还写下《芙蓉女儿诔》，聊表思念。

黛玉死，宝玉的痛苦无以复加。即使面对宝钗这样绝色贤惠的妻子，也只是：

都道是金玉良姻，俺只念木石前盟。空对着，山中高士晶莹雪；终不忘，世外仙姝寂寞林。叹人间，美中不足今方信。纵然是齐眉举案，到底意难平。

贾宝玉平日里对所有人有情，但关键时刻，却能够做出取舍，对有些人，他是绝情的，可以全当她们死了，对有些人，却念念不忘，痛苦万分，情愿随她们去死。

这便是情极之毒。

宝玉成长的代价

和金钏调情，是宝玉一生抹不去的污点。

怎么可以前脚才为张道士提亲不爽，迁怒黛玉，大吵大闹，深悟冤家禅机，迎风流泪，枉自嗟呀，后脚便恍若纨绔，调笑无度？

没有他的调笑，何来金钏之死？

但是，如果我们把握住宝玉成长阶段，就会别有一番滋味。

第一，是情和欲的纠结。

第五回警幻仙姑和宝玉大谈意淫和滥淫，其实就是情和欲的问题。这是伴随成长的问题，宝玉亦不例外。作为一个正常男子，不但有情，也有欲。一个十三四岁的男孩，世界观尚未成型，性发育刚刚成熟，又是那样随心所欲的尊贵，你要他怎样？

他吃丫鬟嘴上的胭脂，抚摸鸳鸯细腻的脖颈，羡慕宝钗雪白的膀子，扭股糖儿似的猴在凤姐身上，和袭人云雨，和碧痕洗澡，想和晴雯洗澡，嗅黛玉衣袖熏香，挠黛玉胳肢窝，都是欲的表现。

这次见到金钏"就有些恋恋不舍的"，也是欲。他就常常吃金钏嘴上的胭脂，金钏也乐意给他吃，还是欲。

第二，宝玉的情尚未自觉。

一个人的成长，不但是欲望的成长，也是情感的成长。宝玉对普天下的女孩，有发自心底的情，对黛玉，有缘定三生的情，但是他此时的情，尚在朦胧自发阶段，尚不知博爱与专情之别。他虽然为和黛玉的感情要死要活，但也会为其他女孩的妩媚而情不自禁。他意识到各人得各人的眼泪，要等到第三十六回，目睹龄官和贾蔷的爱情。

第三，宝玉也想娇妻美妾。

笔者曾经说过，那个时代的夫妻观念，和我们现在的夫妻观念不同。那个时代的夫妻观念，包含了夫、妻和妾，我们这个时代的夫妻观念就是一夫一妻。宝玉尚在年幼，尚未娶妻，贾母不就为他相中了晴雯，王夫人不就为他相中了袭人，贾政也有所考虑，看中了两个丫头，将来一个给宝玉，一个给贾环吗？贾琏尚未娶王熙凤，房里也有两个人了，这两个人，就是妾。薛蟠尚未娶妻，就有了香菱。这便是那个时代的大家族观念。宝玉生长于斯，自然不能免俗。黛玉都不能免俗，况宝玉哉？

所以此时宝玉的心思，自有他的小九九。自然黛玉是正妻，好吧，晴雯算一个，袭人算一个，还有就是喜欢给他吃嘴上胭脂也是他最爱吃的金钏了。我们说宝玉的不成熟就表现在这里，随心所欲。贾府给未婚男主子的房里人，一般就是两人。贾政有赵姨娘和周姨娘，贾琏原来也是两个房里人，贾珍的侍妾也就是喜鸾佩凤，贾赦好色，就有些乱了章法，入不得贾母法眼，为贾府上下耻笑。此时的宝玉显然没有意识到这一点，他设计的侍妾，至少是晴雯袭人金钏。所以他才会对金钏说：

“我明日和太太讨了你，咱们在一处罢。”金钏儿不答。宝玉又道：“不然，等太太醒了，我就讨。”

等到金钏死后，他又中意紫鹃。这是后话，这是爱屋及乌，爱黛玉而及紫鹃的意思。

所以宝玉心中美妾的名额，始终是三个。

宝玉这个人，说懵懂吧也懵懂，说清醒吧也清醒。他要和袭人那个吧，立马就要了，和碧痕洗澡吧，也立马就洗了，想和晴雯洗澡吧，张口就说，想和黛玉成亲吧，屡屡犯戒。唯独对宝钗和莺儿，虽然忘情，却始终是拎得清的。对宝钗的雪白膀子，他艳羡之余是想，这膀子要是长在黛玉身上还得摸一摸。对娇憨的莺儿，他是说不知道将来谁那么有福享受你们主仆（宝钗、莺儿）二人。这都是表态和自己没关系。可见宝玉从来没有要娶宝钗纳莺儿的意思。

这就是成长的代价。这就是从无知到有知的代价。宝玉的成长，要撵奶妈，结果撵走了茜雪，要纳金钏，结果害死了金钏。他对所有女孩子懵懂的博爱，害得多少女孩子想入非非，及至了悟专情，又害得多少女孩心事终虚化，这便是情与欲的搏斗，这便是情与不情。

贾宝玉和妓女云儿的纠葛

至此确认，曹雪芹为贾宝玉隐瞒了很多事情。

第二十八回，冯紫英邀约贾宝玉、薛蟠和蒋玉菡喝花酒，其间有锦香院妓女云儿作陪，云儿似乎只和薛蟠纠缠，可是，批语却泄露天机。

酒过三巡，薛蟠央求云儿“把那梯己新样儿的曲子唱个我听”，云儿唱道：

两个冤家，都难丢下，想着你来又记挂着他。两个人形容俊俏，都难描画。想昨宵幽期私订在荼蘼架，一个偷情，一个寻拿，拿住了三曹对案，我也无回话。【甲戌侧批：此唱一曲为直刺宝玉。】

这首艳曲，说的是一个风尘女子和两个相好之间争风吃醋的故事。锦香院的妓女唱这样艳曲，本不稀奇。此处批语却说“此唱一曲为直刺宝玉”。

这就奇了。

薛蟠求云儿唱曲给他听，可是薛呆子哪里知道，云儿唱曲，意在宝玉。不仅意在宝玉，而且是故意刺宝玉。

这是不是暗示贾宝玉曾经也有这么一段和另一位公子哥儿为云儿争风吃醋的事情？我觉得是。宝玉已经丢下，云儿却未丢下，耿耿于怀，所以唱这么一首暧昧的曲子来勾起宝玉的回忆。

似乎是为印证我的分析，接下来的一个细节，就更暧昧了。蒋玉菡行酒令唱小曲，误打误撞，把贾宝玉贴身大丫鬟花袭人的名讳点了出来，所谓限令为“花气袭人知昼暖”，薛蟠像发现新大陆似的欢呼，冯紫英蒋玉菡莫名其妙，宝玉也不好说，这时：

云儿便告诉了出来。【甲戌侧批：用云儿细说，的是章法。】【庚辰眉批：云儿知怡红细事，可想玉兄之风情月意也。壬午重阳。】

也就是说，作为朋友的冯紫英尚且不知宝玉房中之事，薛蟠知道那是因为他就住在贾府，又是亲戚，可是云儿知道，而且知道得一清二楚，这就更微妙了。正如批语所说，云儿居然知道宝玉房中之事，说明和宝玉并非泛泛之交。宝玉会对何人细说房闱之事？他喜欢的人。

这下好了，原来，宝玉也曾喜欢过风月场上的云儿，也曾为云儿迷醉，也曾为云儿争风吃醋。

从现场来看，贾宝玉流水无情，早已丢开，没有丢开的是云儿。作为妓女，自然没有期待正常感情的奢望，但她心底对宝玉的感情，还是放不下。因此才有唱曲直刺宝玉以及细说宝玉房中之事，前者是哀怨，后者是维护，此中幽情，诸君自解。

这就是贾宝玉和锦香院妓女云儿的一段纠葛。在那个时代，喝花酒逛妓院是上流社会的一种社交方式，甚至自诩风雅的场所，历代文人骚客皆难免俗。贾宝玉作为贵族公子，曾经浸染其间，风气使然，是再正常不过的事情。可贵的是，他能抽身，摆脱情欲的纠缠。

贾宝玉和探春迎春的手足情

第三十七回大观园起诗社，缘于贾探春给贾宝玉的书信，这兄妹真是清雅，这么近还要书信传递：

娣探谨奉　二兄文几：前夕新霁，月色如洗，因惜清景难逢，讵忍就卧，时漏已三转，犹徘徊于桐槛之下，未防风露所欺，致获采薪之患。昨蒙亲劳抚嘱，复又数遣侍儿问切，兼以鲜荔并真卿墨迹见赐，何痌瘝惠爱之深哉！今因伏几凭床处默之时，因思及历来古人中处名攻利敌之场，犹置一些山滴水之区，远招近揖，投辖攀辕，务结二三同志盘桓于其中，或竖词坛，或开吟社，虽一时之偶兴，遂成千古之佳谈。娣虽不才，窃同叨栖处于泉石之间，而兼慕薛林之技。风庭月榭，惜未宴集诗人；帘杏溪桃，或可醉飞吟盏。孰谓莲社之雄才，独许须眉；直以东山之雅会，让余脂粉。若蒙棹雪而来，娣则扫花以待。此谨奉。

探春自叙，偶感风寒，宝玉亲去探视，婆婆妈妈的嘱咐一番，又多次派丫鬟去探问病情，送去新鲜荔枝，和颜真卿的真迹，供探春解闷。

贾探春和贾宝玉并非一母所生的嫡亲兄妹，贾探春的亲妈赵姨娘和亲弟贾环深恨宝玉，屡屡加害，宝玉隐隐知道，却不以为意，视探春如嫡出，关爱有加，探春深受感动。做哥哥做到这个份上，也算是情真意切。

这里面牵扯三个问题。

第一，贾探春为何对宝玉和王夫人好？

有人说贾探春势利，真是这样吗？王夫人一直器重探春，时刻不忘扶持探春。宝玉视贾探春如嫡出，兄妹情深。倒是亲妈赵姨娘常常提出非分要求，搞得贾探春很难堪。我们又何曾见过贾环对姐姐贾探春这般好过？

只要是个知好歹的，自有所感。

第二，家族仇恨不可取。

赵姨娘和贾环心怀仇恨，走的是复仇路线，只会使贾府分崩离析。这样的价值观，贾探春难道应该附和？就因是亲妈亲弟，便不辨是非不分好歹？那还是贾探春吗？原来贾探春给贾宝玉做鞋，是回报哥哥的深情。

第三，贾宝玉的宽容和悲悯。

很多人指责贾宝玉懦弱无能，但贾宝玉的长处也为世人难以企及。他发自内心地珍惜和尊重女孩，不要说那个时代，就是当代，又有几人做得到？宝玉明知赵姨娘恨他和母亲王夫人，贾环使坏陷害，却没有丝毫怨恨，对贾探春依然关爱有加，又有几人做得到？如果贾宝玉心怀怨恨，以他的地位，贾母的宠爱，元妃的威势，母亲的强权，娘舅的支持，要反击还不容易？恐怕弄废赵姨娘弄残贾环也不是没有可能的。可是，贾宝玉什么也没做，不仅宽恕赵姨娘和贾环，而且和贾探春依然如故。

小说为什么对贾宝玉和贾探春的兄妹情深赞叹有加？因为这才是大家族兴旺的正道。赵姨娘和贾环代表的那种仇恨思维，只会导致贾府分崩离析，即便不抄家，也会走向衰亡。这么一个触目惊心的事实，很多读者看不到，反而指责贾宝玉无能。其实宝玉懦弱的外表下面，是有大勇的，那就是惨遭毒打后对黛玉说的“就便为这些人死了，也是情愿的！”其实探春强势的外表下面，是有大非的，这便是打给王善保家的那一记响亮的耳光。

原来，大观园诗社缘起于一种基于宽容和悲悯的浓浓亲情，这才是正能量，是酝酿人世间一切美好事物的温床。难怪，大观园诗社会如此辉煌，因为它洋溢着人性的光芒！

贾宝玉和贾迎春原是堂姐弟。贾迎春虽是贾赦女儿，大约亲生母亲死后，就为贾母所养，在王夫人那里调教。因此，贾迎春和贾宝玉一样，奉养于贾母王夫人膝下，真如亲姐弟一般。

贾迎春虽是庶出女儿，但在贾母王夫人这里，感觉不到丝毫差异。反而是在亲爹贾赦和后母邢夫人那里，庶出的感觉尤其强烈。爹爹视而不见，后母也不待见，同父异母的哥哥贾琏异常冷淡，嫂嫂王熙凤也乐得不管。在大房，贾迎春才是不折不扣庶出的女儿。

小说虽然没怎么写宝玉和迎春交集，但自有一番感佩在心。

贾迎春视王夫人如亲娘，自然视宝玉如亲弟。我们看宝玉闹任何笑话，做任何荒唐事，说任何非分话，贾迎春从不笑话，作为姐姐，她总是默默看着这个弟弟任性而为，从不挑他的错，揭他的短，拿他取笑。这也是爱，只是深埋在心底。

也许迎春姐姐在家，贾宝玉感觉不到她的存在，体会不到她的价值。一旦离去，方觉得没了这个姐姐，世界竟然也这般无趣。

迎春要出嫁，陪了四个丫鬟过去，弟弟原本应为姐姐高兴才是，可是宝玉的反应却是：

又跌足自叹道："从今后这世上又少了五个清洁人了。"

宝玉眼里，迎春也是这世上干干净净的女儿，只怕从此惨遭荼毒：

因此天天到紫菱洲一带地方徘徊瞻顾，见其轩窗寂寞，屏帐翛然，不过有几个该班上夜的老妪。再看那岸上的蓼花苇叶，池内的翠荇香菱，也都觉摇摇落落，似有追忆故人之态，迥非素常逞妍斗色之可比。

这里的"故人"，既可理解为旧人故交，也可以理解为逝去之人，不祥之语，已然预示着迎春的悲剧。

宝玉有感于迎春的离去：

既领略得如此寥落凄惨之景，是以情不自禁，乃信口吟成一歌曰：

池塘一夜秋风冷，吹散芰荷红玉影。

蓼花菱叶不胜愁，重露繁霜压纤梗。

不闻永昼敲棋声，燕泥点点污棋枰。

古人惜别怜朋友，况我今当手足情！

一夜秋风，吹散了像荷花般纯洁的迎春姐姐的身影。蓼花菱叶为繁霜重露压迫，那细细的枝蔓不胜哀愁。从此再也听不到迎春姐姐在漫漫长日手谈时下棋的声音，只留下被燕泥污染的棋盘。古人和朋友惜别时尚且不舍，何况今日离去的是我的手足！

宝玉此诗情深意长，最后两句更是催人泪下。他对迎春的感情，于此来了个总爆发，令人不忍。宝玉和迎春貌似平淡毫无交集的关系，其实暗含深厚的姐弟情意。这是在惜别迎春，也是在哀叹迎春。宝玉以这样一首诗，来送别他亲爱的二姐。

贾宝玉是有大爱的人

第四十二回，刘姥姥临走，贾宝玉送了一个成窑钟子。所谓：

只见一个小丫头拿了个成窑钟子来递与刘姥姥，“这是宝二爷给你的。”刘姥姥道：“这是那里说起。我那一世修了来的，今儿这样。”说着便接了过来。

这是怎么回事？

第四十一回，贾母带刘姥姥逛大观园，吃了酒，到栊翠庵喝茶：

只见妙玉亲自捧了一个海棠花式雕漆填金云龙献寿的小茶盘，里面放一个成窑五彩小盖钟，捧与贾母。贾母道：“我不吃六安茶。”妙玉笑说：“知道。这是老君眉。”贾母接了，又问是什么水。妙玉笑回：“是旧年蠲的雨水。”贾母便吃了半盏，便笑着递与刘姥姥说：“你尝尝这个茶。”刘姥姥便一口吃尽，笑道：“好是好，就是淡些，再熬浓些更好了。”贾母众人都笑起来。

贾母来了，妙玉亲自奉茶，茶具何等精美，是“一个海棠花式雕漆填金云龙献寿的小茶盘，里面放一个成窑五彩小盖钟”。这个小盖钟，就是贾宝玉送给刘姥姥的那个成窑钟子。

原来，这个工艺精美、价值不菲的小茶盅，刘姥姥喝过，妙玉嫌脏：

妙玉刚要去取杯，只见道婆收了上面的茶盏来。妙玉忙命：“将那成窑的茶杯别收了，搁在外头去罢。”宝玉会意，知为刘姥姥吃了，他嫌脏不要了。

这是妙玉的洁癖，临走时：

宝玉和妙玉陪笑道：“那茶杯虽然脏了，白撂了岂不可惜？依我说，不如就给那贫婆子罢，他卖了也可以度日。你道可使得？”妙玉听了，想了一想，点头说道：“这也罢了。幸而那杯子是我没吃过的，若是我吃过的，我就砸碎了也不能给他。你要给他，我也不管你，只交给你，快拿了去罢。”宝玉道：“自然如此，你那里和他说话授受去，越发连你也脏了。只交与我就是了。”妙玉便命人拿来递与宝玉。

贾宝玉：

便袖着那杯，递与贾母房中小丫头拿着，说：“明日刘姥姥家去，给他带去罢。”

这个成窑钟子，就是这么来的。宝玉不但理解妙玉的洁癖，也包容刘姥姥的粗陋，更知不该暴殄天物，应物尽其用。这么一个成窑钟子，妙玉视若敝屣，对刘姥姥却是一笔不小的财富。

薛宝钗曾经嘲笑贾宝玉无事忙，可是，据我看，这无事忙里面，却包含大慈悲心肠。

第四十一回一段文字，写王夫人贾宝玉母子喝酒，很是温馨。原文：

不一时，只听得箫管悠扬，笙笛并发。正值风清气爽之时，那乐声穿林度水而来，自然使人神怡心旷。

宝玉先禁不住，拿起壶来斟了一杯，一口饮尽。复又斟上，才要饮，只见王夫人也要饮，命人换暖酒，宝玉连忙将自己的杯捧了过来，送到王夫人口边，王夫人便就他手内吃了两口。

逢此良辰美景，人心荡漾，可放下一切忧愁怨念。人性便是如此，一旦放下，那良善的一面便表现出来。

宝玉深知母亲的心思，是不会轻易遂了他的愿的。可是，母子连心，血肉养育之情，岂是斩断得了的？

宝玉知道，他是母亲唯一的希望和依靠。哥哥贾珠已然离世，侄儿贾兰尚小，母亲唯一的依靠就是他。可是，自己所作所为，是违背了母亲心愿的，这是宝玉内心的惶恐与愧疚。为了和黛玉的爱情，他是要令母亲伤心的。这一层，宝玉愧对母亲。人性就是这样微妙和复杂，这一刻，宝玉对母亲的依赖，感恩和温情，表露无遗。

宝玉是有大爱的人，爱普天下一切苍生，爱虫鱼鸟兽，爱乡野丫头，爱姐妹，爱黛玉，爱祖母，也爱他的母亲，那是给予他生命的女人，无论如何，宝玉恨不起来。

虽然，王夫人的爱有点狭隘，有点自私，有点短视，有点偏执，但一个母亲，爱一个从自己身体里孕育出来的生命，是不该受谴责的。只是这爱，给予宝玉的是痛苦。这就是人生。这一刻，母子俩放下一切芥蒂，脉脉温情，令人动容。儿子见母亲要喝酒，忙将杯里的酒送到母亲嘴边，母亲也就着儿子的手饮下这温暖的酒。这一段母子天性，是一支温暖的夜曲。无论这世界怎样残酷，无论母子有怎样的分歧，无论日后有怎样的痛苦，但此时此刻，此生此世，母子连心。

难怪，此处批语云：

【庚辰双行夹批：妙极！忽写宝玉如此，便是天地间母子之至情至性。献芹之民之意，令人鼻酸。】

信哉！

只因贾宝玉是一个有大爱的男子，《红楼梦》便是一部有大爱的作品，身处错综复杂甚至尖锐对立的关系，能像贾宝玉这样，想要爱一切，甚至是对立双方的男子，世所罕见。这世间因爱情婚姻而母子反目的故事太多太多，甚至旷世名著，可是《红楼梦》不是，曹雪芹是宽容的，贾宝玉是悲悯的，他们知晓每个人的难处，他们想爱所有人，虽然此生，他们只会把自己托付给某一个人。对贾宝玉来说，这个人就是林黛玉。

林黛玉走了，他也要走的。可是，这并不妨碍他深深爱着自己的母亲。他抛弃家族，抛弃父母，抛弃妻子，却也深深地爱着他们。这就是情不情，这就是贾宝玉。

贾宝玉之生活在别处

记得第一次看米兰·昆德拉的小说《生活在别处》，甚为惊叹。如此诗意的名字，不知从何处想来。此番看《红楼梦》第五十六回，甄贾宝玉神游相会，不免有相似之叹。

甄宝玉和贾宝玉神游，倒没有多大深意，不过是呼应“假作真时真亦假，无为有处有还无”，再一次炫耀他老人家惊天地泣鬼神的笔力而已。想来曹翁亦不能免俗，其实偶尔小自恋也是蛮可爱的。

但是这真假的逻辑关系，还是有必要探究的。

贾宝玉睡了，他的魂魄漫游到甄宝玉家：

只见榻上有一个人卧着，那边有几个女孩儿做针线，也有嘻笑顽耍的。只见榻上那个少年叹了一声。一个丫鬟笑问道：“宝玉，你不睡又叹什么？想必为你妹妹病了，你又胡愁乱恨呢。”宝玉听说，心下也便吃惊。

这是贾宝玉魂魄亲见甄宝玉，一个和自己相仿的少年，又听见甄宝玉说：

“我听见老太太说，长安都中也有个宝玉，和我一样的性情，我只不信。我才作了一个梦，竟梦中到了都中一个花园子里头，遇见几个姐姐，都叫我臭小厮，不理我。好容易找到他房里头，偏他睡觉，空有皮囊，真性不知那去了。”

这是说甄宝玉魂魄也来神游贾宝玉，错过了，看见的只是贾宝玉皮囊。也就是说，这时候贾宝玉的魂魄，看到的并不是甄宝玉的魂魄，而是甄宝玉的真身。因甄宝玉“才作了一个梦”醒来。

这场甄宝玉和贾宝玉的神游，甄宝玉魂魄错过贾宝玉真身，贾宝玉魂魄倒是见到了甄宝玉真身。

这里面的逻辑关系，是贾宝玉魂归故里。这个故里，就是贾府原型，甄家。作为真身的甄宝玉去寻找作为幻象的贾宝玉自然是找不到的，找到的只是皮囊，只有作为幻象的贾宝玉溯源才能找到甄宝玉真身，是为返璞归真。

这就是生活在别处的意义。贾宝玉在都中繁华，其实他生活在金陵。甄宝玉在金陵怅然若失，其实他迷失于都中。这不仅是一个文学问题，也是一个哲学问题。

大凡有灵性的作家，大多相信，千里之外，会有一个自己，过着“若你忧伤，他（她）便忧伤，若你欢喜，他（她）便欢喜”的生活。似有所感，若有所失，能够于芸芸众生，惊鸿一瞥，已然是造化恩宠，风云际会。

如此，八十回后才会有弥补遗憾的“甄宝玉送玉”，真身（甄宝玉）终于找到假身（贾宝玉），完成轮回。

贾宝玉爱女儿的至高境界

第七十回，宝玉起床：

这日清晨方醒，只听外间房内咭咭呱呱笑声不断。袭人因笑说：“你快出去解救，晴雯和麝月两个人按住温都里那膈肢呢。”宝玉听了，忙披上灰鼠袄子出来一瞧，只见他三人被褥尚未叠起，大衣也未穿。那晴雯只穿着葱绿院绸小袄，红小衣红睡鞋，披着头发，骑在雄奴身上。麝月是红绫抹胸，披着一身旧衣，在那里抓雄奴的肋肢。雄奴却仰在炕上，穿着撒花紧身儿，红裤绿袜，两脚乱蹬，笑的喘不过气来。宝玉忙上前笑说："两个大的欺负一个小的，等我助力。"说着，也上床来膈肢晴雯。晴雯触痒，笑的忙丢下雄奴，和宝玉对抓。雄奴趁势又将晴雯按倒，向他肋下抓动。袭人笑说："仔细冻着了。"看他四人裹在一处倒好笑。

如此一个场景，实在有深意。一大早的，晴雯麝月芳官就这样闹，可见心情怡然，快乐之极。大观园为女儿国，方能如此。晴雯和麝月联手，收拾芳官，一个骑着，一个挠痒，芳官笑得两腿乱蹬快岔气了。曹公笔力，有如亲见，一幅女儿挠痒图，实在妙绝。

更妙宝玉介入，俨然打抱不平，所谓以大欺小，是何道理，遂直取晴雯矣。晴雯不敌宝玉，翻身落马，芳官趁机起身，偷袭晴雯，麝月或许笑软，为芳官抢了先手。这四人裹作一团，实乃人性欢愉怡然之写照，皆因一颗赤子之心，禀青春之气，达天人之境。

试问古今天下，有哪一个男子能和女儿相处到如此境地？不淫不亵，天真无邪。对于女人，无论帝王将相，圣贤大儒，文人骚客，还是凡夫俗子，或亵玩无度，或始乱终弃，或冷酷无情，概莫能外。曹公此举，实在是要鄙弃古今天下那一干衣冠禽兽道貌岸然之人。

这一场景之后，便是众人拿黛玉之《桃花行》考校宝玉。宝玉读之：

并不称赞，却滚下泪来。便知出自黛玉，因此落下泪来，又怕众人看见，又忙自己擦了。

不见其人，只见其文，既见其文，已见其人。宝黛之爱，至此已可穿越时空，至万世轮回。

如果说宝玉对天下女儿的爱是博爱，那么此时，却是专情。可笑古今天下之人，以博爱之名，行滥淫之实，仿佛怜惜女儿，却是遍淫女儿，此乃古今通病。曹雪芹以宝玉现身说法，怜惜女儿，博爱之下，必有深情，深情所属，是为专情。博爱与专情，乃天地所生赤子之心，非假道学之举。《红楼梦》之情，独步古今，冠绝天下，唯此也。这是一部可以让所有饱暖思淫欲之人读之羞愧难当的书。

从世俗角度，尽管贾宝玉深爱林黛玉，也践行了爱情誓言，却依然逃脱不了花心之名。

我觉得，曹雪芹这样塑造贾宝玉，不仅是要还原现实意义的贾宝玉，应该还有更深层用意。宝玉之爱，无论如何泛滥，充满了悲悯，任谁也否定不了。

贾宝玉对女性的怜爱，仅仅出于天性?

佛家有言，所谓：百年修得同船渡，千年修得共枕眠。前世五百次回眸，换得今生一次邂逅（大意）。

此乃大用情大觉悟大超脱之语。佛家看穿，并非不情，而是情极。近代李叔同先生，遍尝人世间繁华温柔，伤痛无奈，遁入空门，乃是情之大限。

用这种眼光，来看待宝玉出家，甚至于宝玉的爱，是不是就悟到了一种佛性?

无论是一面之缘的二丫头、卍儿，还是曾共度时光的晴雯、袭人、妙玉、湘云、可卿、金钏、玉钏、麝月、秋纹、碧痕、宝琴、岫烟、芳官、四儿、李纹、李绮、彩云、彩霞，或者情定三生的黛玉，结为夫妻的宝钗，宝玉都极为珍重。

这种珍重，乃是对缘的一种感悟。宝玉怀大慈悲心，善待每一位与他发生交集的人，即便有矛盾，有冲突，有好恶，也是释怀的。一切今生之缘，善缘、恶缘、情缘、孽缘，皆来自前世的修为轮回。

我以为，宝玉对一切与之交集的女性，甚至未曾谋面的傅秋芳，能抱着善意，体现的就是佛家的这种爱念。

所谓同船渡，是指相伴于人生某一阶段，同喜同悲，休戚与共。宝玉和袭人和碧痕的肌肤之亲，得了晴雯的贴身小袄和指甲，恰如和可卿的幻境云雨，妄念纠缠，世事无常，空即是色，色即是空。

所谓共枕眠，乃是爱情缘和夫妻缘。有趣的是，黛玉和宝玉，有爱情缘，却没有夫妻缘，他们倒是共枕眠了的，那段耗子精故事的午后时光，黛玉是扔了一个枕头给宝玉的。宝钗和宝玉，有夫妻缘，却没有爱情缘，两人冲喜结婚，并未同房，宝玉就出家去了，偏生没有共枕眠。人生的变幻，人性的复杂，就在这儿了。

因此我疑心，曹雪芹老先生还是没有看透看穿，虽然他想看透看穿。他如此纠结于宝玉和黛玉的爱情，不知道三生三世之后，能否得大超脱，大永生。

如若不能，当陷于五常，堕于轮回，妄念丛生，目睹尽生离死别，爱恨悲欢。

从贾琏看贾宝玉的私生活

第六十五回兴儿的话，绝对是重量级，小说八十回前后很多重大事件，竟然从一个小厮口中说出，也算是奇文。

且看兴儿怎样说贾琏的私生活：

“我们家的规矩，凡爷们大了，未娶亲之先都先放两个人伏侍的。二爷原有两个，谁知他来了没半年，都寻出不是来，都打发出去了。”

原来贾府公子一旦成人，即便尚未娶妻，也可以有两个房里人。这房里人其实就是妾。这下很多问题就可以搞清楚了。

为什么花袭人、碧痕和贾宝玉发生关系？为什么金钏和宝玉如此亲昵？就是为了做那房里人。

为什么彩霞彩云相继投入贾环的怀抱？还是为做那房里人。

房里人名额有限，不多不少，两人。

从宝玉房里人的人选来看，这两个名额，是有划分的。贾母和王夫人作为内眷，可以定一个，贾母定的晴雯。第七十八回，有贾母的话为证：

“但晴雯那丫头我看他甚好，怎么就这样起来。我的意思，这些丫头的模样爽利言谈针线多不及他，将来只他还可以给宝玉使唤得。”

另一个则是贾政的权力。第七十二回，赵姨娘求贾政把彩霞放在贾环房里做房里人，贾政是这么说的：

“且忙什么，等他们再念一二年书再放人不迟。我已经看中了两个丫头，一个与宝玉，一个给环儿。只是年纪还小，又怕他们误了书，所以再等一二年。”

宝玉两个房里人的决定权，规矩也好，潜规则也罢，就是这样划分的。贾母抢了先，王夫人落了空。贾政的权力，王夫人不敢抢，也不好抢。袭人就是瞅准了这个空隙，趁机进言，投靠王夫人，取得信任的。王夫人费尽心机，废了晴雯，让袭人顶班。

这就是从贾琏私生活看到的贾宝玉的私生活。贾琏的两个房里人，王熙凤给打发走了，让平儿取而代之。围绕宝玉两个房里人的名额，竞争十分惨烈，甚至有人付出生命。自以为可以被王夫人赐给宝玉的金钏投井而死，自以为雷打不动的晴雯遭袭人偷袭，气病而死，和宝玉洗澡两三个时辰的碧痕，直至遣散，连个大丫鬟的名分都没混上。即便得手的袭人，也是一场空，遭贾政撵出，自寻夫婿。

至于贾政为宝玉选好的房里人，可能八十回后因一系列变故，贾政心烦意乱，早已搁在脑后，成了空头支票。只有始终以不争为争的麝月留下来，侍候宝玉，直至出家。

叹一段繁华，一场纷争，一宵春梦，都付笑谈。

宝玉之悟

第二十二回，宝钗生日，宝钗告诉宝玉有一支《寄生草》的曲子极好，其中便有“赤条条来去无牵挂”。其后宝玉身陷黛玉宝钗湘云纷争，首尾难顾，徒添伤感：

宝玉道：“什么是‘大家彼此’！他们有‘大家彼此’，我是‘赤条条来去无牵挂’。”谈及此句，不觉泪下。袭人见此光景，不肯再说。宝玉细想这句趣味，不禁大哭起来，翻身起来至案，遂提笔立占一偈云：

你证我证，心证意证。

是无有证，斯可云证。

无可云证，是立足境。

宝钗看到这首偈，第一反应就是：

“这个人悟了。都是我的不是，都是我昨儿一支曲子惹出来的。这些道书禅机最能移性。明儿认真说起这些疯话来，存了这个意思，都是从我这一只曲子上来，我成了个罪魁了。”说着，便撕了个粉碎，递与丫头们说：“快烧了罢。”

接着，黛玉出马，所谓：

黛玉笑道：“不该撕，等我问他。你们跟我来，包管叫他收了这个痴心邪话。”

面对黛玉诘问，宝玉竟不能答，宝钗又苦心劝说：

宝玉自己以为觉悟，不想忽被黛玉一问，便不能答；宝钗又比出“语录”来，此皆素不见他们能者。自己想了一想：“原来他们比我的知觉在先，尚未解悟，我如今何必自寻苦恼。”

于是：

便笑道：“谁又参禅，不过一时顽话罢了。”说着，四人仍复如旧。

这样看来，宝玉似乎回转过来了。

但是，宝玉真的回转过来了吗？

第二十六回，薛蟠生日，索要贺礼，宝玉是这样说的：

“我可有什么可送的？若论银钱吃的穿的东西，究竟还不是我的，惟有我写一张字，画一张画，才算是我的。”

这句话，可不是一般世事富家公子能说得出来的！

宝玉，虽身系万千宠爱，位处荣华富贵，却知道，这一切皆不是他的。他是赤条条一无所有来到这个世界，在这个世界也是赤条条一无所有的，那么，等他走时，也是赤条条来去无牵挂。

宝玉，终究是悟了。

此时此处，一句闲话，却是大惊雷。

贾宝玉出家后的困顿生活

第十九回贾宝玉探望袭人，花家盛情款待贾宝玉，袭人啥也不敢给贾宝玉吃，此时有一条批语：

【庚辰双行夹批：补明宝玉自幼何等娇贵，以此一句留与下部后数十回“寒冬噎酸虀，雪夜围破毡”等处对看，可为后生过分之戒。叹叹！】

这条批语的意思，看到贾宝玉此时何等尊贵，不免联想到八十回后贾宝玉的困顿生活，沦落到寒冬咽酸菜充饥，雪夜围破毡御寒的境地。

需要区分的是，这样境况，是贾府被抄之后还是贾宝玉出家之后？

贾府被抄，邢夫人王夫人等贾府老幼搬迁到贾府祭祀田庄度日，虽然清苦，断不至此。何况是贾宝玉，王夫人再难，也不会让儿子这样。因此，这样境况，极有可能是贾宝玉抛弃贾府抛弃薛宝钗出家，做了云游四方的苦行僧，落魄潦倒，乞讨为生，方至于此。

这样的生活，可以说是贾宝玉自找的。

那么，贾宝玉为何这样自虐？

只因自觉罪孽深重，这便是佛教之谓“悬崖”，他要赎罪，要自我救赎，要用苦行来消弭罪孽，这便是“撒手”。一个自小娇生惯养的富家儿，能做出如此选择，“弃而为僧”，让人肃然起敬。这也是大勇和大悟。

人生很多时候，物质富足，内心却痛苦，日子窘迫，精神却得解脱。

贾宝玉的末世相

甄宝玉和贾宝玉的人生结局，虽然真真假假，难以分辨，但其实是给了交代的，不唯甄宝玉给了交代，贾宝玉也给了交代。

小说第二回，我一直觉得奇怪，无一处闲笔的《红楼梦》为啥要写贾雨村去了个智通寺，为啥有那么一副对联，为啥有那么一个又聋又哑的老和尚。

如果说引出甄士隐，是要告诉我们甄宝玉的后半生。那么，这时弄个贾雨村（假语存）游玩，写一闲笔，却是要告诉我们贾宝玉的末世相。

首先来看引出的关系。

贾雨村既是小说人物，也是小说的一种叙事方式，那就是以假话（贾化）和假语存（贾雨村）也就是虚构的方式推动小说展开。

第一回，甄士隐（真事隐）引出贾雨村（假语存），甄士隐资助贾雨村走上仕途之路。

第二回，贾雨村引出甄家和甄宝玉：

雨村道：“正是这意。你还不知，我自革职以来，这两年遍游各省，也曾遇见两个异样孩子。所以，方才你一说这宝玉，我就猜着了八九亦是这一派人物。不用远说，只金陵城内，钦差金陵省体仁院总裁甄家，你可知么？”

也是贾雨村引出的贾府和贾宝玉，正如冷子兴所言，是贾雨村贵同宗家引发关于贾府的讨论。

而贾雨村游智通寺，就在遇到冷子兴之前。

其次，贾雨村既见证了甄宝玉的晚年，也见证了贾宝玉的末世，这才是真假之笔。

最后，贾宝玉的结局，是悬崖撒手弃而为僧，是做了和尚了。而智通寺正好有个又聋又哑的和尚：

这日，偶至郭外，意欲赏鉴那村野风光。忽信步至一山环水旋、茂林深竹之处，隐隐的有座庙宇，门巷倾颓，墙垣朽败，门前有额，题着“智通寺”三字，【甲戌侧批：谁为智者？又谁能通？一叹。】门旁又有一副旧破的对联，曰：身后有余忘缩手，眼前无路想回头。【甲夹批：先为宁、荣诸人当头一喝，却是为余一喝。】

雨村看了，因想到：这两句话，文虽浅近，其意则深。【甲戌侧批：一部书之总批。】我也曾游过些名山大刹，倒不曾见过这话头，其中想必有个翻过筋斗来的亦未可知，【甲戌侧批：随笔带出禅机，又为后文多少语录不落空。】何不进去试试？想着走入，只有一个龙钟老僧在那里煮粥。雨村见了，便不在意。及至问他两句话，那老僧既聋且昏，【甲戌侧批：是翻过来的。】齿落舌钝，【甲戌侧批：是翻过来的。】所答非所问。雨村不耐烦，便仍出来。【甲戌眉批：毕竟雨村还是俗眼，只能识得阿凤、宝玉、黛玉等未觉之先，却不识得既证之后。】【甲戌眉批：未出宁、荣繁华盛处，却先写一荒凉小景；未写通部入世迷人，却先写一出世醒人。回风舞雪，倒峡逆波，别小说中所无之法。】

这段话很值得注意，一是“身后有余忘缩手，眼前无路想回头”这副对联。批语谓：

【甲夹批：先为宁、荣诸人当头一喝，却是为余一喝。】

又谓：

【甲戌侧批：一部书之总批。】

可见关系重大，是《红楼梦》点题之处。

二是说这寺庙里有翻过筋斗也就是经历过大波折大磨难大变故之人，

这人不是贾宝玉是谁?

三是贾雨村见对联以为有高人，可见到聋哑老和尚又不耐烦错过高人，此处批语说：

【甲戌眉批：毕竟雨村还是俗眼，只能识得阿凤、宝玉、黛玉等未觉之先，却不识得既证之后。】

这条批语的意思是说，贾雨村毕竟还是俗人，只认识宝玉黛玉凤哥富贵繁华尚未没落尚未觉悟时的幻象，却认不出得道了悟后宝玉黛玉和凤哥的本相。

这条批语提到的三人，只有宝玉是男性，只有宝玉出家做了和尚，其实已经在暗示此人就是出家多年后垂垂老矣的宝玉。昔日风度翩翩风流多情的美少年，沦落为一个又聋又哑、牙齿脱落、以稀粥度日的老和尚，实乃触目惊心之笔法。

《红楼梦》的叙事不仅是神话的和写实的，不仅是真假交错的，其实也是时空倒置的。整个《红楼梦》故事是架空穿越的，然后又以倒叙方式，在第一、第二回点明贾府的出处是甄府，异常巧妙地写出两个遥相呼应的男主角贾宝玉和甄宝玉的结局，一个就是隐居的甄宝玉（甄士隐），了悟做了道士，不知所终，另一个是虚拟的贾宝玉，弃而为僧，成了智通寺的老和尚。这样的写法，可谓冠绝天下。

这就是此处末尾批语所云：

【甲戌眉批：未出宁、荣繁华盛处，却先写一荒凉小景；未写通部入世迷人，却先写一出世醒人。回风舞雪，倒峡逆波，别小说中所无之法。】

还没写宁荣二府繁华，先写繁华之后的凄凉；还没写入世的迷人风光，先写出世的醒人结局。这种写法，就是回风舞雪，倒峡逆波，曹雪芹独创的真真假假、时空交错、前后颠倒的独特写法。

由此，我们通过甄宝玉的结局（甄士隐当道士）和贾宝玉的结局（智通寺老和尚），看到的不仅是小说关于两人完整而清晰的交代，还有小说独步古今的文法。

第二节　终不忘世外仙姝寂寞林

宝玉为何一见黛玉就哭泣摔玉

曾经，我把第三回宝玉初见黛玉即哭泣摔玉理解为一种求同心理，原不错，但总觉得有点似是而非隔靴搔痒。

贾宝玉为什么一见林黛玉，就那么恨那块跟他一起来到这个世界，标志他不凡，保佑他一生平安的通灵宝玉?

贾宝玉哭得“满面泪痕”，说明是发自心扉的痛彻。这是一种生命的直觉，一种爱到心痛、爱到绝望的直觉。

这种直觉，来自通灵宝玉的来历和木石前盟还泪神话。

首先，神瑛侍者和通灵宝玉下凡的目的不同。

神瑛侍者“凡心偶炽，欲下凡造历幻缘”，只因日日邂逅飘逸灵动的绛珠仙子，挑动凡心，打通情关，动了情，道行不深修行不够，要下凡去体验一番爱恨悲欢。所以神瑛侍者下凡，是为情。

而那块顽石，也就是通灵宝玉下凡，虽然也是凡心，却是为富贵繁华温柔。所谓:

“大师，弟子蠢物，不能见礼了。适闻二位谈那人世间荣耀繁华，心切慕之。弟子质虽粗蠢，性却稍通；况见二师仙形道体，定非凡品，必有补天济世之材，利物济人之德。如蒙发一点慈心，携带弟子得入红尘，在那富贵场中、温柔乡里受享几年，自当永佩洪恩，万劫不忘也。”

玉者，欲也。

神瑛侍者和通灵宝玉下凡，一个为情，另一个为欲，目的不同。

这可以从两人（石有灵性，姑且称人）性格看出，神瑛侍者连一株干涸将死的小草都懂得垂怜，有好生之德，有博爱之心。顽石则是听说富贵便心动不已，皆是性情使然。

其次，通灵宝玉是横插进来的。

本来神瑛侍者下凡投胎，绛珠仙子跟了去，没这块顽石什么事。是石头说动渺渺真人茫茫大士，临时起意，大展幻术，将其置于神瑛侍者投胎肉身口中来到人世来到贾府，去见识富贵繁华温柔乡的。神瑛侍者压根儿没想到会有这么一块玉石跟随。

最后，最重要的，是这块不请自来的通灵宝玉阻碍了神瑛侍者追求感情。

神瑛侍者下凡，是要追求爱情。却因这块通灵宝玉，被叫作了贾宝玉。这意味着神瑛侍者追求爱情过程一直会有世俗的欲望阻挠。如果没有这块玉，薛家的金锁就无对应之物，也就没有金玉相对，没有金玉良缘，他和黛玉的爱情，就没有阻挠。

贾宝玉虽不明所以，但凭着本能和直觉，感觉到了这块玉给他带来的不祥之兆，特别遇到遥远记忆里曾经见过的林黛玉，这种感觉，便尤其强烈。他是那么伤心，仿佛已经隐隐感觉到他和林黛玉的悲剧命运，他才要狠狠摔玉，企图砸碎那藩篱。

宝黛之小别如新婚

第九回宝黛相处的场景，每每读到，总感觉如沐春风，不胜温馨。

宝玉和秦钟约好一起上学，辞了王夫人贾政贾母：

忽想起未辞黛玉，因又忙至黛玉房中来作辞。彼时黛玉才在窗下对镜理妆，听宝玉说上学去，因笑道："好，这一去，可定是要'蟾宫折桂'去了。我不能送你了。"宝玉道："好妹妹，等我下学再吃晚饭。和胭脂膏子也等我来再制。"劳叨了半日，方撤身去了。黛玉忙又叫住问道："你怎么不去辞辞你宝姐姐呢？"宝玉笑而不答，一经同秦钟上学去了。

宝钗说宝玉是"无事忙"，看宝玉行头，确实惟肖。祖父母要辞，那是必需的礼数，却在节骨眼想起他的林妹妹来，一定要辞。本来只是去上学，天晚就回来的，又不是出远门，多此一举，便显得匆忙无度。

可是这一辞，却见出宝玉章法。记得宝玉曾掏心窝子对黛玉说，他心里，老太太、父母之外，便是黛玉。这其实就是祖母、父母和妻子的排序。没想到，宝玉未说出这话之前，便已实践了。先辞王夫人，然后贾政，然后贾母，然后便是黛玉。这也是出门男子辞别家人的顺序。可见宝玉之念，早已在心，林妹妹就是她的爱妻。

然而宝玉辞别黛玉，是不是颇有些“一日不见如隔三秋”的味道？一日不见，也是不舍，也是要辞的。

更妙者，宝玉来辞，黛玉正对镜梳妆呢。这个场景，就极其生活化了，甚至让人恍惚间误以为是丈夫走进妻子的卧室。黛玉边梳妆边说，好，这一去，定要蟾宫折桂了。此时黛玉心里，是极度满足的，她知道宝玉辞别完长辈，第一个就要来辞自己，这样的回答，便有些调皮，有些欣慰的味道，说出来的话，虽也如宝钗湘云般劝功名，却涌动着浓浓的情意，又带着几分调皮。一句“我不能送你了”，既见身份，也见柔情，又逃得过道学者法眼，可谓优雅得体。

而宝玉之嘱托，婆婆妈妈，一定等他回来吃饭，一定等他回来制胭脂膏。黛玉初进贾府，和宝玉同居碧纱橱大半年直到过了残冬，直到搬进大观园才分开。即便分开，宝黛也是常如过家家般合在一起吃饭的，这句话便是明证。还有后来贾母赐菜，独赐宝黛，可见贾母是知道这两个小冤家经常一起搭伙的。这便是与别人的不同。

试问宝黛之起居，一起吃饭，一起午睡，一起聊天，一起制胭脂膏，一起吵架，甚至还有贾母如凤姐贾琏、李纨贾兰母子般的一并赐菜，就是再眼拙之人，也看得出，这不是未来的小夫妻是什么？

所以，当薛姨妈说要为宝黛提亲，就连院子里的老婆子都齐声叫好。所以兴儿才会对尤二姐说，宝玉已经有了，只未露形，定了林姑娘的，再过两三年，老太太一开言再无不准的。所以宝黛虽未婚，在众人眼里，俨然夫妻矣。

最俏皮的，是黛玉笑问宝玉，“你怎么不去辞辞你宝姐姐呢”，这里没有任何讥讽之意，有的只是了然于心的喜悦和顽皮。是啊，如果黛玉不提起，这里确实没宝钗什么事儿。而宝玉的笑而不答，那种尽在不言中的意味，便是宝玉已然做出的取舍。

我观曹公之写作，虽经十二钗凋零，贾府败落，依然冷峻。独对宝黛，终有些修炼不够，想入非非。他居然冒天下之大不韪，从七八岁起，即把一对儿女的感情描摹得如此真挚，又情不自禁地把悲剧不能给予他们的幸福，偷梁换柱给予早年的他们，消弭宝黛终其一生不能相守之痛。又不惜让贾母痛批才子佳人，为宝黛之纯情正名。又让宝黛诸人年龄，透着一股捉摸不透的意味。如此这般，实在煞费苦心。只因这个痛，其实是雪芹之痛。

这便是《红楼梦》创作有些乱了方寸的软肋。然非深于情者，便无此软肋。无此软肋，便无红楼一梦。

宝黛之如新婚般的小别，是把一次小小的别离，当作一次长长的远行，这对深爱的人来说，反而是一件再正常不过的事情。

黛玉的心宝玉的意

说实话，分析宝黛是最没有悬念的事情，小说调子已经定在那里。除少数故作惊人之语者，大抵是不会否定宝黛相爱的。但这也是我最欢喜做的事情。甚至很多时候，分析《红楼梦》苦了，就不由自主翻到宝黛的章节，重复也好，絮叨也罢，无聊也行，就想说说他们，说说这一对旷世奇绝的恋人，给内心一个柔软一个温暖的机会。

宝玉有很多很多弱点，甚至有人说宝玉配不上黛玉。也有很多人不喜欢黛玉，说伺候不起。

《红楼梦》优秀男女何其多。按照《神雕侠侣》的标准，柳湘莲比贾宝玉优秀得多。而薛宝钗也是公认的贤妻楷模。可事实是，假如把柳湘莲和林黛玉扯到一起，柳湘莲竟显得那么的苍白无力。而硬生生扯到一起的宝玉和宝钗，结局是贤妻成了弃妇，丈夫做了和尚。

仔细想想，黛玉还真只有宝玉配得，不然宝玉那些荒唐之举就真的显得荒唐，黛玉那些小性儿也会黯然失色。尤二姐的温柔，合着贾琏的情欲，方显风月。尤三姐的刚烈，配上湘莲的侠义，方为至境。这便是《红楼梦》的妙处。《红楼梦》每一对男女，或悲或喜，或疯或痴，或爱或恨，都有她（他）登对的那个，都有他（她）命里的那个，多一分则累，少一分则废。这不，第十七至第十八回，又有一次宝黛吵架。

贾政率贾珍贾琏和众清客视察竣工的大观园，咏拟匾额，叫了宝玉来考试，过关。贾政的小厮们，那些吃惯见惯的货，一哄而上：

一个上来解荷包，那一个就解扇囊，不容分说，将宝玉所佩之物尽行解去。

回屋，袭人一看：

因笑道："带的东西又是那起没脸的东西们解了去了。"

这时黛玉的反应是：

林黛玉听说，走来瞧瞧，果然一件无存。

且容我打住。

原来，林黛玉就在宝玉房里。

其后大观园居所，潇湘馆和怡红院最近，宝黛早已存了私心。

我说过，即便住进大观园，宝黛其实也经常在一起。宝玉去黛玉那里，黛玉来宝玉这里，宝黛的丫鬟往来，都十分随意。

黛玉看到宝玉所配之物没了，生气了：

因向宝玉道："我给的那个荷包也给他们了？你明儿再想我的东西，可不能够了！"

黛玉生气是很正常的。她做给宝玉的荷包，如果就这样随随便便被小厮解去，那就玷污黛玉了。任何一个女孩子给一个男孩子做荷包，不明不白落入他人之手，都会生气。

黛玉这一气，非同小可：

说毕，赌气回房，将前日宝玉所烦他作的那个香袋儿——做了一半——赌气拿过来就铰。

黛玉是什么人？袭人说过的，一年做一两样针线活，贾母还怕累着。可是黛玉给宝玉做的，不仅荷包，还有一个香袋呢：

虽尚未完，却十分精巧。

这就是黛玉的心意。一个女孩儿家的心意，怎可随随便便被人解去？

宝玉见黛玉生气：

便知不妥，忙赶过来，早剪破了。

如此，宝玉也生气了：

宝玉已见过这香囊，虽尚未完，却十分精巧，费了许多工夫。今见无故剪了，却也可气。

宝玉生气，乃是心疼那个尚未完工的香袋。这个十分精巧的香袋，耗费了林妹妹多少心血？黛玉铰了香袋，相当于自铰其心。

可是，宝玉连黛玉尚未做完的香袋都如此珍惜，岂会随意把黛玉的荷包给人？此时宝玉之意，已呼之欲出：

因忙把衣领解了，从里面红袄襟上将黛玉所给的那荷包解了下来，递与黛玉瞧道："你瞧瞧，这是什么！我那一回把你的东西给人了？"

黛玉的荷包，宝玉如此珍重，原来藏在衣服里。

而贾府奉为命根儿的通灵宝玉，宝玉是戴在外面的，想砸就砸，想摔就摔。

可见黛玉的荷包，比通灵宝玉还要珍贵。所以：

林黛玉见他如此珍重，带在里面，可知是怕人拿去之意，因此又自悔莽撞，未见皂白，就剪了香袋。因此又愧又气，低头一言不发。

林妹妹知道错怪了宝玉，而宝玉气仍未消：

宝玉道："你也不用剪，我知道你是懒待给我东西。我连这荷包奉还，何如？"说着，掷向他怀中便走。

宝玉之气，乃是黛玉误了他意。黛玉之悔，乃是知了宝玉的心。一时之间，此消彼长：

黛玉见如此，越发气起来，声咽气堵，又汪汪的滚下泪来，拿起荷包来又剪。

我叹曹公笔力，何如此毕俏耶？黛玉之美，尽在这泪水盈盈，美人心恸，方为至美。就是我等也不忍，宝玉何忍？果然：

宝玉见他如此，忙回身抢住，笑道："好妹妹，饶了他罢！"

我叹宝玉败军之将，小胜一役，便不知进退，焉能不折？一句"好妹妹，饶了他罢"，不如说是，"好妹妹，饶了我吧"。这就是爱情的妙处，对了的，倒要常常认错：

黛玉将剪子一摔，拭泪说道："你不用同我好一阵歹一阵的，要恼，就撂开手。这当了什么！"说着，赌气上床，面向里倒下拭泪。禁不住宝玉上来“妹妹”长“妹妹”短赔不是。

黛玉这话，任是对谁说，也是小性儿了，到底是谁好一阵歹一阵的了？可对宝玉来说，便不是小性儿那般简单：

“你不用同我好一阵歹一阵的，要恼，就撂开手。这当了什么！”

这话，不妨这样翻译：我就是要和你好一阵歹一阵的，如果受不了，就分手，真是的！

哈哈哈哈，我要笑死了。

偏偏这个时候，贾母横插了一杠子：

前面贾母一片声找宝玉。众奶娘丫鬟们忙回说：“在林姑娘房里呢。”贾母听说道：“好，好，好！让他们姊妹们一处顽顽罢。才他老子拘了他这半天，让他开心一会子罢。只别叫他们拌嘴，不许扭了他。”众人答应着。

知宝黛者，贾母也。这是贾母支持宝黛的基础。贾母这个台阶，给得足，给得妙，我甚至疑心贾母是知道他们拌了嘴的，只是佯装不知而已：

黛玉被宝玉缠不过，只得起来道：“你的意思不叫我安生，我就离了你。”说着往外就走。宝玉笑道：“你到那里，我跟到那里。”一面仍拿起荷包来带上。黛玉伸手抢道：“你说不要了，这会子又带上，我也替你怪臊的！”说着，“嗤”的一声又笑了。宝玉道：“好妹妹，明日另替我作个香袋儿罢。”黛玉道：“那也只瞧我的高兴罢了。”一面说，一面二人出房，到王夫人上房中去了，可巧宝钗亦在那里。

宝黛和好，其间的种种意味，诸君自去体味，拙笔不能达意也。我想说说宝钗。要说去宝玉房里，住进大观园后宝钗去得也确实不少，而且一去大半天，影响怡红院作息，招致晴雯抱怨。可是，能比黛玉多吗？

不能。

宝黛不仅在一处吃饭午睡玩耍，还常常吵架，从怡红院吵到潇湘馆，从潇湘馆吵到怡红院，但是，为啥怡红院的丫鬟们就没有怨言？

那是因为，宝黛互动，怡红院潇湘馆互动，本就属于两人两处的作息节奏。自打黛玉七岁进贾府，便是如此，贾府上下早已习惯。

这是宝钗的委屈，也是宝钗的差距。这是黛玉的心，这是宝玉的意，宝黛的心意。

宝黛之共枕眠

曹雪芹是相信“百年修得同船渡，千年修得共枕眠”的。

曹雪芹写作《红楼梦》的最大风险，就是要满足一己私心，让终未能结合的宝黛享尽小夫妻的甜蜜。在那个父母之命、媒妁之言、男女授受不亲的时代，这是不愿流俗于“坏人子弟”“风月笔墨”的曹雪芹创作中必须解决的道德问题。所以，《红楼梦》的年龄是模糊的，宝黛的痴情是有神话性的，贾母的庇护是有目共睹的。曹雪芹硬生生就是要做成，宝黛之情，发乎情、止乎礼，是天底下最纯洁的爱情。

而这样的尝试，无疑是成功的。我们在前八十回无数次领略了宝黛行似小夫妻的温馨场景，这是曹雪芹在不断地弥补和化解宝黛终生不能结合之痛，这是最大的“意淫”。难怪，警幻仙姑要称宝玉为“天下古今第一淫人也”。

而这所有的尝试，第十九回宝黛一起午睡无疑是最高难度、最冒险的一次，稍有差池就成了苟且。而设计让宝玉说与黛玉自小“一桌吃一床睡”的曹雪芹又必须对此有所交代才行。

1. 宝玉怕黛玉贪睡积食

宝玉大中午来看黛玉。黛玉正午睡呢：

宝玉揭起绣线软帘，进入里间，只见黛玉睡在那里，忙走上来推他道：“好妹妹，才吃了饭，又睡觉。”将黛玉唤醒。

又写：

宝玉道：“酸疼事小，睡出来的病大。我替你解闷儿，混过困去就好了。”

再写：

宝玉只怕他睡出病来，便哄他道。

直到第二十回开篇，似乎仍不放心，还写：

那宝玉正恐黛玉饭后贪眠，一时存了食，或夜间走了困，皆非保养身体之法。

曹雪芹写宝黛午睡这一段，居然如此啰唆地四次强调，宝玉和黛玉午睡的原因在于宝玉爱惜黛玉的身体，怕她体弱，午睡积食，睡出病来，或者睡多了夜里失眠。

2. 批语证无邪

这样的强调，就使得自古男女授受不亲背景下宝黛的午睡跳出了“淫”的境界，而至于“情”了。所以此间批语一再说：

【庚辰双行夹批：若是别部书中写，此时之宝玉一进来，便生不轨之心，突萌苟且之念，更有许多贼形鬼状等丑态邪言矣。此却反推唤醒他，毫不在意，所谓说不得淫荡是也。】

【庚辰双行夹批：宝玉又知养身。】

【庚辰双行夹批：却像似淫极，然究竟不犯一些淫意。】

【庚辰双行夹批：原来只为此故，不暇旁人嘲笑，所以放荡无忌处不特此一件耳。】

3. 宝钗证宝黛清白

在宝黛午睡说故事即将结束之时，又安排宝钗进来：

一语未了，只见宝钗走来，【庚辰双行夹批：妙！】笑问：“谁说故典呢？我也听听。”

安排一贯安分得体的宝钗进来，为的也是要证明宝黛午睡之清白。试想，宝黛在午休，既然宝钗也不避讳，径直进来，说明乃是见得人的正大光明之事。这一切，是否与若干回后贾母猛批才子佳人故事为宝黛正名有异曲同工之妙？

4. 实写宝黛亲密无限

可以说，曹雪芹为在前八十回可以名正言顺顺理成章地“意淫”宝黛小夫妻场景，真是煞费了苦心。来看原文：

黛玉只合着眼，说道：“我不困，只略歇歇儿，你且别处去闹会子再来。”宝玉推他道：“我往那里去呢，见了别人就怪腻的。”

黛玉听了，嗤的一声笑道：“你既要在这里，那边去老老实实的坐着，咱们说话儿。”宝玉道：“我也歪着。”黛玉道：“你就歪着。”宝玉道：“没有枕头，咱们在一个枕头上。”黛玉道：“放屁！外面不是枕头？拿一个来枕着。”宝玉出至外间，看了一看，回来笑道：“那个我不要，也不知是那个脏婆子的。”黛玉听了，睁开眼，起身笑道：“真真你就是我命中的‘天魔星’！请枕这一个。”说着，将自己枕的推与宝玉，又起身将自己的再拿了一个来，自己枕了，二人对面躺下。

这段话就是宝黛午睡说故事的核心。其实说故事是假，怕生病也是假，实写的是宝黛之间无限亲密。

围绕这共枕眠的，是宝黛更为亲昵的举止——黛玉看视宝玉脸上的血渍，宝玉闻黛玉衣袖之香，黛玉拿“暖香”嘲弄宝玉，宝玉挠黛玉胳肢窝，黛玉笑岔气讨饶，宝玉编“耗子精偷香玉”的故事——其间的娇憨、柔蜜、缠绵，就连脂砚斋的批语也已情不自禁。我等文笔不逮曹公万一者，只能请诸君去看原文，体会这一回的精彩动人。

这样的共枕眠，亲昵而不猥亵，深情而不淫荡，无忌而无不当，真称得上古今天下第一意淫奇文。

此时宝黛仍是跟着贾母生活，尚未进入大观园，起居也尚未分开。黛玉初到贾府，贾母不另安排她居于别处，而是将原本跟着她的三春移去跟王夫人一处，又让宝黛同居碧纱橱，跟着她老人家一处坐卧。这次午休同眠可以说是宝黛“一桌吃一床睡”生活起居的巅峰写照。

黛玉已俘获宝玉之心

很多人见不得黛玉对宝玉颐指气使，那是人家小情侣打情骂俏，不写出来看不到，写出来又受不了，真真如何是好?

第二十回，黛玉对宝玉又霸气了一回。

黛玉得知宝玉从宝钗房里来，反应是：

黛玉冷笑道：“我说呢，亏在那里绊住，不然早就飞了来了。”

黛玉这话可两指，一指宝玉为宝钗绊住，二指宝玉此来是为湘云。

宝玉解释倒也合情合理：

宝玉笑道：“只许同你顽，替你解闷儿。不过偶然去他那里一趟，就说这话。”

宝玉的话不算夸张，他的心思确实大都耗在黛玉身上，再怎么着，宝玉也是怜爱女儿之人，宝钗是他表姐，偶尔交往也属正常。

可是黛玉的回答却霸气侧漏：

林黛玉道："好没意思的话！去不去管我什么事，我又没叫你替我解闷儿。可许你从此不理我呢！"说着，便赌气回房去了。

黛玉话里有话：

一层是，我并没有让你替我解闷，是你要替我解闷。

二层是，允许你从此不替我解闷。"可许你从此不理我"这句话厉害，说得文质彬彬，却又异常霸道，没有百分之百的把握，断不会如是说。

于是：

宝玉忙跟了来，问道："好好的又生气了？就是我说错了，你到底也还坐在那里，和别人说笑一会子。又来自己纳闷。"

黛玉不依不饶：

林黛玉道："你管我呢！"

既然已许你不理我，我生不生气自然不用你管。黛玉盛怒之下，头脑纹丝儿不乱。

宝玉赔笑道：

"我自然不敢管你，只没有个看着你自己作践了身子呢。"

依然是满满的疼惜。

黛玉偏不领情，道：

"我作践坏了身子，我死，与你何干！"

此时的黛玉，是要断绝了和宝玉的干系。于是关于你死还是我活，展开了一场口角：

宝玉道："何苦来，大正月里，死了活了的。"林黛玉道："偏说死！我这会子就死！你怕死，你长命百岁的，如何？"宝玉笑道："要像只管这样闹，我还怕死呢？倒不如死了干净。"黛玉忙道："正是了，要是这样闹，不如死了干净。"宝玉道："我说我自己死了干净，别听错了话赖人。"

说到死，两人都是离了对方就要作践去死，可是又只愿自己死，对方活。

恰巧这时，宝钗过来，说湘云等他，拉走宝玉。这场争执貌似就要这样结束？所谓：

这里黛玉越发气闷，只向窗前流泪。

但是，哀莫大于心死，宝黛吵架，说到死，便快要表明心迹了。果然：

没两盏茶的工夫，宝玉仍来了。

宝玉的羁绊，还在这里：

林黛玉见了，越发抽抽噎噎的哭个不住。宝玉见了这样，知难挽回，打叠起千百样的款语温言来劝慰。不料自己未张口，只见黛玉先说道："你又来作什么？横竖如今有人和你顽，比我又会念，又会作，又会写，又会说笑，又怕你生气拉了你去，你又作什么来？死活凭我去罢了！"

黛玉见宝玉回来，更加伤心，黛玉的话，依然指向宝钗和湘云，没有一丝退让。宝玉听了忙上来悄悄地说道：

"你这么个明白人，难道连'亲不间疏，先不僭后'也不知道？我虽糊涂，却明白这两句话。头一件，咱们是姑舅姊妹，宝姐姐是两姨姊妹，论亲戚，他比你疏。第二件，你先来，咱们两个一桌吃，一床睡，长的这么大了，他是才来的，岂有个为他疏你的？"

宝玉这话，说到和黛玉的亲缘关系。黛玉的血缘是贾府流出去的，王家的血缘是流入贾府的，而宝钗更隔了一层。也说到和黛玉的感情，一桌吃饭一床睡觉长这么大，"他是才来的"，呼应我之谓第三回黛玉进贾府和第四回宝钗进京相隔四年之论。

听宝玉说了心里话：

林黛玉啐道："我难道为叫你疏他？我成了个什么人了呢！我为的是我的心。"宝玉道："我也为的是我的心。难道你就知你的心，不知我的心不成？"

果然，一切争吵，源于心，也止于心。只要两颗心是真的，一切问题便迎刃而解。所谓宝钗和湘云，不过是宝黛爱情的道具和牺牲品。

黛玉霸气的根源，已不言自明，她已然俘获了宝玉之心。

宝玉和黛玉如何传情

有条批语说得好，说宝黛的话语，大多是囫囵之语。其中缘由，不外乎三：

一是，宝黛自七八岁一桌吃一床睡，亲情和爱情，一时难以备述；

二是，宝黛之感情也须经历懵懂至自觉之过程；

三是，封建礼教规矩，大家族公子小姐的声誉，也得顾及。

那么，宝黛之间，到底是何居心?

第二十回争吵，宝黛只是表态，我的心是你的，你的心是我的，彼此感觉安全了，就罢手了。但是以宝黛之聪慧，必然要追问，宝玉交给我的心是什么心? 黛玉交给我的心是什么心? 难道真只是亲不间疏，先不僭后?

第二十三回，契机来了。

茗烟弄了好多传奇小说给宝玉看。这一日，宝玉正在落红阵中读《会真记》，恰巧碰到葬花的黛玉。于是，借了这书的机缘，二人传情。

先是给黛玉看书:

林黛玉把花具且都放下，接书来瞧，从头看去，越看越爱看，不到一顿饭工夫，将十六出俱已看完，自觉词藻警人，馀香满口。虽看完了书，却只管出神，心内还默默记诵。

宝玉沉浸其中，自我比拟:

宝玉笑道:“我就是个‘多愁多病身’，你就是那‘倾国倾城貌’。”

这是宝玉自比张生，将黛玉比莺莺了。这便是二人彼此交付之心从亲情往爱情的藩篱上引了。

黛玉猝不及防，自然恼了，不恼，何来千金身份? 所谓:

林黛玉听了，不觉带腮连耳通红，登时直竖起两道似蹙非蹙的眉，瞪了两只似睁非睁的眼，微腮带怒，薄面含嗔，指宝玉道:“你这该死的胡说! 好好的把这淫词艳曲弄了来，还学了这些混话来欺负我。我告诉舅舅舅母去。”说到“欺负”两个字上，早又把眼睛圈儿红了，转身就走。

宝玉自知冒失，慌不迭讨饶:

宝玉着了急，向前拦住说道:“好妹妹，千万饶我这一遭，原是我说错了。若有心欺负你，明儿我掉在池子里，教个癞头鼋吞了去，变个大忘八，等你明儿做了‘一品夫人’病老归西的时候，我往你坟上替你驮一辈子的碑去。”

宝玉这番话，虽是混话，乱说一气，那意思却又回到亲情的藩篱里来了。

宝玉吓成这样，黛玉乐了，不乐，不是黛玉:

说的林黛玉嗤的一声笑了。

可是黛玉接下来的话，却是这样的:

“一般也唬的这个调儿，还只管胡说。‘呸，原来是苗而不秀，是个银样镴枪头’。”

黛玉的话，回应了宝玉从亲情藩篱里冲出来的感情，引用《会真记》

更厉害一句，原来“苗而不秀，是个银样镴枪头”。一则嘲笑宝玉慌乱，二则说宝玉中看不中用，银样镴枪头，颇颇有些情趣。

如此一来，宝玉从亲情藩篱勇敢冲出来的试探，算是得到了回应，他们彼此交付的心，不唯兄妹之心，也是爱情之心。

宝玉一颗悬着的心，总算放下：

宝玉听了，笑道：“你这个呢？我也告诉去。”

既然已知宝玉的心，黛玉自然可以巧妙收回话题：

林黛玉笑道：“你说你会过目成诵，难道我就不能一目十行么？”

这一收，全在弦外之音言外之意。好比第二十回两人争吵，是这样收尾：

林黛玉听了，低头一语不发，半日说道：“你只怨人行动嗔怪了你，你再不知道你自己怄人难受。就拿今日天气比，分明今儿冷的这样，你怎么倒反把个青肷披风脱了呢？”宝玉笑道：“何尝不穿着，见你一恼，我一暴燥就脱了。”林黛玉叹道：“回来伤了风，又该饿着吵吃的了。”

本不为此，却用它法解脱，方不失大家礼节，这是黛玉聪慧之处。

至此，宝黛二人，已从彼此交心到心领神会，接下来的传情，会更加精彩。

宝黛争吵之谜

再读清虚观打醮，又读出之前未曾读出的味道（第二十九回）。

第一，清虚观打醮，哪里写了打醮？分明只写了提亲。

第二，道观提亲，时间地点都不合适，有点滑稽。

第三，宝玉不过十三岁多不到十四岁，却硬要介绍一个十五岁的姑娘，虽说有女大三抱金砖的说法，但一般情况，婚姻还是男大女小相宜。

张道士是第二代荣国公的出家替身，皇帝钦封“终了真人”，世人称为“仙人”，为何如此唐突？

其中玄机，自然是王夫人和薛姨妈姐妹一拍即合，却奈于贾母，不得不说动女儿贾元春，演出这场清虚观名为打醮实为提亲的好戏。

其实提亲都未必，只是想给贾母暗示，表明一种态度。如果贾母认可，正式的提亲哪里会是这样的？贾府的命根，薛家的宝贝，怎会如此草草？

所以这次提亲，人人都是揣着明白装糊涂。所有人都知道，张道士所说的这位十五岁模样根基都配得宝玉的姑娘是谁。包括宝玉和黛玉，包括薛姨妈和薛宝钗。这下明白小说为何说宝钗"罕言寡语，人谓藏愚，安分随时，自云守拙"了吧？

张道士所提结亲的人就在现场，她心爱的两个玉儿也在场，众目睽睽，贾母要演好这出戏真的很难。

薛宝钗沉得住气，贾母更沉得住气：

"上回有和尚说了，这孩子命里不该早娶，等再大一大儿再定罢。"

我也是老背晦了，现在才读出贾母的意思来。宝玉自然等得起，可那位原就比宝玉大的姑娘如何等得起？都十五了，再等个两三年的，成老姑娘了。可见，贾母让宝玉晚婚，就是拒绝的意思。而宝玉晚婚，等的就是黛玉，小一岁的黛玉永远等得起宝玉，宝玉要等的也就是黛玉。

贾母这块老玉，包浆丰厚，晶莹通透，她翼下的两块小玉，也注定了清澈水润。一场提亲大戏，就这样消弭于无形。

可是其中差别，还是有的。

宝钗即便内心暗流汹涌，外表依然风雨不动。

黛玉也自是气定神闲。人说有妈的孩子是块宝，我看有外婆的孩子也是块宝，有贾母庇护的黛玉，也不是那小家子气的孩子。她对宝玉这样说：

"你只管看你的戏去，在家里作什么？"

倒是宝玉沉不住气了：

宝玉因昨日张道士提亲，心中大不受用，今听见林黛玉如此说，心里因想道："别人不知道我的心还可恕，连他也奚落起我来。"因此心中更比往日的烦恼加了百倍。若是别人跟前，断不能动这肝火，只是林黛玉说了这话，倒比往日别人说这话不同，由不得立刻沉下脸来，说道："我白认得了你。罢了，罢了！"

而林黛玉一句话，道出了天机：

林黛玉听说，便冷笑了两声："我也知道白认得了我，那里像人家有什么配的上呢。"

宝玉的反应更加激烈：

宝玉听了，便向前来直问到脸上："你这么说，是安心咒我天诛地灭？"

这一来一去，两人虽然打着哑语，所指却异常清晰，张道士提亲，便是金玉相对，便是薛家，便是宝钗。

来看黛玉收尾：

"我要安心咒你，我也天诛地灭。何苦来！我知道，昨日张道士说亲，你怕阻了你的好姻缘，你心里生气，来拿我煞性子。"

宝黛吵架的逻辑出来了。

张道士提亲——宝玉的玉（难怪张道士要夸张地展示通灵宝玉）——宝钗的金锁——金玉相配——薛家。

这便是宝黛吵架的玄机。

宝玉沉不住气，伤害黛玉，更伤害自己：

那宝玉又听见他说"好姻缘"三个字，越发逆了己意，心里干噎，口里说不出话来，便赌气向颈上抓下通灵宝玉，咬牙恨命往地下一摔，道："什么捞什骨子，我砸了你完事！"偏生那玉坚硬非常，摔了一下，竟文风没动。宝玉见没摔碎，便回身找东西来砸。林黛玉见他如此，早已哭起来，说道："何苦来，你摔砸那哑吧物件。有砸他的，不如来砸我。"

宝玉砸玉，便是要粉身碎骨，毁了金玉相对的婚姻。他对宝钗的拒绝排斥，他对黛玉的舍命相随，还要如何倾述？他二人，恨不能即刻死在一起，化为尘埃。

宝黛这次最凶残的吵架，竟来自最真挚的感情。

多少人为宝黛流泪

清虚观打醮，张道士提亲，惹恼了宝玉。话说很多次吵架，都是黛玉引起的。但这一次，却是宝玉引起的。林黛玉让宝玉去看戏，原本是要宝玉沉住气，宝玉却理解为黛玉无动于衷，于是主动挑衅：

若是别人跟前，断不能动这肝火，只是林黛玉说了这话，倒比往日别人说这话不同，由不得立刻沉下脸来，说道："我白认得了你。罢了，罢了！"

黛玉的心思却是：

"你心里自然有我，虽有'金玉相对'之说，你岂是重这邪说不重我的。我便时常提这'金玉'，你只管了然自若无闻的，方见得是待我重，而毫无此心了。如何我只一提'金玉'的事，你就着急，可知你心里时时有'金玉'，见我一提，你又怕我多心，故意着急，安心哄我。"

宝玉不急不怒，方显得毫不在意。

于是一场争吵的结果，便是宝玉摔玉。只见宝玉：

他脸都气黄了，眼眉都变了，从来没气的这样。

而黛玉呢？

林黛玉一行哭着，一行听了这话说到自己心坎儿上来，可见宝玉连袭人不如，越发伤心大哭起来。心里一烦恼，方才吃的香薷饮解暑汤便承受不住，"哇"的一声都吐了出来。

结果便是：

又见林黛玉脸红头胀，一行啼哭，一行气凑，一行是泪，一行是汗，不胜怯弱。宝玉见了这般，又自己后悔方才不该同他较证，这会子他这样光景，我又替不了他。心里想着，也由不的滴下泪来了。

主子如此，袭人和紫鹃也不好再劝：

袭人见他两个哭，由不得守着宝玉也心酸起来，又摸着宝玉的手冰凉，待要劝宝玉不哭罢，一则又恐宝玉有什么委曲闷在心里，二则又恐薄了林黛玉。不如大家一哭，就丢开手了，因此也流下泪来。紫鹃一面收拾了吐的药，一面拿扇子替林黛玉轻轻的扇着，见三个人都鸦雀无声，各人哭各人的，也由不得伤心起来，也拿手帕子擦泪。四个人都无言对泣。

一场争吵，换作四人泪眼相对，真真是亘古未有的情孽。

婆子们见黛玉大哭大吐，宝玉摔玉，怕担责，悄悄报告给贾母和王夫人，二人"也都不知有了什么大祸"，忙忙赶来，可是：

那贾母、王夫人进来，见宝玉也无言，林黛玉也无话，问起来又没为什么事，便将这祸移到袭人紫鹃两个人身上，说："为什么你们不小心服侍，这会子闹起来都不管了！"因此将他二人连骂带说教训了一顿。二人都没话，只得听着。还是贾母带出宝玉去了，方才平服。

过了一日，贾母想着兄妹看看戏也就好了，不想宝黛皆为错怪对方无趣，偏又不去：

那贾母见他两个都生了气，只说趁今儿那边看戏，他两个见了也就完了，不想又都不去。老人家急的抱怨说："我这老冤家是那世里的孽障，偏生遇见了这么两个不省事的小冤家，没有一天不叫我操心。真是俗语说的，'不是冤家不聚头'。几时我闭了这眼，断了这口气，凭着这两个冤家闹上天去，我眼不见心不烦，也就罢了。偏又不咽这口气。"自己抱怨着也哭了。

贾母这话，可是漏了老底。贾母一世里的孽障，便是宝黛。贾母为这两个冤孽，思虑过多少前前后后，熬过多少个日日夜夜，费尽了多少心机，筹划得何等机密。贾元春高压提亲，贾母尚且抗得过，奈何抗不过这两个小冤家作孽。于是贾母哭了，这泪水有多少嫁进贾府的心酸，有多少和贾代善的恩爱，有多少和儿女的亲情，有多少为宝玉的筹划，有多少对黛玉的忧虑。但贾母即便抱怨自己死了，两个小冤家闹上天去，也还是他俩在闹，不是别个。这便是贾母心思，希望宝黛好好的，那怕他们不好好的，闹上天去，那怕她闭眼，也还是他俩。这便是"不是冤家不聚头"的意思。

贾母的泪水，隐含对丈夫的思念，隐含对女儿的不舍，隐含她三世的儿女情缘。外人如何知道？所谓：

这话传入宝林二人耳内。原来他二人竟是从未听见过"不是冤家不聚头"的这句俗语，如今忽然得了这句话，好似参禅的一般，都低头细嚼此话的滋味，都不觉潸然泣下。虽不曾会面，然一个在潇湘馆临风洒泪，一个在怡红院对月长吁，却不是人居两地，情发一心！

读这一段，几欲泪下。我想宝黛婚姻无望时，也是如此落泪。生不能聚，死却同心。

宝玉为谁做的和尚

第三十回，宝黛为表白心迹的那次争吵，自然是和好了。

黛玉哭着说：

“你也不用哄我。从今以后，我也不敢亲近二爷，二爷也全当我去了。”

这是最具杀伤力的哭诉，也是最具顽话性的调情。二人你来我往，自有一番倾述：

宝玉听了笑道：“你往那去呢？”林黛玉道：“我回家去。”宝玉笑道：“我跟了你去。”林黛玉道：“我死了。”宝玉道：“你死了，我做和尚！”

黛玉家去，宝玉跟去，如若林如海贾敏健在，去姑妈家做个倒插门倒也不赖，这是玩笑。最关键的，黛玉说我死了，宝玉说我就去做和尚，黛玉为何恼了？所谓：

林黛玉一闻此言，登时将脸放下来，问道：“想是你要死了，胡说的是什么！你家倒有几个亲姐姐亲妹妹呢，明儿都死了，你几个身子去作和尚？明儿我倒把这话告诉别人去评评。”

有宝玉之心相随，正是林妹妹一生的福缘。为何宝玉说出来了，黛玉反要申斥宝玉？

这一切，只因太露骨。妹妹家去，哥哥跟去，原是顽话。但若黛玉死了，宝玉做和尚，那便是夫妻，而且是忠贞不二的夫妻。这又造次了，有失大家公子小姐礼仪。所以黛玉才会沉下脸来批评宝玉。所谓你家几个亲姐姐亲妹妹死了你几个身子去做和尚，不过是为宝玉的莽撞遮掩而已。

果然：

宝玉自知这话说的造次了，后悔不来，登时脸上红胀起来，低着头不敢则一声。幸而屋里没人。

黛玉自然是爱恨交加：

林黛玉直瞪瞪的瞅了他半天，气的一声儿也说不出话来。见宝玉憋的脸上紫胀，便咬着牙用指头狠命的在他额颅上戳了一下，哼了一声，咬牙说道：“你这——”刚说了两个字，便又叹了一口气，仍拿起手帕子来檫眼泪。

宝玉心里原有无限的心事，又兼说错了话，正自后悔；又见黛玉戳他一下，要说又说不出来，自叹自泣，因此自己也有所感，不觉滚下泪来。

我曾说黛玉还泪并不确切，其实宝玉也在还泪。生恐前世灌溉之水还完，缘尽而散，于是黛玉还他泪水，他又赶紧还回去，好使黛玉之泪永远还不完，他们的缘分也永远不尽。有人不信，说我造谣生事，那么请看此段，是也不是？

人们只见黛玉之泪芬芳，不觉宝玉之泪甘冽：

（宝玉）要用帕子揩拭，不想又忘了带来，便用衫袖去擦。林黛玉虽然哭着，却一眼看见了，见他穿着簇新藕合纱衫，竟去拭泪，便一面自己拭着泪，一面回身将枕边搭的一方绡帕子拿起来，向宝玉怀里一摔，一语不发，仍掩面自泣。宝玉见他摔了帕子来，忙接住拭了泪，又挨近前些，伸手拉了林黛玉一只手，笑道："我的五脏都碎了，你还只是哭。走罢，我同你往老太太跟前去。"

这便是宝玉惨遭毒打后赠予黛玉两方半旧手帕的渊源。那半旧手帕，合着宝黛的泪水，哪里还分得清是你的泪水，还是我的泪水？这才是还泪的真谛。

其实，为了"你死了，我作和尚去"这句话，冤案还不止一桩。宝玉这句表明心迹的话，也有人质疑。所谓宝玉对黛玉说"你死了，我作和尚去"，貌似情真，其实就是说说而已，宝玉对袭人也说过，可惜了黛玉。

所谓宝玉对袭人说的话，就在第三十一回，而且黛玉也在场，黛玉若看不清，那也忒昏聩了。原文：

袭人笑道："林姑娘，你不知道我的心事，除非一口气不来死了倒也罢了。"林黛玉笑道："你死了，别人不知怎么样，我先就哭死了。"宝玉笑道："你死了，我作和尚去。"袭人笑道："你老实些罢，何苦还说这些话。"林黛玉将两个指头一伸，抿嘴笑道："作了两个和尚了。我从今以后都记着你作和尚的遭数儿。"宝玉听得，知道是他点前儿的话，自己一笑也就罢了。

这段话的真意，我笑很多人和袭人一样，误解了。

袭人向黛玉证明清白，以死赌咒。黛玉说袭人死了她就先哭死了，宝玉才接着说"你死了，我作和尚去"。宝玉这句话是对黛玉说的，不是对袭人。只是袭人以死赌咒和黛玉说她哭死两句话衔接紧密，导致袭人误以为是宝玉说她袭人死了就去做和尚，所以袭人才会说"你老实些罢，何苦还说这些话"。

黛玉打趣说宝玉"作了两个和尚"，是顺着袭人的误解，调侃宝玉。袭人听不懂，可宝玉懂，于是一笑。

所以宝玉两遭儿要做和尚，根本没有移情别恋，宝玉两遭儿发誓，皆是为黛玉。而事不过三，第三次就不是发誓那么简单了，宝玉真的在林妹妹死后，悬崖撒手弃而为僧，出家做了和尚，践行了他对黛玉的诺言。

贾宝玉动粗踢人为哪般

贾宝玉是女权主义者，说女儿是水做的，男子是泥做的，一见女儿便觉得清爽，一见男子便觉得浊臭。可是，这位女权主义者却罕见地对女孩动了一回粗。

小说第三十回，贾宝玉淋雨回怡红院，叩门不开：

宝玉一肚子没好气，满心里要把开门的踢几脚、及开了门，并不看真是谁，还只当是那些小丫头们，便抬脚踢在肋上。袭人“嗳哟”了一声。宝玉还骂道：“下流东西们！我素日担待你们得了意，一点儿也不怕，越发拿着我取笑儿了！”口里说着，一低头见是袭人哭了，方知踢错了。

贾宝玉踢人这事儿，很值得追究。

第一，贾宝玉最是怜惜女儿，即便是小丫头，也是女儿呀，贾宝玉何以违背一贯主张，下了狠脚?

第二，宝玉之气，难道就为淋雨而无人开门？似乎也太小题大做了吧。就在之前，宝玉还只顾着提醒画“蔷”的龄官别淋雨而不自知呢。

第三，这一脚踢得极狠，贾宝玉这样一位手无缚鸡之力的公子哥儿，竟然踢得袭人肋下有碗口大一块青痕，还吐了血。

显然，宝玉这次动粗，是很失态的，究竟是为了什么呢?

小说第二十六回，也发生了一件叩门不开的事情。林黛玉来怡红院，叩门而不开，林黛玉错疑贾宝玉，绝代姿容，伤心落泪，就连树上的栖鸦也不忍再听，直到第二十八回，两人对证才解开心结：

黛玉听了这话，不觉将昨晚的事都忘在九霄云外了，便说道：“你既这么说，昨儿为什么我去了，你不叫丫头开门？”宝玉诧异道：“这话从那里说起？我要是这么样，立刻就死了！”林黛玉啐道：“大清早起死呀活的，也不忌讳。你说有呢就有，没有就没有，起什么誓呢。”宝玉道：“实在没有见你去。就是宝姐姐坐了一坐,就出来了。”黛玉想了一想,笑道:“是了。想必是你们丫头们懒待动，丧声歪气的也是有的。”宝玉道：“想必是这个原故。等我回去问了是谁，教训教训他们就好了。”

这便是宝玉动粗的“伏笔”。上回林黛玉叫门，怡红院的丫鬟们没开，害宝玉吃了“哑巴亏”，本就有气，只是没找到借口。这次遭雨淋又被晾在外面，“新仇旧恨”一并发作，贾宝玉终于按捺不住一腔怒火，动粗踢人了。

却原来，贾宝玉动粗踢人，还是为的林妹妹呀。一贯怜惜女孩的贾宝玉，居然为林妹妹翻脸，不惜与其他女子拳脚相向，从另一个层面反映了贾宝玉对林黛玉的在意和爱意。

贾宝玉之流水无情

一直以来，每每读贾宝玉和林黛玉相处的段落，都是我最开心的时候。真心服了曹公，是怎样的笔调，会让两个人的爱情，百读不厌。

有人说贾宝玉的情不情，当理解为对不该动情的人或事动情，第一个情是动词，不情是对他贾宝玉没感觉的人或事。这样的解释似乎也通。但我的理解，贾宝玉是个矛盾体，用情至深，以至产生情极之毒，反而无情，或者用情至深，终至死不渝。

第二十八回有一件事情，就印证了我的理解。

林黛玉怡红院叩门不开，至葬花吟，心结方解，二玉和好如初，一起到王夫人那里，贾宝玉留在母亲那里吃饭，林黛玉还到贾母那里吃饭。来看贾宝玉的表现：

一时吃过饭，宝玉一则怕贾母记挂，二则也记挂着林黛玉，忙忙的要茶漱口。探春惜春都笑道：“二哥哥，你成日家忙些什么？吃饭吃茶也是这么忙碌碌的。”宝钗笑道：“你叫他快吃了瞧林妹妹去罢，叫他在这里胡羼些什么。”

宝玉吃了茶，便出来，一直往西院来。

贾宝玉对林黛玉，那是一刻也离不开，不知王夫人看在眼里，是何感受？薛宝钗一语点破，是给姨妈心里添堵呢？

贾宝玉可管不了那么多，他是去贾母那里，王夫人哪里好说什么？

偏偏路上遇到王熙凤，叫他帮忙写几个字，这不是半路杀出个程咬金嘛！贾宝玉还只得写，嫂子嘛，不能不从。可是写好字，王熙凤还有话说：

宝玉听说只得写了。凤姐一面收起，一面笑道：“还有句话告诉你，不知你依不依？你屋里有个丫头叫红玉，我要叫了来使唤，明儿我再替你挑几个，可使道？宝玉道：“我屋里的人也多的很，姐姐喜欢谁，只管叫了来，何必问我。”【甲戌侧批：红玉接杯倒茶，自纱屉内觅至回廊下，再见此处如此写来，可知玉兄除颦外，俱是行云流水。】凤姐笑道：“既这么着，我就叫人带他去了。”【甲戌侧批：又了却怡红一冤孽，一叹！】宝玉道：“只管带去。”说着便要走。【甲戌侧批：忙极！】

王熙凤向贾宝玉讨要小红，贾宝玉一点儿没有犹豫就答应了，根本没有放在心上。想当初，小红用尽心机，也不是一点效果没有，还是引起了贾宝玉注意的，可是，现在呢？贾宝玉一心想着林妹妹，心里哪里还有别人？这一段，就集中体现出贾宝玉对林黛玉的专情。批语可谓一语中的：

【甲戌侧批：红玉接杯倒茶，自纱屉内觅至回廊下，再见此处如此写来，可知玉兄除颦外，俱是行云流水。】

那些说贾宝玉花心滥情的，看真切了。我曾经说过，贾宝玉所谓的花心滥情，其实是博爱，是一种尊重女性的悲悯，非贾赦贾珍贾琏贾蓉之流可比。花心滥情只是表象，专情才是真的。而且只对黛玉专情，除黛玉，包括薛宝钗，都是落花虽有意，流水却无情。

最妙的是接下来一条批语：

凤姐儿道：“你回来，我还有一句话呢。”宝玉道：“老太太叫我呢，【甲戌侧批：非也，林妹妹叫我呢。一笑。】有话等我回来说罢。”

贾宝玉没等凤姐话说完，抬脚就走，托词是老太太叫他，却分明是急着去见他的林妹妹，所以批语一针见血地指出来，不是贾母叫你，是你林妹妹在招魂呢。

古语云：一日不见如隔三秋。贾宝玉对林黛玉，却是一刻不见，如隔三秋了。

好宝玉，从此再不认为你是花心大萝卜了。

贾宝玉这个小男人的面子问题

就连我也感觉奇怪，只要一牵涉宝黛，总有说不完的话题，一个细节一个眼神，都值得好好揣摩。

第二十八回，贾宝玉抓破脑袋，想尽办法，方把他的林妹妹哄转过来。两人一起到王夫人那里，贾宝玉表现异常活跃，从王夫人问林黛玉吃药的事情说起，说了一个人人都不相信的药方，那个兴奋劲儿，俨然成了这场谈话的主角儿。

此处有一条批语，说得很到位：

【甲戌侧批：宝玉因黛玉事完，一心无挂碍，故不知不觉手之舞之，足之蹈之。】

终于把林妹妹哄开心了，高兴啊，把这个小男生高兴得信口开河、手舞足蹈。

可惜，他这个海上奇方，不但王夫人不信，薛宝钗不信，就是林妹妹也不信，正如他自己说的：

“林妹妹才在背后羞我，打谅我撒谎呢。”

这就有点伤面子了，当着王夫人、王熙凤和薛宝钗的面，别人不信他尚可，黛玉也不信他，有些丢大了。

偏偏这时候：

只见贾母房里的丫头找宝玉林黛玉去吃饭。林黛玉也不叫宝玉，便起身拉了那丫头就走。那丫头说等着宝玉一块儿走。林黛玉道：“他不吃饭了，咱们走吧。”那个丫头道：“吃不吃，等他一块儿去。老太太问，让他说去。”黛玉道：“你就等着。我先走了。”说着便出去了。

黛玉不信宝玉的药方，已经伤了宝玉面子，现在又不等他，宝玉面子更丢大了。丫鬟要等宝玉，宝玉还没发话，黛玉又替宝玉说了，“他不吃饭了，咱们走吧。”一会儿工夫，林黛玉伤了贾宝玉三次。

纵使贾宝玉再爱林黛玉，再在乎林黛玉，人总有七情六欲，面子总是要的，在王夫人面前他是儿子，在凤姐儿面前他是兄弟，在宝钗面前，就更为微妙，关于他和宝钗金玉相对的传闻，宝玉不可能不知道，宝玉在人前时时处处显得和黛玉更亲，其意就是要维护黛玉，也给宝钗一些暗示，咱俩不可能。可是，这一转眼工夫，林黛玉三度伤及贾宝玉，纵使再痴情的人，也得在人前挽回点面子吧？因此：

宝玉道：“我今儿还跟着太太吃罢。”王夫人道：“罢，罢，我今儿吃斋，你正经吃你的去罢。”宝玉道：“我也跟着吃斋。”说着便叫那丫头“去罢”，自己先跑到桌子上坐了。王夫人向宝钗等笑道：“你们只管吃你们的，由他去罢。”

王夫人让宝玉去吃饭，是怕老太太惦记，也怕贾母以为林黛玉和贾宝玉在她这里闹别扭。可是，伤了面子的贾宝玉，在人前还是要充硬汉的，吃斋就吃斋，主动坐到饭桌前，表现出一副我意已决的样子。这时候，薛宝钗说话了，大家注意，薛宝钗什么时候说话，说什么话，是很有讲究的：

宝钗因笑道：“你正经去罢。吃不吃，陪着林姑娘走一趟，他心里打紧的不自在呢。”

这个刺激太大了，贾宝玉最想在薛宝钗面前表现他和黛玉的好，不想还被薛宝钗捅破心机，自然觉得更加丢面儿。于是，被逼到这个份儿上的宝玉，说话没过脑，张嘴就来了：

宝玉道：“理他呢，过一会子就好了。”

这句话，仔细分析，除了维护他的面子和自尊，还在维护他和黛玉的关系，意思你们都没有我了解林妹妹，她不过是使小性儿，一会儿就好了。言下之意，他贾宝玉对付林黛玉还是很有办法的。

殊不知，这样的话，是顾头不顾尾了，林妹妹本没恼，隐约听到这话，真恼了。于是，当贾宝玉急急忙忙吃好饭，再顾不得体面，去找林妹妹时，得到的却是这样的冷遇：

宝玉进来，只见地下一个丫头吹熨斗，炕上两个丫头打粉线，黛玉弯着腰拿着剪子裁什么呢。宝玉走进来笑道：“哦，这是作什么呢？才吃了饭，这么空着头，一会子又头疼了。”黛玉并不理，只管裁他的。有一个丫头说道："那块绸子角儿还不好呢，再熨他一熨。"黛玉便把剪子一撂，说道："理他呢，过一会子就好了。"宝玉听了，只是纳闷。

只见宝钗探春等也来了，和贾母说了一回话。宝钗也进来问："林妹妹作什么呢？"因见林黛玉裁剪，因笑道："妹妹越发能干了，连裁剪都会了。"黛玉笑道："这也不过是撒谎哄人罢了。"宝钗笑道："我告诉你个笑话儿，才刚为那个药，我说了个不知道，宝兄弟心里不受用了。"林黛玉道："理他呢，过会子就好了。"

就是这么短短一会儿，黛玉说了一次"撒谎哄人"，暗指宝玉刚才吹牛，两次"理他呢，过一会子就好了"，调侃宝玉充硬汉，又和宝玉之前说过的硬话一模一样，这便是黛玉拿捏宝玉的方法，实在让人忍俊不禁。贾宝玉这个小男人的面子问题，居然引出如此细腻真实复杂的心理活动，不能不让人感叹爱情的深奥和奇妙。

宝玉的无情与有情

宝玉被暴打，钗黛前来探望，见第三十四回。

宝玉对宝钗是这样情形：

宝钗见他睁开眼说话，不像先时，心中也宽慰了好些，便点头叹道："早听人一句话，也不至今日。别说老太太、太太心疼，就是我们看着，心里也疼。"刚说了半句又忙咽住，自悔说的话急了，不觉的就红了脸，低下头来。宝玉听得这话如此亲切稠密，竟大有深意，忽见他又咽住不往下说，红了脸，低下头只管弄衣带，那一种娇羞怯怯，非可形容得出者，不觉心中大畅，将疼痛早丢在九霄云外，心中自思："我不过捱了几下打，他们一个个就有这些怜惜悲感之态露出，令人可玩可观，可怜可敬。假若我一时竟遭殃横死，他们还不知是何等悲感呢！既是他们这样，我便一时死了，得他们如此，一生事业纵然尽付东流，亦无足叹惜，冥冥之中若不怡然自得，亦可谓糊涂鬼祟矣。"

宝钗心疼流泪，宝玉的反应是：

第一，见宝钗为自己难过，感觉十分畅快，甚至忘了疼痛。

第二，推钗及人，觉得自己被打，能够博得宝钗为首的一大帮女孩子的安慰和同情，实在是很划算的事情。宝玉觉得，如果他死了，她们都这么悲伤，也不枉来世上活一遭儿。

这样的反应说明：

第一，宝玉并未将宝钗感情看得多么特别，而是等同所有为她悲伤的女孩。

第二，宝钗为她难过，他感觉很高兴很满足很享受。

而宝玉对黛玉却是这样的情形：

宝玉从梦中惊醒，睁眼一看，不是别人，却是林黛玉。

宝玉犹恐是梦，忙又将身子欠起来，向脸上细细一认，只见两个眼睛肿的桃儿一般，满面泪光，不是黛玉，却是那个？宝玉还欲看时，怎奈下半截疼痛难忍，支持不住，便“嗳哟”一声，仍就倒下，叹了一声，说道：“你又做什么跑来！虽说太阳落下去，那地上的馀热未散，走两趟又要受了暑。我虽然捱了打，并不觉疼痛。我这个样儿，只装出来哄他们，好在外头布散与老爷听，其实是假的。你不可认真。”此时林黛玉虽不是嚎啕大哭，然越是这等无声之泣，气噎喉堵，更觉得利害。听了宝玉这番话，心中虽然有万句言语，只是不能说得，半日，方抽抽噎噎的说道：“你从此可都改了罢！”宝玉听说，便长叹一声，道：“你放心，别说这样话。就便为这些人死了，也是情愿的！”

这样的反应说明：

第一，宝玉见黛玉专程跑来看自己，担心黛玉身体吃不消。

第二，宝玉怕黛玉为自己难过，甚至骗黛玉说其实打得不重，也并不疼。

第三，宝玉居然说自己是装疼，骗“他们”的。注意，这个“他们”就是刚才面对宝钗时说的那些女孩子，包括宝钗。可见，为了不让黛玉伤心，宝玉居然愿意出卖以宝钗为首的那些女孩。

可见宝玉是将黛玉从众多女孩中区别出来的，这是黛玉和宝钗在宝玉心目中最大的不同。

宝玉毫不怜惜以宝钗为首的众女孩为他痛苦，她们越痛苦，他越高兴越满足越享受。可是对黛玉，他却宁愿自己痛苦，也不愿黛玉痛苦，只要黛玉好好的，他就心满意足了。为了让黛玉好好的，他宁愿撒谎宁愿出卖“他们”。

至此，宝玉对钗黛细腻的感情区别就出来了。宝玉很享受宝钗和众女孩为他痛苦，这种感情与其说是多情，不如说是无情。唯独对黛玉，宝玉宁愿自己痛苦，也不要黛玉痛苦，这才是有情。

这说明宝玉对宝钗及众女孩，骨子里是自私的，唯独对黛玉，才是无私的。这种感情一旦定型，就终生不会改变。所以，宝玉才会在黛玉死后，和宝钗婚后，做出悬崖撒手弃而为僧的事来。这个行为的内里，依然是对宝钗的无情和对黛玉的有情。

第四十回贾母带刘姥姥逛大观园，众人行船，宝黛钗有一段对话：

然后迎春姊妹等并宝玉上了那只，随后跟来。其馀老嬷嬷散众丫鬟俱沿河随行。

宝玉道：“这些破荷叶可恨，怎么还不叫人来拔去。”宝钗笑道：“今年这几日，何曾饶了这园子闲了，天天逛，那里还有叫人来收拾的工夫。”林黛玉道：“我最不喜欢李义山的诗，只喜他这一句：‘留得残荷听雨声’。偏你们又不留着残荷了。”宝玉道：“果然好句，以后咱们就别叫人拔去了。”

貌似一段平常对话，细细琢磨，却并不平常。

第一，贾宝玉说败荷可恨，怎么还不叫人拔了去?

第二，宝钗接话，这几天天天有人来逛，哪里忙得过来。宝钗的意思，是赞同附和宝玉，等忙过这段，势必要拔去这些败荷。

第三，偏偏这时，黛玉说话了，李义山的诗我本不喜欢，就喜欢他一句“留得残荷听雨声”，多美的意境，偏偏你们又要叫人拔去。请注意这里的“你们”是指宝玉和宝钗。

第四，黛玉此话一出，宝玉立马改变态度，果然是好诗，那就不拔了，留着吧。宝玉态度转变之快，完全只在乎黛玉意见，全然不顾及宝钗感受。

小说没写宝钗感受，但我想此刻宝钗心里的滋味，端的万难备述。宝玉对宝钗，可谓反复无常之极。

就这么一个小小细节，都足以说明，宝玉的心中只有黛玉。

第六十二回，宝玉宝琴岫烟平儿生日，开酒宴，行酒令，名曰射覆。所谓射覆，就是对答的意思。前面一人说一个字，名曰覆，后面一人必须说一个字，这个字要和前一个字有关联，比如诗句、典故等等，为射。这是那个时代十分风雅的文人游戏，参与的人必须要有一定的文化底蕴才行。

这里且不说别人，单说宝玉宝钗，两人抽签，偏偏抽着了：

底下宝玉可巧和宝钗对了点子。宝钗覆了一个“宝”字，宝玉想了一想，便知是宝钗作戏指自己所佩通灵玉而言，便笑道：“姐姐拿我作雅谑，我却射着了。说出来姐姐别恼，就是姐姐的讳‘钗’字就是了。”众人道：“怎么解？”宝玉道：“他说‘宝’，底下自然是‘玉’了。我射‘钗’字，旧诗曾有‘敲断玉钗红烛冷’，岂不射着了。”

宝玉和宝钗的射覆，多有意味。

宝钗用“通灵宝玉”之故，说“宝”，打趣宝玉名字。而宝玉对“钗”，暗指宝钗，合了金玉之论，这说明二人的夫妻之缘，原是跑不掉的。

但是宝玉射覆宝钗的依据，却大可斟酌。“敲断玉钗红烛冷”这句诗，好冷好无情。“敲断玉钗”，一层是敲断玉钗，好好一支玉钗，敲断了，不是什么好事；另一层是玉碎钗折，从此分离，更是悲音，更哪堪“红烛冷”。红烛，喜事也。可偏偏烛红人冷，同床异梦，不堪回首。

因此，宝玉和宝钗这一番射覆，名为巧合，实则意深。宝玉之射覆宝钗，端的无情，虽有夫妻之缘，却无夫妻之分，直至悬崖撒手弃而为僧，从此玉碎钗断，两无挂牵。

联想西方丘比特之箭，更惊佩曹雪芹之妙想，难道彼时已知爱情之箭？宝玉之射着了，可解为答对，也可解为婚姻之箭，无情射中了宝钗。

此君为情不情，信矣。

贾宝玉为啥要提防花袭人

第三十四回，有一个细节，是这样的：

袭人连连答应着去了。回来正值宝玉睡醒，袭人回明香露之事。宝玉喜不自禁，即令调来尝试，果然香妙非常。因心下记挂着黛玉，满心里要打发人去，只是怕袭人，便设一法，先使袭人往宝钗那里去借书。

袭人去了，宝玉便命晴雯来吩咐道：“你到林姑娘那里看看他做什么呢。他要问我，只说我好了。”

第一，这事儿就发生在袭人向王夫人进言回来，很有意味。

第二，宝玉派丫鬟去探望黛玉，再正常不过的事情，为什么要“怕袭人”呢?

第三，宝玉派袭人去找宝钗，派晴雯去看黛玉。

这就非常有意思了。

第一，袭人和宝钗相厚，宝玉看在眼里。

第二,晴雯和黛玉默契,宝玉已然明了。这里不仅有贾母相中晴雯之意，还有第三十一回晴雯和袭人宝玉吵架，黛玉一来，哭着的晴雯便默默退下，充分体现了对黛玉的尊重，而不是袭人那般不知进退夸夸其谈，被黛玉戏称为“好嫂子”。

第三，关键是，宝玉对黛玉好，原先天不怕地不怕的，怎么这时却怕起花袭人来了?

根源在第三十二回，宝玉对黛玉的感情，已为花袭人知晓：

宝玉站着，只管发起呆来。原来方才出来慌忙，不曾带得扇子。袭人怕他热，忙拿了扇子赶来送与他，忽抬头见了林黛玉和他站着，一时黛玉走了，他还站着不动，因而赶上来说道：“你也不带了扇子去，亏我看见，赶了送来。”宝玉出了神，见袭人和他说话，并未看出是何人来，便一把拉住，说道：“好妹妹，我的这心事，从来也不敢说，今儿我大胆说出来，死也甘心！我为你也弄了一身的病在这里，又不敢告诉人，只好掩着。只等你的病好了，只怕我的病才得好呢。睡里梦里也忘不了你！”袭人听了这话，吓得魄消魂散，只叫“神天菩萨，坑死我了！”便推他道：“这是那里的话！敢是中了邪？还不快去？”宝玉一时醒过来，方知是袭人送扇子来，羞的满面紫涨，夺了扇子，便忙忙的抽身跑了。

这里袭人见他去了，自思方才之言，一定是因黛玉而起，如此看来，将来难免不才之事，令人可惊可畏。

宝玉向黛玉表明心迹，偏偏是袭人听见。所幸黛玉走了，没听到，但花袭人看到了事情的全部经过，知道宝玉的话是对黛玉说的，在那个时代，这是严重违背宗法礼教的行为，是失德，是所谓的不才之事。也就是说，宝黛原本为兄妹亲厚所掩盖的感情，已为花袭人窥破。

贾宝玉虽莽撞，却也明白这样的事情，万万不能让别人知道，所以他看到是袭人，也“羞的满面紫涨，夺了扇子，便忙忙的抽身跑了。”从此把柄落在袭人手里，宝玉就不得不加以提防了。

而这种提防，说明关键时刻，宝玉和袭人已不是一条心。宝玉和袭人的离心离德，已初露端倪。

宝玉之心已随黛玉而去

第五十二回有太多说不完的话题。贾宝玉到林黛玉房里，一个细节，彰显这对爱人不是一般的默契。原文：

宝玉听了，转步也便同他往潇湘馆来。不但宝钗姊妹在此，且连邢岫烟也在那里，四人围坐在熏笼上叙家常。紫鹃倒坐在暖阁里，临窗作针黹。一见他来，都笑说：“又来了一个！可没了你的坐处了。”宝玉笑道：“好一副‘冬闺集艳图’！可惜我迟来了一步。横竖这屋子比各屋子暖，这椅子上坐着并不冷。”说着，便坐在黛玉常坐的搭着灰鼠椅搭的一张椅上。

如果还原这段话，几乎就是个疑问句，没处坐了，你坐哪里?

这根本难不倒宝玉，宝玉想都没想，众目睽睽，一屁股坐了黛玉专座。

这个貌似漫不经心的动作，其实蕴含无限深意。宝玉和黛玉之间的一切，早已习惯成自然，心心相印，多说无味。一个眼神一个暗示，一颦一笑，一悲一叹，足矣，这是情人间的默契。难怪，宝玉赠黛玉手帕，是旧手帕，宝玉坐的，是黛玉的旧座椅。这里依然影射着他们七八岁时相见，仿佛旧相识的感觉。可见宝黛之情，已然历久弥新，旧而弥坚了。

这就是宝黛深情，在内心深处，他们早已不分彼此，浑然一体。而忘我的爱情，就是已臻化境的爱情，千古难遇的爱情。

第五十七回，紫鹃一次小试探，竟闯下大祸，宝玉得了失心疯。

古人云：哀莫大于心死。心死了，就是行尸走肉。

宝玉的表现，就是心死的表现。

第一，是怀疑。所谓：

紫鹃道："你妹妹回苏州家去。"宝玉笑道："你又说白话。苏州虽是原籍，因没了姑父姑母，无人照看，才就了来的。明年回去找谁？可见是扯谎。"

第二，是惊惧。紫鹃言之凿凿说林家要来人接黛玉，宝玉感觉到巨大恐惧。所谓：

宝玉听了，便如头顶上响了一个焦雷一般。紫鹃看他怎样回答，等了半日，见他只不作声。

其实这个时候，听紫鹃说黛玉要回苏州，向他索要旧时玩意儿，宝玉便已经呆了，这是一种灵魂出窍的感觉。

第三，灵魂既已出窍，肉体便了无生趣。请看：

晴雯见他呆呆的，一头热汗，满脸紫胀，忙拉他的手，一直到怡红院中。袭人见了这般，慌起来，只说时气所感，热汗被风扑了。无奈宝玉发热事犹小可，更觉两个眼珠儿直直的起来，口角边津液流出，皆不知觉。给他个枕头，他便睡下；扶他起来，他便坐着；倒了茶来，他便吃茶。

人失了心窍，便是木偶。

第四，既是木偶，毫无生命力的身体很快就会衰败下去。原文：

一时李嬷嬷来了，看了半日，问他几句话也无回答，用手向他脉门摸了摸，嘴唇人中上边着力掐了两下，掐的指印如许来深，竟也不觉疼。李嬷嬷只说了一声"可了不得了"，"呀"的一声便搂着放声大哭起来。急的袭人忙拉他说："你老人家瞧瞧，可怕不怕？且告诉我们去回老太太、太太去。你老人家怎么先哭起来？"李嬷嬷捶床倒枕说："这可不中用了！我白操了一世心了！"袭人等以他年老多知，所以请他来看，如今见他这般一说，都信以为实，也都哭起来。

第五，心死了，人也就跟着要死。正如袭人所言：

"不知紫鹃姑奶奶说了些什么话，那个呆子眼也直了，手脚也冷了，话也不说了，李妈妈掐着也不疼了，已死了大半个了！……

这就是宝玉整个失心疯的过程，其实也就是灵魂出窍、心如死灰、油尽灯枯的过程。

且看怎么活过来？

第一，是黛玉知晓个中缘由。因此，黛玉对紫鹃说：

"你说了什么话，趁早儿去解说，他只怕就醒过来了。"紫鹃听说，忙下了床，同袭人到了怡红院。

正所谓解铃还须系铃人，聪慧的黛玉知道，这一切皆因紫鹃而起，只怕紫鹃还解得开这个心结。心结一解，七窍通灵，只怕心也就活过来了。可是，真是因紫鹃而起吗？黛玉最清楚，宝玉是为谁这样？是为了她啊。但是她焉能出面？只能紫鹃代劳。

第二，果然紫鹃一去，心结顿解。请看：

谁知宝玉见了紫鹃，方嗳呀了一声，哭出来了。

之前心死，已不知痛为何物，一见紫鹃，便知道疼了。既知疼痛，分明是活过来了。

第三，宝玉一句话，令人心酸。所谓：

谁知宝玉一把拉住紫鹃，死也不放，说："要去连我也带了去。"

看到此处，心里一酸，差点流下泪来。什么样的爱情，能到如此地步？一个小小的谎言，竟能招致性命之忧？唯宝黛之情。宝玉对紫鹃说的，其实是对黛玉说，妹妹要去哪里都行，只是把我也带了去。不去不了，不了不去。

第四，人虽然活了，心疼却尚未平复。于是，痴性大发，听见姓林的便是林家的人来了，打出去。看见一个金西洋自行船的玩意儿，就说是来接妹妹的船，藏于被中方安。拉了紫鹃的手，日夜不放，紫鹃不去，黛玉必不能去。黛玉虽不在场，却通篇是写黛玉的大手笔！

这就是宝玉心死及复活的过程。这个过程，既表现宝玉对黛玉之爱，也暗示小说结局。其实第五十七回，宝玉之心已随黛玉而去，结局已明明白白摆在那里。黛玉去了，宝玉焉能不去？紫鹃一句玩笑尚且如此，何况是林妹妹真的去了。只怕没有了复活的过程，只有心死的过程。

太虚幻境，是绛珠跟了来，红楼一梦，是宝玉随了去。前世相依，此生相随，循环往复，至于永恒。

曹雪芹写情，于无声处，惊雷乍起。怎不令人大脑缺血，心动过速，手脚冰凉？

第二章

假作真时真亦假

甄士隐就是甄宝玉

曹雪芹为什么在小说开篇要设计个甄士隐？仅仅是为将真事隐去？仅仅是一种叙事策略？没那么简单。

来看甄士隐出场。第一回：

当日地陷东南，这东南一隅有处曰姑苏，【甲戌侧批：是金陵。】有城曰阊门者，最是红尘中一二等富贵风流之地。这阊门外有个十里【甲戌侧批：开口先云势利，是伏甄、封二姓之事。】街，街内有个仁清【甲戌侧批：又言人情，总为士隐火后伏笔。】巷，巷内有个古庙，因地方窄狭，【甲戌侧批：世路宽平者甚少。亦凿。】人皆呼作葫芦【甲戌侧批：糊涂也，故假语从此具焉。】庙。庙旁住着一家乡宦，姓甄【甲戌眉批：真。后之甄宝玉亦借此音，后不注。】，名费，【甲戌侧批：废。】字士隐。【甲戌侧批：托言将真事隐去也。】嫡妻封【甲戌侧批：风。因风俗来。】氏，情性贤淑，深明礼义。家中虽不甚富贵，然本地便也推他为望族了。

从批注可知，这里大量运用谐音。而我最关注的谐音，是甄士隐夫妇的。

甄士隐姓甄，名费，字士隐。这个名字的谐音，联系起来就是真的废了、隐居做个隐士。

而其妻封氏的谐音，我倒不认可批注所谓风俗。封，就是查封的封。当然还有一种可能，就是批者怕给作者惹祸，不敢说破，枉称风俗。

甄士隐夫妇姓名谐音联系起来，可以得到的信息就是甄家确实是废了，查封了，而幸存者隐居起来，靠着侥幸留下来的财产度日。

而且，这里批注所谓“后之甄宝玉亦借此音，后不注”，要么是故弄玄虚，要么就是不得要领，这哪里是“亦借此音”，这分明是告诉我们，这位开篇就出场的甄士隐，其实就是甄家获罪查抄后无罪释放的甄宝玉，为避祸，隐姓埋名，隐居起来，是为甄士隐。

小说里甄家是相对贾家来说的，贾家的原型就是甄家，甄宝玉对应的就是贾宝玉。

由此，小说关于甄家的线索立即变得清晰起来：

金陵省体仁院总裁甄家，有个甄宝玉，甄家获罪被抄，甄宝玉无罪释放，靠偷偷寄存亲戚世交家（比如贾府）的财产，隐姓埋名，过起隐居生活。

甄士隐只有一个女儿甄英莲，被拐，又遭火宅，破败下去得跛足道人点破，看破红尘，出家去了。

这就是小说关于甄家和甄宝玉的大致线索。难怪，小说写甄士隐是姑苏人氏，批语却要点破是金陵。这就是在道破天机。姑苏只是假托，甄士隐，这位罪臣之后的原籍，就是金陵，就是金陵甄家，根本不是什么姓氏巧合。

而所谓甄士隐之女甄英莲又和贾雨村贾府薛家有一番交集，似乎和甄士隐前半生甄宝玉是同时代之人，不过是时空交错之法，是假作真时真亦假之法，是脂砚斋所谓“回风舞雪倒峡逆波”之法。诸位切不可被蒙蔽，方为巨眼。

妙哉妙哉，曹雪芹行文之精巧，可谓杂草丛生，绝处逢生，又可谓真真假假，前后颠倒，柳暗花明。

然而，甄宝玉即便隐居起来，想过安生日子也是不能够的。天下之大，姑苏阊门巷内（地方狭窄），无不充斥着势利（十里街）和人情（仁清巷），哪里容得下“禀性恬淡，不以功名为念”的甄宝玉？甄宝玉隐居，依然解决不了问题，只有出家才好便是了，了便是好。

所以甄宝玉悟了好了歌，也悟了人生，出家做了道士，渺渺不知所终。

甄士隐是旧宝玉痕迹

小说第一回，说甄士隐夫人封氏“情性贤淑，深明礼义“，此处批语云：

【甲戌侧批：八字正是写日后之香菱，见其根源不凡。】

如果甄士隐果真是个小小乡绅，没有曾经的荣光，何来香菱根源不凡之说？

说甄士隐“禀性恬淡，不以功名为念”，又有批语云：

【甲戌侧批：自是羲皇帝人，便可作是书之朝代年纪矣。总写香菱根基，原与正十二钗无异。蒙侧批：伏笔。】

这里就更点题了，说甄士隐出身高贵，是羲皇帝人，说香菱根基与十二钗正册无异。这几乎是说，甄家也曾经是高官显爵，豪门大户。

写甄士隐不因贾雨村困顿而轻视，与雨村交接，批语云：

【甲戌侧批：又夹写士隐实是翰林文苑，非守钱虏也，直灌入“慕雅女雅集苦吟诗”一回。】

这里说得更明白，说甄士隐其实是翰林文苑出身，不是守财奴，他女儿甄英莲被拐卖为奴受尽欺凌，依然爱读诗书，乃是血脉里流传的高贵文雅之气。

这四条批语皆是甲戌本侧批，出处一致，语气连贯，是脂批无疑。

当然，小说关于甄士隐就是甄宝玉的依据还不只批语。

甄士隐资助贾雨村上京赶考，给了盘缠和衣物：

士隐送雨村去后，回房一觉，直至红日三竿方醒。因思昨夜之事，意欲再写两封荐书与雨村带至神都，使雨村投谒个仕宦之家为寄足之地。

这不仅写甄士隐为人厚道，也提醒我们，甄士隐绝非一般乡绅。尽管家世没落，但在京仍有关系有背景有旧交。这和上述批语所言甄家门第十分吻合。

上述之种种，不唯甄宝玉和甄士隐内在的逻辑关系，甄贾宝玉“两山对峙”的人生线索，还有脂批所言甄士隐和香菱的高贵出身，以及甄士隐这小小乡绅和京都的神秘关系，都使我更加肯定，甄士隐就是甄宝玉。

《好了歌》再证甄士隐是甄宝玉

事情越来越接近真相。

第一回甄士隐注解《好了歌》这个曾经读过不知多少遍的情节，猛然间又有了新的意义。

跛足道人之《好了歌》乃是泛指，可是甄士隐的注解，指向却相当明显。所谓：

世人都晓神仙好，惟有功名忘不了！

古今将相在何方？荒冢一堆草没了。

世人都晓神仙好，只有金银忘不了！

终朝只恨聚无多，及到多时眼闭了。

世人都晓神仙好，只有姣妻忘不了！

君生日日说恩情，君死又随人去了。

世人都晓神仙好，只有儿孙忘不了！

痴心父母古来多，孝顺儿孙谁见了？

士隐注解：

陋室空堂，当年笏满床；【甲戌侧批：宁、荣未有之先。】衰草枯杨，曾为歌舞场。【甲戌侧批：宁、荣既败之后。】蛛丝儿结满雕梁，【甲戌侧批：潇湘馆、紫芸轩等处。】绿纱今又糊在蓬窗上。【甲戌侧批：雨村等一干新荣暴发之家。甲戌眉批：先说场面，忽新忽败，忽丽忽朽，已见得反覆不了。】说什么脂正浓、粉正香，如何两鬓又成霜？【甲戌侧批：宝钗、湘云一干人。】昨日黄土陇头送白骨，【甲戌侧批：黛玉、晴雯一干人。】今宵红灯帐底卧鸳鸯。【甲戌眉批：一段妻妾迎新送死，倏恩倏爱，倏痛倏悲，缠绵不了。】金满箱，银满箱，【甲戌侧批：熙凤一干人。】展眼乞丐人皆谤。【甲戌侧批：甄玉、贾玉一干人。】正叹他人命不长，那知自己归来丧！【甲戌眉批：一段石火光阴，悲喜不了。风露草霜，富贵嗜欲，贪婪不了。】训有方，保不定日后【甲戌侧批：言父母死后之日。】作强梁。【甲戌侧批：柳湘莲一干人。】择膏粱，谁承望流落在烟花巷！【甲戌眉批：一段儿女死后无凭，生前空为筹划计算，痴心不了。】因嫌纱帽小，致使锁枷杠；【甲戌侧批：贾赦、雨村一干人。】昨怜破袄寒，今嫌紫蟒长：【甲戌侧批：贾兰、贾菌一干人。甲戌眉批：一段功名升黜无时，强夺苦争，喜惧不了。】乱烘烘你方唱罢我登场，【甲戌侧批：总收。甲戌眉批：总收古今亿兆痴人，共历幻场，此幻事扰扰纷纷，无日可了。】反认他乡是故乡。【甲戌侧批：太虚幻境青埂峰一并结住。】甚荒唐，到头来都是为他人作嫁衣裳！【甲戌侧批：语虽旧句，用于此妥极是极。苟能如此，便能了得。甲戌眉批：此等歌谣原不宜太雅，恐其不能通俗，故只此便妙极。其说得痛切处，又非一味俗语可到。蒙双行夹批：谁不解得世事如此，有龙象力者方能放得下。】

小说谓士隐能如此贴切注解《好了歌》，是：

士隐本是有宿慧的，一闻此言，心中早已彻悟。

这只是其一。

其二，没有这样的人生经历，士隐如何注解得出来？

士隐注解，有多条批语，无论准确与否，都指出隐匿的秘密，这表明甄士隐注解的，表面是贾府事情，实则是甄家事情。这不仅暗合甄家是贾府原型，也暗合甄士隐就是甄宝玉。

叹！读红多年，至此方看破甄士隐注解《好了歌》妙处，乃是揭示甄士隐和甄宝玉的关系。此甄家，非别家，乃真家。此宝玉，真是隐，也难隐。

贾宝玉、甄宝玉、曹雪芹

第一回甄士隐大彻大悟，解了跛足道人的《好了歌》：

那疯跛道人听了，拍掌笑道："解得切，解得切！"士隐便笑一声"走罢！"【甲戌侧批：如闻如见。甲戌眉批："走罢"二字真悬崖撒手，若个能行？蒙侧批：一转念间登彼岸。靖眉批："走罢"二字，如见如闻，真悬崖撒手。非过来人，若个能行？】将道人肩上褡裢抢了过来背着，竟不回家，同了疯道人飘飘而去。

此间批语，不仅甲戌本和蒙回本惊人一致，而且和贾宝玉"悬崖撒手弃而为僧"批语何其相似。

所谓"如见如闻，真悬崖撒手。非过来人，若个能行？"则再次暗示甄士隐就是甄宝玉。何谓"过来人"？甄士隐之过往是谁？

甄士隐结局，是抛弃结发妻封氏，跟随跛足道人出家，其实就是悬崖撒手弃而为道。

和贾宝玉不同者，在于彼为道，此为僧。

这就是甄（真）贾（假）宝玉之别。

贾宝玉一生倾慕女儿，贾母曾笑言宝玉是女孩托生，于是道度男，僧度女。跛足道人度了甄士隐（隐居的甄宝玉），癞头和尚度了贾宝玉。

这就是智通寺贾雨村穿越所见聋哑老僧的由来，荣国府之贾宝玉，抛家弃妻的贾宝玉。

由此观之,《红楼梦》绝非曹雪芹自传。

甄宝玉的结局是悬崖撒手弃而为道。

贾宝玉的结局是悬崖撒手弃而为僧。

曹雪芹则根本没有出家。

甄家、贾家和曹家最大共同点在于，皆获罪被抄。

甄宝玉、贾宝玉和曹雪芹最大的不同点在于，一道一僧一俗。

如果说《红楼梦》是自传小说，那也是甄家和甄宝玉的自传小说。难怪曹雪芹在小说里一再自称是编撰者。这不仅是一种掩饰，一种自保，也是实情。

至于甄家是谁，甄宝玉（甄士隐）是谁，只有天知道。

以曹雪芹创作来看，曹家和甄家应是近亲世交，不然不能写得如此细致周密。

由此，据《红楼梦》贾府原型是甄家、贾宝玉原型是甄宝玉推测,《红楼梦》故事，乃是曹雪芹以甄家为主线，糅合曹家事而成。

《红楼梦》回风舞雪倒峡逆波之法

至此，有必要梳理小说第一、二回开篇之法。这开篇之法，是写贾宝玉之末世相、智通寺之聋哑老僧时，脂批点破的:

【甲戌眉批：毕竟雨村还是俗眼，只能识得阿凤、宝玉、黛玉等未觉之先，却不识得既证之后。】【甲戌眉批：未出宁、荣繁华盛处，却先写一荒凉小景；未写通部入世迷人，却先写一出世醒人。回风舞雪，倒峡逆波，别小说中所无之法。】

批语说贾雨村识得宝玉黛玉熙凤未觉之先繁华貌，识不得既证之后末世相，这是大关键。假使贾雨村识得宝玉之末世相，就看穿了《红楼梦》开篇之法，打通了真假有无之穿越。这便是回风舞雪倒峡逆波之法。

《红楼梦》是怎么开篇的?

第一，先点出甄府获罪被抄后甄宝玉的状态，由金陵迁居苏州，隐姓埋名，是为甄士隐，靠被抄之前寄存亲戚故交的财物，娶妻生子，过着小乡绅殷实的生活。这就是小说写甄士隐在姑苏而批语点题金陵之奥秘。这既不是倒叙，也不是正叙，而是截取甄宝玉后半生开头。

第二，甄士隐引出贾雨村。贾雨村全然是虚构人物，是真事隐敷衍出来的假语存。由假语存的出现，小说进入到“假作真时真亦假有为无处有还无”的叙事境界。因此贾化（假话）贾雨村（假语存）这个人物便可以如孙悟空般跑到阎王殿一笔勾销生死簿，从此完成时空转换穿越前世今生。

第三，甄士隐结局很快呈现。香菱遭拐，一把大火，家道衰落，悟好了歌，随跛足道人出家。这是甄宝玉结局。

第四，贾雨村则先娶甄家丫鬟娇杏，又做金陵甄家和贾府之婿林家西席，开始他的虚构（假话）之旅。至乱判葫芦僧案，甄家和甄宝玉的线索是这样的。先写甄宝玉下半生，再交代甄宝玉前半生，和贾府贾宝玉相对，又把甄士隐遭拐之女香菱的故事与贾府交错，让女儿与父亲甄士隐的前半生甄宝玉同处一个时段，以此混淆真假，错乱时空，这便是倒峡逆波之法。即:

甄士隐（甄宝玉后半生）——经虚构（假话假语存）——甄士隐前半生（甄宝玉）和女儿英莲共处——由此呈现甄宝玉完整一生。

第五，贾化贾雨村（假话假语存）不仅倒峡逆波了甄宝玉的一生，也回顾了贾宝玉的一生。智通寺聋哑老僧，就是弃而为僧垂垂老矣等待生命终结的贾宝玉，又是为贾雨村撞见，这便是真假交错的妙处。然后，贾雨村携黛玉到贾府，连带出贾府故事，直至贾宝玉悬崖撒手弃而为僧，和智通寺聋哑老僧呼应。这便是回风舞雪之法。

这样一来，《红楼梦》开篇之法便大致清楚了。

无论甄家故事还是经由甄家敷衍出的贾府故事，都经历了真事隐和假语存的过程。先以甄宝玉后半生开头，引出贾宝玉末世相，后由贾雨村这个可以穿越时空的虚构人物串联，引出甄宝玉和贾宝玉前半生，又以英莲混淆视听，以乱真假。

甄英莲以甄士隐女儿之身，经假话处理，不仅与父亲之前半生共处，而且与父亲之幻象贾宝玉有一段并蒂莲夫妻穗的暧昧交集，正应了女儿是父亲前世情人的说法。

曹雪芹如此深邃之情愫，令人惊叹。难怪英莲遭拐，甄士隐大病一场，心灰意懒，便露出那下世的光景来。

如果说贾宝玉是因爱情出家，甄宝玉却是因女儿出家。如果说女儿是父亲前世情人，又焉能说甄宝玉不是为情而出家？难怪甄英莲着墨不多却如此重要，批语一再说和十二钗正册一样根基，历经变幻依然是十二钗副册之首。

我叹《红楼梦》开篇之法，鬼斧神工。即便有人指责我独捧《红楼梦》，我也要说，这真的是古往今来第一小说。

烧了甄家的那把大火

《红楼梦》的铺陈渲染功夫以及隐喻能力，端的十分了得。可惜西方研究隐喻的大家，不能一睹《红楼梦》真容，不然好多理论，只怕得重写。

小说第一回，为铺陈甄家那把大火，可谓用尽心机。

甄士隐午休，小寐于书房，是“炎夏永昼”。

及至梦遇茫茫大士渺渺真人诉说木石前盟还泪之约，观赏通灵宝玉至太虚幻境前，惊醒时是“烈日炎炎，芭蕉冉冉，所梦之事便忘了大半”。

好热的天哪。

恰好这时，又遇茫茫大士渺渺真人俗世幻象癞头和尚跛足道人，要度了英莲，所谓：

惯养娇生笑你痴，菱花空对雪澌澌。

好防佳节元宵后，便是烟消火灭时。

这首诗不仅暗示英莲的悲剧遭遇，也提点甄家即将遭遇火灾。

偏偏这时，和雨村闲聊，又是“严老爷来拜。”此处批语云：

【甲戌侧批：”炎“也。炎既来，火将至矣。】

这严老爷，便是火神，火神来拜，没什么好事。

果然，资助走贾雨村，元宵佳节，先是走丢英莲，后是一场大火：

不想这日三月十五，葫芦庙中炸供，那些和尚不加小心，致使油锅火逸，便烧着窗纸。此方人家多用竹篱木壁者，大抵也因劫数，于是接二连三，牵五挂四，将一条街烧得如火焰山一般。彼时虽有军民来救，那火已成了势，如何救得下？直烧了一夜，方渐渐的熄去，也不知烧了几家。只可怜甄家在隔壁，早已烧成一片瓦砾场了。

这便是烟消火灭时。

我一直在想，小说第一回，作者为何要写尽甄家走势?

正如我之前所言，贾府之事，是甄家之事所托。甄士隐，是金陵省体仁院总裁甄家之后甄宝玉。虽隐居却不能抵消灾祸，资助完贾雨村，便是幼女被拐，一把大火，士隐出家，灰飞烟灭。正所谓，真事一旦敷衍出假语，便是真事消亡之时，一把大火烧得一干二净，不留痕迹。然后假事方能延续，直至演出一场怀金悼玉的红楼梦。

这把大火，不仅是甄家的终结，也是贾府的开端，不仅是真事隐去，也是假语蔓延。甄家故事，至此完结，贾府故事，刚刚开始。往事不留痕迹，假事方得始终。

甄家这把大火，不仅是甄家贾府故事的转换，也是真假虚实叙事策略的交代。正所谓，乱哄哄你方唱罢我登场，反认他乡是故乡。

一部小说，能写到这个份上，形式独特，内容精巧，浑然天成，不着痕迹，分明可以看清，却学不会，做不来，古往今来，恐怕也只有曹雪芹了。

脂砚斋就是甄宝玉

第八回，一条批语再次触及脂砚斋身份。批语云：

【甲戌眉批：余亦受过此骗，今阅至此，赧然一笑。此时有三十年前向余作此语之人在侧，观其形已皓首驼腰矣，乃使彼亦细听此数语，彼则潸然泣下，余亦为之败兴。】

这条批语说的是吴兴登戴良钱华等人讨宝玉高兴，说宝玉的字在外面如何如何受欢迎。脂砚斋有感而发作此批语。从批语描述情形看，当年哄脂砚斋说他字好的人依然健在，脂砚斋读给他听，全当一乐，不想当年哄脂砚斋高兴者想起此事，竟伤心落泪，脂砚斋苦中作乐之意全无。

这条批语说明，脂砚斋和曹雪芹当年都是大户人家公子哥儿，都曾经历繁华和下人哄骗。那么，脂砚斋到底是谁?

如果我们认同贾府之事是以甄家为原型，答案就呼之欲出了。

脂砚斋，正是小说屡屡提及却极少出场而又非常重要的甄宝玉的原型。

第二十二回写宝钗生日，众人点戏，又有这样的批语：

【庚辰眉批：凤姐点戏，脂砚执笔事，今知者寥寥矣，不怨夫？】

【庚辰眉批：前批“知者寥寥”，今丁亥夏只剩朽物一枚，宁不悲乎！】

【靖眉批：前批“知者寥寥”，芹溪、脂砚、杏斋诸子皆相继别去，今丁亥夏只剩朽物一枚，宁不痛杀！】

这三条批语并不是脂砚斋所作，而是畸笏叟批语。由畸笏叟佐证，更加可信。

第一条批语，畸笏叟写了真实生活中王熙凤的原型点戏，脂砚写戏单子的事情，说明《红楼梦》贾府之事，确实以甄家为原型，凤姐是甄家人物，当年曾与脂砚斋有此交集。

第二条、第三条批语，则进一步披露，当年曹雪芹、脂砚斋、畸笏叟，还有一个别号杏斋的都在场，说明生活中甄家和曹家就是交往极为密切的亲戚，曾经一起看戏，凤姐原型点戏，脂砚斋执笔。如今曹雪芹、脂砚斋、杏斋先后离世，独留畸笏叟苟活人世。

畸笏叟身份，因他曾在第十三回剧透秦可卿之死的秘密，又命曹雪芹删去淫丧天香楼，应该是甄家或曹家的长辈。

第二十三回，写宝玉怕贾政，还有一条批语：

【庚辰侧批：多大力量写此句。余亦惊骇，况宝玉乎！回思十二三时，亦曾有是病来。想时不再至，不禁泪下。】

这条批语写脂砚斋回想起他也曾经像这样害怕父亲，不禁潸然泪下，高度契合于小说甄宝玉之怕其父。

此外，小说还有脂砚斋关于绛云轩趣事的批语。

如此种种，都使我觉得，脂砚斋应该就是小说之甄宝玉原型。这样一来，才会有甄家、曹家相继抄没，曹雪芹以甄家为原型，杂糅曹家之事（两家本就是至亲难分彼此），写就的《红楼梦》。脂砚斋、畸笏叟等人才如此感同身受，甚至参与创作修改，曹雪芹也才自谦是记录者和修撰者，并不敢自专是作者。

也因了这样的交集，脂砚斋才会在第一回说：

【甲戌双行夹批：此是第一首标题诗。甲戌眉批：能解者方有辛酸之泪，哭成此书。壬午除夕，书未成，芹为泪尽而逝。余常哭芹，泪亦待尽。每思觅青埂峰再问石兄，奈不遇癞头和尚何！怅怅！今而后惟愿造化主再出一芹一脂，是书何幸，余二人亦大快遂心于九泉矣。甲午八月泪笔。】

这条脂砚斋批语和前面畸笏叟批语结合起来，可知曹雪芹先逝，脂砚斋次之，而畸笏叟独活。《红楼梦》是写甄家和曹家之事，脂砚斋才会和曹雪芹一起同悲喜同感叹，甚至回忆往事，感慨万千。而这样共同阅读修改《红楼梦》的经历，小说则表现为"甄宝玉送玉"后甄贾宝玉相会相谈，《红楼梦》真是写尽了"真假"玄机。

当然，现实生活里甄宝玉的原型脂砚斋肯定不姓甄，脂砚斋也只是别号。至于脂砚斋姓什么，只有天知道。

《红楼梦》批语的玄机

第二十二回，贾母为宝钗过生日，有三条批语，是这样写的：

【庚辰眉批：凤姐点戏，脂砚执笔事，今知者寥寥矣，不怨夫？】

【庚辰眉批：前批"知者寥寥"，今丁亥夏只剩朽物一枚，宁不悲乎！】

【靖眉批：前批"知者寥寥"，芹溪、脂砚、杏斋诸子皆相继别去，今丁亥夏只剩朽物一枚，宁不痛杀！】

这三条批语，说的是小说写宝钗过生日场景，让批书者想起当年，王熙凤点戏，脂砚斋执笔写戏单子的情景，感慨万千。而今雪芹、脂砚斋和杏斋三人相继离去，只剩批书者苟活人世。

这三条批语，有些脂批版本是合三为一，而合三为一的依据就是三条批语为一人所作。

但是，合三为一之弊端在于，这三条批语虽是一人所作，却是先后不同时间段所作，客观上造成了信息流失。

第一，从批语口吻和风格来看，这三条批语的作者是畸笏叟无疑。

第二，从三条批语可以看出一个重要信息，那就是曹雪芹、脂砚斋和畸笏叟，甚至杏斋或者是一个家族，或者是亲戚，或者是世交。小说描写宝钗过生日场景，就曾经真实发生过，令畸笏叟想起当年王熙凤原型点戏，脂砚斋写戏单子的情景。而当时曹雪芹、畸笏叟以及杏斋都在场。

这些人当中，曹雪芹是作者，脂砚斋和畸笏叟是批书者。曹雪芹第二十二回写宝钗过生日，既写了王熙凤原型，也牵扯到脂砚斋。难怪脂砚斋有权力参与小说创作，因为很多时候都写到人家了嘛。

第三，其实参与小说创作的还有畸笏叟，第十三回可卿之死篇首篇尾的批语都是此人所作。所谓：

【甲戌：今秦可卿托□□□□□□□□□□□□□□□理宁府亦□□□□□□□□□□□□□□□□凡□□□□□□□□□□□□□□□□□□□□在封龙禁尉，写乃褒中之贬，隐去天香楼一节，是不忍下笔也。】[①]

【甲戌："秦可卿淫丧天香楼"，作者用史笔也。老朽因有魂托凤姐贾家后事二件，的是安富尊荣坐享人不能想得到处。其事虽未行，其言其意则令人悲切感服，姑赦之，因命芹溪删去。】

【甲戌眉批：此回只十页，因删去天香楼一节，少去四五页也。】

【甲戌眉批：九个字写尽天香楼事，是不写之写。[靖本多署名"棠村"。] 庚辰眉批：可从此批。靖眉批：可从此批。通回将可卿如何死故隐去，是余大发慈悲也。叹叹！壬午季春。笏叟。】

【甲戌眉批：旧族后辈受此五病者颇多，余家更甚。三十年前事见书于三十年后，令余悲痛血泪盈面。】【庚辰眉批：读五件事未完，余不禁失声大哭，三十年前作书人在何处耶？】

【庚辰：通回将可卿如何死故隐去，是大发慈悲心也，叹叹！壬午春。】

从第十三回这些批语来看，畸笏叟应是曹氏家族长辈，因此可以命令曹雪芹删去天香楼故事，毕竟家丑不可外扬。

第四，联系我关于脂砚斋就是小说甄宝玉原型的判断，可以知道：

① 空格处，因原文缺损导致。——本书作者注

1.《红楼梦》两位最重要的批书者，脂砚斋是曹家亲戚，畸笏叟是曹家长辈。

2. 贾宝玉原型，曹雪芹用真假之笔，在小说里虚设一个甄宝玉，而甄宝玉的生活原型就是脂砚斋。也就是：

脂砚斋——甄宝玉——贾宝玉。

顺理可推：

脂砚斋家——甄家——贾家。

这样看来，《红楼梦》其实是以脂砚斋家族为生活原型，糅合曹家事情创作而成。

这就契合了曹雪芹所谓只是编撰者的自谦之辞。大家可以想象，写小说时，小说主人公甄家宝玉的原型脂砚斋就在旁边评头论足高谈阔论甚至删删改改，曹雪芹不这样自谦行吗？

第五，《红楼梦》创作伊始三十年后，曹雪芹、脂砚斋相继离世，只有畸笏叟枯对残本作批，痛苦活在人世。

第六，从畸笏叟批语来看，脂砚斋和畸笏叟批书，是伴随曹雪芹小说创作，直至曹雪芹、脂砚斋和畸笏叟三人相继去世。脂砚斋和畸笏叟的批语不仅是随意的，反反复复多次作批，而且还在不同的抄本进行，所以才会在不同版本出现这些大致相似而又有所不同的批语。

当然，这样的随意性也为后人伪批提供了机会。

第三章

纵然一副好皮囊

第一节　荣国府滥淫之人

贾琏为何要巴结贾政

说到身份，贾琏不可等闲视之。他在贾府玉字辈的地位，仅次于贾珍。贾珍是宁国府乃至贾府长房长孙，是贾府族长。贾琏是荣国府长房长孙，荣国府大管家，贾府健在的玉字辈兄弟中排行第二，是谓链二爷也。

可是这样一位爷，却偏偏撇下父母贾赦和邢夫人，巴巴地跟着叔叔婶婶贾政和王夫人混。

论理，荣国府该是长子贾赦当家，可从实际情况看，贾赦得到世袭爵位，却赋闲在家，不管事。荣国府的实际当家，是贾府唯一出任实职的贾政。贾政是工部员外郎，也就是建设部副司长。从古至今，搞建设都是肥缺，何况还是地厅级干部。

不仅如此，贾政还是当今贵妃的父亲，当朝国丈。小说开场即出任后宫女史的贾元春很快被册封为贤德妃。这可是光宗耀祖的大事。从此，贾府不惟是国公之家，也是国戚之家，贾元春成为贾府最大的靠山。有那么强势的女儿，父亲要不强势也难！

而且，与贾赦相比，贾政更受父母倚重。

小说一再说明，贾政有乃父之风，贾政的功名就是他父亲贾代善临终奏本，为贾政谋的。健在的贾母也是看贾政比贾赦更顺眼。贾母是和贾政王夫人一块儿住的，贾府的重心，自然为老祖宗左右。

就是这些因素，不唯荣国府的权力天平，就是贾府的权力天平都向贾政倾斜。贾府一族族长虽是贾珍，荣国府长房虽是贾赦，但贾府真正的大佬却是贾政。

所以，贾琏虽是荣国府长房长孙，原本可以顺理成章继承家业掌管家务的，也不得不主动向叔叔贾政靠拢。只有这样，他这个长房长孙才不至于名存实亡。

其实这样的情形，也发生在王家。贾琏的大舅子王仁也是王家的长房长孙。王仁和王熙凤的父亲，是王家长兄，可是架不住叔叔王子腾官运亨通飞黄腾达，从京营节度使做到九省统制再到九省都检点，王家的权力中心自然也就从金陵移到了京都。王仁这个长房长孙也不得不依附叔叔王子腾。

好个聪明的贾琏，难怪小说说他：

世路上好机变，言谈去得，所以目今现在乃叔政老爷家住着，帮着料理些家务。

当然，要进一步巩固这种关系，就是顺从婶娘王夫人之意，“亲上做亲，娶的是政老爷夫人王氏内侄女”。

不唯如此，他还很知趣地“倒退了一射之地”，把光芒让给妻子王熙凤。贾琏的退让，一方面是王熙凤泼辣能干，另一方面，却是贾琏要在叔叔贾政和婶婶王夫人面前放低姿态，博取欢心。

好个琏二爷，人情世故看得通透。如果不是太过好色，这位琏二爷，也是个不得了的人物。

贾琏是个怎样的人

贾琏这个人物，很值得玩味，并非想象的那样简单。

第一，贾琏做人低调。

贾琏似乎从来没有把荣国府长房长孙的身份看得很重。贾琏从他父亲贾赦干不过叔叔贾政就知道，身份不重要，实力才重要。在贾琏那里，根本看不到一位大户人家长房长孙失去地位的委屈和挫折。他不仅心甘情愿跟着叔叔贾政跑腿，还娶了婶婶王夫人的侄女，并且“倒退了一射之地”，让王熙凤的光芒彻底绽放。正是在这一连串的“让步”，使得贾琏稳坐荣国府大管事之位。

第二，贾琏有底线。

贾琏有他的做人底线，那就是不害人性命。贾赦喜欢石呆子收藏的扇子，贾雨村为讨好贾赦，竟然捏造冤案，治了石呆子的罪，把扇子抄没充公贱买了来献给贾赦。贾琏说为几把扇子搞得人家破人亡也不算什么能为，还挨了贾赦的一顿暴打。

第三，贾琏知道舍财免灾。

贾琏和鲍二家的偷情，被王熙凤发现，大闹一场，鲍二家的上吊死了。鲍二家的娘家要告官，王熙凤的态度是一分钱没有，贾琏的态度却是拿钱摆平。他知道鲍二家的娘家并非真要打官司，而是要钱。

第四，贾琏人性也还未泯灭。

尤二姐自杀，贾琏抚尸大哭，想办法筹钱安葬尤二姐。他受二姐之托，对三姐婚事很是上心。他舍得给鲍二家的娘家人钱，一方面是世事洞察，另一方面也是有内疚之情。还有对下人，贾琏明显比王熙凤宽厚，呵斥多，却不会真正下狠手。贾琏并非天生就是个坏人。

贾琏知道有些事情不能做，有些东西碰不得，有些原则不能突破。贾琏显然比王熙凤更懂得进退取舍，更懂得生存之道。

第五，贾琏还有些胸襟。第六十五回：

无奈二姐倒是个多情人，以为贾琏是终身之主了，凡事倒还知疼着痒。若论起温柔和顺，凡事必商必议，不敢恃才自专，实较凤姐高十倍；若论标致，言谈行事，也胜五分。虽然如今改过，但已经失了脚，有了一个“淫”字，凭他有甚好处也不算了。偏这贾琏又说：“谁人无错，知过必改就好。”故不提已往之淫，只取现今之善，便如胶授漆，似水如鱼，一心一计，誓同生死，那里还有凤平二人在意了！

先不说贾琏对王熙凤平儿薄情，单说贾琏作为那个时代有权有势的男子，只要喜欢，便可以不计前嫌。这样的器量，也非一般人所能。古往今来，多少文人侠客，哪个不念念于此，把人生搞得残缺不堪？

柳湘莲何等优秀，却迂腐得紧，贾琏何等粗鄙，却也胸襟开阔。这两个人，品质高下立判，境界有别，却也互有优劣，这就是人性的复杂。

第六，贾琏推崇金钱万能。

在贾琏眼里，钱是万能的。办事需要钱，享乐需要钱，搞定一件事和一个人也需要钱。贾琏的口头禅就是“不过是多给他几两银子罢了”。

这是一种普世心态。因此，荣国府入不敷出时，这位大内总管就感叹要是再发三二百万的财就好了。他根本不去追究为什么入不敷出，只是简单地认为“出”是应该的，是天经地义的，没钱办不成事。

第七，贾琏以占有女性为乐事。

整个前八十回，贾琏不仅和凤姐平儿，而且和多姑娘、鲍二家的、尤二姐、秋桐甚至小厮有染。以贾琏的好色，长期外出办事，拈花惹草是肯定的。贾琏是小说有明确记载与女性有染最多的男性，数量甚至超过贾珍。

这也导致了贾琏的毁灭。正如王熙凤所说，贾琏在老太妃之死国孝、贾敬之死家孝期间背着父母，停妻再娶尤二姐，犯下四重大罪。而他作为侵吞林黛玉家财产的得力干将也难辞其咎。

贾琏是现实生活里一个真实的贵族公子哥儿，不喜欢读书，毫无追求，只知花钱享乐，占有女性。他懂得这个残酷社会弱肉强食的生存之道，趋炎附势是他的行事准则。他更迷信金钱万能，万事皆用钱财来打发。但他也知道做人不可太过，不可害人性命。贾琏的生存状态，正是物欲社会中一种典型的生存状态，挣扎在这扭曲的社会，貌似潇洒，实则悲情。

贾宝玉的“淫”与贾琏的“淫”

第五回贾宝玉神游太虚幻境，警幻仙姑对“淫”作出了界定，她说：

“更可恨者，自古来多少轻薄浪子，皆以‘好色不淫’为解，又以‘情而不淫’作案，此皆饰非掩丑之语耳。好色即淫，知情更淫。是以巫山之会，云雨之欢，皆由既悦其色、复恋其情所致。吾所爱汝者，乃天下古今第一淫人也！”

宝玉听了，唬的慌忙答道：“仙姑差了：我因懒于读书，家父母尚每垂训饬，岂敢再冒‘淫’字。况且年纪尚幼，不知‘淫’为何物。”警幻道：“非也。淫虽一理，意则有别。如世之好淫者，不过悦容貌，喜歌舞，调笑无厌，云雨无时，恨不能尽天下之美女供我片时之趣兴，此皆皮肤滥淫之蠢物耳。如尔则天分中生成一段痴情，吾辈推之为'意淫'。'意淫'二字，惟心会而不可口传，可神通而不可语达。汝今独得此二字，在闺阁中，固可为良友，然于世道中未免迂阔怪诡，百口嘲谤，万目睚眦。……"

在警幻仙姑看来，"淫"有"意淫"和"滥淫"之别。意淫为"知情"，追求情感精神共鸣，滥淫为"好色"，以肉体占有为目的。

《红楼梦》有所谓"双峰对峙""一击两鸣"之法。既然有意淫之贾宝玉，必也有滥淫之人。小说滥淫之人，正是贾宝玉堂兄贾琏。所谓"不过悦容貌，喜歌舞，调笑无厌，云雨无时，恨不能尽天下之美女供我片时之趣兴，此皆皮肤滥淫之蠢物耳。"

检阅贾琏情史，此君确实以占有女性肉体以及数量满足为乐事。女儿巧姐出天花要供奉蚕娘娘，与王熙凤分房几天就憋不住了，与多浑虫妻子多姑娘偷情，甚至拿清俊小厮泻火。借王熙凤庆祝生日之机与鲍二家的偷情。只要有机会就想上平儿的手。国孝家孝期间色胆包天偷娶尤二姐。和父亲贾赦的丫鬟秋桐勾搭。贾琏是《红楼梦》涉及女性最多、涉及性事最多的男性。

正如第四十四回贾宝玉见平儿受委屈所想：

忽又思及贾琏惟知以淫乐悦己，并不知作养脂粉。又思平儿并无父母兄弟姊妹，独自一人，供应贾琏夫妇二人。贾琏之俗，凤姐之威，他竟能周全妥贴，今儿还遭荼毒，想来此人薄命，比黛玉犹甚。

八十回后，贾宝玉以意淫之"情"终为林黛玉出家，贾琏也因滥淫之"色"犯下重罪而下狱发配。

或许有人要说，滥淫之最应该是贾珍吧。这话不错，贾珍比贾琏糟蹋蹂躏女性更甚。

但是从前八十回来看，贾珍滥淫是隐写，而且经过重大修改，比如就删去了"秦可卿淫丧天香楼"。贾珍在前八十回没有什么明确的淫荡描写，只有判词和红楼曲的曲折暗示。

而且，贾珍的滥淫带有反人类性质，如果让贾珍与贾宝玉双峰对峙一击两鸣，也是在侮辱贾宝玉。只有贾琏，既滥淫，又不突破人伦底线，方为贴切。

第六十五回，贾琏偷娶尤二姐：

是夜贾琏同他颠鸾倒凤，百般恩爱，不消细说。

这让我想到第六十三回贾珍的两个侍妾“佩凤偕鸾”。

这两人的名字，其实是暗示秦可卿死后贾珍的性生活，经过短暂痛苦，珍大爷依旧高乐，找到了可人的性奴。这样的意味，竟然在第六十五回贾琏尤二姐新婚之夜得到呼应。

首先，贾珍贾琏是一丘之貉。他们的性生活非常相似，怎一个“乱”字了得。

其次，他们对尤二姐都有欲求。

所以，有理由认为，第六十三回贾珍两个妾“偕鸾佩凤”的真意，是通过第六十五回贾琏尤二姐“颠鸾倒凤”渲染出来的。无论贾珍还是贾琏，“偕鸾佩凤”的目的，就是为了“颠鸾倒凤”！

《红楼梦》的呼应和暗示，既有淫丧天香楼这样的大呼应和大暗示，也有“偕鸾佩凤”和“颠鸾倒凤”这样的小呼应和小暗示。小说“披阅十载，增删五次”，遣词造句之精细，确实达到了不废一笔的境界。

贾琏如何侵吞林黛玉家产

贾琏侵吞林黛玉家家产，从第十二回林如海病重，贾母命贾琏陪同林黛玉前往开始。这次前往，意义重大。

1. 林如海病逝，林黛玉彻底成为无家可归的孤儿。

2. 贾琏负责料理林家后事。

3. 整个料理林家后事的过程，甚至送林如海入祖坟，始终没有提及林家那些五服之外的族人。

贾琏能够如此，必须：

1. 生前得到林如海许可，或者林如海留下遗嘱，委托贾琏全权处理林家后事。

2. 林家自五代起就出来做官，五代单传，事实上与那些五服之外的林家族人早已没有往来，形同陌路素不相识。

3. 按照宋明礼法，林黛玉作为孤女是林家财产的合法继承人。除非林如海迂腐到非要找一个族人继承家产，否则五服之外的族人没有资格继承林家财产。从小说描述看，林如海并无此意。

4. 贾府强势，以林黛玉外祖身份出现，即使林家那些五服之外的族人有非分之想，也无可奈何。

也就是说，只要林如海不想让林家族人参与处置后事，就意味着林如海已经决定，把林黛玉的未来以及林家财产托付给贾府监管。贾府不仅是林黛玉的监护人，也是林家财产的监管人，直到林黛玉出嫁。按照贾母计划，林黛玉本就是要嫁给贾宝玉入贾府的，如此，林家财产作为林黛玉陪嫁顺理成章地成为贾府财产。

顺这个思路，来看小说叙述有何蹊跷?

第十二回：

谁知这年冬底，林如海的书信寄来，却为身染重疾，写书特来接林黛玉回去。贾母听了，未免又加忧闷，只得忙忙的打点黛玉起身。宝玉大不自在，争奈父女之情，也不好拦劝。于是贾母定要贾琏送他去，仍叫带回来。一应土仪盘缠，不消烦说，自然要妥贴。作速择了日期，贾琏与林黛玉辞别了贾母等，带领仆从，登舟往扬州去了。

这段话有个“障眼法”，好像接林黛玉回来是碍于贾宝玉情面。其实自贾敏一死，贾母三番五次书信派人派船去接林黛玉，就已打定主意要这个外孙女长住贾府了。来看第三回林如海的话：

“天缘凑巧，因贱荆去世，都中家岳母念及小女无人依傍教育，前已遣了男女船只来接，因小女未曾大痊，故未及行。”

“汝父年将半百，再无续室之意；且汝多病，年又极小，上无亲母教养，下无姊妹兄弟扶持，今依傍外祖母及舅氏姊妹去，正好减我顾盼之忧，何反云不往?”

前一句是对贾雨村说的，后一句是对林黛玉说的。

前一句请注意“依傍”二字，就是依靠的意思，此时林如海尚健在。贾母接林黛玉去就是要给林黛玉一个依靠，一个女孩子终生的依靠是什么?不就是找到婆家吗?

后一句话意义更为丰富：

1. 林如海明确表态，不打算再娶妻生子。也就是说，林黛玉是他唯一合法继承人。

第二回有这样的话：

今只有嫡妻贾氏生得一女，乳名黛玉，年方五岁。夫妻无子，故爱如珍宝，且又见他聪明清秀，便也欲使他读书识得几个字，不过假充养子之意，聊解膝下荒凉之叹。

看到没有，已经把林黛玉当儿子来养了。

2. 林如海再一次提到了“依傍”，而且说得很周详。一方面是“汝父年将半百，再无续室之意”，另一方面是“且汝多病，年又极小，上无亲母教养，下无姊妹兄弟扶持”，所以“今依傍外祖母及舅氏姊妹去，正好减我顾盼之忧”。这说明林如海是经过深思熟虑才慎重地做出决定的，他考虑的是林黛玉的长久未来和终身大事。

如此一来，林如海托付林黛玉给贾府的意思已经十分明显。第十四回：

昭儿道：“二爷打发回来的。林姑老爷是九月初三日巳时没的。”二爷带了林姑娘同送林姑老爷灵到苏州，大约赶年底就回来。二爷打发小的来报个信请安，讨老太太示下，还瞧瞧奶奶家里好，叫把大毛衣服带几件去。凤姐道：“你见过别人了没有？”昭儿道：“都见过了。”说毕，连忙退去。凤姐向宝玉笑道：“你林妹妹可在咱们家住长了。”

这话逻辑上有问题。既然贾琏已经处理好一切，年底就回来，派人回来报平安可以，为什么还要“讨老太太示下”？难道走之前，贾母特别交代过什么？或者贾琏还有比启程更重要的事情要请示贾母？有，那就是林家财产处置问题。既然走之前是贾母交代，处置完毕自然要请示贾母，看是否妥当？

注意，林如海临终之前是要接黛玉回去的，贾琏去了，不仅处理了林如海丧事，林家后事，黛玉又跟着贾琏回来，说明林如海初衷变了，那就是决定黛玉由贾府抚养。这其中，贾母的作用异常明显，拿定主意让黛玉长住贾府的是贾母，单方面决定林黛玉还是回贾府的还是贾母，派贾琏前去处理林家事务的还是贾母，而后果然如愿，贾琏处置好林家后事，又把黛玉送回贾府。

这其实就是一种协议。林如海死前，通过贾琏，和贾母达成了某种协议。

王熙凤一句“你林妹妹可在咱们家住长了”，其实就是在含蓄点题，林黛玉的未来以及林家的一切已交付给贾府。

第十六回，要注意两个细节：

一是王熙凤和平儿对贾琏的评价：

“我们二爷那脾气，油锅里的钱还要找出来花呢。”

这句话，可是贾琏和林黛玉刚回到贾府时王熙凤和平儿说的，这时候点出贾琏品质，不会是没有由来的。

二是贾琏处理好林家事务回到贾府，马上就谈到贾元春省亲，这也绝非巧合：

凤姐道：“可是别误了正事。才刚老爷叫你作什么？”贾琏道：“就为省亲。”凤姐忙问道：“省亲的事竟准了不成？”贾琏笑道：“虽不十分准，也有八分准了。”

也就是说，贾琏刚和林黛玉回到贾府，贾府马上就有一项大工程，大花费！

第七十二回，贾琏为维持荣国府运转央求鸳鸯把贾母暂时用不着的古董拿出去典当，又遭太监盘剥，发出了这样的感叹：

“这会子再发个三二百万的财就好了”。

这句话也十分蹊跷。

1. 从第一回至第七十二回，从未见贾琏发过什么横财，而且是二三百万的横财。

2. 可是，贾琏却说“再”，暗示之前确实发过一次横财。只是我们没有看出来，或者小说没有明写。

3. 贾琏发的这个横财，敢当王熙凤和平儿面说出来，说明他发的这个财一定程度是可以见光的。

4. 贾琏偷娶尤二姐，梯己钱已全都交给尤二姐，尤二姐又交给王熙凤。贾琏敢这样说，说明贾琏发的二三百万横财，并未私吞，而是贾府公用了。

5. 那么，至七十二回，贾琏这个“油锅里的钱还要找出来花”的家伙，哪一次有可能发二三百万的横财，而且不避讳贾府上层，很快又花光了？

答案昭然若揭，那就是贾琏处置林家财产。林家列侯世家五代积累五代单传，林如海又是巡盐御史，林家积累的财富是相当可观的，不可妄拟。贾琏这个“油锅里的钱还要找出来花”的家伙从中找出三二百万来简直易如反掌，变卖林家房产、田产、地产、家当、古董珍玩，只要高价卖出低价做账就可以搞定。从林黛玉带回贾府的东西可以看出，只是些笔墨纸砚日常家用物品，林家值钱的东西已全部处置变现。

而这钱很快就派上了用场，用于填补元妃省亲留下的巨大亏空。

这一切，小说行文狡猾，都没写，留白了，需要我们细细体味。但是，当我们一旦明白这一切都是贾母授意，我们是不是对贾母对林黛玉的疼爱会有更加全面客观的认识？

至少我本人是这样。贾母疼爱林黛玉，固然和血缘和女儿有关，和黛玉品貌有关，但其实也和利益有关，与她和王夫人在贾府的势力平衡有关，与贾府的亏空有关，与林家声誉较之薛家对贾府对贾元春更有利有关。贾母之老辣，可见一斑。

当然，林家巨额家产，在林黛玉还没嫁进贾府前，贾府表面上是不能动的，只能监管。但其中一部分，贾府其实已经提前支取和挪用了。

贾琏对鸳鸯有意吗

感情这种东西，是双方面的。

说实话，从第七十二回贾琏央求鸳鸯的情形，我看不出贾琏对鸳鸯有一丝一毫的意思来，看到的只是贾琏对鸳鸯的尊敬。

贾琏见到鸳鸯，是：

煞住脚，笑道：“鸳鸯姐姐，今儿贵脚踏贱地。”

然后是“未语先笑”。

及至蜡油冻的佛手的事情对质出来，贾琏也是：

垂头含笑想了一想，拍手道：“我如今竟糊涂了！丢三忘四，惹人抱怨，竟大不像先了。”

贾琏在鸳鸯面前，表现得很谦恭，言谈也很得体。

贾琏央求鸳鸯借当贾母的古董，态度更是谦恭了。见鸳鸯要走：

贾琏忙也立身说道：“好姐姐，再坐一坐，兄弟还有事相求。”说着便骂小丫头：“怎么不沏好茶来！快拿干净盖碗，把昨儿进上的新茶沏一碗来。"

贾琏骂小丫鬟没沏好茶，不过是装腔作势，表现对鸳鸯的尊重。

什么"俗语说'求人不如求己'。说不得，姐姐担个不是，暂且把老太太查不着的金银家伙偷着运出一箱子来，暂押千数两银子支腾过去。"

什么"若论除了姐姐，也还有人手里管的起千数两银子的，只是他们为人都不如你明白有胆量。我若和他们一说，反吓住了他们。所以我'宁撞金钟一下，不打破鼓三千'。"

都是一个路数。

当然，宝玉尚且缠着鸳鸯吃胭脂，贾琏如此好色，难道对鸳鸯一点也不动心?

还真是。贾琏虽然好色，却是知进退的人。他非常清楚什么事该做，什么事不该做，什么人能碰，什么人不能碰。比如对林黛玉、对薛宝钗，那真是大哥哥的样子，哪里会像薛蟠那番不堪，立时便"酥"了。以鸳鸯和贾母的关系，贾琏明白，这不是自己的"菜"。他和鸳鸯的关系，应该是建设性战略合作伙伴关系，而不是性关系。

其实，贾琏对鸳鸯的真实态度，很快就表现出来了。鸳鸯走后，贾琏和王熙凤有一番交谈:

贾琏进来，凤姐因问道："他可应准了?"贾琏笑道："虽然未应准，却有几分成手，须得你晚上再和他一说，就十分成了。"

这已经清楚地表明，贾琏和鸳鸯，完全是工作关系，没有半点私交。

贾琏怎样假公济私

贾琏和鲍二家的的偷情，凤姐逮个正着，大闹起来，压力加上恐惧，鲍二家的竟上吊死了。可是事情还没完，鲍二家的娘家居然要告官。

这些人的心思，贾琏是懂的。无非是光脚的不怕穿鞋的，张扬出去，对草民来说，脸面值几个钱，对贾府就不一样了，国公之家，国戚之家，有德之家，脸面至关重要。所以，贾琏绝不会听王熙凤的，一分钱不给，真去打官司。

不要以为鲍二家的娘家有多在意这个女儿，他们只是希望从死人身上再榨些银两罢了。《红楼梦》有太多太多这样的事情，金钏父母，晴雯的表哥表嫂多浑虫夫妇，鸳鸯的哥哥嫂嫂，冯渊族人，秦钟远房亲戚，尤二姐的未婚夫张华父子，哪个不是奔着钱财去的？真是人情淡薄，世态炎凉。

这一切，老于世故的贾琏了然于胸。不就是钱吗？这个世界的很多事情都是可以拿钱来摆平的，这是贾琏的信念。第四十四回：

林之孝家的正在为难，见贾琏和他使眼色儿，心下明白，便出来等着。贾琏道："我出去瞧瞧，看是怎么样。"凤姐儿道："不许给他钱。"贾琏一径出来，和林之孝来商议，着人去作好作歹，许了二百两发送才罢。贾琏生恐有变，又命人去和王子腾说，将番役仵作人等叫了几名来，帮着办丧事。那些人见了如此，纵要复辨亦不敢辨，只得忍气吞声罢了。贾琏又命林之孝将那二百银子入在流年帐上，分别添补开销过去。又梯己给鲍二些银两，安慰他说："另日再挑个好媳妇给你。"鲍二又有体面，又有银子，有何不依，便仍然奉承贾琏，不在话下。

这件事情，贾琏上下周全，滴水不漏。

第一，先开恩，给鲍二家的娘家二百两银子。

第二，准备"大棒"。和王子腾沟通，派可靠的番役仵作帮着办丧事，其实就是警示贪得无厌的鲍二家的娘家人不要得寸进尺，惹毛了一点好处没有。

第三，稳住鲍二。这次告状，是鲍二家的娘家人，鲍二还没动静呢。说到告状，鲍二才最有资格告状。贾琏早早考虑到这一层，给鲍二银子，许诺给他再找媳妇。

这样一来，有可能生变的三方，鲍二家的娘家，鲍二和官府就都被摆平了。这就是贾琏世事好机变的能力。只是，这种事情干多了，难免不变成魔鬼。

贾琏花的二百两银子，是做入贾府陈年老账，悄无声息地冲销了的。贾琏不检点，和别人通奸，出了事情，却是贾府为他买单，这是典型的假公济私。前者，假王子腾之威，请官府出面办私事，是假公济私。后者，贪污家族钱财满足私欲，是中饱私囊。

也许有人会说，贾府不就是贾琏他家，有什么关系。错了。

所谓国家，国是从家来的。贾府这样的大家族，家族是公，贾琏王熙凤的小家才是私。这样事情，无论如何不该由家族账户支付。贾琏尚且如此，一件事情就二百两银子挖贾府墙脚，贾府其他子孙呢？那些有权有势的下人呢？天长日久，贾府焉能不败？

贾琏也曾惨遭毒打

脂砚斋批语谓《红楼梦》有一击两鸣之法。这次算领教了。

贾琏是贾赦的儿子，贾宝玉是贾政的儿子。

贾琏是滥淫的代表，贾宝玉是意淫的代表。

贾宝玉曾遭贾政毒打。

贾琏也曾遭贾赦毒打。

这哥儿俩遭毒打，多多少少都和贾雨村有关。

见第三十三回，贾宝玉挨训：

“好端端的，你垂头丧气嗐些什么？方才雨村来了要见你，叫你那半天你才出来；既出来了，全无一点慷慨挥洒谈吐，仍是葳葳蕤蕤。我看你脸上一团思欲愁闷气色，这会子又咳声叹气。你那些还不足，还不自在？无故这样，却是为何？”

贾宝玉陪贾政会见贾雨村，其表现已令贾政不满。加之忠顺亲王府长史前来索要蒋玉菡，贾环又诬告宝玉强奸金钏未遂，才遭毒打。

贾琏也是为贾雨村的事情惨遭毒打。第四十八回：

且说平儿见香菱去了，便拉宝钗忙说道：“姑娘可听见我们的新闻了？”宝钗道：“我没听见新闻。因连日打发我哥哥出门，所以你们这里的事，一概也不知道，连姊妹们这两日也没见。”平儿笑道：“老爷把二爷打了个动不得，难道姑娘就没听见？”宝钗道：“早起恍惚听见了一句，也信不真。

我也正要瞧你奶奶去呢，不想你来了。又是为了什么打他？”

平儿咬牙骂道：“都是那贾雨村什么风村，半路途中那里来的饿不死的野杂种！认了不到十年，生了多少事出来！今年春天，老爷不知在那个地方看见了几把旧扇子，回家看家里所有收着的这些好扇子都不中用了，立刻叫人各处搜求。谁知就有一个不知死的冤家，混号儿世人叫他作石呆子，穷的连饭也没的吃，偏他家就有二十把旧扇子，死也不肯拿出大门来。二爷好容易烦了多少情，见了这个人，说之再三，把二爷请到他家里坐着，拿出这扇子略瞧了一瞧。据二爷说，原是不能再有的，全是湘妃、棕竹、麋鹿、玉竹的，皆是古人写画真迹，因来告诉了老爷。老爷便叫买他的，要多少银子给他多少。偏那石呆子说：‘我饿死冻死，一千两银子一把我也不卖！’老爷没法子，天天骂二爷没能为。已经许了他五百两，先兑银子后拿扇子。他只是不卖，只说：‘要扇子，先要我的命！’姑娘想想，这有什么法子？谁知雨村那没天理的听见了，便设了个法子，讹他拖欠了官银，拿他到衙门里去，说所欠官银，变卖家产赔补，把这扇子抄了来，作了官价送了来。那石呆子如今不知是死是活。老爷拿着扇子问着二爷说：‘人家怎么弄了来？’二爷只说了一句：‘为这点子小事，弄得人坑家败业，也不算什么能为！’老爷听了就生了气，说二爷拿话堵老爷，因此这是第一件大的。这几日还有几件小的，我也记不清，所以都凑在一处，就打起来了。也没拉倒用板子棍子，就站着，不知拿什么混打一顿，脸上打破了两处。我们听见姨太太这里有一种丸药，上棒疮的，姑娘快寻一丸子给我。”宝钗听了，忙命莺儿去要了一丸来与平儿。宝钗道：“既这样，替我问候罢，我就不去了。”平儿答应着去了，不在话下。

此前，平儿是说“二爷病了在家里呢”。

好端端的贾琏，怎么会突然生病？留下悬念。

等香菱走，平儿揭开谜底。原来是为石呆子的扇子，贾琏不认可贾雨村做法遭贾赦毒打，“打了个动不得”，“脸上打破了两处”。

石呆子的扇子，是极品，贾赦喜欢，想买，人家不卖。贾琏走的是正常收藏古玩的路子，托关系求人情，试图以诚意打动石呆子卖扇子，石呆子不卖，他也不勉强，等人家想卖了再说，都是收藏中人，买卖情愿，应该互相理解。这是再正常不过的事情。

可是贾雨村为巴结贾赦，居然制造冤案，诬赖石呆子拖欠官银，拿扇子充公，然后以官价贱卖给贾赦。为几把扇子，干出这样伤天害理的事情，嗜扇如命的石呆子竟被弄到“不知是死是活”的境地，实在过分。

为此，贾琏就说了一句：

“为这点子小事，弄得人坑家败业，也不算什么能为！”

这话说得很在理，几把扇子就弄得人家破人亡，算什么本事?

贾赦打儿子：

“也没拉倒用板子棍子，就站着，不知拿什么混打一顿。”

平儿说了，贾赦下此狠手不光为此，“这几日还有几件小的，我也记不清，所以都凑在一处，就打起来了”。

我以为贾赦下狠手，还有一个重要原因，就是鸳鸯。贾赦欲强娶鸳鸯做妾未遂，遭贾母训斥，颜面扫地，含羞且愧。这件事情贾琏也不赞成，遭贾赦和邢夫人责骂，贾赦险些就对贾琏动了手，贾赦认为鸳鸯必是看上了宝玉贾琏这样年轻英俊的公子。如今新仇旧恨，涌上心头，贪欲色欲迷性的贾赦，把对贾母鸳鸯和王熙凤的不满一并发泄出来，报应在贾琏身上，以解心头之恨。已经成家立业的儿子，还是荣国府大管事，打哪里不行，还打脸，这分明就是气不忿贾琏那张俊秀的脸蛋，要他破相出气，唉，这还是父子吗?

如果说贾宝玉惨遭毒打是迎面而来的呼喊，磅礴有力，贾琏惨遭毒打就是遥远的回声，只要仔细听，也是悠远绵长，令人回味。

这便是一击两鸣之法。

贾琏竟以女色谢贾蓉

第六十四回，贾蓉揣测贾琏心思，力主偷娶尤二姐。贾琏好生感激，对贾蓉说：

“好侄儿，你果然能够说成了，我买两个绝色的丫头谢你。”

这就是叔叔对侄儿的答谢。

侄儿撺掇叔叔外面偷娶小老婆，叔叔感谢侄儿的方式也那么特别，是买两个漂亮丫鬟给贾蓉享受。

天底下有这样的叔侄，也算是奇葩。

说白了，这叔侄俩是在搞性交换。

俗话说："上梁不正下梁歪。"这叔侄俩的上一辈，也是如此。

贾珍与儿媳乱伦，然后贾蓉放胆调笑父亲的小姨子尤二姐、尤三姐作为报复。焦大醉骂之前，贾蓉的言行举止哪里有这般荒唐？直到焦大醉骂，聪明的贾蓉听出弦外之音，渐渐察觉妻子和父亲奸情，从此性情大变。从妻子死时的冷漠，到肆无忌惮调笑丫鬟和姨娘，贾蓉的人生观从此颠覆。贾珍这样的禽兽父亲，才培养出这样一个禽兽儿子。

贾琏办成差事，贾赦对贾琏的奖赏，是把他老人家身边的女人秋桐，赏给贾琏做妾。正如袭人所说，这个大老爷也太好色，略平头正脸的就不放手，这和贾琏的人尽可妻，连多姑娘和鲍二家的这样女人都不放手，有什么两样？

有这样父辈，何愁没有这样子侄？

可见，贾府的父辈是如何把子侄一步步引上邪路的。

当一个大家族的男子，皆以色为祖宗，丢了立世做人的准则，岂不是自绝？所以贾瑞会为凤哥儿不顾性命。贾芹稍有权势便要养老婆小子，招聚匪类赌钱。

罗马毁于荒淫。贾府，又何尝不是？

第二节 娇妻美妾也枉然

贾琏真爱尤二姐吗

有一种论调，说贾琏是真爱尤二姐。

本以为有贾宝玉和林黛玉至死不渝的爱情，薛宝钗我不入地狱谁入地狱的牺牲，我们对爱情该有一个清醒的判断。

但是，静下来想想，这样的论调也并不全错。我们现实而平庸的生活就大量充斥着这样的“伪爱情”。

不可否认，贾琏对尤二姐还是有感情的。人与人只要相处还算和谐，天长日久，总会产生感情。但是，这种感情并不是爱情。

第一，来看贾琏初见尤二姐的心理。

第六十四回：

却说贾琏素日既闻尤氏姐妹之名，恨无缘得见。近因贾敬停灵在家，每日与二姐三姐相认已熟，不禁动了垂涎之意。况知与贾珍贾蓉等素有聚麀之诮，因而乘机百般撩拨，眉目传情。那三姐却只是淡淡相对，只有二姐也十分有意。

我以为这样的开始，和爱情无关，只是耍流氓。贾琏对尤二姐尤三姐都动了不轨之心，只是三姐无意，二姐有意而已，这是富家公子玩弄女性的流氓心态。贾琏在意的不是尤二姐这个人，而是尤二姐的美色。如果三姐有意，贾琏也会乐于笑纳。如果二姐三姐都有意，贾琏怕是要乐翻天。这样的心态，哪里是爱情，分明就是一个公子哥儿泡妞的起点。

第二，来看贾琏对尤二姐的喜爱。

第六十五回：

那贾琏吃了几杯，春兴发作，便命收了酒果，掩门宽衣。尤二姐只穿着大红小袄，散挽乌云，满脸春色，比白日更增了颜色。贾琏搂他笑道："人人都说我们那夜叉婆齐整，如今我看来，给你拾鞋也不要。"

这里贾琏关注的依然是尤二姐的美色，是尤二姐的美色打动了他。他因尤二姐的美色而喜欢尤二姐。此时美色属于尤二姐，一旦美色从二姐身上流逝，或者贾琏一旦厌倦二姐的美色，贾琏还会不会喜欢尤二姐？大家想想，凤姐和平儿，哪个不是美人？

第三，来看贾琏娶了尤二姐之后的表现。

有人说贾琏不喜欢王熙凤霸道，喜欢尤二姐温柔，那么：

1. 贾琏如果不喜欢王熙凤，当初怎么和王熙凤有那么频繁的性爱，中午都要行房事？后来为什么又嫌弃凤姐？很简单。贾琏当初也曾经像迷恋二姐的美色一样迷恋王熙凤，只是随着王熙凤操劳、流产、得病，贾琏渐渐失去了性趣。虽然王熙凤强势也是一个因素，但凤姐不再能满足贾琏才是最主要的。

2. 如果贾琏真喜欢尤二姐温柔，那么娶到尤二姐是否该心满意足？

第六十九回：

贾赦姬妾丫鬟最多，贾琏每怀不轨之心，只未敢下手。如这秋桐辈等人，皆是恨老爷年迈昏愦，贪多嚼不烂，没的留下这些人作什么，因此除了几个知礼有耻的，余者或有与二门上小幺儿们嘲戏的。甚至于与贾琏眉来眼去相偷期的，只惧贾赦之威，未曾到手。这秋桐便和贾琏有旧，从未来过一次。今日天缘凑巧，竟赏了他，真是一对烈火干柴，如胶投漆，燕尔新婚，连日那里拆的开。那贾琏在二姐身上之心也渐渐淡了，只有秋桐一人是命。

俗话说，狗改不了吃屎。这话很适用贾琏。贾琏得到秋桐后，立即与秋桐打得火热，把尤二姐丢开，这说明，尤二姐和王熙凤是一样的命。贾琏无论对王熙凤还是对尤二姐，都不是真爱，只是一种美色的诱惑。秋桐来了，尤二姐也就靠边了，宛如尤二姐来了，凤姐靠边。而且，尤二姐靠边的速度比王熙凤快多了。

第四，来看尤二姐将死时贾琏的表现。

第六十九回，尤二姐已被王熙凤、秋桐以及下人折磨得求生不能求死不得。她活下来的唯一希望——腹中已成形的男婴——又被庸医胡君荣打了下来。贾琏如果爱尤二姐，这时候就应该察觉尤二姐情形不妙，多给尤二姐一些关爱。

尤二姐曾对贾琏哭着说："我来了半年，腹中也有身孕，但不能预知男女，倘天见怜，生了下来还可，若不然，我这命就不保，何况于他。"

可惜贾琏不是这样的。

就在尤二姐自杀当天，秋桐还曾设计羞辱尤二姐：

可巧邢夫人过来请安，秋桐便哭告邢夫人说："二爷奶奶要撵我回去，我没了安身之处，太太好歹开恩。"邢夫人听说，慌的数落凤姐儿一阵，又骂贾琏："不知好歹的种子，凭他怎不好，是你父亲给的。为个外头来的撵他，连老子都没了。你要撵他，你不如还你父亲去倒好。"说着，赌气去了。秋桐更又得意，越性走到他窗户根底下大哭大骂起来。尤二姐听了，不免更添烦恼。

贾琏非但没有训斥秋桐无礼，宽慰和陪伴尤二姐，反而：

"晚间，贾琏在秋桐房中歇了"。

尤二姐生死攸关之时，这句话写得好狠，写出了贾琏的冷酷和薄情。

就在尤二姐遭堕胎遭凌辱最需要关爱呵护的时候，就在尤二姐自杀当晚，贾琏留宿在秋桐那里。也就是说，秋桐怎么收拾尤二姐，怎么羞辱尤二姐，贾琏并未放在心上。

贾琏为什么不睡王熙凤房里，不睡尤二姐房里，偏偏睡秋桐房里？尤其是白天秋桐还刚刚算计过尤二姐？

说白了吧，贾琏睡秋桐房里，也不是爱秋桐，而是他需要女人。王熙凤有病，尤二姐刚流产，只能睡秋桐。这再次说明，贾琏哪个女人都不爱，他只是为了自己的生理需要。

第五，来看尤二姐死后贾琏的痛苦。第六十九回安葬尤二姐，贾琏：

揭起衾单一看，只见这尤二姐面色如生，比活着还美貌。贾琏又搂着大哭，只叫"奶奶，你死的不明，都是我坑了你！"

贾琏大哭，所为何来？还是为二姐虽死犹生的美色令他不舍。小说写得再明白不过，是尤二姐虽死却比活着还美，贾琏才大恸不止的。

第六，再来看尤二姐自杀时所思。

如果尤二姐真觉得贾琏爱她，又怎会生无可恋？尤二姐为生下孩子苦苦支撑，一旦流产，便觉得生无可恋。所谓：

这里尤二姐心下自思："病已成势，日无所养，反有所伤，料定必不能好。况胎已打下，无可悬心，何必受这些零气，不如一死，倒还干净。

常听见人说，生金子可以坠死，岂不比上吊自刎又干净。”

尤二姐生命里唯一的救命稻草就是腹中胎儿，不是贾琏。她知道贾琏靠不住。尤二姐死时，压根儿没想到贾琏，也没有对贾琏的依恋，这是真心相爱之人的正常反应？

如此种种，当可认定，贾琏贪恋的，不过是二姐美色，并非真爱二姐。

当然，还有一说，那就是，贾琏娶尤二姐是为了子嗣。真是这样吗？

不错，尤二姐腹中男胎被打下来，贾琏心中的痛可想而知。他抚尸大哭，哭的不仅是尤二姐，还是燃起又幻灭的儿子梦。一旦贾蓉暗示，有可能是王熙凤捣鬼，这种仇恨便无法消解。所以，他跺跺脚说“我忽略了，终究对出来”，为二姐报仇，其实也是报绝后之仇。但这并非说明贾琏有多爱尤二姐。

其一，贾琏所谓子嗣之说不过是借口。第六十四回贾蓉说：

“叔叔只说婶子总不生育，原是为子嗣起见，所以私自在外面作成此事。就是婶子，见生米做成熟饭，也只得罢了。再求一求老太太，没有不完的事。”

这说明贾琏见到尤二姐时，压根儿就没想到子嗣问题，只是被二姐美貌迷惑。

其二，王熙凤也曾怀过男胎。就在第六十一回，平儿还这么说王熙凤：

“况且自己又三灾八难的，好容易怀了一个哥儿，到了六七个月还掉了，焉知不是素日操劳太过，气恼伤着的？”

我们能想象王熙凤怀孕六七个月挺着大肚子忙里忙外张罗的情景，贾琏要是真关心子嗣问题，会忍心王熙凤如此操劳以致流产？不会。

王熙凤苦，贾琏坏，一个苦到家，一个坏到家。

其三，如果真为子嗣，即便王熙凤不能生育，还有平儿。我相信，如果王熙凤不能生育，让她选，她宁愿平儿为贾琏传宗接代。

所以，贾琏对凤姐的恨，和爱不爱尤二姐，并没有直接关系。

其实第六十四回，小说就给贾琏对尤二姐的感情定位了，那是貌似很随意的一句：

“贾琏只顾贪图二姐美色”！

贾琏到底有没有休掉王熙凤

临近八十回，贾琏休弃王熙凤之意已渐渐明朗。

第五回判词“一从二令三人木”用了拆字法，人木就是休。

第六十九回，贾琏面对死去的尤二姐，是发过誓的：

“我忽略了，终久对出来，我替你报仇。”

那么，八十回后，贾琏到底有没有休掉王熙凤？

我以为，所谓“三人木”，就是指前八十回贾琏偷娶尤二姐，停妻再娶，实际已经相当于休掉了王熙凤。

我并不否认贾琏为尤二姐报仇的心。一旦知道王熙凤所做的勾当，还不仅仅是折磨尤二姐，还有受贿干预张金哥婚姻致两人自杀，唆使张华父子状告贾琏，以及企图杀张华父子灭口，贾琏不休王熙凤，断乎万万不可能。

但是，八十回以后，贾琏即便有休王熙凤之心，也无休王熙凤之力了。

首先，贾府那样的大家族，贾琏那样的贵族公子，休妻不是一件容易的事情。

恰好第六十八回，王熙凤大闹宁国府，就说到了休妻的事儿。

第一：

“咱们公同请了合族中人，大家觌面说个明白。给我休书，我就走路。”

第二：

“再者咱们只过去见了老太太、太太和众族人，大家公议了，我既不贤良，又不容丈夫娶亲买妾，只给我一纸休书，我即刻就走。”

这两处透露出如下信息：

1. 休妻不是一件简单的事情，有些程序必须要走。

2. 首先要征得贾母同意，其次要征得王夫人同意，这里所指的太太，王熙凤心里明镜儿似的，虽指邢王夫人，但更指王夫人。王熙凤很清楚，王夫人是她姑妈，和她一样，是王家人，王夫人绝不会自折臂膀。

3. 这件事情光贾母和王夫人同意还不行，还必须“阖族公议”，让贾氏宗族来讨论决定，如果大家都没意见，才可以休掉王熙凤。

其次，贾琏休王熙凤，贾母不会答应。

贾母在世，贾琏要休王熙凤，王熙凤干的那些事贾琏就是有天大的胆子也不敢告诉贾母的，贾母不知情，以她对凤姐的喜爱以及对贾琏的反感，不会应允贾琏休弃王熙凤。

再次，贾琏休王熙凤，王夫人不答应。

贾政和王夫人是夫妻，王熙凤是王夫人侄女，贾琏是贾政侄子。贾琏休王熙凤，王夫人脸面何在？贾政脸面何在？即便王夫人和贾政对王熙凤所作所为极度不满，也不会轻易同意贾琏休弃王熙凤。

又再次，贾琏休王熙凤，王家不答应。

贾史王薛是一荣俱荣一损俱损的利益集团。王夫人嫁给贾政，王熙凤嫁给贾琏，都是集团的战略利益，个人需求是其次。贾琏如果休掉王熙凤，王家脸面何在？王家和贾府关系会如何？是贾琏个人事大还是集团事大？这是不言而喻的。

最后，其时贾琏已自身难保。

王熙凤事发，贾琏做的丑事也遮不住，面临牢狱之灾的贾琏根本无暇休弃王熙凤。

而且相比王熙凤，贾琏的罪责更大，所谓国孝家孝、背着父母、停妻再娶（重婚罪）四重罪责，仅国孝家孝期间偷娶，就罪无可赦。贾府被抄，贾琏王熙凤夫妇一起下狱，贾琏至多发泄休妻的愤怒，其实已无能为力。

综上所述，八十回后，尽管贾琏对王熙凤咬牙切齿，发誓要休弃王熙凤，但已经是一项不可能完成的心愿。

这是贾琏的悲哀，也是王熙凤的悲哀，更是贾府和王家的悲哀。这种悲哀至王仁勾结贾芹拐卖巧姐而达到顶峰。

批语对贾琏王熙凤的偏见

第十六回，有三条批语，体现了批语者的爱憎和心境。

第一条：

且说贾琏自回家参见过众人，回至房中。正值凤姐近日多事之时，无片刻闲暇之工，见贾琏远路归来，少不得拨冗接待，房内无外人，便笑道："国舅老爷大喜！国舅老爷一路风尘辛苦。小的听见昨日的头起报马来报，说今日大驾归府，略预备了一杯水酒掸尘，不知赐光谬领否？"贾琏笑道："岂敢岂敢，多承多承！"【庚辰侧批：一言答不上，蠢才蠢才！】

这条批语是说贾琏处理好林如海后事回来，夫妻久别重逢，王熙凤才思泉涌，口若悬河，贾琏无言以对，好不尴尬。

但是这条批语，我觉得过于讨厌贾琏了。贾琏是大场面上的人，也是好机变的主儿，不至于无言以对。只是娇妻如此奉承，心花怒放又不好过于表露，所以故作镇定，佯装淡定而已。

可见读书人如果先入为主地看问题，不做设身处地的情景分析，便差之毫厘失之千里。

第二、三条：

贾琏遂问别后家中的诸事，又谢凤姐的操持劳碌。凤姐道："我那里管得这些事！见识又浅，口角又笨，心肠又直率，人家给个棒槌，我就认作'针'。脸又软，搁不住人给两句好话，心里就慈悲了。况且又没经历过大事，胆子又小，太太略有些不自在，就吓的我连觉也睡不着了。我苦辞了几回，太太又不容辞，倒反说我图受用，不肯习学了。殊不知我是捻着一把汗儿呢。一句也不敢多说，一步也不敢多走。你是知道的，咱们家所有的这些管家奶奶们，那一位是好缠的？错一点儿他们就笑话打趣，偏一点儿他们就指桑骂槐的报怨。'坐山观虎斗'，'借剑杀人'，'引风吹火'，'站干岸儿'，'推倒油瓶儿不扶'，都是全挂子的武艺。况且我年纪轻，头等不压众，怨不得不放我在眼里。更可笑，那府里忽然蓉儿媳妇死了，珍大哥又再三再四的在太太跟前跪着讨情，只要请我帮他几日；我是再四推辞，太太断不依，只得从命。依旧被我闹了个马仰人翻，更不成个体统，至今珍大哥哥还报怨后悔呢。你这一来了，明儿你见了他，好歹描补描补，就说我年纪小，原没见过世面，谁叫大爷错委他的。"【甲戌眉批：阿凤之弄琏兄如弄小儿，可思之至。】【庚辰侧批：阿凤之弄琏兄如弄小儿，可怕可畏！若生于小户，落在贫家，琏兄死矣！】

这两条批语说得触目惊心，说贾琏根本不是王熙凤对手，王熙凤戏弄贾琏如同戏弄小儿，如果在小户人家，贾琏非得被王熙凤弄死不可！

这两条批语颇有点潘金莲之于武大郎的意思。但是，这样的观点我是不赞同的。

第一，王熙凤不是潘金莲。我多次说过，王熙凤计谋强于男子，也有些心狠手辣，骨子里却是很传统很贞洁的女子，想和贾琏好好过日子。

第二，贾琏更不是武大郎。贾琏是什么样人物？什么场面没见过，什么事没做过。背着王熙凤偷情，偷娶尤二姐，甚至一怒之下提剑追杀王熙凤，这样的人，岂会是小儿？岂会被王熙凤弄死，也忒小看了贾琏。说贾琏是西门庆还差不离。

所以，贾琏和王熙凤的恩怨，无论生于大户还是小户，结果都是一样的。面对一个到处拈花惹草、偷娶二房的丈夫，王熙凤必然会报复，而贾琏也不会善罢甘休。我甚至觉得，王熙凤过生日发现贾琏奸情，如果不是贾母镇着，如果发生在小户人家，贾琏醉怒之下，是很可能杀了王熙凤的。

那样一个时代，男人就是男人，女人就是女人。王熙凤再怎么强势，毕竟是女人。贾琏一旦翻脸，强于王熙凤十倍，他可以休，甚至可以杀死王熙凤。这就是《红楼梦》华丽唯美脉脉温情的叙事展示的真实而残酷人生。

平儿和贾琏的性生活

平儿的来历，第六十五回兴儿是这样说的：

这平儿是他自幼的丫头，陪了过来一共四个，嫁人的嫁人，死的死了，只剩了这个心腹。他原为收了屋里，一则显他贤良名儿，二则又叫拴爷的心，好不外头走邪的。

原来平儿也是王家人，是陪嫁过来的。王熙凤嫁给贾琏，陪房过来四个丫鬟，嫁人的，应是来旺儿媳妇，其余两位，应该是死了，平儿是其中最优秀的，留了下来。千万不能被第四十六回鸳鸯对平儿说的“这是咱们好，比如袭人、琥珀、素云、紫鹃、彩霞、玉钏儿、麝月、翠墨，跟了史姑娘去的翠缕，死了的可人和金钏，去了的茜雪，连上你我，这十来个人，从小儿什么话儿不说？什么事儿不作？”蒙蔽，平儿和鸳鸯她们好归好，也许是亲戚的缘故，自小也熟识，却不是一个来路。

收在房里的平儿，其实相当于是贾琏的妾了。那么，平儿和贾琏的性生活如何呢？兴儿也有话说：

“虽然平姑娘在屋里，大约一年二年之间两个有一次到一处，他还要口里掂十个过子呢，气的平姑娘性子发了，哭闹一阵，说：‘又不是我自己寻来的，你又浪着劝我，我原不依，你反说我反了，这会子又这样。’他一般的也罢了，倒央告平姑娘。”

平儿和贾琏的性生活，很可怜，一两年才有一次。饶是如此，王熙凤还要唠叨抱怨。可是，这一两年间的一次还是王熙凤撺掇平儿和贾琏做的。可见王熙凤醋性之大，饶是拗不过情面，允许平儿和贾琏发生一两次性关系，也会心绪难平，出尔反尔。难怪，第二十一回，平儿会借藏发之机，向贾琏娇俏卖萌，贾琏也才会浪上火来求欢。平儿明明是贾琏的妾，却比外面女人还难得手。

兴儿是贾琏心腹小厮，尤二姐这里贾琏都带他过来，可见很是信任。兴儿的话，可信度很高。贾琏对王熙凤的不满，唯有在外面喝多了酒才会胡咧咧发泄出来。

从中也可以看出王熙凤的霸道和失策。尤其是王熙凤屡次小产得了下红之症，和贾琏的性生活已然凋零，这个时候，她还这么严格控制平儿和贾琏的性生活，就是硬生生把贾琏往外推了。贾琏偷娶尤二姐，好色是一方面，子嗣是一方面，性生活得不到满足也是一方面。等王熙凤知道偷娶尤二姐之事，我想她心里一定暗暗后悔，与其如此，当初还不如让平儿满足了贾琏，即便生子，在平儿和尤二姐之间，王熙凤退而求其次，只会更乐意平儿产子。

只可惜，王熙凤那种独享贾琏的欲望太过强烈，使她失算于内室床帏之间。虽是真爱，也失了一着。

贾琏对凤姐平儿是如何变冷淡的

贾琏对凤姐平儿，娇妻美妾，是如何从新婚燕尔如胶似漆，转为冷淡，直至以子嗣为由，偷娶尤二姐的。这个过程，还是有必要说说。

贾琏对凤姐逐渐冷淡，原因有三。

一是凤姐一贯反对贾琏偷情。从第二十一回贾琏向平儿求欢时对凤姐的指责到第四十四回凤姐撞破贾琏和鲍二家的偷情，贾琏借酒装疯追杀凤姐，贾琏对凤姐渐渐心生不满。

二是凤姐操劳流产致血崩之症，严重影响夫妻性生活，不能满足贾琏。

三是凤姐容不下平儿和贾琏的性生活，加剧了贾琏对凤姐的不满。

凤姐已然是个病人，还是那么强势，处处压贾琏一头。外面又有大把的闲花野草，贾琏自然很容易移情别恋。尤其是遇到尤二姐之后，贾琏对凤姐的态度发生了根本性变化，已然盼着凤姐死，二姐上位了。

至于贾琏对平儿变冷淡的原因，不外乎两方面。

第一，凤姐严格控制平儿和贾琏的性生活，一两年两人才有一次在一起，贾琏长期得不到满足，慢慢也就淡了。

第二，平儿和凤姐的关系，使得贾琏认定平儿和凤姐是一伙的，所谓“你两个一口贼气，都是你们行的是，我行动儿就存坏心。多早晚才叫你们都死在我手里呢！”厌弃凤姐，自然会波及平儿。

平儿纵使再好，却可望而不可即，贾琏口水流干，便去另寻新欢。

于是，贾母王夫人等百般看不懂的情形出现了，凤姐和平儿，一对美人胚子，贾琏还不知足。其间种种的是非曲直，清官难断，既有贾琏的好色薄情，也有凤姐的极度要强，还有平儿的万般无奈，不能为外人道也。

《红楼梦》这一对金童玉女，娇妻美妾，就这样在贾琏偷娶尤二姐、别恋秋桐的风波里烟消云散。过往风情，皆为云烟，试问凤姐，情何以堪。

贾琏王熙凤夫妇难以弥合的裂痕

贾琏和王熙凤夫妇的硬伤，就是无子。巧姐只是女儿，终究要出嫁。贾琏作为荣国府长房长孙，倘若没有子嗣，延续香火，是一件大不孝的事情。

倘若王熙凤怀六七个月成形的男胎不掉，贾琏有一个嫡子，即便贾琏在外面和贾珍贾蓉纵闹翻了天，也难波及后院，更没有理由娶二房。

第六十六回，贾琏去平安州，路遇薛蟠柳湘莲，是这么解释娶尤二姐之事的：

（贾琏）又嘱薛蟠且不可告诉家里，等生了儿子，自然是知道的。

薛蟠听了大喜，说："早该如此，这都是舍表妹之过。"湘莲忙笑说："你又忘情了，还不住口。"

显然，贾琏是以凤姐没给他生个儿子为由，向亲戚朋友解释娶尤二姐的。薛蟠也认为是她表妹王熙凤的过失。

尽管当初贾琏是垂涎尤二姐美貌，子嗣不过是个次选项，但冠冕堂皇说起来，会让疼爱凤姐的贾母王夫人无话可说。贾琏的意思是等尤二姐生下儿子，生米煮成熟饭，再行公开，尤二姐名正言顺进入贾府。只可惜，尤二姐并无贾琏这般见识，尚未有子嗣，便早早入贾府，致使羊入虎狼之地，丢了性命，纵有身孕，也自身难保。

第六十八回，凤姐是这么对尤二姐说的：

凤姐儿忙下座以礼相还，口内忙说："皆因奴家妇人之见，一味劝夫慎重，不可在外眠花卧柳，恐惹父母担忧。此皆是你我之痴心，怎奈二爷错会奴意。眠花宿柳之事瞒奴或可；今娶姐姐二房之大事亦人家大礼，亦不曾对奴说。奴亦曾劝二爷早行此礼，以备生育。不想二爷反以奴为那等嫉妒之妇，私自行此大事，并不说知。使奴有冤难诉，惟天地可表。"

凤姐言谈之中，也承认没给贾琏生个儿子是她的错。娶二房，以备生育，是可以的。这是凤姐心头之痛，难言之隐。

等到第六十九回尤二姐堕胎，凤姐又是这样打掩护：

凤姐比贾琏更急十倍，只说："咱们命中无子，好容易有了一个，又遇见这样没本事的大夫。"于是天地前烧香礼拜，自己通陈祷告说："我或有病，只求尤氏妹子身体大愈，再得怀胎生一男子，我愿吃长斋念佛。"贾琏众人见了，无不称赞。贾琏与秋桐在一处时，凤姐又做汤做水的着人送与二姐。又骂平儿不是个有福的，"也和我一样。我因多病了，你却无病也不见怀胎。如今二奶奶这样，都因咱们无福，或犯了什么，冲的他这样。"

凤姐还怪罪平儿，其实平儿为何不能怀孕，凤姐应该比谁都清楚，那是她管得严，平儿没有机会啊。

按照当时王熙凤的私意，很可能想弄死尤二姐，收拾了秋桐，让平儿怀上贾琏的种，这可能是她无可奈何最乐意见到的结局。

无论如何，那个时代，那样家世，儿子是维系夫妻之名的唯一底线。邢夫人、尤氏没有儿子，便只能一味依顺。贾琏王熙凤夫妻一场，没有个儿子，是他们夫妻难以弥合的裂痕。等贾琏察觉是凤姐设计弄死尤二姐，状告自己，新仇旧恨，自然会恩断义绝，反目成仇。

贾琏为何先急后怂

第七十二回，贾琏和鸳鸯商量把贾母用不着的古董偷出去典当几千两银子作周转，央求王熙凤再去说说：

贾琏笑道："好人，你若说定了，我谢你如何？"凤姐笑道："你说，谢我什么？"贾琏笑道："你说要什么就给你什么。"平儿一旁笑道："奶奶倒不要谢的。昨儿正说，要作一件什么事，恰少一二百银子使，不如借了来，奶奶拿一二百银子，岂不两全其美。"凤姐笑道："幸亏提起我来，就是这样也罢。"贾琏笑道："你们太也狠了。你们这会子别说一千两的当头，就是现银子要三五千，只怕也难不倒。我不和你们借就罢了。这会子烦你说一句话，还要个利钱，真真了不得。"

凤姐听了，翻身起来说："我有三千五万，不是赚的你的。如今里里外外上上下下背着我嚼说我的不少，就差你来说了，可知没家亲引不出外鬼来。我们王家可那里来的钱，都是你们贾家赚的。别叫我恶心了。你们看着你家什么石崇邓通。把我王家的地缝子扫一扫，就够你们过一辈子呢。说出来的话也不怕臊！现有对证：把太太和我的嫁妆细看看，比一比你们的，那一样是配不上你们的。"贾琏笑道："说句顽话就急了。这有什么这样的，要使一二百两银子值什么，多的没有，这还有，先拿进来，你使了再说，如何？"凤姐道："我又不等着衔口垫背，忙了什么。"贾琏道："何苦来，不犯着这样肝火盛。”

这段话是很有意思的。贾琏先是很大方，凤姐要什么就给什么。可是，平儿才提出来要一二百两银子，贾琏就翻脸了，说太狠了。

这里面有个问题，就是一二百两银子和要什么给什么的反差。贾琏为何会为一二百两银子翻脸？凤姐要了来，据平儿的话，也是干正事儿，也是为贾府，贾琏为啥就猴急了呢？

其后，等凤姐发威，贾琏又软了，怂了，求饶了，这是为什么？贾琏是荣国府的长房长孙，又管着事儿，怎么会为一二百两银子和妻妾如此纠结，何况，平儿还曾私下给过他二百两银子安葬尤二姐。

要理解这段话，得捋清一些事情。

第六十五回，贾琏偷娶尤二姐：

贾琏又将自己积年所有的梯己，一并搬了与二姐收着，又将凤姐素日之为人行事，枕边衾内尽情告诉了他，只等一死，便接他进去。

原来，贾琏私房钱都交给了尤二姐。

而这些钱，又归了凤姐。第六十八回：

凤姐儿道：“这有何难，姐姐的箱笼细软只管着小厮搬了进去。这些粗笨货要他无用，还叫人看着。姐姐说谁妥当就叫谁在这里。”尤二姐忙说：“今日既遇见姐姐，这一进去，凡事只凭姐姐料理。我也来的日子浅，也不曾当过家，世事不明白，如何敢作主。这几件箱笼拿进去罢。我也没有什么东西，那也不过是二爷的。”凤姐听了，便命周瑞家的记清，好生看管着抬到东厢房去。

这段话大有讲究。尤二姐把贾琏给她的私房钱全部交给凤姐。凤姐装模作样让周瑞家的登记造册，抬到东厢房收着，实际就是入了凤姐之手。周瑞家的是不管事的，这时候凤姐偏偏让周瑞家的管事，其实就是做个样子。贾琏多年积攒的私房，全部归了凤姐。

这就是贾琏在尤二姐死后捉襟见肘，连尤二姐丧葬费都靠平儿的原因。这一切，贾琏只能打折了牙齿往肚里咽。

所以，贾琏才会如此抓打不开，以至求鸳鸯典当贾母的东西。当听到王熙凤和平儿说要一二百两银子，才会一时发急。及至凤姐翻脸，才又认怂。不是贾琏小器，是他实在缺钱，多一分银子也拿不出了。

至于凤姐为何敢翻脸，那是她拿准了贾琏已经没有任何积蓄，只有求她。这是凤姐的杀伐。所谓王家陪嫁不过是贾琏私房消失得无影无踪的一个幌子。

贾琏为尤二姐，可谓舍弃家当。凤姐拿了贾琏私房，又反制贾琏，把丈夫逼到山穷水尽，俯首认怂。即便她说这银子是拿了祭奠尤二姐，贾琏的心头，难免又增添了一分怨恨。

第四章

聚麀之诮首罪宁

第一节　焦大醉骂指向谁

焦大醉骂

第七回焦大醉骂，值得细细揣摩：

众小厮见他太撒野了，只得上来几个，揪翻捆倒，拖往马圈里去。焦大越发连贾珍都说出来，乱嚷乱叫说："要往祠堂里哭太爷去。那里承望到如今生下这些畜生来！每日偷狗戏鸡，爬灰的爬灰，养小叔子的养小叔子，我什么不知道？咱们'胳膊折了往袖子里藏'！"众小厮听他说出没天日的话来，唬的魂飞魄丧，也不顾别的了，便把他捆起来，用土和马粪满满的填了他一嘴。

这段话需要注意的第一个关键点是焦大被按翻捆绑之后所说的话，小说给了非常明确的语境限定——"越发连贾珍都说出来"。也就是说，下面的话是专指贾珍而非泛指。焦大说的爬灰和养小叔子，都是在说贾珍。

而这样的判断，是可以从小厮们"唬的魂飞魄丧，也不顾别的了，便把他捆起来，用土和马粪满满的填了他一嘴"的反应看出来的。如果焦大是胡说，子虚乌有，贾珍既没有爬灰也没有养小叔子，小厮们何必如此害怕?

那么，究竟何谓贾珍"养小叔子"呢?

我以为，真相就隐含在贾瑞企图勾引王熙凤这件事情。也就是，贾珍"养小叔子"事件可以通过贾瑞勾引王熙凤事件"互为本文"来进行还原的。

贾瑞勾引王熙凤一旦成功，从王熙凤的角度就是"养小叔子"。

焦大毕竟醉了，又是痛哭流涕气急败坏地骂，口不择言，逻辑有些混乱，可以理解。其实从贾珍的角度来看，他如果和叔伯兄弟的妻子通奸，也是

"养小叔子"，只不过是"被养"而已，是角度问题。

所以，在焦大醉骂和秦可卿之死之间，小说之所以要巧妙引入贾瑞勾引王熙凤事件，是要影射贾珍"被养小叔子"的隐情。

贾珍和贾蔷的关系

贾珍和贾蔷的关系，第九回是这样说的：

原来这一个名唤贾蔷，亦系宁府中之正派玄孙，父母早亡，从小儿跟贾珍过活，如今长了十六岁，比贾蓉生的还风流俊俏。他兄弟二人最相亲厚，常相共处。宁府人多口杂，那些不得志的奴仆们，专能造言诽谤主人，因此不知又有了什么小人诟谇谣诼之辞。贾珍想亦风闻得些口声不大好，自己也要避些嫌疑，如今竟分与房舍，命贾蔷搬出宁府，自去立门户过活去了。

这段貌似平常的话，大有讲究。

第一，贾府历经五世，枝繁叶茂，子孙众多，父母早亡的恐怕不止贾蔷，为何单单贾蔷可以跟贾珍过活？

第二，贾珍是疼爱孩子的人？

不是。看看他怎么对亲儿子贾蓉就知道了，绝无慈父之爱，只有高压和专制。他占有秦可卿何尝顾及到了儿子的感受？清虚观打醮贾蓉躲懒乘凉就惨遭贾珍令下人唾脸的侮辱。

那为何贾珍反倒对贾蔷还宠溺些？所谓"总恃上有贾珍溺爱"。是贾珍突发善心？

第三，有人根据这一段说贾蓉贾蔷最相亲厚，大闹学堂贾蔷又暗中襄助秦钟，认定养小叔子的是秦可卿和贾蔷。我以为大大不妥。

贾蓉贾蔷关系好，一则贾珍收养贾蔷，宠溺贾蔷，贾蓉是专会看父亲眼色行事之人。二则两人从小一处长大。贾蔷是贾珍养大，和贾蓉亲厚，助秦钟理所当然。而且贾蔷是暗帮，是挑事儿，并没使多大力。

设若秦可卿和贾珍爬灰，又和贾蔷养小叔子，那真是淫妇了，不是她薄命，而是她放荡，入不得金陵十二钗正册。如此亵渎可卿，万万不可。

第四，如果所谓风言风语，说的是贾蓉贾蔷是好基友或者贾蔷和可卿养小叔子，那么，为何是写贾珍避嫌而不是写贾蓉避嫌？这其实已经暗示关于贾蔷的风言风语，是关于贾蔷和贾珍的，不是关于贾蔷和贾蓉的。贾珍胡作非为，天不怕地不怕，只有爬灰和养小叔子这样可能导致灭族的乱伦之事才会让他有所顾忌。这才是贾珍给贾蔷房舍要贾蔷另过的原因。

如果所谓风言风语是指可卿和贾蔷养小叔子，那就热闹了。以贾珍对可卿的专宠，即便贾蓉他都容不下，何况是贾蔷。他还会宠溺贾蔷？不打死撵走才怪。

所以上面这一段话，不仅说了贾珍收养贾蔷，也说了贾珍避嫌是要避他和贾蔷的嫌，这个嫌疑就是他为何收养贾蔷。其实他收养贾蔷，就是第七回焦大醉骂贾珍养小叔子的原因。焦大毕竟醉了，我们不能要求他口齿清楚，逻辑清晰。焦大想起贾珍种种不齿之事，说出的是从贾蔷之母角度的养小叔子，倒也毕俏。

第五，第六回贾蓉出场，是“一个十七八岁的少年”。第九回贾蔷出场，年方十六。这就对得上了。贾珍和贾蔷之母偷情，也就是贾蔷之母养贾珍这个小叔子，正好是贾珍嫡妻贾蓉生母怀孕生产贾蓉之时，这时候贾珍是不能碰妻子的，饥渴的贾珍就是在这个当口，勾搭上贾蔷之母——他的叔伯兄弟之妻的。至于贾珍怎么勾搭上贾蔷之母的，小说含混留白，不能妄拟。不过以贾蔷之美来看，其母也是美人，才入得贾珍法眼。从第七回焦大醉骂到第十三回可卿之死穿插的贾瑞勾引王熙凤事件来看，应该是贾珍主动勾引贾蔷之母。正如薛蟠所说，贾珍是专在女人身上做功夫的。要么是贾蔷之父（名义上的）病入膏肓，生计艰难，贾珍以帮兄弟之名下手，要么是贾珍悄悄胁迫贾蔷之母，及至贾蔷之父隐约察觉，奈何贾珍是族长，又是兄弟，家丑不可外扬，抑郁而亡。贾蔷就是贾蔷之母和贾珍通奸也就是养小叔子的结果。而贾蔷之母，也在生下贾蔷后，和秦可卿一样，由于丈夫察觉带来的道德折磨和恐惧，很快也撒手人寰。贾珍收养贾蔷，水到渠成。

第六，贾珍让贾蔷搬出去另过，只是遮人耳目。贾蔷这样一个年轻公子哥儿，父母双亡，断无生计，过的“仍是斗鸡走狗，赏花玩柳”，花天酒地的生活，钱从哪里来？从贾珍那里来。贾珍实际仍在供养这个儿子。贵妃省亲，贾珍又早早的把姑苏采买戏班子的肥缺留给贾蔷。贾珍对这个私生儿子，也算是上心。

第七，贾蔷之所以看穿，离开贾府，一是和龄官的爱情遭贾珍反对，龄官的死使他万念俱灰；二是第九回所谓风言风语，贾蔷也有所耳闻。聪明的贾蔷，正如聪明的贾蓉听到焦大醉骂察觉可卿和父亲的奸情，将前前后后的事情细细联想推演，终于明白他原来是贾珍的私生子，这使他看到了贾府父辈的荒淫，终于离家出走，不知所踪。

这就是贾珍和贾蔷的关系，不是养父子关系，而是亲父子关系。所以第九回这段文字才会有这么一条批语：

【蒙侧批：此等嫌疑不敢认真搜查，悄为分计，皆以含而不漏为文，真实灵活至极之笔。】

此等贾珍之大嫌疑，和爬灰一样，都是家丑不可外扬，只能给出种种暗示，等明眼人来堪破。

贾珍对秦可卿的感情

说起贾珍和秦可卿这段“孽缘”，不惟我们，作者也痛心疾首，极尽批判之能事。小说第五回判词和红楼梦曲就有“漫言不肖皆荣出，造衅开端实在宁”以及“家事消亡首罪宁。宿孽总因情”等语。

贾珍作为滥淫之人，对可卿的所谓感情，究竟是否经得起推敲，究竟是什么形态，还是很值得探究一番的。

首先是着急。

小说第十回写贾珍和尤氏议论秦可卿病情：

贾珍说道：“可是这孩子也糊涂，何必脱脱换换的，倘再着了凉，更添一层病，那还了得。衣裳任凭是什么好的，可又值什么，孩子的身体要紧，就是一天穿一套新的，也不值什么。我正要告诉你：方才冯紫英来看我，他见我有些抑郁之色，问我是怎么了。我才告诉他说，媳妇忽然身子有好大的爽快，因为不得个好太医，断不透是喜是病，又不知有妨碍没妨碍，所以我这两日心里着实着急。冯紫英因说起他有一个幼时从学的先生，姓张名友士，学问最渊博的，更兼医理极深，且能断人的生死。今年是上京给他儿子捐官，现在他家住着呢。这样看来，竟是合该媳妇的病该在他手里除灾亦未可知。我即刻差人拿我的名帖请去了。今日倘或天晚了不能来，明日想必一定来。况且冯紫英又即刻回家亲自去求求他，务必叫他来瞧瞧。等这个张先生来瞧了再说罢。”

这种疼爱，倒也发自内心。只不过如果真的是喜，还真不知道孩子是贾珍的还是贾蓉的，所以贾珍着急，其实还隐含着一种乱伦的恐惧。

其次是痛苦。

秦可卿逝去，意味着他和秦可卿那种销魂的性事不再，生活变得没有趣味，甚至生不如死，所以：

贾珍哭的泪人一般，正和贾代儒等说道：“合家大小，远近亲友，谁不知我这媳妇比儿子还强十倍。如今伸腿去了，可见这长房内绝灭无人了！”说着又哭起来。众人劝道：“人已辞世，哭也无益，且商议如何料理要紧。”

说儿媳比儿子强十倍已经离谱，说长房竟绝灭无人就过分了。贾珍竟然痛苦到语无伦次，比他爹贾敬死更甚，令人侧目。

再次是负罪。

秦可卿之死，是她和贾珍的情事被尤氏撞破，贾珍溜之大吉，可卿充当替罪羊，以死封天下悠悠之口。所以贾珍对秦可卿的死有很深的负罪感。小说第十三回写料理秦可卿后事：

贾珍拍手道：“如何料理！不过尽我所有罢了！”

什么样的感情，竟要倾尽所有，我看即便是贾珍父亲贾敬之死，贾珍也没有这般偏执。这里面，秦可卿的一死了之承担一切起了作用。于是，用义忠亲王老千岁的棺木做棺椁，贾政以为过于奢华：

此时贾珍恨不能代秦氏之死，这话如何肯听。

这是贾珍内心深处负罪感的彻底表露。

最后就是赎罪。

一个人干了见不得人的事还能侥幸逃脱，庆幸之余，也是会感到不安的，会有一种罪孽感长久萦绕，挥之不去。这时候，就会想到赎罪。贾珍就是如此，尽其所有来赎罪。一是不惜用义忠亲王老千岁的棺木做棺椁。

二是花钱给贾蓉捐官，抬高可卿的身份和地位。三是打醮超度：

“另设一坛于天香楼，是九十九位全真道士，打十九日解冤洗业醮。”

这是点题的关键。如果贾珍和秦可卿没什么见不得人的事，要解何冤？要洗何孽？这就间接反证了贾珍和秦可卿的确有不可告人之事，事发地点就在天香楼。

贾珍对秦可卿的情感，虽也动过心，但却终究逃脱不了贪恋美色及时行乐的罗网，终究抵不过可卿肉体消逝的无常和冷漠，终究抵不过二姐三姐的美色。这便是欲望对情感的消弭。

贾珍很会安抚尤氏

第七十五回，贾珍在父亲孝期，又胡搞八搞。习武为乐，逐渐演变成赌博喝酒。

尤氏偷窥娈童一事，带了一大帮人，贾珍是会知道的。尤氏虽知会守门小厮不可声张，但守门小厮事后肯定会向贾珍报告的。且看贾珍如何运作此事。

第一，避免遇见尤氏尴尬。

所谓“至四更时，贾珍方散，往佩凤房里去了”，这和当年天香楼事发，珍大爷溜之大吉，遗失簪子何其相似。这和王熙凤大闹宁国府，贾珍扯谎开溜何其相似。贾珍学到了三十六计走为上计的精髓。

第二，派佩凤做中间人缓冲。

过了一夜，老夫老妻，中秋节的事情，居然不当面商量，而是派妾传话，岂不可笑？不是可笑，是贾珍仍觉尴尬，不好相见。

第三，佩凤传话，贾珍请尤氏喝酒。所谓：

佩凤道：“爷说了，今儿已辞了众人，直等十六才来呢，好歹定要请奶奶吃酒的。”尤氏笑道：“请我，我没的还席。”

佩凤笑着去了，一时又来笑道：“爷说，连晚饭也请奶奶吃，好歹早些回来，叫我跟了奶奶去呢。”

贾珍和尤氏一下子举案齐眉相敬如宾，倒有些不适应了。这是贾珍主动示好，求得尤氏谅解。这依然和当年可卿葬礼尤氏推病不出，贾珍视而不见一样。这种套路，尤氏习惯了。当年那样奇耻大辱尤氏尚且忍耐得住，何况赌博吃酒男宠之风？赚足面子的尤氏，当然知道给贾珍台阶下，于是笑着说“没的还席”。这是原谅贾珍的意思。机灵的佩凤看到转机，立马屁颠屁颠地回去报告贾珍。

贾珍知道尤氏这关过了，于是说“连晚饭也请奶奶吃”，并派佩凤也就是他的宠妾跟着尤氏过荣国府去，给足尤氏面子。

这就是贾珍对尤氏的安抚。贾珍是专在女人身上做功夫的人，这是他在尤氏身上做的功夫。贾珍知道尤氏想要什么，作为一个无儿无女的续弦妻子，尤氏要的是宁国府第一当家奶奶的身份和地位，贾珍给。但作为交换，贾珍很多胡作非为的事情，尤氏也必须兜着，甚至顶住，比如王熙凤大闹宁国府那回就是。这就是一对半路夫妻的博弈，叹曹公妙笔，写得出神入化。

第七十五回开篇一条批语说尤氏犯七出“过于从夫”之罪。其实，这从夫的背后，也是利益交换。

贾珍所犯是否重罪

很多朋友对贾珍纵欲不伦导致贾府之败很不以为然，说自古以来高官巨贾望族，这类偷鸡摸狗的烂事不少，怎会导致贾府之败？

其实，很多人忽略了，在强调以德治国礼信仁义的社会，“乱伦”不仅是道德问题，也是政治问题。古往今来的政治斗争，都喜欢拿这个说事。

第六十四回，小说借贾琏之口说：

“况知与贾珍贾蓉等素有聚麀之诮。”

贾琏和贾珍贾蓉父子，是那种很铁的狐朋狗党关系。这话由贾琏说出，十分可信。

什么是“聚麀之诮”？“麀”就是母鹿。所谓“聚麀之诮”，是指父子共同占有一个女子的禽兽行为。《礼记·曲礼》说：“夫惟禽兽无礼，故父子聚麀。”

贾珍爬灰，客观上造成他和儿子共同占有秦可卿的事实，犯下了“聚麀”之罪，这是中国古代社会关于礼的最高典籍《礼记》所确认的“禽兽”行为，是重罪。

贾府不仅是国公之家，还和皇帝扯得上关系，是国戚。自宁荣二公以来又标榜是有德之家。小说屡屡提及当今皇帝强调以德治国，倡导礼义仁孝。贾元春能册封贤德妃，与此有莫大的渊源。一旦皇帝知道他册封的贤德妃娘家竟然犯下公公占有儿媳妇的丑事，自然会感觉到丢脸、羞愧和愤怒。

也许有人会说，这种事情历朝历代皇家也有，又怎么样?

不错，皇家也有这样的丑事。可惜贾府不是皇家，不是游戏规则的制定者。所谓可以州官放火不许百姓点灯。唐高宗和唐玄宗是皇帝，谁也奈何不了。但即便如此，他们也禁不了天下史笔悠悠之口。

而且，即便是唐高宗和唐玄宗，也费尽心机做了很多道德迂回。而贾蓉和秦可卿的夫妻关系却到死都存在。贾珍的行为甚至比历史上那些出格的皇帝还要大胆，还要猖狂。秦可卿死后，父子二人又在尤二姐尤三姐那里留下说不清道不明的嫌疑。

这样人家，一旦证据确凿，皇帝为维护社会道德基础不至崩塌，也顾及皇家和朝廷体面，肯定会下令严惩不贷。

第二节 末世放纵长房孙

谁是《红楼梦》中的倒霉孩子

表面看，贾蓉很风光。不但是宁国府长房长孙，更是贾府未来族长。但是，这样一个清秀俊俏的贵族公子哥儿，却是一个不折不扣的倒霉孩子。

首先，贾蓉的妻子秦可卿长期被别人霸占。

说起来令人吃惊，贾府长房长孙、未来族长竟然戴了绿帽子。

其次，更让贾蓉难堪的是，霸占他老婆的竟然是他的父亲。

戴绿帽子已经很惨，更惨的是这顶硕大的绿帽还是他老爹贾珍给他戴的。摊上这样的父亲，难怪贾蓉会开始怀疑人生。

有恨，就要发泄，这是人之常情。贾蓉作为儿子，对父亲长期霸占妻子的恨，是怎样发泄出来的呢?

前面说过，贾蓉怕贾珍，几乎不敢发泄。但不敢发泄并不等于没有发泄。人的情绪，即便在怯懦者那里，也会以某种微妙曲折的方式发泄出来，只是不易觉察而已。其实细细体味，还是能发现贾蓉如何发泄夺妻之恨的。

首先，就是冷血的巴望秦可卿死。这里面有对秦可卿的恨，也有很大一部分是把不敢对贾珍发泄的恨转移到秦可卿身上。前面分析过，张友士给秦可卿看病，贾蓉直问生死，就是这种恨的隐秘表达。贾蓉巴不得秦可卿早死，父亲就无法再占有妻子，贾蓉就可以不再受辱，就可以解脱。

其次，秦可卿葬礼玩失踪。这种失踪，其实就是消极怠工。这是相当反常的，本来他媳妇死了，最该奔忙最该悲伤的是他，可是他偏不，偏要把他老爹贾珍推向前台，这是不是贾蓉故意要让父亲出丑，让明眼人看出玄机?

秦可卿葬礼有两人消极怠工，一个是推病的尤氏，一个就是贾蓉。对尤氏，贾珍偷情在先，为尤氏撞破，贾珍情知理亏，尤氏不闹已是万幸，又是婆婆身份，贾珍可以装傻不计较。但贾蓉的消极怠工，贾珍是隐隐不爽的。只是可卿刚死，葬礼在即，贾珍只能先求凤姐帮衬过去再说。那时候他也不好斥责儿子，以免节外生枝，只能隐忍。但贾珍是什么人，儿子敢这样消极对抗，贾珍岂会善罢甘休?

第二十九回清虚观打醮，贾珍终于逮到机会收拾贾蓉：

贾珍道："去罢。"又问："怎么不见蓉儿?"一声未了，只见贾蓉从钟楼里跑了出来。贾珍道："你瞧瞧他，我这里也还没敢说热，他倒乘凉去了！"喝命家人啐他。那小厮们都知道贾珍素日的性子，违拗不得，有个小厮便上来向贾蓉脸上啐了一口。贾珍又道："问着他！"那小厮便问贾蓉道："爷还不怕热，哥儿怎么先乘凉去了?"贾蓉垂着手，一声不敢说。

每当读到这里，一直觉得惊讶，即使贾蓉偷懒，也不至于如此当众羞辱。但是，如果把秦可卿葬礼这样相似的场景联系起来，就很清楚了。贾珍忍贾蓉很久了，贾珍恨贾蓉，并非此时躲懒，而是秦可卿葬礼时的消极怠工。今天正好借题发挥，父亲对儿子下了狠手。

其实细细想来，不管秦可卿葬礼还是清虚观打醮，贾蓉的消极都隐含某种敌意，那就是累死你个老杂种我才开心呢。贾珍感觉到了贾蓉这样的居心，所以才勃然大怒。

贾珍对贾蓉这番侮辱，胜似肉体摧残，其意是要告诉贾蓉，不要说你妻子，就连你的小命都捏在我手里，我可以废掉你的继承权，废掉你未来族长之位。胜利的天平永远倾向贾珍，贾蓉只能含羞忍辱。这样的压抑，使得贾蓉转变为一种更加隐秘而疯狂的报复。

这是比毒打更可怕的惩罚，是一种人格侮辱和人性践踏，会使贾蓉的心理人格造成极大破坏，进而形成扭曲报复式性格。

爷爷贾敬去世，尤老娘带了尤二姐尤三姐来宁国府帮忙，贾蓉大庭广众调戏两位姨娘，表现之无赖之无耻，堪比其父。

尤氏是贾珍老婆，尤二姐尤三姐是贾珍的小姨妹。

其实贾蓉的潜在逻辑很好理解。贾蓉调戏尤二姐和尤三姐，对父亲的小姨妹轻蔑和不尊重，其实就暗含了对父亲的轻蔑和不尊重，贾蓉就是这样来曲折隐秘地发泄对父亲的不满的。贾蓉知道，父亲早就垂涎这两个姨娘，甚至认为贾珍是得了手的（其实没有得手），所以，贾蓉的阴暗心理就是，你玩我的女人，我也要玩你的女人。所以当贾珍不在场，贾蓉就敢这样放肆地调戏尤二姐和尤三姐。可见直到最后，贾珍贾蓉这一对父子因秦可卿产生的仇恨，也并没有消弭，而是越陷越深，可悲可叹。

既然妻子秦可卿成为父亲贾珍泄欲的工具，贾蓉便只能退而求其次，这就决定了他和秦可卿很难再有正常的夫妻关系。久而久之，便导致了贾蓉的“性变态”。

且看小说第六十三回贾蓉在尤二姐尤三姐面前便丑态毕露：

贾蓉且嘻嘻的望他二姨娘笑说：“二姨娘，你又来了，我们父亲正想你呢。”尤二姐便红了脸，骂道：“蓉小子，我过两日不骂你几句，你就过不得了。越发连个体统都没了。还亏你是大家公子哥儿，每日念书学礼的，越发连那小家子瓢坎的也跟不上。”说着顺手拿起一个熨斗来，搂头就打，吓的贾蓉抱着头滚到怀里告饶。尤三姐便上来撕嘴，又说：“等姐姐来家，咱们告诉他。”贾蓉忙笑着跪在炕上求饶，他两个又笑了。贾蓉又和二姨抢砂仁吃，那二姐嚼了一嘴渣子，吐了他一脸。贾蓉用舌头都舔着吃了。

众丫头看不过，都笑说：“热孝在身上，老娘才睡了觉，他两个虽小，到底是姨娘家，你太眼里没有奶奶了。回来告诉爷，你吃不了兜着走。”贾蓉撇下他姨娘，便抱着那丫头们亲嘴：“我的心肝，你说的是，咱们馋他两个。”丫头们忙推他，恨的骂：“短命鬼！你一般有老婆丫头，只和我们闹。知道的说是顽；不知道的人，再遇见那脏心烂肺的爱多管闲事嚼舌头的人，吵嚷的那府里，谁不知道背地里嚼舌，谁不说咱们这边乱帐。”贾蓉笑道：“各门另户，谁管谁的事。都够使的了。从古至今，连汉朝和唐朝，人还说脏唐臭汉，何况咱们这宗人家。谁家没风流事，别讨我说出来。连那边大老爷这么利害，琏叔还和那小姨娘不干净呢。凤姑娘那样刚强，瑞叔还想他的帐。那一件瞒了我！”

这段描写，完全可以看出贾珍和秦可卿爬灰事件对贾蓉造成的人格扭曲和心灵创伤。

一是恣意妄为。父亲和儿媳通奸，导致贾蓉形成了一种热衷于与上一辈女性乱来的报复性性变态取向。尤二姐和尤三姐是他继母的姐妹，是贾珍的小姨妹，是他的姨娘，贾蓉没有一点点廉耻之心，肆意调情取笑。

二是随性胡来。贾蓉对家里丫鬟也是随意调戏侮辱，这依然是一种潜意识的性报复。唆使叔叔贾琏偷娶尤二姐，也是想着方便对尤二姐下手。

与在贾母充满慈爱和鼓励环境里成长起来的心智健全的贾宝玉相比，

贾蓉真的很可怜。他面对的是一个极其好色冷酷的父亲，贾珍不仅占有他的妻子，而且侮辱他的人格，这种地狱般的生活，使他别无选择地成长为另一个贾珍，他丑陋父亲的一个影子。

贾蓉到底有多恨秦可卿

每每说到贾珍和秦可卿的奸情，就会有人感叹，贾蓉妻子被父亲长期占有，居然一声不啃，忍得住，无论对贾珍还是对秦可卿，都唯唯诺诺，没一点脾气，还是人吗?

我想告诉大家的是，贾蓉不仅是人，而且是聪明人。他也有人的感情，他也有恨，只是这种恨埋藏在心底而已。

贾蓉对秦可卿的恨，隐藏太深，轻易觉察不到。

我实在佩服《红楼梦》的叙事功力，居然能把这种深藏不露的恨也写出来，而且如实际情形一样几乎觉察不到，这就高妙到了极致。

第十回贾珍托冯紫英请名医张友士给秦可卿看病，有两个细节值得注意。

第一，是贾蓉引领张友士到秦可卿卧室看病，当秦可卿面，和张友士说了一句很无情的话：

贾蓉道："先生实在高明，如今恨相见之晚。就请先生看一看脉息，可治不可治，以便使家父母放心。"

这句话初看起来，没什么问题，细细琢磨，问题大了。

1. 什么叫"可治不可治"? 可治怎样? 不可治又怎样? 当病人面，直接问可治不可治，这是相当残酷的。可治则万事大吉，不可治呢? 后果就是死。贾蓉这样的话，表面在询问张友士，其实是在告诉秦可卿，他已经没耐心了，要作个了断。自古以来，为医之道，亲人本分，都不该当病人面议论病情。贾蓉此刻根本不顾及秦可卿感受，只关心结果。而且说话的口气，稀松平常，淡定冷酷，就像说一件毫不相干的事情，寒气直透纸背！

2. 什么叫“以便使家父母放心”？简直是天大的讽刺！秦可卿到底是谁的媳妇？按常理，最关心秦可卿的应该是贾蓉这个丈夫。这不仅是大大的反常，这也是大大的无情！

此时贾珍不在场，贾蓉的话便表现出了隐隐的愤怒。

第二，如果说当秦可卿面，贾蓉还有所顾忌，张友士号脉出来，贾蓉的问话就更加直白。这是贾蓉第二次发狠直问生死：

贾蓉看了，说：“高明的很。还要请教先生，这病与性命终久有妨无妨？”

秦可卿不在场，贾蓉已经顾不得许多，直接问这个病会不会要了可卿性命。如果贾蓉心情沉痛问这话，还可理解为爱妻深切，但至始至终，贾蓉都神情淡定，这只能理解为贾蓉巴不得秦可卿死了。他想得到一个准信，秦可卿到底会不会死？什么时候死？他要推算一下自己这种屈辱的生活还要熬多久，要熬到什么时候才是个头！

第三，张友士是这样回答的：

先生笑道：“大爷是最高明的人。人病到这个地位，非一朝一夕的症候，吃了这药也要看医缘了。依小弟看来，今年一冬是不相干的。总是过了春分，就可望全愈了。”贾蓉也是个聪明人，也不往下细问了。

张友士其实已经回答了贾蓉。这病能否治好，秦可卿性命的分水岭，就是明年春分。这句话的反意就是，如果治不好，秦可卿就熬不过明年春分。贾蓉知道了，这种王八日子，有可能只要熬到明年春分，就到头了。

这位曾经对秦可卿异常温顺、从未红过脸的贾蓉，隐约察觉父亲和可卿的奸情后，他心底是如何的恨秦可卿，如何的巴不得秦可卿早死。

秦可卿病重，王熙凤数次探望流泪，贾母王夫人李纨多有惋惜，小说可曾写过贾蓉痛苦或者落泪？秦可卿去世，贾珍哭得跟个泪人儿似的，王熙凤嚎啕大哭，贾宝玉万箭穿心口吐血，偏偏缺席了丈夫贾蓉，就像没这个人儿。这便是因果。

第十回尤氏有一段话评论可卿，很到位：

“虽则见了人有说有笑，会行事儿，他可心细，心又重，不拘听见个什么话儿，都要度量个三日五夜才罢。这病就是打这个秉性上头思虑出来的。”

这其实是对秦可卿性格的定位。秦可卿是一个聪明过人、异常敏感、思虑过度、心事重甚至爱钻牛角尖儿的人。她兄弟秦钟学堂打架这样小事，尚且使得她：

“又是恼，又是气？恼的是那群混帐狐朋狗友的扯是搬非，调三惑四的那些人，气的是他兄弟不学好，不上心念书，以致如此学里吵闹？他听了这事，今日索性连早饭也没吃。”

更何况贾蓉当着她和太医的面说这样的狠话。以秦可卿的聪慧和敏感，以及爱琢磨的性格，她不会听不出贾蓉话里的弦外之音和言外之意，她不会感觉不到丈夫贾蓉的冷酷无情。

第一，秦可卿马上就明白了，原来自己的丈夫，竟然这样的巴不得自己死！原来自己的丈夫在人前表现的全都是虚情假意。这是怎样的一种伤恸和绝望。秦可卿和贾珍有私情，那是被逼无奈，秦可卿若是水性杨花之人，也进不了薄命司金陵十二钗正册。秦可卿被逼与贾珍成奸，忍辱负重，默默忍受，原本只为瞒过丈夫，获得哪怕是虚妄的夫妻之情。

第二，秦可卿紧接着的反应就是，丈夫为什么这样恨自己？只有一个可能，和公公的私情，丈夫贾蓉知道了，或者说猜到了。第七回焦大醉骂，可卿也在场，焦大骂的什么，她心里比谁都清楚，她担心的事情终于发生，聪明的丈夫经由焦大醉骂点醒，渐渐察觉到了她和贾珍的私情。

第三，秦可卿这种异常敏感和思虑过重的性格，导致她承受着超乎常人的心理压力和心理恐惧，而这又进一步摧残她的身体。秦可卿骨子里并不是荡妇，却要长期遭受贞洁烈焰的焚烧，这是秦可卿在贾府长期处于亚健康状态、得病甚至自缢的根源。

所以，无论《红楼梦》怎样设计秦可卿的死，是淫丧于天香楼，还是病死，贾蓉巴不得她早点死的冷酷和仇恨，已经在秦可卿心头狠狠插上一刀！

贾蓉和秦可卿的情感变迁

要印证贾蓉是否是在焦大醉骂后察觉贾珍和可卿私情，有一个办法，就是看贾蓉和可卿的夫妻感情，或者说贾蓉对秦可卿的态度在焦大醉骂前后有无微妙变化。

第七回，贾宝玉初见秦钟，有这样一段话：

秦氏笑道："今儿巧，上回宝叔立刻要见的我那兄弟，他今儿也在这里，想在书房里呢，宝叔何不去瞧一瞧？"宝玉听了，即便下炕要走。尤氏凤姐都忙说："好生着，忙什么？"一面便吩咐好生小心跟着，别委曲着他，倒比不得跟了老太太过来就罢了。凤姐说道："既这么着，何不请进这秦小爷来，我也瞧一瞧。难道我见不得他不成？"尤氏笑道："罢，罢！可以不必见他，比不得咱们家的孩子们，胡打海摔的惯了。人家的孩子都是斯斯文文的惯了，乍见了你这破落户，还被人笑话死了呢。"凤姐笑道："普天下的人，我不笑话就罢了，竟叫这小孩子笑话我不成？"贾蓉笑道："不是这话，他生的腼腆，没见过大阵仗儿，婶子见了，没的生气。"凤姐道："凭他什么样儿的，我也要见一见！别放你娘的屁了。再不带我看看，给你一顿好嘴巴。"贾蓉笑嘻嘻的说："我不敢扭着，就带他来。"

说这段话时，我们感觉贾蓉和秦可卿的夫妻关系还算正常，比较和谐。秦可卿说她兄弟秦钟在，贾宝玉要去见。王熙凤也要见见，叫领到这里来，贾蓉说"他生的腼腆，没见过大阵仗儿，婶子见了，没的生气"的话，表面是恭维王熙凤，其实是维护秦钟，为秦钟出场做铺垫。贾蓉在意秦钟，说明那个时候他还在意秦可卿。贾蓉去领秦钟的表现，也是很乐意很高兴的，所谓"贾蓉笑嘻嘻的说：'我不敢扭着，就带他来。'"秦可卿要向宝玉引见秦钟，不过是要让秦钟借此进入宝玉这样贵族公子的社交圈。贾蓉心领神会，说明当时也是想帮小舅子的。

但是，紧接着就发生了焦大醉骂事件。焦大醉骂，秦可卿是在场的，但除了和尤氏一起抱怨为什么要派焦大差事后，再不见写秦可卿，这样的描写本身就是有意味的。而贾蓉所谓隐隐听见焦大骂他父亲爬灰装做没听见，已经表明，聪明的贾蓉隐隐感觉到了什么。从这以后，贾蓉和秦可卿的关系就发生了某种微妙的变化。

第十回，名医张友士给秦可卿看病，贾蓉毫不避讳，也不忌讳，两次直问生死，其间的冷酷令人心惊。

第十一回，王夫人王熙凤等人为贾敬庆贺生日，王熙凤问贾蓉病情：

凤姐儿说："蓉哥儿，你且站住。你媳妇今日到底是怎么着？"贾蓉皱皱眉说道："不好么！婶子回来瞧瞧去就知道了。"于是贾蓉出去了。

贾蓉的表情，既可以理解为着急，也可以理解为不耐烦。从叙述的语境和语气来看，不耐烦的成分居多。大家想想，贾蓉在王熙凤面前，从来都是小心谨慎，恭恭敬敬，有问必答，言无不尽，唯恐遗漏的，但这一次，贾蓉却是不愿提不想提，能少说一句是一句的，说完不等王熙凤反应抬脚就走。这就很反常了，说明贾蓉并不情愿提及秦可卿病情，不仅对秦可卿不耐烦，甚至对他平时不敢怠慢的王熙凤也有点不耐烦。

贾蓉和可卿，从夫妻相敬如宾从未红过脸，笑嘻嘻领秦钟来见凤姐宝玉，到焦大醉骂时揣着明白装糊涂，再到当可卿面直问生死，再到连可卿病情都懒得说，这种微妙而不易觉察的变化，只能说明焦大关于贾珍爬灰的醉骂，贾蓉听进去了，不唯听进去，而且相信了。

其实焦大醉骂之前，贾蓉和可卿的夫妻感情，可卿是说过的，所谓：

"婶娘的侄儿虽说年轻，却也是他敬我，我敬他，从来没有红过脸儿。"

这话虽是可卿病中向王熙凤说的，说的却是结婚以来的情形。可卿此时说给在场的贾蓉听，未尝不是一种伤情。

更为蹊跷的就是，从秦可卿死到葬礼，几乎没贾蓉什么事儿，描写的都是贾珍哭得个泪人儿似的，说媳妇强儿子十倍，说长房进灭绝无人了，为贾蓉捐官，选义忠亲王老千岁的棺木做可卿的棺椁，甚至托凤姐料理，都是贾珍所为。妻子的葬礼，贾蓉不仅没掉过一滴眼泪，而且是缺位和不作为。就连出殡，也没见贾蓉身影，贾蓉仿佛人间蒸发，这都是极端不合情理的。这说明贾蓉当时的心情和他继母尤氏一样，是被侮辱与损坏的，是坐视不管的。

贾珍贾蓉对秦可卿绝情如斯

第十六回，秦可卿尸骨未寒，贾珍贾蓉的狰狞面目就露出来了。原文：

谁知近日水月庵的智能私逃进城，找至秦钟家下看视秦钟，不意被秦业知觉，将智能逐出，将秦钟打了一顿，自己气的老病发作，三五日光景呜呼死了。秦钟本自怯弱，又带病未愈，受了笞杖，今见老父气死，此时悔痛无及，更又添了许多症候。因此宝玉心中怅然如有所失。虽闻得元春晋封之事，亦未解得愁闷。贾母等如何谢恩，如何回家，亲朋如何来庆贺，宁荣两处近日如何热闹，众人如何得意，独他一个皆视有如无，毫不曾介意。因此众人嘲他越发呆了。

秦业死，秦钟病重，需不需要人扶持？可是，偌大个贾府沉浸于元春册封贵妃的喜悦，忘却了秦可卿为元春贵妃之位做出的牺牲，忘却了对可卿的愧疚，忘却了对秦家的责任。

小说只写宝玉对秦钟对秦家的牵念，只字不提贾珍贾蓉父子。秦业可是贾蓉岳父，贾珍的儿女亲家，更何况，贾珍和秦可卿还有那么一层隐秘的关系，秦可卿是为保全贾府和贾珍体面死的。可是，作为族长的贾珍，和贾府长房长孙的贾蓉早已将可卿和秦家丢到爪哇国，忙着喜气洋洋地张罗元妃省亲的事情了。

小说此处“留白”很尖锐，其意就是要揭露贾珍贾蓉父子的“无情”。

可还记得，秦可卿活着时，秦钟在宁国府甚至贾府也是如鱼得水的。如今人走茶凉，人情冷暖，贾珍贾蓉对秦家的事情，早已置若罔闻。可见昔日可卿葬礼的风光，不过是赎罪和遮丑而已，哪有什么感情？

第十七回，写秦钟后事：

话说秦钟既死，宝玉痛哭不已，李贵等好容易劝解半日方住，归时犹是凄恻哀痛。贾母帮了几十两银子，外又另备奠仪，宝玉去吊纸。七日后便送殡掩埋了，别无述记。只有宝玉日日思慕感悼，然亦无可如何了。

秦钟的后事，宝玉的悲痛，甚至贾母的帮衬都写了，却依然只字不提贾珍贾蓉父子做了什么。所谓“别无述记”，确实没什么值得写了。贾珍贾蓉父子的薄情，不写也罢。

很玄妙，秦可卿超乎寻常的葬礼、贾珍超乎寻常的悲痛以及贾蓉超乎寻常的冷漠之后，面对秦业和秦钟的死，贾珍贾蓉父子集体“蒸发”。小说“留白”，就是要留下贾珍贾蓉父子的无情嘴脸。终究他们爱的或者恨的，只是可卿的肉体，这是《红楼梦》滥淫之人的共同点。当可卿肉体消亡，贾珍贾蓉的爱恨情仇，也就随风而逝。贾珍贾蓉在秦可卿死后的表现，说明他们是那么急切地想和秦家撇清关系，断绝往来，把那一场导致父子反目的乱伦彻底抹干净！

贾蓉又坏又阴险

第四十七回，薛蟠被柳湘莲打得不成样，贾蓉寻见，有这样一段话：

大家忙走来一看，只见薛蟠衣衫零碎，面目肿破，没头没脸，遍身内外，滚的似个泥猪一般。贾蓉心内已猜着九分了，忙下马令人搀了出来，笑道："薛大叔天天调情，今儿调到苇子坑里来了。必定是龙王爷也爱上你风流，要你招驸马去，你就碰到龙犄角上了。"薛蟠羞的恨没地缝儿钻不进去，那里爬的上马去？贾蓉只得命人赶到关厢里雇了一乘小轿子，薛蟠坐了，一齐进城。贾蓉还要抬往赖家去赴席，薛蟠百般央告，又命他不要告诉人，贾蓉方依允了，让他各自回家。贾蓉仍往赖家回复贾珍，并说方才形景。贾珍也知为湘莲所打，也笑道："他须得吃个亏才好。"至晚散了，便来问候。

贾蓉何等聪明之人，一看就知道薛蟠遭柳湘莲打了，趁机羞辱一番。这种羞辱，以玩笑的方式，让薛蟠有苦难言，这已经表现出贾蓉的阴险。

薛蟠被打，又不是什么光彩的事情，怎么可能去赖家赴宴？贾蓉揣着明白装糊涂，硬要把薛蟠往赖家送。这是故意要出薛蟠的丑。这样的阴招，实在太损。

薛蟠万般无奈，只得百般央告，贾蓉才答应直接送薛蟠回家。

虽然薛蟠一再央求贾蓉为他保密，但一到赖家，贾蓉就把薛蟠卖了。

柳湘莲痛打薛蟠，和贾蓉没有任何利害关系，可是这种损人不利己的事情，贾蓉很喜欢干，贾蓉就喜欢看别人出丑。

严格说来，薛蟠和贾珍贾琏贾蓉是一丘之貉，既是亲戚，也是朋友，薛蟠落难，贾蓉也捞不到任何好处，但他还是要收拾薛蟠。

贾蓉收拾薛蟠，是软刀子杀人，不见半点血腥，却招招致命。

薛蟠虽然不堪，可对贾珍父子还是很够朋友的，义忠亲王老千岁的棺木，价值不菲，薛蟠只收了点人工运费就免费相送做可卿棺椁。

两相对比，贾蓉的坏和阴险更显淋漓尽致。

第十二回，贾蓉贾蔷奉王熙凤之命收拾贾瑞，要贾瑞写赌债借据，各欠贾蓉贾蔷五十两银子，我相信这个阴招就是贾蓉的杰作。贾蓉不仅替王熙凤办了事，还偷偷发了笔财，可谓一举两得。贾瑞可是本家叔叔，贾瑞好色不该，但贾蓉如此敲诈贾瑞，也不应该。那一百两银子，贾瑞怎么还得起。

第六十五回撺掇贾琏偷娶尤二姐，更见其阴险歹毒。贾蓉之所以让贾琏偷娶尤二姐，是觉得父亲贾珍碍手，坏了他和尤二姐好事，贾琏娶了尤二姐，先让父亲贾珍靠边，然后便可以趁贾琏不在家勾搭尤二姐。好小子，父亲叔叔姨娘，他统统算计。

贾蓉劝贾琏偷娶尤二姐时，正是他爷爷贾敬孝期，这是对死去爷爷的大不敬。贾蓉眼里，哪里还有人伦?

贾蓉如何算计王熙凤

第六十四回，贾琏贾蓉叔侄回府，贾琏对尤二姐赞不绝口:

在路叔侄闲话。贾琏有心，便提到尤二姐，因夸说如何标致，如何做人好，举止大方，言语温柔，无一处不令人可敬可爱，“人人都说你婶子好，据我看那里及你二姨一零儿呢。”

一个已婚男子，做叔叔的，居然和侄儿夸赞大哥的小姨子如何如何，本就不妥。俗话说，苍蝇不叮无缝的蛋。武松也说过，篱笆扎得牢，野狗不得入。堡垒往往是从内部攻破的。贾琏如此夸赞二姐，贬低妻子，其心昭昭，路人皆知。

这就给了贾蓉可趁之机:

贾蓉揣知其意，便笑道："叔叔既这么爱他，我给叔叔作媒，说了做二房，何如？"

贾蓉深谙包养之道，一下就给贾琏指明道路，可以娶作二房。

贾琏有心，奈何诸多不妥，很是棘手：

贾琏又笑道："敢自好呢。只是怕你婶子不依，再也怕你老娘不愿意。况且我听见说你二姨儿已有了人家了。"

贾琏不愧是好机变之人，虽有心尤二姐，难处也得考量，怕凤姐不依，尤老娘不允，二姐已有婚约。

设若此时贾蓉不吱声，贾琏必知难而退，只能仍旧和贾珍贾蓉去二姐那里喝喝花酒调笑无度而已。

可是，贾蓉的算计，却是鼓励叔叔"粪涌前进"。贾蓉很快以所知内情打消了贾琏疑虑。所谓：

贾蓉道："这都无妨。我二姨儿三姨儿都不是我老爷养的，原是我老娘带了来的。听见说，我老娘在那一家时，就把我二姨儿许给皇粮庄头张家，指腹为婚。后来张家遭了官司败落了，我老娘又自那家嫁了出来，如今这十数年，两家音信不通。我老娘时常报怨，要与他家退婚，我父亲也要将二姨转聘。只等有了好人家，不过令人找着张家，给他十几两银子，写上一张退婚的字儿。想张家穷极了的人，见了银子，有什么不依的。再他也知道咱们这样的人家，也不怕他不依。又是叔叔这样人说了做二房，我管保我老娘和我父亲都愿意。倒只是婶子那里却难。"

贾蓉的话，可谓招招见血。

第一，告诉贾琏，尤二姐尤三姐和尤氏并非血亲，是尤老娘拖油瓶带来，暗示贾琏可以当一般非亲非故人家对待，不必顾及宁国府尤氏脸面，这是给贾琏壮胆。

第二，二姐婚约，几经辗转，已然失联。且张家败落，尤老娘和和二姐都不满意，贾琏根本不必担心尤老娘不同意。加之贾珍也有转聘之意，尤老娘和二姐三姐靠贾珍周济过活，贾珍的意见，尤老娘仰人鼻息，不得不听，此事成功系数更高。

第三，至于定亲的张家，以贾府威势，许以银钱，恩威并施，逼张家退婚，不怕张家不依。

这样一来，贾琏提出的三道难题，解了两道。贾蓉聪明，第三道难题，先点一下，看贾琏到底敢不敢下决心。所谓“倒只是婶子那里却难”，且看贾琏反应：

贾琏听到这里，心花都开了，那里还有什么话说，只是一味呆笑而已。贾蓉又想了一想，笑道：“叔叔若有胆量，依我的主意管保无妨，不过多花上几个钱。”贾琏忙道：“有何主意，快些说来，我没有不依的。”

贾琏这样表现，显然是有这个胆，于是贾蓉便说出了计谋：

“叔叔回家，一点声色也别露，等我回明了我父亲，向我老娘说妥，然后在咱们府后方近左右买上一所房子及应用家伙，再拨两窝子家人过去伏侍。择了日子，人不知鬼不觉娶了过去，嘱咐家人不许走漏风声。婶子在里面住着，深宅大院，那里就得知道了。叔叔两下里住着，过个一年半载，即或闹出来，不过挨上老爷一顿骂。叔叔只说婶子总不生育，原是为子嗣起见，所以私自在外面作成此事。就是婶子，见生米做成熟饭，也只得罢了。再求一求老太太，没有不完的事。”

如何暗娶，如何置房，如何保密，贾蓉都替贾琏想好了。甚至日后东窗事发，怎么托词，也想好了。以凤姐总不生育为由，非但凤姐不能反对，就是贾母王夫人也无话可说。

贾蓉这样为贾琏算计，其实是在算计凤姐。此时如果谁再说贾蓉是凤姐小情人，便贻笑大方了。贾蓉对凤姐的刻毒，已然表现得淋漓尽致。

贾蓉的算计，似乎妥帖，却是小处着眼，迷于大局，正所谓：

自古道“欲令智昏”，贾琏只顾贪图二姐美色，听了贾蓉一篇话，遂为计出万全，将现今身上有服，并停妻再娶，严父妒妻种种不妥之处，皆置之度外了。

老太妃之死的国孝，贾敬之死的家孝，背着父母停妻再娶也就是重婚罪这些，全没考虑。这些罪名，只一项便足以让贾府身败名裂。

而贾蓉的算计，算来算去，还是为他自己：

却不知贾蓉亦非好意，素日因同他姨娘有情，只因贾珍在内，不能畅意。如今若是贾琏娶了，少不得在外居住，趁贾琏不在时，好去鬼混之意。

其实架在贾琏贾蓉脖子上的，就是“色”这把钢刀。色字当头，利令智昏，他们各自打着小算盘，算计凤姐，却不知已滑向罪恶的深渊。

等凤姐知觉，以牙还牙，以暴制暴，状告贾琏，计杀张华，逼死二姐，又使这出闹剧染上一丝悲情色彩。

贾蓉对王熙凤的隐喻式仇恨

曾经有人怀疑，贾蓉是王熙凤的小情人。我不知道这种印象是怎么得来的。从小说叙事来看，自始至终，贾蓉对王熙凤就只有两种感情，一种是怕，一种是恨。

第六回，贾蓉登场，向王熙凤借个屏风，听王熙凤叫他，贾蓉的反应是：

“忙复身转来，垂手侍立，听阿凤指示。”

然后：

“应了一声，方慢慢的退去。”

我们看到的不仅是恭敬，而是怕，是真怕。正因为怕，贾蓉才会对王熙凤俯首帖耳，唯命是从。正因为怕，贾蓉才会在王熙凤大闹宁国府时，“只跪着磕头”，并说“婶子若闹起来，儿子也是个死”，“磕头不绝”。

但是，贾蓉对王熙凤的怕，只是一面，或者只是表面，在屈服王熙凤威慑的同时，他的心里还有不满甚至是仇恨的。

如果贾蓉对王熙凤好，就不会说出贾瑞勾引王熙凤的事来，那毕竟也会玷污王熙凤名声。第六十三回，贾蓉是以抓住王熙凤把柄的心态，对尤二姐、尤三姐和众丫鬟说的：

“凤姑娘那样刚强，瑞叔还想他的帐。那一件瞒得了我！”

贾蓉最阴险的报复，就是撺掇贾琏偷娶尤二姐。以贾蓉的聪明，不会不知道王熙凤对此深恶痛绝，但他为什么要这样做？除了他的小九九，最主要的原因，就是想打击王熙凤，羞辱王熙凤，甚至愿意尤二姐取代王熙凤。这样的态度，不仅是恨，而且恨得可怕。

第六十九回王熙凤大闹宁国府，当众羞辱贾蓉，贾蓉对王熙凤的恨达到高潮：

贾琏又搂着大哭，只叫："奶奶，你死的不明，都是我坑了你！"

贾蓉忙上来劝："叔叔解着些儿，我这个姨娘自己没福。"说着，又向南指大观园的界墙，贾琏会意，只悄悄跌脚说："我忽略了，终久对出来，我替你报仇。"

贾蓉一面又说是姨娘没福，一面向南指大观园的界墙，暗示尤二姐是王熙凤害死的，正是他对王熙凤又怕又恨的表现。

贾蓉太了解王熙凤了，他似乎知道王熙凤会偷听。果然，王熙凤确实在偷听：

凤姐见抬了出去，推有病，回："老太太、太太说我病着，忌三房，不许我去。"因此也不出来穿孝，且往大观园中来。绕过群山，至北界墙根下往外听，隐隐绰绰听了一言半语，回来又回贾母说如此这般。

贾蓉这样对王熙凤又怕又恨，非但不可能是王熙凤情人，而且八十回后，他可能会是王熙凤最大的敌人。

那么，贾蓉对王熙凤的态度，是怎么从怕转变到恨的？

先来理清一个关系。

王熙凤知道贾珍胁迫秦可卿成奸——内心痛恨贾珍但不能发作——这种恨转移向试图勾引她的贾瑞。

贾蓉知道秦可卿和贾珍奸情——内心痛恨秦可卿却不敢发作——这种恨转移向可卿的闺蜜王熙凤。

这就是王熙凤和贾蓉"互为本文"的关系。

来看小说，贾蓉的恨确实有一个从秦可卿渐次转移到王熙凤的过程。

第七回焦大醉骂，就是这一回：

"凤姐和贾蓉等也都遥遥的闻得，便都装作听不见。"

这是反话，说明凤姐和贾蓉不但听见，而且都听进去了。

凤姐和贾蓉是何等聪明之人，焦大这段专指贾珍的骂，立即使他们明白了一件事情，贾珍和秦可卿的爬灰。

这便是整件事情的分水岭。

这件事情在王熙凤和贾蓉心里引起了惊涛骇浪。王熙凤从此知道贾珍为何那么疼爱秦可卿，正入她骂贾瑞那样：

"这才是知人知面不知心呢，那里有这样禽兽样的人呢，他果如此，几时叫他死在我手里，他才知道我的手段！"

这话表面是骂贾瑞，其实是骂贾珍。不过是动不了贾珍，拿凑上来的贾瑞作筏子罢了。

而贾蓉也从此知道父亲为何疼儿媳妇胜过疼儿子十倍，他内心那种滋味，屈辱痛苦，五味杂陈。

于是，在贾珍给可卿请名医张友士诊治时，贾蓉当可卿面，直问生死，这是对可卿最狠毒的抱怨和诅咒，天底下哪有丈夫当着重病妻子问医生还有救没救的？然后是可卿葬礼玩失踪，对秦业秦钟之死不闻不问。

这是贾蓉恨可卿的过程。这个过程，随时间流逝，伴随对凤姐强势的反感，以及凤姐和可卿曾经的亲昵，贾蓉心里对可卿的恨，在贾珍那里无法排遣，便渐渐转移到凤姐身上。

这其间的过程，小说几乎是“留白“的。只是在第十一回凤姐询问可卿病情，有所表现：

凤姐儿说：“蓉哥儿，你且站住。你媳妇今日到底是怎么着？”贾蓉皱皱眉说道：“不好么！婶子回来瞧瞧去就知道了。”于是贾蓉出去了。

此时的贾蓉，已经对凤姐关心可卿表现出了些微的不耐烦。

直至第六十三回，贾蓉以调戏父亲小姨子为乐实施对父亲潜意识的报复，以促成叔叔贾琏偷娶尤二姐，实施对凤姐的“替代式”报复。

这就是贾蓉对王熙凤的隐喻式仇恨。王熙凤以贾瑞为贾珍替身为可卿报仇，贾蓉则以凤姐为可卿替身为自己报仇。

第三节　东府恶之花

贾蔷的地位其实很高

贾蔷的地位，千万不要因他是孤儿而看低。

第二回冷子兴演说荣国府，曾经有一段话：

当日宁国公与荣国公是一母同胞弟兄两个。宁公居长，生了四个儿子。宁公死后，贾代化袭了官，也养了两个儿子：长名贾敷，至八九岁上便死了，只剩了次子贾敬袭了官，如今一味好道，只爱烧丹炼汞，余者一概不在心上。幸而早年留下一子，名唤贾珍，因他父亲一心想作神仙，把官倒让他袭了。

“宁公居长，生了四个儿子”处有批语云：

【甲戌侧批：贾蔷、贾菌之祖，不言可知矣。】

通过这条批语，可知贾蔷贾菌其实是第一代宁国公四个儿子除贾珍祖父贾代化之外其余三子的子孙，虽没有说明他们是宁国公哪个儿子的子孙，但可以肯定的是，贾蔷贾菌也是宁国公的嫡系子孙。

所以，第九回说到贾蔷，是这么说的：

原来这一个名唤贾蔷，亦系宁府中之正派玄孙。

贾蓉是贾代化曾孙，贾蔷是贾代化亲兄弟曾孙，他们都是第一代宁国公贾演玄孙，是谓宁府正派玄孙。

贾蔷的地位，第十六回贾元春册封贵妃时再次体现，贾府上朝拜贺：

贾母带领邢夫人，王夫人，尤氏，一共四乘大轿入朝。贾赦，贾珍亦换了朝服，带领贾蓉，贾蔷奉侍贾母大轿前往。

册封贵妃，女眷可以前往。贾府辈分最高者贾母领头，邢夫人是荣国府长房媳妇，王夫人虽是贾元春生母，但是二房，排邢夫人之后。尤氏虽比邢王夫人矮一辈，但是贾府长房媳妇，可以和邢王夫人同列。再说男子，荣国府辈分最高者贾赦打头，他是贾元春嫡亲大伯，其时贾政在朝中领旨。贾珍是贾氏族长，辈分虽比贾赦矮一辈，也可以和贾赦同列。而作为玉字辈的贾宝玉，虽和元春最亲，但是长幼有序，有贾珍代表，贾琏尚且靠边，哪里轮得到他去。到草字辈，按照长幼，也是贾府长房长孙贾蓉必去。而贾蓉之外，却不是贾元春的亲侄儿贾兰，是贾蔷。贾蔷和贾元春，是隔了支系的。贾蔷是宁国公之后，贾元春是荣国公之后。

显然，只有一种解释。

贾元春虽是荣国府女儿，更是贾府女儿，她此时册封贵妃，代表的是贾氏家族的光荣。宁国府虽然贾珍贾蓉贾蔷辈分较低，毕竟是贾府长房。而贾蔷，很可能是贾府长房长孙贾蓉之外贾府二房子孙身份。也就是说，贾蔷是宁国府二房，当年第一代宁国公贾演第二个儿子的子孙，同时也是贾府第二房子孙。至于荣国府的子孙，无论贾琏，贾宝玉和贾兰，虽然和贾元春更亲，却都没有资格参加。

这刚好说明贾蔷在贾府众子孙中血统很正，地位很高。再加上和贾珍那一层隐秘关系，贾珍时时处处抬举贾蔷便不足为奇。

贾蔷和龄官的爱情发生学

贾蔷和龄官的爱情，前八十回，貌似只有两处提及。

第一处，第三十回龄官画蔷，表现龄官对贾蔷可触而不可及的爱情。

第二处，第三十六回贾蔷和龄官一段梨香院的感情纠葛。贾蔷爱极龄官，却无法排解龄官痛苦。什么痛苦？龄官不能嫁贾蔷的痛苦。这种痛苦，贾蔷心知肚明，作为宁国府地位仅次贾蓉的嫡系子孙，他的妻子不可能是自家采买来的戏子。贾蔷因此百般讨好，百般体贴，而越是讨好体贴，龄官就越是痛苦。

那么，贾蔷和龄官的爱情，是如何发生的呢？

首先，贾蔷和龄官具备相互爱慕的基础。

第九回，说贾蔷“比贾蓉生的还风流俊俏”，又说“贾蔷外相既美，内性又聪明”。

第三十回，说龄官“眉蹙春山，眼颦秋水，面薄腰纤，袅袅婷婷，大有林黛玉之态”。

俊男靓女，很容易看对眼。

其次，贾蔷和龄官的爱情，就发生于元妃省亲那次小小的波折。

1. 贾府十二个学戏的小女孩，是贾蔷去姑苏采买的。

2. 从元妃省亲点戏时贾蔷的表现看，那时他和龄官还没什么瓜葛。要是有，必会先和龄官商量好唱什么戏，不会闹出临唱换曲的危机来，龄官也不至于这样为难贾蔷。

3. 那么龄官对贾蔷有没有微妙的感情？我以为有。

龄官不肯唱贾蔷拟好并且已经呈报给元妃的曲目，非要临唱换曲，唱自己最拿手的，与其说龄官要招惹元妃，不如说是龄官要招惹贾蔷。龄官觉得没有得到应有的尊重，所以要唱反调，来个一鸣惊人。这里面有没有要刺激贾蔷，引起贾蔷注意，一举征服贾蔷的意思？

有。

龄官的坚持果然取得成功，贵妃娘娘非但没有怪罪龄官，而且大大的褒奖了龄官，从此奠定龄官大观园第一角儿的地位，成为台柱。第三十六回她自己说的，元妃娘娘常常点她进宫唱戏。

这样不同反响，确实震撼到了贾蔷，使贾蔷不得不对龄官刮目相看。

从此，龄官是戏班台柱，深得贵妃娘娘喜爱，贾蔷作为戏班管理者自然要重视和依赖龄官。这就使得贾蔷渐渐发觉龄官不平凡之处，那种罕见的胆色和傲骨，那种不同寻常的美，折服了这位贾府公子哥儿，于是二人心生情愫，渐成知己。

所以，元妃省亲点戏这个小插曲的真意，是含蓄地为贾蔷和龄官的爱情发生点题，使贾蔷和龄官的爱情呈现出有始有终的清晰过程。或许早在采买之时，早熟且沉浸于才子佳人戏曲的龄官就对俊美的贾蔷暗生情愫，而点戏事件，又使贾蔷注意到这个美丽倔强、技艺高超的女孩。

这便是贾蔷和龄官的爱情发生学，其间原理，老套而又老套，俊男美女，不顾现实，忘情相爱，而其间的微妙，却又色色不同，各领风骚。

贾蓉贾蔷的悲剧人生

一旦明确贾珍和贾蔷的特殊关系，我们就知道宁国府其实有两个传人，一个是贾蓉，一个贾蔷。这两个人的人生，像极了荣国府两个传人贾琏和贾宝玉。

贾蓉的人生，和贾琏类似，是滥淫的人生。

贾蓉是贾珍的法定继承人，宁国府长房长孙，未来贾氏族长。他的人生，要桎梏得多。

第一，必须早婚。虽然第六回贾蓉出场是十七八岁的华服美少年，但他其实十六岁就和可卿结了婚。这和早逝的贾珠相似，贾珠是贾政一房长子。

第二，必须承担大量家族事务。就是向凤姐借屏风这样小事儿，由于关系重大，也得亲自跑一趟。清虚观打醮，稍微躲个懒，立马被贾珍骂得狗血淋头，遭小厮当众唾脸。

第三，最可悲的，是父亲还偏偏霸占了他的媳妇，这样的奇耻大辱，贾蓉也得忍，不忍，就是死路一条。

清虚观打醮贾珍对贾蓉的无情打击，是用极其冷酷的方式警告贾蓉，我可以给你一切，也可以废除你的世袭身份。只要贾珍认为贾蓉有错，贾蔷也可以继承家业。这是对贾蓉残存的自尊和人格的彻底毁灭。

贾蓉是为了生存，为了宁国府和贾氏族长继承人的身份而隐忍的。这样的隐忍使他从意气风发的公子哥儿蜕变为放纵狂欢的色情狂，和父亲贾珍一样禽兽不如。

而贾珍的私生子，也就是贾蓉同父异母弟弟贾蔷的人生，由于身份定位不同，又显示出和贾宝玉颇为类似的走向。

贾蔷父母早亡，为贾珍收养。由于那一层特殊关系，贾蔷并没有一般养子该有的小心谨慎，而是仗着上有贾珍宠溺，下有贾蓉匡助，率性而为。早年的贾蔷，和贾蓉一样，过着斗鸡走狗赏花玩柳的生活，宁国府上下无人敢惹。加之不用继承家族事务，没有过多束缚，反而如贾宝玉一般获得人性人情的正常发展。

直到贾蔷获得采买戏班肥缺，遇到龄官，爱上龄官，会花一两八钱银子买只会唱戏的小鸟逗龄官开心，为龄官冷落宝玉叔叔。这份真爱，不仅启迪了宝玉，所谓各人得各人的眼泪，也使贾蔷的人性光辉彻底绽放。

得了痨病的龄官不能再进宫给贵妃娘娘唱戏，也不能再待在贾府。贾蔷想娶龄官，遭贾珍粗暴反对。贾蔷要玩一个小戏子可以，但要娶一个小戏子，触碰到了贾珍底线，万万不能。

得痨病的龄官像尘埃一般无声无息的死去，贾蔷始终没能兑现他对龄官的爱情承诺，他的心也随龄官而去。这时候，看到贾蔷和贾珍反目，和贾珍有嫌隙的一干小人，又乘机扇阴风点鬼火，把第九回引起贾珍忌惮的风言风语绘声绘色告诉贾蔷，甚至直接暗示贾蔷和贾珍不清不白的关系，贾蔷终于明白，原来这个收养自己也毁灭了自己爱情的人，竟然就是自己的亲生父亲，贾蔷不辞而别，远走他乡。

小说自第三十六回详写贾蔷和龄官的爱情便无提及，我相信八十回后对贾蔷的结局会有所交代。这个结局就是和宝玉极为类似的离家出走。贾宝玉是出家做和尚，而贾蔷则不知所踪，消失在人海。

贾蓉贾蔷兄弟俩，都是曾经如宝玉一般的阳光少年，只因有一个禽兽父亲，一个成为彻头彻尾的魔鬼，一个成为时所不容的叛逆，令人可叹。

这就是脂批所谓双峰对峙一击两鸣之法。

第五章

平生道学是沧桑

第一节　兴衰荣辱一力担

谁是《红楼梦》中最焦虑的人

《红楼梦》中最焦虑的人，是贾政。

贾政身上总是透出一股浓浓的焦虑，使他对人显得过于严肃，对子侄辈显得过于严酷。但当我们一旦了解贾政焦虑的根源，又会对贾政报以深深同情。

第一，贾政的身份决定他必须为家族兴旺负责。

贾府到贾政这一代，已没有多少祖荫俸禄可以享用。宁国府贾敬虽是进士出身，却出家做了道人，贾珍不过袭了虚职。荣国府贾赦也是袭虚职在家“一味高乐”。只有贾政在朝中兢兢业业做官，努力支撑这个庞大家族。贾府唯一的靠山，也是他的大女儿贾元春，当朝贤德妃。可以说，贾府兴衰荣辱，系于贾政一身。

我们完全可以通过省亲时贾政对女儿说的一番话来理解贾政的焦虑：

贾政亦含泪启道：“臣，草莽寒门，鸠群鸦属之中，岂意得征凤鸾之瑞。今贵人上锡天恩，下昭祖德，此皆山川日月之精奇、祖宗之远德钟于一人，幸及政夫妇。且今上启天地生物之大德，垂古今未有之旷恩，虽肝脑涂地，臣子岂能得报于万一！惟朝乾夕惕，忠于厥职外，愿我君万寿千秋，乃天下苍生之同幸也。贵妃切勿以政夫妇残犁为念，懑愤金怀，更祈自加珍爱。惟业业兢兢，勤慎恭肃以侍上，庶不负上体贴眷爱如此之隆恩也。”

这段话的意思再明白不过，贾政告诫贤德妃，只要女儿您始终得到皇帝眷顾，我们贾府就会得到皇帝眷顾，只要女儿您安全，贾府也就安全。可见贾政非常清楚，贾府的责任，完全由他父女一力承担，而贾府的瑕疵也会影响到贵妃声誉，难怪贾政会处于如此焦虑状态。

第二，贾政知道贾府危机重重。

当贾政得知宝玉因一个戏子得罪忠顺亲王时，内心是异常紧张的。忠顺亲王地位不仅比贾府高，而且和贾府素无往来。在错综复杂的朝廷和微妙残酷的政坛，素无往来就是不是一路人的意思。贾府因贤德妃的关系是国戚，而忠顺亲王是皇亲，而且是亲王。从小说叙事看，贾府是义忠亲王老千岁故旧，而正得势的忠顺亲王和坏了事的义忠亲王老千岁显然不是一路。贾宝玉此举不仅会使两家结怨，还有可能被忠顺亲王府认为是挑衅，由此惹恼忠顺亲王。忠顺亲王府长史上门要人就是一个强烈信号。且看贾政反应：

贾政便问："该死的奴才！你在家不读书也罢了，怎么又做出这些无法无天的事来！那琪官现是忠顺王爷驾前承奉的人，你是何等草芥，无故引逗他出来，如今祸及于我。"

这段话表明贾政对形势的判断是清醒的，他知道贾府无论如何不是忠顺亲王府的对手，这种公然挑衅有可能为贾府带来灾祸。所谓"祸及于我"不过是祸及贾府的一种说法。

而痛打宝玉，是贾政认为贾宝玉可能为贾府带来的灾祸，不仅贾宝玉承担不起，就是他贾政也承担不起，正是基于这样的"负罪感"，他才一气之下要打死贾宝玉向祖宗交代。所谓：

把个贾政气的面如金纸，大喝"快拿宝玉来！"一面说，一面便往里边书房里去，喝令"今日再有人劝我，我把这冠带家私一应交与他与宝玉过去！我免不得做个罪人，把这几根烦恼鬓毛剃去，寻个干净去处自了，也免得上辱先人下生逆子之罪。"

说来说去，贾政的"失态"，还是一种强烈的责任感所致。

第三，贾政有深刻的忧患意识。

即便是金钏儿，一个丫鬟之死，都能引起贾政深深的忧虑：

贾政听了惊疑，问道："好端端的，谁去跳井？我家从无这样事情，自祖宗以来，皆是宽柔以待下人。——大约我近年于家务疏懒，自然执事人操克夺之权，致使生出这暴殄轻生的祸患。若外人知道，祖宗颜面何在！"

贾府的兴衰时时刻刻都装在贾政心里，贾政看待任何事情几乎都要和家族兴衰联系起来，我们看到的是贾政深刻的忧患意识。事实也证明，这样的忧患并非空穴来风，贾府的敌人早已在暗中觊觎。

第四，其实贾府也有败亡之忧，不过是作为顶梁柱的贾政更加沉重罢了。

小说第十六回写贾元春晋升贵妃，明明是天大喜事，贾府却首先表现出深深的恐惧：

一日正是贾政的生辰，宁荣二处人丁都齐集庆贺，闹热非常。忽有门吏忙忙进来，至席前报说："有六宫都太监夏老爷来降旨。"唬的贾赦贾政等一干人不知是何消息，忙止了戏文，撤去酒席，摆了香案，启中门跪接。早见六宫都太监夏守忠乘马而至，前后左右又有许多内监跟从。那夏守忠也并不曾负诏捧敕，至檐前下马，满面笑容，走至厅上，南面而立，口内说："特旨：立刻宣贾政入朝，在临敬殿陛见。"说毕，也不及吃茶，便乘马去了。贾赦等不知是何兆头，只得急忙更衣入朝。

贾母等合家人等心中皆惶惶不定，不住的使人飞马来往报信。有两个时辰工夫，忽见赖大等三四个管家喘吁吁跑进仪门报喜，又说"奉老爷命，速请老太太带领太太等进朝谢恩"等语。那时贾母正心神不定，在大堂廊下伫立，那邢夫人、王夫人、尤氏、李纨、凤姐、迎春姊妹以及薛姨妈等皆在一处，听如此信至，贾母便唤进赖大来细问端的。赖大禀道："小的们只在临敬门外伺候，里头的信息一概不能得知。后来还是夏太监出来道喜，说咱们家大小姐晋封为凤藻宫尚书，加封贤德妃。后来老爷出来亦如此吩咐小的。如今老爷又往东宫去了，速请老太太领着太太们去谢恩。"

贾母等听了方心神安定，不免又都洋洋喜气盈腮。于是都按品大妆起来。贾母带领邢夫人、王夫人、尤氏，一共四乘大轿入朝。贾赦、贾珍亦换了朝服，带领贾蓉、贾蔷奉侍贾母大轿前往。于是宁荣两处上下里外，莫不欣然踊跃，个个面上皆有得意之状，言笑鼎沸不绝。

一道圣旨，贾府上下从恐惧到兴奋，从忧虑到得意，足见贾府未来几乎系于贾妃一人。这一方面说明贾元春的重要，另一方面也说明贾府其他人的无能。而这种无能的责任，首当其冲必须贾政承担。这种不知祸福的恐惧，在贾府上下弥漫，自然也更加沉重地压迫着贾政。他不仅是贾府的实际当家人，也是贾妃父亲，无论从哪方面，他都必须为贾府命运负责。

如此看来，为贾府兴衰负责，几乎是贾政一生没有选择的宿命。而出家的气话其实已经表露出他不堪承受重担的一面。贾政的焦虑，何尝不是贾府末世的另一种写照。

贾政为何独爱贾兰

贾政是个严肃而严厉的人，却从没骂过贾兰。

小说第二十二回，贾府一家大小吃酒猜灯谜：

贾政因不见贾兰，便问："怎么不见兰哥儿？"地下婆娘忙进里间问李氏，李氏起身笑着回道："他说方才老爷并没去叫他，他不肯来。"婆娘回复了贾政。众人都笑说："天生的牛心古怪！"贾政忙遣贾环和两个婆娘将贾兰唤来，贾母命他在身边坐了，抓果品与他吃，大家说笑取乐。

作为贾政一房长孙，贾兰因父亲贾珠早死，受尽冷落和忽视，敏感而多疑，他不肯来，其实是一种无声的抗议。

爷爷贾政一旦意识到疏忽了贾兰，竟忙不迭的让贾环亲自去请，给予贾兰应有的重视。

小说第七十五回，贾府中秋夜宴，贾政让宝玉和贾环做诗，对宝玉和贾环的评价是：

贾政看了，亦觉罕异，只见词句终带着不乐读书之意，遂不悦道："可见是弟兄了。发言吐意总属邪派，将来都是不由规矩准绳，一起下流货。妙在古人中有'二难',你两个也可以称'二难'了。只是你两个的'难'字，却是作难以教训之'难'字讲才好。哥哥是公然以温飞卿自居，如今兄弟又自为曹唐再世了。"说的贾赦等都笑了。

来看此时贾兰的反应：

当下贾兰见奖励宝玉，他便出席也做一首递与贾政看……

宝玉和贾环怕贾政怕得要死，作诗也是依命而行，勉强塞责。可贾兰不是，是主动要求作诗给爷爷看，这已经透出这个孙子对爷爷的亲近。

而贾兰的诗作，也深得贾政之心：

贾政看了喜不自胜，遂并讲与贾母听时，贾母也十分欢喜，也忙令贾政赏他。

第七十八回贾政命贾宝玉、贾环和贾兰赋诗林四娘，对三人诗作的评价，也各各有别。

对贾兰的是：

“稚子口角，也还难为他。”

对贾环的是：

“还不甚大错，终不恳切。”

对贾宝玉的则是：

“如此，你念我写。若不好了，我捶你那肉。谁许你先大言不惭了！”以及“虽然说了几句，到底不大恳切。”

细细对比就会发现，贾政唯一不加斥责的，还是贾兰。一句“也还难为他”包含多少意味，既有赞赏，也有鼓励，更有怜惜。

综上所述，贾政子孙，其所独爱者，贾兰也。

其一，爱父及子。

贾兰父亲贾珠乖巧懂事，读书上进，十四岁中秀才，早早成家生子，可惜不到二十岁病死，这是贾政心中永远的疼。

其二，愧疚之情。

贾珠早死，乃是贾政王夫人严厉苛刻的教育方式所致，贾政觉得愧疚和亏欠，因此对贾兰格外关爱。

其三，有父遗风。

贾兰的秉性气质和死去的贾珠非常相像，爱读书，不惹事，俨然就是翻版的小贾珠，自然为贾政喜爱。

其四，三代相传。

无论儿子贾珠还是孙子贾兰，都遗传了贾政严谨、刻苦、懂事、听话、爱读书的基因，甚至其诗词歌赋也最对贾政路子，贾政自然倍感欣慰。

其五，对比差距。

无论与贾珠还是与贾兰相比，贾宝玉和贾环都显得不够懂事和不太听话，正如贾政所说，两人都有“不乐读书之意”，这方面比贾兰差了一大截。

其六，寄予希望。

贾兰上述特质，使贾政预感将来继承家族大业的很可能就是贾兰。事实也证明贾政的判断正确，不管怎样，致使贾府中兴的正是贾兰。

正是这些原因，使得严厉刻板的贾政唯独钟爱孙子贾兰，并有意当作家族接班人来培养。而贾兰也心领神会，不负祖父厚望。这是贾府一对祖孙的默契。

贾政家那点事儿

贾政是荣国府二房，正室妻子是王夫人，还有两个姨娘，一个是赵姨娘，一个是周姨娘。王夫人育有二子一女，长子贾珠，长女贾元春，次子贾宝玉。贾珠有一子贾兰。赵姨娘育有一女一子，即贾探春和贾环。周姨娘无子。

表面看，这是典型的大家族一房，没什么特别。但只要细细分析，就会发现意味无穷。

贾珠死时不到二十岁，那时贾珠的儿子贾兰，也就是一两岁的样子。而贾宝玉在冷子兴演说荣国府时，也就是七岁左右。

贾珠这个哥哥居然大贾宝玉十二岁！也就是说，王夫人生了贾珠十一二年之后才生的贾宝玉。

也许有人会说，贾珠和贾宝玉之间，不是还有个贾元春吗？

好，就来说说贾元春。

从冷子兴演说贾府，贾宝玉七岁，贾元春已入皇宫做到女史官的情形看，贾元春不会比贾珠小很多，也就是一两岁的差距。

以此分析，贾珠、贾元春和贾宝玉的年龄差距至少有十二岁到十岁不等。也就是说，贾珠和贾元春是贾政和王夫人第一个生育阶段生育的孩子，而贾宝玉则是贾政和王夫人相隔十年后第二个生育阶段生育的孩子。

而贾宝玉这个生育阶段，和贾探春贾环基本重合。

从贾探春的年龄看，只比贾宝玉小一两岁，贾环也只小贾宝玉三岁。

这下，问题来了：

第一，贾政和王夫人为何在长子长女出生十年后才怀上贾宝玉？

第二，王夫人为什么抢在赵姨娘生贾探春之前生了贾宝玉？

问题的根源就在贾政和王夫人赵姨娘的微妙关系。

王夫人在生育贾珠贾元春十年之后才生育贾宝玉，说明贾政和王夫人夫妻至少在相当长一段时间比较疏远，甚至感情出现了问题。

贾政和王夫人为什么会出现问题？

其实很好理解。贾政本性和贾宝玉一样，是“诗酒放诞”之人，和王夫人性格不合。王夫人在生下贾珠和元春后也逐步把生活重心转移到养育贾珠和元春，夫妻感情渐趋平淡。

这个时候，房里的丫鬟赵姨娘趁虚而入，填补贾政空虚。

王夫人有所察觉，极力挽回局面，努力的结果便是有了贾宝玉。

即使这样，也没能让贾政回心转意，赵姨娘还是很快怀上了贾政的孩子，相继生下探春和贾环。

可见赵姨娘上位，事先并未得到王夫人和贾母许可，这是王夫人和贾母不待见赵姨娘的重要原因。

王夫人费尽心机，最终还是没能阻止赵姨娘上位。加之贾政对贾珠管教过严，导致贾珠早逝，更加深了王夫人和贾政的嫌隙。

从此，王夫人痛恨美女，一律诬蔑为狐狸精，便来自赵姨娘上位之痛。

从此，她以退为进，表面心灰意冷，一味吃斋念佛，内里却抓紧巩固权力和地位。

她撮合侄女王熙凤嫁给荣国府长房长孙贾琏，架空邢夫人，要外侄女薛宝钗许配给儿宝玉，都是要挽回在贾府的颓势。

可以这么说，贾政家这点事儿的前因后果，对《红楼梦》故事走向和人物命运产生了深刻影响。

贾代善贾母如何在俩儿子间搞平衡

很多人都注意到第三回林黛玉初到贾府时荣国府的居住格局很微妙。荣国府正房居住的是贾政夫妇，贾母住正房之北院，长子贾赦则从荣国府隔断东边一角，别院居住。

这个住法，很多人提出异议。有人从曹家原型、曹雪芹父辈有过继子来解释，进而认定贾赦不是贾代善和贾母亲生。

这是小说好不好，不等于曹家的事就是贾府的事。而且小说明确写了：

自荣公死后，长子贾代善袭了官，娶的也是金陵世勋史侯家的小姐为妻，生了两个儿子：长子贾赦，次子贾政。

我们是解析小说，不是考证曹雪芹家事。如果贾赦不是贾代善和贾母亲生，即便贾赦居长，第三代荣国公的爵位也是不会让贾赦袭的。古往今来这样的例子太多太多。这涉及血脉传承和传宗接代的问题，不是小事儿。

其实，荣国府这样微妙的居住格局，可以从小说找到合理依据。

小说屡屡提及，贾赦贾政兄弟，贾代善和贾母更喜欢贾政，对贾政寄予厚望，甚至把振兴家族的责任交给贾政而不是贾赦。

第二回：

次子贾政，自幼酷喜读书，祖、父最疼。

这里的祖父，不是指贾代善，贾代善是贾政的父亲，是指贾府创始人之一，第一代荣国公贾源。也就是说对贾政寄予厚望的，不仅是父母，还有祖父。

第三回林如海这样评价贾政：

二内兄名政，字存周，现任工部员外郎，其为人谦恭厚道，大有祖父遗风，非膏粱轻薄仕宦之流。

这里的祖父，依然是荣国公贾源，贾敏是贾源的孙女，林如海是贾源的孙女婿。

所以，贾政荣国府接班人的地位，其实是第一代荣国公贾源钦定。由于深得祖父疼爱，贾政自然得到父母即贾代善和贾母的器重。

这说明两兄弟的竞争，贾赦输了。无论从品行学问还是责任心，大哥贾赦都远不及弟弟贾政，从振兴家族的角度，贾源、贾代善和贾母选择贾政没错。

但一个无法回避的事实是，贾赦毕竟是荣国府嫡长子，对贾源这一支来说是长房长孙，嫡长子世袭爵位的制度是不能随便推翻的，所以，仍是贾赦世袭了祖爵。这也再次证明贾赦是贾代善和贾母亲生，否则，即便是庶长子，这个爵位也轮不到贾赦，更别说什么养子了。贾赦虽然不堪，却是荣国府嫡系传人。所谓“如今代善早已去世，太夫人尚在，长子贾赦袭着官”，“大内兄现袭一等将军，名赦，字恩侯”便是。

既然爵位由嫡长子贾赦承袭，那么寄予厚望的小儿子贾政怎么办？

有办法。

贾代善临终之际上演一场苦情戏，临终上本，博得皇帝垂怜之恩，为贾政谋取功名。所谓：

次子贾政，自幼酷喜读书，祖、父最疼，原欲以科甲出身的，不料代善临终时遗本一上，皇上因恤先臣，即时令长子袭官外，问还有几子，立刻引见，遂额外赐了这政老爹一个主事之衔，令其入部习学，如今现已升了员外郎了。

这样一来，两全其美。既不亏待大儿子，也没耽误小儿子，各得其所，贾赦世袭祖爵，贾政得到功名。

贾代善虽然去世，贾母仍然健在。荣国府之正房，原该贾母居住。贾母更喜贾政，和贾政一起居住。贾赦自由散漫惯了，知道母亲不喜欢自己，自己也不喜拘束，索性让弟弟贾政陪母亲贾母居正房，自己从荣国府后花园隔断一个别院，独自居住，既满足了母亲心愿，也乐得逍遥自在。

贾母居正房，一来和贾代善夫妻情深，睹物伤情，二来一人居住过于空旷，索性让贾政夫妇居正房，她居正房之北院，也好让贾政时时刻刻记得祖父、父亲的期望。

这就是荣国府贾母和两个儿子居住的微妙情况。这其实是贾代善和贾母在两儿子之间、甚至是贾赦贾政两兄弟在母亲面前搞平衡的结果，母子兄弟各得其所。

贾政升官

第三十七回，贾政被皇帝钦点了学政。

贾政是工部员外郎，相当于建设部副司长。皇帝钦点贾政学政，相当于连升三级，从副厅到了副省。

明清时代的学政，是主管一省教育科举的官员，但并不简单等同于教育厅长。朝廷为彰显重视教育，学政是不受巡抚节制的正三品官员，名列巡抚、布政使之后，相当于主管文化教育的副省长，所谓“提督学政”便是。

这一切，皆源于贾政长女贾元春是贵妃，贾府是国戚，贾政是国丈。老丈人职位过低，面子上也不好看。只要老丈人可用，皇帝一般会额外扶持。贾政做官为人，恭谨勤勉，皇帝自然会格外关照。

到第七十回，贾政书信说已恩准回京，其实就是四年学政期满。原本定了六七月到京，吓得宝玉赶快补课备查。可是：

可巧近海一带海啸，又遭踏了几处生民。地方官题本奏闻，奉旨就着贾政顺路查看赈济回来。如此算去，至冬底方回。

回京途中，皇帝又派贾政顺路检查近海海啸赈灾情况。

如此来看，皇帝对贾政也算知人善任。放学政，是发挥贾政所长。贾政平生最喜读书人，贾政另眼看待林如海，除妹夫身份，还因是前科探花，科举翘楚。贾政痛恨宝玉，全因宝玉不喜科举读书。贾政回京途中又被委重任，可见皇帝对这个老丈人不仅了解，而且信任。

可别小看了这个临时差事，这是钦差，是重用的前兆。况且其时，贾政年事已高，也该有一个好的归宿。第七十一回：

话说贾政回京之后，诸事完毕，赐假一月在家歇息。因年景渐老，事重身衰，又近因在外几年，骨肉离异，今得晏然复聚于庭室，自觉喜幸不尽。一应大小事务一概益发付于度外，只是看书，闷了便与清客们下棋吃酒，或日间在里面母子夫妻共叙天伦庭闱之乐。

贾政一生致力功名，殚精竭虑，已觉疲累。

到第七十八回，更有"近日贾政年迈，名利大灰"之语。

学政回京，一般有两种去向。一是官复原职，贾政还去做他的工部员外郎，这是对学政期间政绩平平的惩戒。另一种就是着即提拔相当于学政级别的官职。贾政回京途中尚被委以重任，可见皇上对贾政是满意的，官复原职的可能性不大，还有贵妃情面，因此，我推测，八十回后，贾政并非如高鹗所写升了工部郎中，也就是建设部司长，那相当于惩戒，而是直接提任工部侍郎，做了建设部副部长。

所以，八十回后，贾府还短暂延续着荣光，厄运到来，要在贾元春死后。

贾政沧桑之后见柔情

但凡名利心重者，想着振兴家族，就会过得紧张而焦虑。想当年贾政见宝玉抓周，专往胭脂脂粉一路去，便怫然不悦。这时的贾政，本性已泯。其实这个儿子最像他，想当年贾政也是“诗酒放诞之人”。

自父亲死后，蒙皇恩浩荡，贾政入工部学习，做到工部员外郎，已属不易。这一阶段是最漫长的，几乎耗尽他人生最美好年华，也磨掉了他的本性。

其间，又经丧子之痛和女儿册封贵妃这样的大悲大喜。

无论聪颖好学的贾珠，还是入选后宫的贾元春，长男长女，无不唯父亲马首是瞻，为家族负重前行。重压的结果，便是贾珠早逝，贾元春贵为贵妃，见了祖父母，也是泪流满面，满腹感伤，说去了一个不得见人的地方。

可以说从二十余岁到四十多岁的贾政，已被打磨成一副道学模样，见到昔日的自己——宝玉，反生厌恶之情。他打宝玉，下手之狠，几乎忘却父子之情。这便是人性的异化。

及至他外放学政归来，历经宦海沉浮，骨肉别离，三十余载，渐渐“名利大灰”，这是回归本性的开始。一个人只要跳出名利的藩篱，柔情自会涌上心头。

第七十一回：

一应大小事务一概益发付于度外，只是看书，闷了便与清客们下棋吃酒，或日间在里面母子夫妻共叙天伦庭闱之乐。

这才是一个做儿子的样子，一个做父亲的样子，一个做丈夫的样子。正所谓，人间正道是沧桑，沧桑之后见柔情。

因此，第七十二回：

贾琏道：“我也这样想着，只是老爷才回家来，多少大事未回，那里议到这个上头。前儿官媒拿了个庚帖来求亲，太太还说老爷才来家，每日欢天喜地的说骨肉完聚，忽然就提起这事，恐老爷又伤心，所以且不叫提这事。”

一旦卸下道学面具，贾政也是柔情男儿。贾迎春出嫁，也会令他伤心。这便是贾政心底最柔软的角落。

贾政的内心，其实很细腻。家宴不见贾兰，是他想起。素来不受待见的贾迎春，他能给予更多疼爱。贾迎春婚事，这个做叔叔的，颇费了一番周折。第七十九回：

原来贾赦已将迎春许与孙家了。这孙家乃是大同府人氏，祖上系军官出身，乃当日宁荣府中之门生，算来亦系世交。如今孙家只有一人在京，现袭指挥之职，此人名唤孙绍祖，生得相貌魁梧，体格健壮，弓马娴熟，应酬权变，年纪未满三十，且又家资饶富，现在兵部候缺题升。因未有室，贾赦见是世交之孙，且人品家当都相称合，遂青目择为东床娇婿。亦曾回明贾母。

贾母心中却不十分称意，想来拦阻亦恐不听，儿女之事自有天意前因，况且他是亲父主张，何必出头多事，为此只说“知道了”三字，馀不多及。

贾政又深恶孙家，虽是世交，当年不过是彼祖希慕荣宁之势，有不能了结之事才拜在门下的，并非诗礼名族之裔，因此倒劝谏过两次，无奈贾赦不听，也只得罢了。

比之贾母贾赦，一个亲祖母一个亲爹，倒是贾政这个叔叔更上心。贾母虽不满意，却抱着多一事不如少一事的态度。贾赦一味看中孙家财势，不看人品，误将女儿与了中山狼。只有贾政，看的是孙绍祖人品，这是真的为迎春好。

贾迎春滑向深渊那一刻，我们看到了贾政的满腹亲情和柔情。这个历经沧桑之人，终悟人生真谛，不过情尔。

贾政对子孙的期望

第七十八回，叙述了贾政思想的重大转折。所谓：

近日贾政年迈，名利大灰，然起初天性也是个诗酒放诞之人，因在子侄辈中，少不得规以正路。

贾政混到此时，依然是个赋闲学政，不免有仕途艰难之叹。

更重要的，经过这些年的磨炼，他对子孙已有大致规划。

第一，对宝玉。所谓：

近见宝玉虽不读书，竟颇能解此，细评起来，也还不算十分玷辱了祖宗。就思及祖宗们，各各亦皆如此，虽有深精举业的，也不曾发迹过一个，看来此亦贾门之数。况母亲溺爱，遂也不强以举业逼他了。

贾政所谓贾府“虽有深精举业的”，应是指中过进士却出家做道士已升天的贾敬。还有他那十四岁就中了秀才、早逝的长子贾珠。甚至包括他本人。从小说看，贾政也是精于举业的，只是皇恩浩荡，准他破格进入仕途，以主事衔入工部学习，反误了他，不得施展科举之才，这是贾政人生一大憾事。因了这遗憾，他也曾对宝玉不学科举厌恶至极，险些坏了父子人伦。

贾政此时已经释然，不再强逼宝玉科举。这是一个重大转变，说明贾政晚年对宝玉的看法，渐渐和贾母趋同。

第二，对贾环和贾兰。

一个是庶子，一个是长孙。贾政观此二人，倒是走科举仕途的料，因此：

又要环兰二人举业……

宝玉可以卸下家族重担，走诗酒放诞快意人生之路。

贾政这样规划，也是无奈之举。宝玉百折不回，无意科举，强逼无用。贾环贾兰于此颇有心得，正可以因材施教。所谓：

说话间，贾环叔侄亦到。贾政命他们看了题目。他两个虽能诗，较腹中之虚实虽也去宝玉不远，但第一件他两个终是别路，若论举业一道，似高过宝玉，若论杂学，则远不能及；第二件他二人才思滞钝，不及宝玉空灵娟逸，每作诗亦如八股之法，未免拘板庸涩。

可见贾政晚年，多少也脱去道貌岸然的行头，有了些许贴近人性人情之举。

贾政等人为何不识贾雨村嘴脸

《红楼梦》开篇就以一种鲜明的态度贬斥贾雨村，但贾雨村这样人物，却偏偏能够骗过甄士隐、林如海和贾政这样的正人君子，得到他们帮助，这是为什么？

小说批语一再强调，贾雨村是有莽操遗容的奸雄。奸雄所长，不唯雄才大略，反复无常，心狠手辣，还善于伪装。王莽、曹操都是如此。不善伪装，就得不到忠义之士襄助，达不到人生顶峰，更不可能有翻身的机会。

不善于伪装，就不是奸雄。

贾雨村正是具有非凡伪装能力的小人。在甄士隐那里，他伪装成才高八斗困顿不堪的读书人。在林如海那里，他伪装成遭受排挤受人诬陷的无辜官僚。在贾政那里，他伪装成认祖归宗的后辈，是拿了宗侄的名帖去的。

其实天下姓贾的未必就是一家，即便五百年前一家，贾雨村也未必就是贾政宗侄，是叔叔大爷也未可知。但贾雨村此时，哪怕是认爷爷辈，他也不会介意当孙子，只要能沾上边，咋整都行。

这样一个善变的人，很难识破。所以，当贾雨村拿着宗侄名帖，又有如海书信，以黛玉之师身份前去拜见，贾政乃是有些道学的君子，如何识得虎狼？

所以，此处批语云：

【甲戌侧批：君子可欺其方也，况雨村正在王莽谦恭下士之时，虽政老亦为所惑，在作者系指东说西也】

可谓切题。谦谦君子，如何识破此时不得志、佯装谦恭的贾雨村？贾雨村正是利用了甄士隐、林如海、贾政这些君子的方正天真之处、成人之美的善意，钻了空子，一步一步飞黄腾达的。

贾雨村的嘴脸，倒是非君子的贾琏看得清楚。贾雨村巴结贾赦，为几把扇子，弄得石呆子家破人亡，这让贾琏本能的觉得，不能和贾雨村这样的人过从甚密，这样的人可能害了贾府。

很不幸，贾琏言中了。扳倒贾府的最后一根稻草，就是贾雨村，这真是巨大的讽刺。

贾政对林黛玉很给力

黛玉初到贾府，两位舅舅不见，貌似冷淡，其实不然。贾赦那番话，不是和妹妹贾敏有一段纯真美好的过往，断然说不出来。贾政虽说是去斋戒，没留什么话，也并非无情。

贾政斋戒，一是为己，二是为家人。这时妹丈书信刚到，外甥女刚来，贾政斋戒，未尝没有对妹妹的哀思和超度。这是轻易看不出来的细腻情感。贾政是个实诚人，古板不善于表达感情，却不代表没有感情。

其实林黛玉来，贾政给了天大的面子。

林黛玉是带了老师贾雨村来的。贾雨村是有求于贾府的。虽说有林如海书信，但一个罢免官员的起复，岂是一件容易的事情？

小说写的，贾政帮贾雨村，一是爱读书人，二是妹丈林如海书信相托。其实还有另一层意思，这是黛玉之师。

贾政为贾雨村谋官，小说只是几句轻描淡写，其实使了大力。诚如此间批语所云：

【甲戌侧批：《春秋》字法。】

贾雨村得到的是应天府知府的位置，也就是南京知府，这是自古繁华富庶之地，是肥缺，一般没有背景的官僚都很难谋到，更何况贾雨村这样毫无背景罢免起复的官员。

因此，贾雨村的荣光，便是林家的荣光，也是林黛玉的荣光。

我一再说，且不可被林黛玉那些凄苦动人的独白所蒙蔽。大家想想，一个孤女去投奔外祖母，不是她想去，是外祖母派人派船千里迢迢来接，是带了老师去，外祖母家安排她老师去应天府做官，这是什么样的面子？这是什么样的气派？这是什么样的尊贵？贾府有哪位小姐能够如此？

林黛玉来，贾母举家欢迎，大舅舅情真意切，二舅舅忙前忙后，还要怎样？还能怎样？这哪里是林黛玉来投靠贾府，分明是赏脸下榻贾府。

这样一来，贾政如何看重这个外甥女，再明显不过。黛玉的老师，贾政帮忙谋了官职。黛玉想住潇湘馆，贾政如其所愿，那可是元春省亲大观园第一景有凤来仪。黛玉所拟大观园匾额，贾政竟一字不改一律采用。舅舅做到这个份上，还要怎样？

难怪林黛玉在贾府，尽管大家族关系复杂人心可畏，但说起贾母贾政，从来都是理直气壮，哪怕是对宝玉，一语不合就是我告诉舅舅去，把个宝玉吓得不行。什么叫娘亲舅大，这就是。

这是《红楼梦》又一大障眼法。贾政和林黛玉的关系，表面一字不提、一文不名，实际十分亲近。我说过普天之下的外祖母，怕没有胜过贾母的，原来，普天之下的舅舅，怕也没有胜过贾政的。

唉，差点又上雪芹的当了。

第二节　爱恨纠结父子情

贾政和贾宝玉的父子关系

贾政对贾宝玉，几乎被认定是冷酷和铁血的。

可是，如果抛弃先入为主的成见，深入体验贾政的内心世界，就会发现他们父子独有的深情。

古往今来，大凡豪门望族，都会在每一代子弟中选定一两个可以振兴家族的继承人。贾敬出家修道，贾赦下流不成器，贾政无疑是文字辈的人选，肩负着振兴家族的重任。

那么玉字辈呢?

贾珍虽是族长，却也和贾赦一样不可指望。贾珠很成器，可惜早逝。贾琏虽好世事机变，却不好读书。贾环年纪尚小，又是庶出，行为猥琐举止荒疏。因此扒来扒去，只有贾宝玉还堪当大任。

论资质禀赋，贾宝玉算聪明灵秀，论长相气度也是百里挑一，论血统出身更是得天独厚，不唯是宁荣二公嫡系子孙，其母是四大家族王家的名门闺秀，其舅父王子腾更是朝廷手握重兵的大员，其姐是当今贵妃贾元春，贾宝玉手握大把社会资源，只要勤奋努力，成功指日可待。

如果了解了这样的背景关系，就会发现，贾政和贾宝玉的关系，并非老子不待见儿子那么简单，而是父亲为家族责任而严格要求儿子。自打贾珠去世，贾政便对贾宝玉寄予厚望，要儿子将来撑起贾府这片天。

更何况，宝玉还有“衔玉而生”的传奇。贾元春生于大年初一，果成贵妃。宝玉未来，贾政自然期待。

就是这样的期许，使贾政满心欢喜贾宝玉的到来，而宝玉的表现却给了他当头一棒。

所谓:

那年周岁时，政老爹便要试他将来的志向，便将那世上所有之物摆了无数，与他抓取。谁知他一概不取，伸手只把些脂粉钗环抓来。政老爹便大怒了，说：“将来酒色之徒耳！”因此便大不喜悦。

抓周是检验孩子将来志向的风俗。刚满周岁的贾宝玉偏爱脂粉，着实泼了贾政一盆凉水。从那时起，贾政对贾宝玉就有了先入为主的成见。

此时的贾政，依然是重点培养贾宝玉的哥哥贾珠。贾珠“十四岁进学，不到二十岁就娶了妻生了子”。然而这样的高压使得贾珠不堪重负，“一病死了”。贾政没有办法，才又转而培养宝玉。

其实贾政内心，对贾宝玉才情还是颇为欣赏的，只是恨他不务正业。

小说第十七至十八回贾政题大观园匾额，试贾宝玉才情，最能体现贾政对贾宝玉的态度，那就是承认宝玉的聪明和学识，但对他“偏科”不认可。请看:

贾政与诸人上了亭子，倚栏坐了，因问：“诸公以何题此？”诸人都道：“当日欧阳公《醉翁亭记》有云：‘有亭翼然’，就名‘翼然’。”贾政笑道：“‘翼然’虽佳，但此亭压水而成，还须偏于水题方称。依我拙裁，欧阳公之‘泻出于两峰之间’，竟用他这一个‘泻’字。”有一客道：“是极，是极。竟是‘泻玉’二字妙。”贾政拈髯寻思，因抬头见宝玉侍侧，便笑命他也拟一个来。

宝玉听说，连忙回道：“老爷方才所议已是。但是如今追究了去，似乎当日欧阳公题酿泉用一‘泻’字则妥，今日此泉若亦用‘泻’字，则觉不妥。况此处虽云省亲驻跸别墅，亦当入于应制之例，用此等字眼，亦觉粗陋不雅。求再拟较此蕴籍含蓄者。”贾政笑道：“诸公听此论若何？方才众人编新，你又说不如述古；如今我们述古，你又说粗陋不妥。你且说你的来我听。”宝玉道：“有用‘泻玉’二字，则莫若‘沁芳’二字，岂不新雅？”贾政拈髯点头不语。众人都忙迎合，赞宝玉才情不凡。贾政道：“匾上二字容易。再作一副七言对联来。”宝玉听说，立于亭上，四顾一望，便机上心来，乃念道：“绕堤柳借三篙翠，隔岸花分一脉香。”贾政听了，点头微笑。众人先称赞不已。

这一段描写，贾政对贾宝玉是和蔼的，所谓“笑命”。不知进退的贾宝玉竟然当众门客面说父亲题的不妥，贾政也并没有生气，而是“拈髯点头不语"，进而"点头微笑"。这说明只要贾宝玉说得有理，即便当面顶撞，这位父亲也不会生气，只会欣慰。这时的贾政哪里刻板，分明是一位宽容的父亲。

只是贾宝玉得便宜卖乖，不知好歹，见父亲赞赏，不知天高地厚处处要显摆，才引来贾政呵斥。贾宝玉这种夸夸其谈的性格在官场是大忌，贾政这才阻止。所谓：

"他未曾作，先要议论人家的好歹，可见就是个轻薄人"。

所谓：

"无知的业障！你能知道几个古人，能记得几首熟诗，也敢在老先生前卖弄！你方才那些胡说的，不过是试你的清浊，取笑而已，你就认真了！"

所谓：

"无知的蠢物！你只知朱楼画栋、恶赖富丽为佳，那里知道这清幽气象。终是不读书之过！"

这是一个父亲恨铁不成钢的表现。

就是对宝玉品貌，贾政内心也颇为欣赏。第二十三回：

贾政一举目，见宝玉站在跟前，神彩飘逸，秀色夺人；看看贾环，人物委琐，举止荒疏；忽又想起贾珠来，再看看王夫人只有这一个亲生的儿子，素爱如珍，自己的胡须将已苍白：因这几件上，把素日嫌恶处分宝玉之心不觉减了八九。

这说明贾政对贾宝玉也并不是全盘否定，也有父子骨肉之情，不过是重任在肩，不得不严厉苛责。

贾政之所以痛打宝玉，贾环诬告宝玉强奸金钏儿未遂只是导火索，贾政认为贾宝玉结怨忠顺亲王会给贾府带来灾祸才是主因，这样的责任不光贾宝玉承担不起，就连贾政也承担不起。正是基于这样的负罪感，贾政才一气之下要打死贾宝玉向祖宗交代。

说来说去，贾政的失态和过激，还是强烈的家族责任感所致。

随着贾政心灰意冷，他对贾宝玉的态度也逐步趋向缓和。

小说第七十八回吟咏林四娘，贾宝玉口占，贾政誊写，已经表现出拳拳爱子之心、舐犊之情。所谓：

近日贾政年迈，名利大灰，然起初天性也是个诗酒放诞之人，因在子侄辈中，少不得规以正路。近见宝玉虽不读书，竟颇能解此，细评起来，也还不算十分玷辱了祖宗。就思及祖宗们，各各亦皆如此，虽有深精举业的，也不曾发迹过一个，看来此亦贾门之数。况母亲溺爱，遂也不强以举业逼他了。

这段文字对理解贾政贾宝玉父子感情的转变十分关键。

贾政年少时也是诗酒放诞之人，有其父必有其子，父子心性相通。不过迫于家族责任，父子二人不得不戴上枷锁过日子。卸去枷锁，重回初心，子占父写，全然没了当初贾政打死贾宝玉的恐怖气氛，有的只是其乐融融的父子天伦。

贾政“怒其不争”的严厉外表下面，隐藏的依然是一颗父爱如山的心。

贾政对贾宝玉读书入仕早已绝望

第九回，贾政对贾宝玉读书不上进表达了极端厌恶之情。所谓：

偏生这日贾政回家早些，正在书房中与相公清客们闲谈。忽见宝玉进来请安，回说上学里去，贾政冷笑道：“你如果再提‘上学’两个字，连我也羞死了。依我的话，你竟顽你的去是正理。仔细站脏了我这地，靠脏了我的门！”

贾政对贾宝玉不读书不上进的深恶痛绝，是有渊源的。从一岁抓周只取胭脂脂粉，到第九回的辛辣讽刺，是个定调。这种情绪，至第三十三回痛打宝玉达到高潮。

但是贾政对贾宝玉的态度，又很微妙。他心里认为贾宝玉是聪明有才的，只是没用在正道。所以只要是写诗作赋，他又始终不忘宝玉。

第七十五回贾府除夕，宝玉贾环贾兰兄弟叔侄作诗，贾政对贾宝玉诗作的评价是：

“难为他。只是不肯念书，到底词句不雅。”

可见，直到第七十五回，贾政对贾宝玉读书依然是绝望的。而且，贾政已经渐渐放弃要贾宝玉读书入仕的想法。

至第七十八回贾政已看淡人生，知天命，基本放弃了贾宝玉读书入仕的想法，这是一种更深层次的绝望。

贾政对贾宝玉的期许，经历失望、坚持、严厉、愤怒和厌恶，终至放弃。这种绝望，是和家族的绝望联系在一起的，是一种更为深广的绝望。所以，当贾府风雨飘摇，迂腐的贾政才会认为，妹妹贾敏和前科探花林如海如此优秀的女儿，不仅不读书不上进的贾宝玉配不上，就是走下坡路的贾府也可能累及林黛玉，有负林如海重托。所以，贾母死后，贾政完全有可能赞同王夫人为林黛玉另觅佳婿的主张，无意中促成宝黛爱情和婚姻的悲剧。

贾政贾宝玉父子传情

《红楼梦》有太多诗文传情。第七十八回，就有一起罕见的贾政贾宝玉父子诗文传情。

说到姽婳将军林四娘，宝玉自有见解。所谓：

宝玉笑道："这个题目似不称近体，须得古体，或歌或行，长篇一首，方能恳切。"

贾政的反应是：

贾政听说，也合了主意，遂自提笔向纸上要写，又向宝玉笑道："如此，你念我写。不好了，我捶你那肉。谁许你先大言不惭了！"

可见于诗歌一事，父子俩还是有些共同见解的。贾政倡导八股，反对艳曲，不过是给子侄做榜样。如今卸下八股行头，便露出了诗学才情。所以，儿子之论，父心甚慰，居然愿为儿执笔，见出舔犊之情。所谓"不好了，我捶你那肉"，已经有点亲昵的意思了。

贾政功名心大盛时，下手打宝玉之狠，令人发指，看贾母王夫人的反应便知。可见功利可以扭曲人性。如今贾政名利大灰，重回初心，便难掩慈父本性。小说于贾政处，写出了人性回归。

宝玉第一句是："恒王好武兼好色"。

贾政写了看时，摇头道："粗鄙。"一幕宾道："要这样方古，究竟不粗。且看他底下的。"贾政道："姑存之。"

虽暗许宝玉不必走科举之路，但为父的依然要求严格，开首一句的评价是粗鄙。这一句确实平平，只是才一句，不知后面如何，姑且留着，并未急着否定，较之以前的政老，已算是宽容。宝玉又道：

遂教美女习骑射。

秾歌艳舞不成欢，列阵挽戈为自得。

贾政写出，众人都道："只这第三句便古朴老健，极妙。这四句平叙出，也最得体。"贾政道："休谬加奖誉，且看转的如何。"

这三句很好，贾政也满意。只是严父本色，不肯赞赏，要看后面转得如何。此语道出贾政诗学功底，绝非泛泛。贾政本是诗酒放诞之人，早年于诗学肯定也下过一番苦功。

且看宝玉的转：

眼前不见尘沙起，将军俏影红灯里。

众人听了这两句，便都叫："妙！好个'不见尘沙起'！又承了一句'俏影红灯里'，用字用句，皆入神化了。"宝玉道：

"叱咤时闻口舌香，霜矛雪剑娇难举。"

众人听了，便拍手笑道："益发画出来了。当日敢是宝公也在座，见其娇且闻其香否？不然，何体贴至此。"宝玉笑道："闺阁习武，任其勇悍，怎似男人。不待问而可知娇怯之形的了。"贾政道："还不快续，这又有你说嘴的了。"

这几句，贾政也是满意的，只是不满意儿子傲娇自得，夸夸其谈，依然是严父本色。

宝玉只得又想了一想，念道：

丁香结子芙蓉绦，

众人都道："转'绦'，萧韵，更妙，这才流利飘荡。而且这一句也绮靡秀媚的妙。"贾政写了，看道："这一句不好。已写过'口舌香''娇难举'，何必又如此。这是力量不加，故又用这些堆砌货来搪塞。"宝玉笑道："长歌也须得要些词藻点缀点缀，不然便觉萧索。"贾政道："你只顾用这些，但这一句底下如何能转至武事？若再多说两句，岂不蛇足了。"宝玉道："如此，底下一句转煞住，想亦可矣。"贾政冷笑道："你有多大本领？上头说了一句大开门的散话，如今又要一句连转带煞，岂不心有馀而力不足些。”宝玉听了，垂头想了一想，说了一句道：

不系明珠系宝刀。

忙问：“这一句可还使得？”众人拍案叫绝。贾政写了，看着笑道：“且放着，再续。”

这一段直接是父子斗法，各有章法。贾政的指点其实是行家指点，指出宝玉此时行句的弊端和险处。偏偏宝玉于诗学，如贾政所言，有些歪才，末了一句转得妥帖，政老极为满意，消弭了一场争执。其实政老之意，并非要压儿子一头，是为儿子担心，见写得好，也不由得会心微笑，果然后生可畏，没有辱没贾府门楣。

但是，父亲这样边讨论边创作，扰了宝玉诗兴。于是，宝玉索性摊牌：

宝玉道：“若使得，我便要一气下去了。若使不得，越性涂了，我再想别的意思出来，再另措词。”贾政听了，便喝道：“多话！不好了再作，便作十篇百篇，还怕辛苦了不成！”

贾政此时的呵斥，不过是严厉地同意儿子的意见罢了。他是告诫儿子，即便诗学，也要千锤百炼，这是为父的苦心。这番严厉的话，其实是对宝玉诗作甚为满意，要求儿子继续罢了。于是：

宝玉听说，只得想了一会，便念道：

战罢夜阑心力怯，脂痕粉渍污鲛鮹。

贾政道：“又一段。底下怎样？”宝玉道：

明年流寇走山东，强吞虎豹势如蜂。

众人道：“好个‘走’字！便见得高低了。且通句转的也不板。”宝玉又念道：

王率天兵思剿灭，一战再战不成功。

腥风吹折陇头麦，日照旌旗虎帐空。

青山寂寂水澌澌，正是恒王战死时。

雨淋白骨血染草，月冷黄沙鬼守尸。

众人都道：“妙极，妙极！布置，叙事，词藻，无不尽美。且看如何至四娘，必另有妙转奇句。”

宝玉又念道：

纷纷将士只保身，青州眼见皆灰尘，

不期忠义明闺阁，愤起恒王得意人。

众人都道："铺叙得委婉。"贾政道："太多了，底下只怕累赘呢。"

贾政果然没再打断宝玉，只是忍不住偶尔提点一下，担心儿子续得不好，这是做父亲的心。于是：

宝玉乃又念道：

恒王得意数谁行，姽婳将军林四娘，
号令秦姬驱赵女，艳李秾桃临战场。
绣鞍有泪春愁重，铁甲无声夜气凉。
胜负自然难预定，誓盟生死报前王。
贼势猖獗不可敌，柳折花残实可伤，
魂依城郭家乡近，马践胭脂骨髓香。
星驰时报入京师，谁家儿女不伤悲！
天子惊慌恨失守，此时文武皆垂首。
何事文武立朝纲，不及闺中林四娘！
我为四娘长太息，歌成馀意尚傍徨。

念毕，众人都大赞不止，又都从头看了一遍。贾政笑道："虽然说了几句，到底不大恳切。"因说："去罢。"三人如得了赦的一般，一齐出来，各自回房。

从贾政掷笔而笑，可见满意，不肯谬奖，是怕宝玉自骄。宝玉作完，贾政没再提出意见，已是肯定，只是还得为儿子谦虚一番。一句"去罢"，就是过关的意思，于是连带贾环贾兰，如大赦一般溜之大吉。

从这段父子创作来看：

第一是贾政诗学功底了得，绝非泛泛之辈。贾政此生，也是可怜，空有一身八股举业的本领和诗学功底，却因皇恩浩荡，反背了走捷径的虚名，误了一身本领。女儿又是贵妃，似乎贾政功名全是沾了家族和女儿的荣光。其实贾政何尝不想抛开虚名，放手一搏，只怕心里也想着未必会输妹夫林如海。这是贾政之憾，不足为外人道也。

第二是父子情深。抛却功名浮云的贾政，看到了宝玉的才华，这和他见了黛玉的匾拟一字未改一律采用是一样的心情。遥想贾政当年，或许也和妹妹贾敏，如宝玉和众姐妹一般，高谈阔论，纵横古今，指点江山。那一番年少轻狂，那一番意气风流，全寄托在此时此刻对儿子的指点上。

贾政对宝玉之情，和对贾环贾兰之情，细细对比，各有不同。贾环是庶子，在贾政眼中形容猥琐举止荒疏，远不似贾宝玉气质高贵神采飞扬。贾兰是长孙，又添丧贾珠之痛，虽极为疼爱，毕竟隔了一辈，还有些拘谨。只有宝玉，打也打得，骂也骂得，无论伦理还是血缘，皆是最亲近之人。虽然举业已委环兰，始终视宝玉非同一般。

为父者，负也。不负溺爱之情，又怎琢玉成器?

至七十八回，贾政贾宝玉父子之真情，见矣。

第六章

荒淫下流已成癖

贾赦贾政是不是贾母亲生

这似乎是《红楼梦》一个绕不开的话题。

第一，所谓“亲不间疏”。

小说第二十回，贾宝玉有一番话劝林黛玉：

“你这么个明白人，难道连‘亲不间疏，先不僭后’也不知道？我虽糊涂，却明白这两句话。头一件，咱们是姑舅姊妹，宝姐姐是两姨姊妹，论亲戚，他比你疏。第二件，你先来，咱们两个一桌吃，一床睡，长的这么大了，他是才来的，岂有个为他疏你的？”

这段话是可以拿来理解贾母和贾赦贾政母子关系的。贾母对贾赦贾政的态度，那真是严厉之极，一点“好脸子”都没有。如果不是亲生，要顾及彼此情面，恐怕未必如此。正因为是亲生，抱着再怎么着我也是你娘的心态，才会无顾忌，如此严厉。这是人之常情。

这种心态集中体现在贾母对贾赦想娶鸳鸯做小老婆时的无情斥责，对王熙凤说“你那没脸的公公”，以及贾母看见贾政毒打宝玉时说“可怜我一生没养个好儿子”的重话。不是说贾政不是她儿子，而是说她没教育出个好儿子。

第二，如果贾赦贾政不是贾母亲生，贾母不会有如此权威。

所谓“母以子贵”，正因贾赦贾政是贾母亲生子，贾母才在贾府享有如此崇高的权威。第二回冷子兴也说贾赦、贾政和贾敏乃是“一母同胞”的兄妹，母亲就是贾母。

第五十四回贾府祭祖唱戏：

却说贾珍贾琏暗暗预备下大簸箩的钱，听见贾母说“赏”，他们也忙命小厮们快撒钱。只听满台钱响，贾母大悦。

如果不是有两个亲儿子在，如果不是贾府三个当家男人（贾赦贾政贾珍）有两个是贾母亲生，如果贾琏不是贾母亲孙子，如果贵妃贾元春不是贾母亲孙女，作为族长的贾珍哪里会如此恭敬？贾母哪里有如此大威势？

第三，如果贾赦贾政不是贾母亲生，贾母不可能如此疼爱贾琏和宝玉。

小说写的，贾母疼爱贾宝玉，不仅是祖孙之情，还因宝玉像极了贾母的丈夫贾代善，这是隔代遗传，是贾政是贾母亲生的证据。贾母对贾琏的溺爱，小说虽没正面描写，却也有提及。

第四十四回王熙凤过生日，贾琏与鲍二家的偷情，被逮个正着，贾琏居然敢提剑追杀凤姐至贾母跟前。这是贾琏他老子贾赦和叔叔贾政想都不敢想的事情，贾琏为什么敢？

一是“倚酒三分醉”，借酒装疯。

二是“贾琏明仗着贾母素习疼他们，连母亲婶母也无碍，故逞强闹了来”，而且还公然指责贾母：“都是老太太惯的他（王熙凤），他才这样，连我也骂起来了！”这说明至少是儿时，贾母也是很溺爱贾琏的，只是贾琏长大后的品行，贾母不喜欢罢了。如果贾琏不是贾母亲孙子，贾母何以如此娇惯？

第四，如果贾赦不是贾母亲生，贾赦不会在贾母面前“捻酸吃醋”。

第七十五回贾府中秋赏月，大家讲笑话。贾赦当着贾母和众人讲了一个“母亲偏心”的笑话：

贾母也只得吃半杯酒，半日笑道：“我也得这个婆子针一针就好了。”贾赦听说，便知自己出言冒撞，贾母疑心，忙起身笑与贾母把盏，以别言解释。贾母亦不好再提，且行起令来。

贾赦当着阖家老小说这个笑话，暗示母亲偏心，如果贾赦是过继子，即使心里不满，说出这样的笑话来也是文不对题不着边际。

如果贾赦真不是贾母亲生，贾赦这样抱怨，贾母又怎会失望至当场表态？这明摆着是没料到亲儿子会这样说，不高兴了，当场发作。

这样的表现，是亲生母子最自然和真实的情感。贾赦如果是养子，是不会轻易揭这个“疮疤”的。正因是亲儿子，才会心有不甘地抱怨，又坦然去哄母亲开心。贾赦的表现，较之他对兄弟子侄的蛮横，对母亲还算是亲切的了。

贾赦回去时崴了脚，贾母还一边派人过去问一边抱怨儿子说她偏心，如果贾赦不是贾母亲生，贾母哪里会如此在意？

第五，贾赦贾政的态度也说明他们是亲兄弟。

贾府规矩，儿子怕父亲，弟弟怕哥哥，级级森严。第二十五回，宝玉凤姐为马道婆诅咒之术戕害，贾赦焦急，甚于贾政：

贾赦还各处去寻僧觅道。贾政见不灵效，着实懊恼，因阻贾赦道：“儿女之数，皆由天命，非人力可强者。他二人之病出于不意百般医治不效，想是天意该如此，也只好由他们去罢。”贾赦也不理此话，仍是百般忙乱，那里见些效验。

贾赦此时的表现，是一种血浓于水的骨肉亲情。不然宝玉出事，于他儿子贾琏而言，还是一件好事情呢。

第七十九回，迎春定亲，贾政知道孙绍祖不是什么好鸟：

因此倒劝谏过两次，无奈贾赦不听，也只得罢了。

贾政关心贾赦女儿，正如贾赦关心贾政儿子。贾赦是兄长，贾政权势再大，也无可奈何。

凡此种种，不唯说明贾赦贾政是贾母亲生，也说明贾赦贾政是亲兄弟。切不可因曹家曾有过继子的事情，就以家事代替小说，穿凿附会。

贾母为啥不喜欢贾赦

贾母不喜欢贾赦，加之考据派考据，便有贾赦不是贾母亲生子说。其实，只要搞清楚贾母为啥不喜欢贾赦，这样的想法便可烟消云散。

贾母为啥不喜欢贾赦？

第一，不务正业。

第四十六回，王熙凤和邢夫人说了一番话，其实是转达贾母意思：

“老太太常说，老爷如今上了年纪，作什么左一个小老婆右一个小老婆放在屋里，没的耽误了人家。放着身子不保养，官儿也不好生作去，成日家和小老婆喝酒。太太听这话，很喜欢老爷呢？”

荣国府爵位，是贾赦袭的。作为长子，本有振兴家族之责，可贾赦却沉迷酒色，反倒是没有袭爵的次子贾政在苦苦支撑。

第二，好色成性。

还是第四十六回，袭人有一句话：

“真真这话论理不该我们说，这个大老爷也太好色了，略平头正脸的，他就不放手了。”

连侄子的妾都这样说他，可见贾赦好色，已经到了令人反感的程度。

第三，有辱门风。

贾赦这把年纪，已经是做爷爷的人，还这么不务正业，好色成性，实在使贾府斯文扫地。第四十六回贾母是这样对王熙凤说的：

“你带了（鸳鸯，笔者注）去，给在链儿放在屋里，看你那没脸的公公还要不要了！”

第四，没有孝心。

贾赦要纳鸳鸯为妾，根本没有考虑母亲感受：

贾母听了，气的浑身打战，口内只说：“我通共剩了这么一个可靠的人，他们还要来算计！”因见王夫人在旁，便向王夫人道：“你们原来都是哄我的！外头孝顺，暗地里盘算我。有好东西也来要，有好人也来要，剩了这么个毛丫头，见我待他好了，你们自然气不过，弄开了他，好摆弄我！”

这话似乎是冲着王夫人去的，但所指还是贾赦，说他不孝。

第四十七回，贾母这样对邢夫人说：

“留下他（鸳鸯）服侍我几年，就比他（贾赦）日夜服侍我尽了孝的一般。”

这话，已是大大的讽刺。

凡此种种，即便亲生，贾母又焉能喜欢？

反过来想，从贾赦居然敢向贾母索要鸳鸯，贾母如此尖锐批评，又正好说明，贾母贾赦确实是亲生母子。一个仗着是亲儿子，想着向母亲要个丫鬟有何不可。一个因是亲生母亲，批评起来毫不留情。如果不是亲生母子，恐怕双方都会有所顾虑，不至如此。

贾赦得知贾母态度：

“贾赦无法，又含愧，自此便告病，且不敢见贾母，只打发邢夫人及贾琏每日过去请安。”

之后，贾赦依然故我，还是花八百两银子买了个小老婆才罢手。可见贾赦的好色，已入骨髓。

这样不知悔改的儿子，要贾母如何喜欢？

贾赦邢夫人最善相互利用

邢夫人是贾赦续弦，贾赦原配是贾琏母亲。

贾赦有二子一女。贾琏是原配所生，贾迎春是贾赦妾生。从邢夫人说贾迎春母亲情形，邢夫人嫁过来时，贾迎春母亲还在，精明强干，贾赦邢夫人都要让她三分。贾赦还有个儿子贾琮，从邢夫人训斥他穿着邋遢的情形来看，其母要么是贾赦的妾，要么是贾赦房里的丫鬟，地位很低，而且已经过世，所以贾琮受尽白眼，不受待见。

邢夫人嫁给贾赦，并没生育一儿半女。

贾赦好色成性，房里丫鬟都不放过，居然和邢夫人无子，值得探寻。

贾琮也就是八九岁样子，是贾赦娶了邢夫人后和妾或者丫鬟所生。这说明贾赦不过是完成续弦使命，对邢夫人并无多大兴趣，又或者邢夫人不能生育。但那个时代，谁又会娶一个不能生孩子的女人呢?

邢夫人娘家家世平常，但她却为人刻薄寡恩，贪婪敛财，和贾母、王夫人甚至王熙凤关系平常。这样的尴尬处境，要在一双双势利眼一颗颗富贵心的贾府立足，只有一条路可走，那就是无条件依附贾赦。

这是邢夫人的无可奈何之处，恰恰是贾赦眼中邢夫人最可取之处。这样俯首帖耳的老婆，对好色霸道的贾赦来说，打着灯笼也难找。

如此，贾赦才会脸皮厚到让妻子帮忙去讨小老婆，邢夫人居然麻木到毫无怨言鞍前马后四处奔波。

这对半路夫妻，谈不上一丝一毫的感情，有的只是互相利用，各得其所，各取所需。贾赦要的是花天酒地无拘无束为所欲为无人敢管的生活，邢夫人要的是贾赦正妻的权势和地位。

这是俗世中最世俗的一对夫妻，连接他们的纽带不是感情，而是赤裸裸的利益。

贾赦也非无情人

第三回，林黛玉初到贾府，去拜见大舅贾赦。贾赦没见，但留了话：

一时人来回话说：“老爷说了：‘连日身上不好，见了姑娘彼此倒伤心，

【甲戌侧批：追魂摄魄。甲戌眉批：余久不作此语矣，见此语未免一醒。】暂且不忍相见。【甲戌侧批：若一见时，不独死板，且亦大失情理，亦不能有此等妙文矣。】劝姑娘不要伤心想家，跟着老太太和舅母，即同家里一样。姊妹们虽拙，大家一处伴着，亦可以解些烦闷。【甲戌侧批：赦老亦能作此语，叹叹！】或有委屈之处，只管说得，不要外道才是。'”

有人说两位舅舅不见黛玉，是无情。

非也，持此论者，涉情未深。

贾赦这番话，设若见面，就说不出来了。

诚如批语所言，如正写贾赦见黛玉，有行文重繁之嫌，不合浓妆淡抹之法。前有贾母内眷迎接黛玉之重彩，此时宜淡写。而且贾赦不见，也未见得不出彩。

贾赦此番话，是一生中难得饱含真情之言，非深于情者，说不出这番话来。得脂批几番赞许，所谓“追魂摄魄”“未免一醒”“妙文”“叹叹”者也。

大抵年迈之人，最怕伤感。贾敬之死引贾母伤心痛苦，后又着风寒病倒了。此时贾赦身上不好，也是实情。若见到黛玉，想起当年美丽俏皮的妹妹，难免又要落泪感伤，非不能见，是不忍也。由此想见，贾敏当年，不仅是贾代善贾母夫妇的掌上明珠，也是两个哥哥的宝贝。贾赦这番话，有一个关键处，是和在家里一样。贾赦虽然时时处处和贾母不合拍，但此时，却是相当合拍，那便是贾母之为此黛玉不能别往之意。

贾赦虽然混账，却非无情之人。他经历过这个欲望世界的浸染，早已变得铁石心肠，但内心深处，还是有柔软的地方。当年和妹妹的情意，是未经世事污染的一段骨肉真情，有感而发，才说出连脂砚斋都赞叹的话来。

贾宝玉和王熙凤为巫咒之术所魇，生命垂危，贾政都已放弃，贾赦仍急得上蹿下跳觅医访道，又怕贾母哭坏了身子。一个是最得贾母宠的孙子，一个是从不把公婆放在眼里最会见风使舵的儿媳，一个是偏心的母亲，这三人都是常使大房难堪之人，可是关键时刻，贾赦的骨肉亲情跃然纸上矣。

即使对贾环这个不受贾府待见之人，贾赦也会大发感叹，安慰贾环，说他的诗作颇有侯门气派，世袭的前程跑不了他。

贾赦是有情的，只是他的情，没有规矩。他欣赏贾环，一时高兴，居然说出世袭前程这样不靠谱的话来，岂不是乱了伦理纲常，可见此人就是随心所欲没有章法之人。贾赦和贾母的不合拍之处，就在于贾赦的情，总是表达得没有规矩，不大得体。

贾赦的潜意识逻辑，母亲的都是好的，所以才会想着要鸳鸯做妾。这一方面说明他没有规矩，另一方面却说明他内心深处对母亲的依恋。一个年过半百的人，还有这样感情，也算难得。贾赦得不到母亲的爱，才会用笑话来发泄，那是一个得不到母爱的儿子再正常不过的失落。

贾赦对儿子贾琏，不合意，一顿痛打，喜欢了，就赏妾。对女儿贾迎春的婚姻，虽有贾政劝谏，但以贾赦的逻辑，不仅可免五千两外债，还可以给女儿找个有钱有势的婆家，也算是好归宿。

贾赦一生，虽然有情，却过于放纵。又经世俗污染，欲望诱惑，便堕落成和贾珍贾琏贾蓉一样的皮肤之淫。但他内心深处，还是有骨肉亲情的，只是没有章法，所思所想和他的表达，就南辕北辙，差了十万八千里。这对一个国公之家的世袭长子来说，无疑是悲剧。

第七章

龙生九种各不同

第一节　义薄云天贾氏孙

宝玉对贾芸的期许

人世间还真有这样一种情谊，不必吃吃喝喝，不必团团伙伙，不必有利益诉求，只是偶尔交集，便觉面善，愿彼此安好。这便是君子之交，这便是“无用”的朋友。

第二十四回，宝玉见到贾芸，第一印象便是：

只见这人容长脸，长挑身材，年纪只好十八九岁，生得着实斯文清秀，倒也十分面善，只是想不起是那一房的，叫什么名字。

宝玉看贾芸“面善”，这可是很高的评价。宝玉初见觉得面善的，其实还有一人，那就是黛玉。第三回所谓：

“虽然未曾见过他，然我看着面善，心里就算是旧相识，今日只作远别重逢，亦未为不可。”

宝玉看黛玉的面善和看贾芸的面善，还是“互为本文”，可以互证。

这种亲切感，居然使得小贾芸四五岁的宝玉说出这样的话来：

“你倒比先越发出挑了，倒像我的儿子。”

这话咋听起来，好像宝玉有意戏弄贾芸，其实不是。宝玉本就是贾芸叔叔。大家族里，不乏辈高而年少者，正如贾芸所说：

“俗语说的，‘摇车里的爷爷，拄拐的孙孙’。”

宝玉此言，是物以类聚人以群分的意思。他觉得和贾芸是一类人，有天然的亲近感，方如此说。后面一句话，果然道出宝玉心声：

宝玉笑道：“明儿你闲了，只管来找我，别和他们鬼鬼祟祟的。这会子我不得闲儿。明儿你到书房里来，和你说天话儿，我带你园里顽耍去。”

其间一句话，很是关键。所谓：

别和他们鬼鬼祟祟的。

宝玉说这话时，贾琏已经进去。

宝玉这句话，大有深意。

薛蟠初到贾府，原想着迟早搬出去的：

谁知自从在此住了不上一月的光景，贾宅族中凡有的子侄，俱已认熟了一半，凡是那些纨绔气习者，莫不喜与他来往，今日会酒，明日观花，甚至聚赌嫖娼，渐渐无所不至，引诱的薛蟠比当日更坏了十倍。

这便是宝玉真意。别看宝玉成天嘻嘻哈哈无事忙，他这些兄弟侄儿是什么货色，他清楚得很。偶尔看到还有这样灵秀的子弟，自然希望他好，不要跟着贾珍贾琏学坏。

贾芸当然不是宝玉教好的，只是贾芸本就是逆境中不甘沉沦之人。他和舅舅赊借，和倪二交道，和母亲相处，无不表明，这是个有信义、知廉耻、懂进退、有底线的人。所以，宝玉的话，贾芸偏偏听出了善意。这位宝叔，原来是盼着自己好的人，这份真心，贾芸领了，认了。这便是贾芸甘心做宝玉义子的原因。

有人以为贾芸认宝玉为父，是要找靠山，非也。宝玉在贾府根本不管事，贾芸要求差事，求的是贾琏和凤姐。贾芸根本没沾到宝玉什么日月三光。设若贾芸从利出发，该去认贾琏才对。

行文至此，我突然意识到贾芸的可贵，身处困境，却有一颗高贵的心。既懂势利，也懂自尊。这才是宁荣二公流淌出来的血脉。

从此，贾芸是认了宝玉这个父亲的，虽然这个父亲压根儿没帮到他。宝玉遭梦魇之术，贾芸带人日夜守候。日后宝玉遭难下狱神庙，贾芸受宝玉之托，“仗义探庵”。这义，便是父子之义。

贾芸用一生证明，他果然没有辜负宝玉的期许，没有和贾珍贾琏贾蓉贾芹之流沆瀣一气。

宝玉和贾芸的父子之义，是贾府血脉里流淌的贵族精神。

贾芸已是宝玉亲近家人

《红楼梦》很多隐秘思想，其实是小说叙事飘忽造成的。很多重要的东西不说，只是轻轻一点，只待有缘人堪破。

贾宝玉和贾芸的关系便是。

第二十四回，贾宝玉以一种极不正式的方式，认贾芸做义子。此后便再无交代，甚至说些很扰人的话：

如今且说宝玉，自那日见了贾芸，曾说明日着他进来说话儿。如此说了之后，他原是富贵公子的口角，那里还把这个放在心上，因而便忘怀了。

这样的叙述，似乎是要让我们相信，认义子不过就是一个玩笑，一场游戏。

可是，第二十五回，宝玉受镇，却是：

夜间派了贾芸带着小厮们挨次轮班看守。贾母、王夫人、邢夫人、薛姨妈等寸地不离，只围着干哭。

为啥派的贾芸？又没说。

这个差事，必须是极放心极可靠极亲近极妥帖之人才行。论亲疏，如果贾兰太小，也该是贾环才对。可是偏偏派的贾芸，甚至不是更得势的贾蓉贾蔷和贾芹。

这就是别有用心。

等一僧一道前来解救，并嘱咐：

将他二人安在一室之内，除亲身妻母外，不可使阴人冲犯。

这种情况下，依然是：

且说近日宝玉病的时节，贾芸带着家下小厮坐更看守，昼夜在这里。

这便是小说叙事极微妙处。

这两个细节，告诉我们，宝玉认贾芸为义子，虽似玩笑，其实真认。贾芸已经是宝玉除祖母父母之外信赖亲近的家人。这层关系，就是义父子关系。

没有这些细微铺垫，何来八十回后小红探监，贾芸“仗义探庵”？

曹雪芹如何成全贾芸和小红爱情

曹雪芹刻意设计贾宝玉认贾芸为义子，其实还有更深层的意思，那就是成全贾芸和小红的爱情。

就在贾宝玉和贾芸相认之后，发生了贾芸和小红的爱情。

从传统道德角度，贾芸和小红的爱情是“越礼”的。司棋和她表兄潘又安相爱，一旦东窗事发，即遭严惩。

为此曹雪芹写贾芸和小红爱情，也破费周折。既赞赏这种勇敢追求爱情的行为，又担心道学家指责。

事实上，这种指责还是发生了。有一种观点就认为贾芸其实是无耻之徒，就是他拐卖了巧姐。

那么，曹雪芹到底如何煞费苦心，使贾芸和小红的爱情尽量变得合情合理的？

首先，贾芸与贾宝玉房里丫鬟私交虽不“合理”，但贾芸如成为贾宝玉义子，整件事情就变得“合情”起来。

古代礼法，不允许“私通”，但允许“指定”。贾赦就可以把他的丫鬟秋桐给儿子贾琏做妾。也就是说，一旦贾芸成为贾宝玉义子，那么，他和宝玉房里某个丫鬟私下交往，只要贾宝玉首肯，就没什么问题，即使贾宝玉蒙在鼓里，也情有可原。

其次，贾芸和小红一旦确定感情，曹雪芹立即设计王熙凤要走小红，彻底消除了贾芸和小红爱情在道德层面的问题。

这样的情节设计，让我们看到了曹雪芹的苦心，反映出作家既赞赏又担忧的微妙心理。

那么，曹雪芹为何如此热衷于成全贾芸和小红的爱情？要说人物分量，贾芸和小红绝对是配角中的配角。

然而，当我冷静审视贾宝玉和林黛玉的爱情悲剧，贾宝玉与薛宝钗的婚姻悲剧，贾琏与王熙凤的婚姻悲剧，贾迎春的婚姻悲剧，秦可卿的婚姻悲剧，晴雯的悲剧，龄官的悲剧，我突然明白，曹雪芹要塑造一个勇于冲破贾府和大观园束缚获得圆满爱情的故事来证明，在贾府门内、大观园中绝不可能有完美的爱情。这是最决绝的批判，也是最温情的表达。

贾芸和小红的爱情，就是于不可能中创造的奇迹。

贾芸到贾府求差事而邂逅小红，因一块手帕，大胆而巧妙地赢得了小红的心。这样的胆识，非常人可及。

小红面对一块手帕带来的契机，没有退缩，勇敢抓住了获得幸福的机会。

这样的勇气，源于对现实生活的深刻把握。

贾芸父亲早亡，家道中落，看尽人世间人情能暖，暗喻贾府败落先兆。

而小红的思想，更激荡着一种冷峻的清醒。第二十六回，她是这样对小丫鬟佳蕙说的：

佳蕙点头想了一会，道："可也怨不得，这个地方难站。就像昨儿老太太因宝玉病了这些日子，说跟着服侍的这些人都辛苦了，如今身上好了，各处还完了愿，叫把跟着的人都按着等儿赏他们。我们算年纪小，上不去，我也不抱怨；像你怎么也不算在里头？我心里就不服。袭人那怕他得十分儿，也不恼他，原该的。说良心话，谁还敢比他呢？别说他素日殷勤小心，便是不殷勤小心，也拼不得。可气晴雯、绮霰他们这几个，都算在上等里去，仗着老子娘的脸面，众人倒捧着他去。你说可气不可气？"红玉道："也不犯着气他们。俗语说的好，'千里搭长棚，没有个不散的筵席'，谁守谁一辈子呢？不过三年五载，各人干各人的去了。那时谁还管谁呢？"

小红原本也是想在贾宝玉房里出人头地的，可是宝玉房里那一班丫鬟，哪一个不是伶牙俐齿，因此屡屡受挫。难得的是，这种挫折却促使小红"猛醒"，意识到大观园甚至贾府那片天，原来只是口井。

及至邂逅贾芸，更使她明白，世界并不只是贾府和大观园，优秀的男孩也不只贾宝玉一个，贾府和大观园之外，还有更大更精彩的世界，何必非要在一棵树上吊死？与此相比，宝玉房里那一般明争暗斗的女孩，还真有点井底之蛙的味道。袭人晴雯那般女孩子，都把希望寄托在贾宝玉身上，此刻显得多么幼稚可笑。

小红这番话，我疑心是曹雪芹痛定思痛大彻大悟出来的。因此，他才决心要在《红楼梦》这片悲剧废墟里开辟出一个春天的角落，要在《红楼梦》这部悲情歌剧中谱写一支美丽的小夜曲。

贾芸和小红的清白

《红楼梦》着墨不多的配角，曹雪芹用情至深、用心最多的，居然是贾芸和小红。

就连两人长相，也是那般微妙。

第二十四回，来看贾芸长相：

宝玉看时，只见这人容长脸，长挑身材，年纪只好十八九岁，生得着实斯文清秀，倒也十分面善，只是想不起是那一房的，叫什么名字。

贾芸长相，蓦然让我想起小红长相。还是第二十四回：

宝玉一面吃茶，一面仔细打量那丫头：穿着几件半新不旧的衣裳，倒是一头黑鬒鬒的头发，挽着个鬓，容长脸面，细巧身材，却十分俏丽干净。

可巧都是从宝玉眼中看出，视角一致，审美一致。

两人都是容长脸。

贾芸是高挑身材，小红则是细巧身材，都挺拔有型。

贾芸给人印象是斯文清秀，小红是俏丽干净。斯文对应干净，清秀暗合俏丽。

曹雪芹十载心血，五次增删，最讲究叙事策略。写了贾母邢王夫人王熙凤贾宝玉和黛玉相见，绝不会再写贾赦贾政和黛玉相见，那样写就重复了。可是这里，在一回，写两人长相，还是男女有别，却不避嫌疑，用词雷同，造句暧昧。

这是要强调贾芸和小红长相精神气质的一致。俗语云，不是那个人，不进这家门。

这就是夫妻相。

曹公用笔，意蕴幽微，精巧若斯，令人叹服。

我知道，在那个时代，贾芸和小红大胆追求爱情，是有违礼教的。以薛宝钗的身份地位，第二十七回她偷听小红坠儿说话，心中想道："怪道从古至今那些奸淫狗盗的人，心机都不错"，又说"他素昔眼空心大，是个头等刁钻古怪东西"。从此无论批语还是后论，都说贾芸和小红是奸邪之人。

只可惜这样读书，白白辜负曹公心血。

《红楼梦》之伟大，在于它超越时代。如果反而退缩，不如不读。

贾芸和小红的爱情，前八十回，充其量就是一方手帕和一个春梦。

小红一方遗失的手帕，贾芸捡着，将自己的手帕，让坠儿传递，试探小红心意。如果这也不可饶恕，那么宝黛旧手帕题诗，又要如何?

这里小红的手帕，和宝玉的手帕，就是“互为本文“，就是互证清白。

第二十四回，小红邂逅英俊的贾芸，春心萌动，做了个春梦:

正闷闷的，忽然听见老嬷嬷说起贾芸来，不觉心中一动，便闷闷的回至房中，睡在床上暗暗盘算，翻来掉去，正没个抓寻。忽听窗外低低的叫道:“红玉，你的手帕子我拾在这里呢。”红玉听了忙走出来看，不是别人，正是贾芸。红玉不觉的粉面含羞，问道:“二爷在那里拾着的?”贾芸笑道:“你过来，我告诉你。”一面说，一面就上来拉他。那红玉急回身一跑，却被门槛绊倒。

此处批语:

【庚辰侧批:睡梦中当然一跑，这方是怡红之鬟。】

第二十五回，又这样交代:

话说红玉心神恍惚，情思缠绵，忽朦胧睡去，遇见贾芸要拉他，却回身一跑，被门槛绊了一跤，唬醒过来，方知是梦。因此翻来覆去，一夜无眠。

小红对贾芸生情，一个女孩儿家家，渴望男方主动，这是常情。然后贾芸要拉她，回身便跑，这是身份，女孩儿的身份。这个春梦，只有情，没有欲，依然是个见得人的好梦。

好在红楼里的梦，太多太多，《红楼梦》里的春梦，也不止一个，不然，何以叫《红楼梦》?

第十二回，贾天祥正照风月鉴:

贾瑞收了镜子，想道:“这道士倒有些意思，我何不照一照试试。”想毕，拿起“风月鉴”来，向反面一照，只见一个骷髅立在里面，唬得贾瑞连忙掩了，骂:“道士混账，如何吓我!——我倒再照照正面是什么。”想着，又将正面一照，只见凤姐站在里面招手叫他。贾瑞心中一喜，荡悠悠的觉得进了镜子，与凤姐云雨一番，凤姐仍送他出来。到了床上，嗳哟了一声，一睁眼，镜子从手里掉过来，仍是反面立着一个骷髅。贾瑞自觉汗津津的，底下已遗了一滩精。心中到底不足，又翻过正面来，只见凤姐还招手叫他，他又进去。如此三四次。到了这次，刚要出镜子来，只见两个人走来，拿铁锁把他套住，拉了就走。贾瑞叫道："让我拿了镜子再走！"——只说了这句，就再不能说话了。

旁边服侍贾瑞的众人，只见他先还拿着镜子照，落下来，仍睁开眼拾在手内，末后镜子落下来便不动了。众人上来看看，已没了气，身子底下冰凉渍湿一大滩精，这才忙着穿衣抬床。

小红的春梦，和贾瑞的春梦，也是可以"互为本文"的，不过是小红的春梦证明了贾瑞的淫荡，贾瑞的春梦证明了小红的纯情，是反证。

所谓"日有所思，夜有所梦"。小红的春梦，没有丝毫越礼之处，而贾瑞的春梦，不仅是白日梦，而且是滥淫之梦。这就是情和欲的高下，意淫与滥淫的尊卑。

曹公如此属意贾芸和小红，却又匠心独运，精心设计，用宝钗那样的大障眼法遮掩，那份苦心，那份幽情，有谁能懂，有谁能知？

贾芸小红之手帕传情

小红丢了手帕是真。

贾芸捡到小红手帕也是真。

这只是巧合。

但是，小红一旦知道贾芸捡了她的手帕，贾芸一旦知道捡到的手帕是小红的，巧合就变成了天意，变成了缘分。

因为两人第一次见面，小红便：

下死眼把贾芸钉了两眼。

此处脂批：

【庚辰侧批：这句是情孽上生。】

而贾芸眼中的小红是：

一个十六七岁的丫头，生的倒也细巧干净。

听这丫头说话简便俏丽，待要问他的名字，因是宝玉房里的，又不便问。

紧接着，小红就做了春梦，梦见贾芸捡了她丢的手帕。

等小红见坠儿引贾芸去见宝玉：

那贾芸一面走，一面拿眼把红玉一溜；那红玉只装着和坠儿说话，也把眼去一溜贾芸：四目恰相对时，红玉不觉脸红了，一扭身往蘅芜苑去了。

两人情孽已生。

小红心思细密，令人惊叹。她要验证梦里的预感，于是便变着法儿问坠儿。坠儿是这样给贾芸说的：

坠儿听了笑道："他问了我好几遍，可有看见他的帕子。我有那么大工夫管这些事！今儿他又问我，他说我替他找着了，他还谢我呢。才在蘅芜苑门口说的，二爷也听见了，不是我撒谎。好二爷，你既拣了，给我罢。我看他拿什么谢我。"

原来小红见是坠儿引贾芸去见宝玉，就三番五次问坠儿可看见她的手帕。这话是说给贾芸听的，是要印证她心里面的第六感，那个春梦。

果真，小红的手帕让贾芸捡着了：

原来上月贾芸进来种树之时，便拣了一块罗帕，便知是所在园内的人失落的，但不知是那一个人的，故不敢造次。今听见红玉问坠儿，便知是红玉的，心内不胜喜幸。

这便是天缘巧合。

贾芸知道是小红手帕：

又见坠儿追索，心中早得了主意，便向袖内将自己的一块取了出来，向坠儿笑道："我给是给你，你若得了他的谢礼，不许瞒着我。"坠儿满口里答应了，接了手帕子，送出贾芸，回来找红玉，不在话下。

上文是小红精细，下文便是贾芸决断。

贾芸并没把小红的手帕还给小红，而是把自己一方的手帕让坠儿带给小红。

设若小红说不是她的手帕，那便是缘尽，也许小红喋喋不休找坠儿寻手帕只是巧合，不是有意，便各自丢开。设若小红说是她的手帕，那便是有意。这样一个姑娘，这样一段缘分，这样一分感情，便值得去追。这是芸哥儿的胆识。

自古美人爱英雄，英雄也须识美人。

果然，小红认了：

只听说道："你瞧瞧这手帕子，果然是你丢的那块，你就拿着；要不是，就还芸二爷去。"又有一人说话："可不是我那块！拿来给我罢。"又听道："你拿什么谢我呢？难道白寻了来不成。"又答道："我既许了谢你，自然不哄你。"又听说道："我寻了来给你，自然谢我；但只是拣的人，你就不拿什么谢他？"又回道："你别胡说。他是个爷们家，拣了我的东西，自然该还的。我拿什么谢他呢？"又听说道："你不谢他，我怎么回他呢？况且他再三再四的和我说了，若没谢的，不许我给你呢。"半晌，又听答道："也罢，拿我这个给他，算谢他的罢。——你要告诉别人呢？须说个誓来。"又听说道："我要告诉一个人，就长一个疔，日后不得好死！"

这便是宝钗偷听到的坠儿小红对话，小红不仅把贾芸手帕认作她的手帕，还又给了贾芸信物，让坠儿带去。

至此，前八十回，贾芸和小红情缘已成。一段小小情缘，也如此精巧动人，只待八十回后，于贾府纷乱之中，结成佳偶。

我在想，贾芸小红手帕传情，和宝黛手帕传情，这个"互为本文"，是要说些什么？

宝玉把两方浸透他和黛玉泪水的半旧手帕送给黛玉，黛玉方悟丝丝相扣旧情难忘之意，遂有手帕三题。虽深情之至，优雅之极，却难逃悲剧。

贾芸和小红，一个贾府落魄公子，一个贾府丫鬟，互赠手帕，倒是成全了一桩好姻缘。

曹公于此要说的，竟然是宝黛可怜，虽尊贵无比，虽情深几许，却毫无做主的可能，倒是落魄的贾芸和小红，拥有主宰命运的机缘，令人可悲可叹。

红学误贾芸久矣

红学误贾芸久矣。或以为是拐卖巧姐的奸兄，或以为是勾引小红的淫贼。然第二十四回，雪芹用足一回来写的人物，竟是这样奸佞小人？

第二十四回，贾芸伶俐，和贾琏几句话便知，要得差事，求贾琏是不中用了，须求凤姐。于是来寻舅舅帮忙。

这舅舅的名字可好，卜世仁，看着挺仁义，实则不然，“不是人”。

在我看来，卜世仁是面照妖镜，和“不是人”打交道，贾芸是不是人，很快就知道。只见：

贾芸出了荣国府回家，一路思量，想出一个主意来，便一径往他母舅卜世仁家来。【庚辰侧批：既云“不是人”,如何肯共事？想芸哥此来空了。】

此处批语已然点题，和“不是人”打交道，贾芸怕是要白跑一趟。而一声芸哥，似乎分晓已现。

贾芸这样求舅舅：

原来卜世仁现开香料铺，方才从铺子里来，忽见贾芸进来，彼此见过了，因问他这早晚什么事跑了来。贾芸道：“有件事求舅舅帮衬帮衬。我有一件事，用些冰片麝香使用，好舅舅每样赊四两给我，八月里按数送了银子来。”【庚辰双行夹批：甥舅之谈如此，叹叹！】

贾芸求舅舅帮忙，可不是死乞白赖，而是借，说明了要还的。可见贾芸不是不知进退之人。本是亲甥舅，舅舅还是开香料铺的，外甥偶尔开口，就是给些又何妨？所以此处批语感叹世间人情冷暖。

果然，卜世仁一听，立马就不是人了：

卜世仁冷笑道：“再休提赊欠一事。【庚辰侧批：何如，何如？余言不谬。】前儿也是我们铺子里一个伙计，替他的亲戚赊了几两银子的货，至今总未还上。因此我们大家赔上，立了合同，再不许替亲友赊欠。谁要赊欠，就要罚他二十两银子的东道。况且如今这个货也短，你就拿现银子到我们这不三不四的铺子里来买，【庚辰侧批：推脱之辞。】也还没有这些，只好倒扁儿去。这是一。二则你那里有正经事，不过赊了去又是胡闹。你只说舅舅见你一遭儿就派你一遭儿不是。你小人儿家很不知好歹，也到底立个主见，赚几个钱，弄得穿是穿吃是吃的，我看着也喜欢。”

“不是人”一番推脱之词，已为脂批戳破。只是“不是人”不帮忙也罢，反转守为攻，数落起贾芸不长进。贾芸少不得分辩：

贾芸笑道：“舅舅说的倒干净。我父亲没的时候，我年纪又小，不知事。后来听见我母亲说，都还亏舅舅们在我们家出主意，料理的丧事。难道舅舅就不知道的，还是有一亩地两间房子，如今在我手里花了不成？巧媳妇做不出没米的粥来，叫我怎么样呢？还亏是我呢，要是别个，死皮赖脸三日两头儿来缠着舅舅，【庚辰侧批：芸哥亦善谈，井井有理。】要三升米二升豆子的，舅舅也就没有法呢。”

贾芸一番分辩，道出家世辛酸，即便贾府这样大家族，历经五世，枝叶繁茂，也有落魄子弟，不是人人能有贾宝玉那般富贵恩宠。难怪脂批要赞芸哥能言善辩，是贾府子孙里少有的好刚口。

“不是人”见外甥反驳有理有据，只得又一番托辞：

卜世仁道：“我的儿，舅舅要有，还不是该的。我天天和你舅母说，只愁你没算计儿。你但凡立的起来，到你大房里，就是他们爷儿们见不着，便下个气，和他们的管家或者管事的人们嬉和嬉和，【庚辰侧批：可怜可叹，余竟为之一哭。】也弄个事儿管管。前日我出城去，撞见了你们三房里的老四，骑着大叫驴，带着五辆车，有四五十和尚道士，【庚辰双行夹批：妙极！写小人口角，羡慕之言加一倍，毕肖。却又是背面傅粉法。】往家庙去了。他那不亏能干的，就有这样的好事儿到他手里了！”贾芸听他韶刀的不堪，便起身告辞。【庚辰侧批：有志气，有果断。】

所谓三房里的老四，就是求王熙凤得了看管家庙差事的贾芹。“不是人”居然拿贾芹来寒碜贾芸，小人嘴脸已遭脂批斥责。贾芸的可怜，脂批则为之一哭，可见大户人家末世子孙，也是潦倒不堪。而贾芸断然离去，批语赞有志气有果断。这样的人，懂得廉耻，怎会奸佞？

“不是人”夫妇见贾芸要走，不免又要做秀：

卜世仁道：“怎么急的这样，吃了饭再去罢。”一句未完，只见他娘子说道：“你又糊涂了。说着没有米，这里买了半斤面来下给你吃，这会子还装胖呢。留下外甥挨饿不成？”卜世仁说：“再买半斤来添上就是了。”他娘子便叫女孩儿：“银姐，往对门王奶奶家去问，有钱借二三十个，明儿就送过来。”夫妻两个说话，那贾芸早说了几个“不用费事”，去的无影无踪了。【庚辰侧批：有知识有果断人，自是不同。】

这里批语，更是对贾芸赞叹有加。试问脂批青睐之人，岂会是鸡鸣狗盗之徒？

及至贾芸撞见倪二，倪二呼贾芸“贾二爷”，此处又有批语：

【庚辰侧批：如此称呼，可知芸哥素日行止，是“金盆虽破分量在”也。】

说贾芸虽然家道中落，却是为人处世有分寸之人，连倪二这样行走市井放印子钱的泼皮也敬他三分。

这世上的事情，真是讽刺。贾芸求舅舅不灵验，街上撞上个泼皮，反借到了银子，可见世事难料天不绝人。贾芸回家，怕惹母亲伤心，闭口不提舅舅之事。此处批语：

【庚辰侧批：孝子可敬。此人后来荣府事败，必有一番作为。】

一个懂得孝顺母亲的人，能坏到那里去？此间对贾芸评价甚高，甚至提及到荣国府事败被抄，贾芸有一番作为。这样的人，哪里会是无耻小人？

等贾芸拿钱买了香料去孝敬凤姐，又有一处批语：

【庚辰眉批：自往卜世仁处去已安排下的。芸哥可用。己卯冬夜。】

说贾芸和凤姐对答之词，早在去舅舅那里赊借香料就酝酿好的，贾芸这样的子孙，是贾府事败后为数不多的可用之人。

至此，第二十四回不仅写了贾芸小红情思，也写了求舅舅不遂，和倪二的交道，和母亲相处，又怎样孝敬凤姐，不惟小说叙事时时处处表现贾芸知廉耻重信义有骨气，脂批也对贾芸赞叹有加。小说点睛之笔，贾芸拿到大观园植树的二百两银子工程款，第一件事情就是：

次日一个五鼓，贾芸先找了倪二，将前银按数还他。

这样一个不受嗟来之食的人，这样一个孝顺母亲之人，这样一个有借必还的人，这样一个懂得女孩子心思的人，这样一个脂批赞不绝口的人，难道不是好人？

贾芸为人，至此，已经有了完整而清晰的交代。这是贾氏子孙难得一个有杀伐决断、有权谋机变，有情有义的好男儿，绝非鸡鸣狗盗之徒。

那些说贾芸不好的人，其实是不能容忍贾芸逆境之中知难而进谋求差事、追求爱情的迂腐之人。圣人云穷则变变则通，难道要贾芸枯坐等死？

第二节　恶毒怨恨的小孩

贾环之“坏”

贾环的坏，来自一股强烈的仇恨。

一是残害手足。

中国有句老话，兄弟如手足，爱惜兄弟要像爱惜自己的手足。

第二十五回，宝玉不过和贾环相好彩霞多说了几句话，便勾起贾环仇恨：

二人正闹着，原来贾环听的见，素日原恨宝玉，如今又见他和彩霞闹，心中越发按不下这口毒气。虽不敢明言，却每每暗中算计，只是不得下手，今见相离甚近，便要用热油烫瞎他的眼睛。因而故意装作失手，把那一盏油汪汪的蜡灯，向宝玉脸上只一推。只听宝玉“嗳哟”了一声，满屋里众人都唬了一跳。连忙将地下的戳灯挪过来，又将里外间屋的灯拿了三四盏看时，只见宝玉满脸是油。

贾环这么一推，可能烫烂贾宝玉脸，使其破相，也可能烫瞎贾宝玉眼睛，使其残疾。贾宝玉的一生，可能就此毁掉。与事后不记仇不声张、替贾环遮掩的贾宝玉比起来，贾环小小年纪如此狠毒，令人心惊。

二是诬告兄长。

第三十三回，金钏之死，经贾环之口，变成贾宝玉强奸未遂：

贾环忙上前拉住贾政的袍襟，贴膝跪下道：“父亲不用生气。此事除太太房里的人，别人一点也不知道。我听见我母亲说……”说到这里，便回头四顾一看。贾政知意，将眼一看众小厮，小厮们明白，都往两边后面退去。贾环便悄悄说道：“我母亲告诉我说，宝玉哥哥前日在太太屋里，拉着太太的丫头金钏儿强奸不遂，打了一顿。那金钏儿便赌气投井死了。”

宝玉为此几乎被贾政打残打死。

三是带坏子弟。

贾环还带坏了贾兰。从贾兰的交往看，早先贾兰和仗义的贾菌要好，后来却和贾环好。第二十四回，贾环贾兰一起去探望生病的贾赦：

正说着，只见贾环、贾兰小叔侄两个也来了，请过安，邢夫人便叫他两个椅子上坐了。贾环见宝玉同邢夫人坐在一个坐褥上，邢夫人又百般摩挲抚弄他，早已心中不自在了，坐不多时，便和贾兰使眼色儿要走。贾兰只得依他，一同起身告辞。

所谓“近朱者赤，近墨者黑”。贾环对贾宝玉的仇恨，耳濡目染，渐渐传导到贾兰那里。贾兰的孤僻和冷漠，与贾环有关。

大家族家大业大，利益纠葛，多多少少都会有些矛盾，但发展到坐视不顾，甚至相互荼毒，那就是败家之象。

贾环的仇恨，来自她母亲赵姨娘的教育。赵姨娘把对贾母、王夫人、王熙凤、贾宝玉的仇恨转换成一种价值观，灌输给贾环，培养贾环的仇恨之心。贾探春远离母亲，就是要远离这种仇恨教育的荼毒。

贾环情史

贾环的情人，一个是彩霞，一个是彩云。

第二十五回：

可巧王夫人见贾环下了学，便命他来抄个《金刚咒》唪诵唪涌。那贾环正在王夫人炕上坐着，命人点灯，拿腔作势的抄写。一时又叫彩云倒杯茶来，一时又叫玉钏儿来剪剪蜡花，一时又说金钏儿挡了灯影。众丫鬟们素日厌恶他，都不答理。只有彩霞还和他合的来，倒了一钟茶来递与他。因见王夫人和人说话儿，他便悄悄的向贾环说道：“你安些分罢，何苦讨这个厌那个厌的。”贾环道：“我也知道了，你别哄我。如今你和宝玉好，把我不答理，我也看出来了。”彩霞咬着嘴唇，向贾环头上戳了一指头，说道："没良心的！狗咬吕洞宾，不识好人心。"

从这段文字看，这时候，只有彩霞对贾环有意，彩云对贾环还不感冒。贾环最早的情人，其实是彩霞。

贾环的抱怨，一半是心胸狭隘吃醋，另一半是撒娇。彩霞倒是真为贾环好，贾环那么讨嫌，彩霞看在眼里，急在心里。彩霞的提醒，遭遇贾环半是吃醋半是撒娇的抱怨，随即演变成一场打是亲骂是爱的恩爱秀。

其后贾环因贾宝玉和彩霞说话，怀恨在心，推油灯烫宝玉，对彩霞表现出强烈的占有欲。

而彩云呢？

彩云原先更喜欢宝玉。贾政召见宝玉的紧急关头，金钏调笑宝玉要不要吃嘴上胭脂，是彩云站出来帮宝玉，怎奈宝玉不识风情，忽略了彩云。

到第三十回，金钏说到东院拿贾环和彩云的巧宗儿时，彩云已经和贾环好了。中间虽没有交代，但还是大致可以推演出宝玉的忽略，彩云的失落，以及赵姨娘拉拢的过程。

第六十一回到第六十二回茉莉粉事件牵扯出彩云偷拿东西给贾环：

赵姨娘正因彩云私赠了许多东西，被玉钏儿吵出，生恐查诘出来，每日捏一把汗打听信儿。忽见彩云来告诉说："都是宝玉应了，从此无事。"赵姨娘方把心放下来。谁知贾环听如此说，便起了疑心，将彩云凡私赠之物都拿了出来，照着彩云的脸摔了去，说："这两面三刀的东西！我不稀罕。你不和宝玉好，他如何肯替你应。你既有担当给了我，原该不与一个人知道。如今你既然告诉他，如今我再要这个，也没趣儿。"

彩云见如此，急的发身赌誓，至于哭了。百般解说，贾环执意不信，说："不看你素日之情，去告诉二嫂子，就说你偷来给我，我不敢要。你细想去。"说毕，摔手出去了。急的赵姨娘骂："没造化的种子，蛆心孽障。"气的彩云哭个泪干肠断。赵姨娘百般的安慰他："好孩子，他辜负了你的心，我看的真。让我收起来，过两日他自然回转过来了。"说着，便要收东西。彩云赌气一顿包起来，乘人不见时，来至园中，都撇在河内，顺水沉的沉漂的漂了。自己气的夜间在被内暗哭。

从事情的因果来看，贾环对彩云无情太甚，居然威胁要告发彩云，报复彩云，真是狗咬吕洞宾。彩云为贾环所做，已是一个丫鬟之竭尽所能，甚至冒撵走的风险，付出身家性命的代价为贾环偷东西。难怪，彩云如此绝望伤心。

从赵姨娘对彩云的重视程度来看，第二十五回对贾环并不感冒的彩云，之所以会成为贾环情人，其实是赵姨娘相中撮合。

彩云和贾环，自此绝交。

当然，主动看中贾环的彩霞，也没什么好结果。王熙凤陪房来旺媳妇的儿子看中彩霞，贾环觉得没必要为一个丫鬟去得罪王熙凤和贾琏。彩霞又让妹妹小霞去求赵姨娘，结果也遭到贾政否决。

贾琏虽然从林之孝那里了解到来旺家儿子吃喝嫖赌样样俱全，但奈于凤姐威势，又是个丫鬟，估计也是不了了之。彩霞的命运，便是真心为贾环付出，却嫁给了来旺儿家做媳妇。

彩霞和彩云，这两个曾经寄希望于贾环的丫鬟，一个嫁做他人妇，另一个心灰意懒，得了无医之症。

这就是贾环的情史，一个薄情寡义负心郎带给女孩的灾难。

第三节　牛心古怪为哪般

贾兰为何如此冷漠

第九回大闹学堂，虽系小孩胡闹，其间的阵营还是清楚的。贾氏子孙几乎都向着宝玉和秦钟。道理很简单，宝玉是荣府嫡系子孙、贾母的命根儿，秦钟是宁府长房长孙的小舅子。关键时刻，上阵父子兵。抛开没有章法的贾瑞，贾蔷使阴招搬来宝玉小厮做援兵，还有一个小小的贾菌，五六岁光景，居然也去助他的宝叔。

只有一人，最是冷静。

此人就是贾兰。论亲疏，他才是宝玉嫡亲。

贾兰也就和贾菌一般大小，这样一个孩子，面对他的亲叔叔有难，居然一丁点儿冲动没有。贾蔷贾菌和宝玉的关系与他比起来，远多了。小说写贾兰“省事”，在我看来，说冷漠更合适。

也许有人要拿贾兰年幼丧父来说事儿，可偏偏他的小同桌贾菌也是幼年丧父守着寡母过活。论地位，贾菌之母拿什么跟荣国府大少奶奶李纨比？况且贾兰还是荣府贾政一房的长孙。

贾兰一个小孩子，懂什么？

这里写贾兰，是写李纨。

原来李纨是这样教育孩子的，碰到是非，哪怕亲人有难，也不要去招惹是非。这样的教育，多么的冷漠，多么的可怕。这就是卸下面具的“老好人”李纨。

李纨其实是贾府的“土财主”。孤儿寡母的缘故，贾母王夫人多有体恤。王熙凤就曾说，日常开销是公中承担，李纨母子每年分红最多，而且几乎不用承担任何支出，就连过生日凑份子钱贾母也给免了。

李纨的职责，除养育贾兰，就是教引小姑子们针线读书，可是，我们真没看见哪一次诗社哪一次活动，李纨出过一分钱。

这就是李纨的自私。

贾兰的冷漠，源于李纨的自私。自私的母亲，教育出来的孩子，自然是冷漠的。

所以李纨抽到酒令，才会说：

“我自饮一杯，不问你们的与兴。”

难怪，第五回红楼梦曲会说李纨：

虽说是，人生莫受老来贫，也须要阴骘积儿孙。

这是在含蓄批评李纨，虽然孤儿寡母，要积蓄防老，但也要有点温情，有点付出，为儿孙积点德，不能那么自私冷漠。

由此我推测八十回后，贾府事败被抄，贾琏王熙凤下狱，巧姐的去留问题，李纨再一次选择明哲保身。邢夫人恨凤姐入骨，王夫人已厌弃凤姐，这时候的李纨选择了沉默。本来她可以收养巧姐的，只要她愿意，邢王夫人也不至于反对，不过是于贾兰之外又多了个女儿。可是她的冷漠让王熙凤绝望，只能“哭向金陵”，央求金陵娘家收留巧姐，结果招致拐卖，只能“事更哀”。

这就是薄如纸的人情和人心。

第二十二回，贾府元宵家宴，独独不见了贾兰：

贾政因不见贾兰，便问：“怎么不见兰哥？”【庚辰双行夹批：看他透出贾政极爱贾兰。】地下婆娘忙进里间问李氏，李氏起身笑着回道：“他说方才老爷并没去叫他，他不肯来。”婆娘回复了贾政。众人都笑说：“天生的牛心古怪。”贾政忙遣贾环与两个婆娘将贾兰唤来。贾母命他在身旁坐了，抓果品与他吃。大家说笑取乐。

作者此处着一笔写贾兰，看似是写一个置气小孩，其实不然。

第一，满屋子人，除李纨，有贾兰祖奶奶、奶奶，有贾兰叔叔婶婶，都没有察觉贾兰缺席，只有爷爷贾政问起。这说明贾兰从小就是缺乏关爱、被忽视的那类人。

荣国府诸人对贾兰的态度实在微妙。

贾母毕竟隔得远了，膝下已有宝玉、黛玉、湘云、三春、宝钗诸人，黛玉一来，三春尚且托付给王夫人，可见实在精力有限力不从心。于贾母而言，重孙那里，尚有祖母和母亲，哪里用得着她这个祖奶奶出力？贾母还有一个特点，就是极为疼惜女孩。贾母之爱宝玉，除宝玉像极她的丈夫贾代善，就是宝玉女孩儿般的性格，贾母就曾笑言宝玉是女儿托生。贾母无暇顾及贾兰，于情于理，倒还说得过去。

王夫人就有些世故了。原本长子贾珠是她的希望，贾珠死后，贾兰太小，她觉得这辈子都指望不上，自然把希望寄托在次子宝玉身上。于是这个原本最该疼爱孙子的奶奶，反倒是淡淡的。

贾政倒是很在意和疼爱贾兰。只是一个大老爷们，又在朝为官，公务缠身，哪里顾得了许多？

贾母顾不得贾兰，王夫人漠视贾兰，这是贾府内眷两个领头之人，头羊如此，群羊莫不效法。因此疼爱贾兰的，只有她母亲李纨。

第二，宝玉是贾母最宠爱的孙子，又是王夫人全部的希望，还有个极为疼爱他的贵妃姐姐，宝玉在贾府真的是集万千宠爱于一身，遮住了荣国府嫡长孙贾兰所有的光芒。要说李纨贾兰心里一点儿疙瘩没有，不可能。

第三，贾兰早早死了父亲，单亲家庭长大的孩子，往往内心敏感，性格孤僻。加之贾府上下一双双势利眼一颗颗富贵心，这又导致了贾兰内心的不安全感，胆小冷漠，没有血性。

我们看贾兰早期的两个朋友，便可看出贾兰内心的大致变迁过程。学堂读书时贾兰的朋友是贾菌，也是孤儿寡母相依为命。贾兰和贾菌交往，大概有天涯沦落之感。只可惜，大闹学堂见出了两人性格和价值取向的差异。贾菌是颇有些血性的孩子，路见不平拔刀相助。而贾兰则无视亲叔叔受辱，袖手旁观，还劝阻贾菌别多事。

这两个发小的交集，前八十回，只此一处，一笔带过，再无提及。等再说到和贾兰要好的，竟然是贾环，就坏了。

贾环和姐姐贾探春最大的不同就是接受了母亲赵姨娘的仇恨教育，满肚子怨气和坏水。俗语云“物以类聚，人以群分”，贾兰和贾环成了朋友，说明贾兰已经从纯良怕事，成长为一个心理阴暗的少年。贾兰和贾环交往，当然也有缘故。他发现，贾环和他一样，都是贾府失宠之人。这其中的分水岭，就是第二十二回这次元宵家宴。长期遭遇漠视的贾兰，甚至对疼爱他的爷爷也有所抱怨。贾政拟定参加家宴人员时没提及他，他敏感而孤僻的心理作怪，竟执意不来。你们见不得我，我也见不得你们。可以想见，贾母王夫人一干人等把宝玉捧上天的场景一定深深刺激着贾兰，天底下有哪个孩子不渴望亲情、不渴望被关注？

第五回《晚韶华》写贾兰后来：

气昂昂头戴簪缨；光灿灿胸悬金印；威赫赫爵禄高登……

贾兰登上高位时，贾府早已经散了摊子。贾兰之所以成长为才学过人、野心勃勃、冷漠无情的高官，其实打小就已埋下伏笔。什么出家的叔叔宝玉，什么淄衣乞食的姑姑惜春，什么遭拐失踪的妹妹巧姐，和我有什么关系，你们当年得宠风光的时候，又何尝想到了我？

这就是贾兰，一个贾府那样微妙复杂的大家族培养出来的可以出将入相却人格失败的孩子。

贾兰一生

贾兰可是宁荣二公嫡传血脉，我相信他骨子里是有血性的。

宝玉就曾亲见他拿了一把小弓，追着鹿儿射。

他五岁时上学，和他要好的，就是他的同桌，一样由寡母抚养的贾菌。相同的身世，更容易引起共鸣。

而且我疑心，贾菌路见不平拔刀相助的性格，也是贾兰欣赏的。毕竟五六岁的孩子，天性未泯。

但是大闹学堂的表现，贾菌和贾兰表现截然不同。贾菌依然有贾府武将起家武功立世的气度，看到贾氏子孙受气，便骂“好囚攮的们”，用上兵器了，立马抓起砚砖便要加入乱战。从小了说，这是孩子天性，从大了说，这是有担当的雏形。

贾兰就是在这一点上和贾菌产生了后天分歧。即便是他的亲叔叔宝玉有事儿，贾兰也是只会袖手旁观。

论亲疏，与贾蔷贾菌比起来，宝玉才是贾兰亲人。对亲人尚且如此，当家族罹难，贾兰会是什么样子，可想而知。

从此之后，再未见贾菌和贾兰要好。道不同不相为谋，这样的好朋友长久不了。

后来和贾兰要好的，居然是贾环。

赵姨娘这位贾府最失败的母亲灌输给贾环的是仇恨教育。贾兰于李纨处学得冷漠，又于贾环处，学会了怨恨。

贾府家宴，一个小小的疏忽，他竟然不喊就不来，怨及一贯疼他的爷爷贾政。

我相信多年后历经拼搏，位居高位的贾兰，会是一个有着连他的长辈贾赦贾政贾珍贾琏都不具备的冷酷的官僚。他只会在他母亲李纨将死时流下几滴混浊的泪水。

这样的贾兰，即便位居庙堂，不仅不值得称道，反而是拿来嘲弄李纨的好作料。正所谓：

“虽说是，人生莫受老来贫，也须要阴骘积儿孙。”

等贾兰做了大官，李纨的死期已近：

“气昂昂头戴簪缨；光灿灿腰悬金印；威赫赫爵禄高登，昏惨惨黄泉路近。”

所以：

“问古来将相可还存？也只是虚名儿与后人钦敬。”

李纨辛辛苦苦培养贾兰出将入相，也只是个有功名没人性的躯壳。古今将相留下的，不过是虚名而已。

这是对李纨一生的否定，也是对贾兰一生的否定：

“枉与他人作笑谈！”

在曹雪芹看来，即便辛苦一生，取得世俗功名，只要丧失人性人情人心，也是枉活一世，虚度百年。

所以，《红楼梦》讴歌伟大的人性人情和人心，是通过对“老好人”李纨和“好孩子”贾兰的批判表现出来的。其余如宝玉黛玉宝钗湘云妙玉三春熙凤巧姐贾母刘姥姥二姐三姐晴雯袭人湘莲玉菡等，或出家或早逝或自绝或孤苦，却始终未曾泯灭高贵的人性，才是轰轰烈烈精彩地活过了一回。

李纨之《晚韶华》

关于李纨的红楼梦曲，始终有另一种解读。那就是白发人送黑发人，李纨含辛茹苦抚养贾兰长大，贾兰科举高中，步步高升，出将入相，贾府中兴，李纨敕封诰命，无限风光，就在此时，贾兰暴病而亡，李纨空辛苦一生，空欢喜一场，老年丧子，人生之大痛，只留给他人茶余饭后谈笑之资！

就曲子本身的字面意义而言，这样的解读完全站得住脚。

这和贾兰出将入相、李纨敕封诰命却垂垂老矣命丧黄泉的解释相比似乎更具悲剧意味，讽刺更为辛辣。

“只这带珠冠，披凤袄，也抵不了无常性命”，理解为李纨敕封诰命也抵消不了贾兰暴死的无常命运也说得通。

“虽说是，人生莫受老来贫，也须要阴骘积儿孙”更像是指责李纨不积阴德给贾兰带来不祥。

“气昂昂头戴簪缨；光灿灿腰悬金印；威赫赫爵禄高登，昏惨惨黄泉路近”似乎是说贾兰出将入相而死期将至。

“问古来将相可还存？也只是虚名儿与后人钦敬”这样的结局也更像在嘲笑贾兰这样自私冷漠的高官的结局。

是的，这一切都解释得合情合理，甚至合理得不像是李纨的红楼梦曲，而是贾兰的红楼梦曲。这是唯一让我觉得别扭的地方。虽说李纨和贾兰的命运紧密相连，但也不至于主次颠倒。

文本解读，必须是完整的文本解读。完整的李纨红楼梦曲的文本，是这样的：

【晚韶华】镜里恩情，更那堪梦里功名！那美韶华去之何迅！再休提绣帐鸳衾。只这带珠冠，披凤袄，也抵不了无常性命。虽说是，人生莫受老来贫，也须要阴骘积儿孙。气昂昂头戴簪缨；光灿灿腰悬金印；威赫赫爵禄高登，昏惨惨黄泉路近。问古来将相可还存？也只是虚名儿与后人钦敬。

我们知道，《红楼梦》章回题目和诗词标题通常都是点题的关键。但是，这另一种解读，偏偏忽略了曲目。

李纨这首曲子的标题是“晚韶华”。

这是百度词条的解释：韶华，汉语词汇。就是指美好的时光，常指春光。一般在文章中多用作形容时光。

李纨这首曲名《晚韶华》，意即李纨晚年的美好时光，这是小说本义。

如果是贾兰早死，白发人送黑发人，那还谈什么晚韶华？应该是贾元春那首曲名《恨无常》更为贴切。李纨这首曲子，很明显并没有命运无常的意思。

这首曲子虽然有讽刺李纨之意，但也很明确地告诉我们，李纨苦尽甘来，贾兰登上高位，她晚年确实享受到了荣耀，只是这荣耀很短暂，她已经是暮年之人，很快就要步入黄泉。

再者，李纨这首曲子，是和李纨判词相呼应的：

桃李春风结子完，

到头谁似一盆兰。

如冰水好空相妒，

枉与他人作笑谈。

判词第一句“桃李春风结子完”即点明了李纨贾兰母子的命运。

所谓“桃李春风结子”是指贾兰春风得意终成大器，结出累累果实。曹雪芹似乎担心这样表述还不明确，又用第二句“到头谁似一盆兰”明确“桃李春风结子”就是指贾兰。

而第一句最关键一个”完“字。一是谐音“纨“，指李纨。二是暗示李纨生命完结。

所以李纨判词第一、二句的意思很明确，贾兰出将入相，贾府中兴之日，就是李纨生命完结之时。

这两句判词还有一层意思，就是贾兰出将入相，正是生命力旺盛硕果累累之时，绝不会昏惨惨黄泉路近。

综上所述，我以为，关于李纨的红楼梦曲的解读，应该是这样：“镜里恩情，更那堪梦里功名！那美韶华去之何迅！再休提绣帐鸳衾”是指李纨和贾珠短暂幸福的夫妻生活，这里也有个“美韶华”指李纨和贾珠的幸福生活，恰和“晚韶华”相对，不管是和贾珠的婚姻，还是贾兰带来的荣耀，都是实实在在的，只是“去之何迅”，太短暂，这样美好的日子太短暂，才是李纨的不幸。贾珠死后，李纨守寡，过着枯槁死灰一般的日子。

“只这带珠冠，披凤袄，也抵不了无常性命”是说李纨即便嫁给贾珠很美满，却抵消不了贾珠早逝的命运。这里的无常是指贾珠性命无常。

“虽说是，人生莫受老来贫，也须要阴骘积儿孙”是说李纨作为寡母虽然也要积蓄钱财防止老来受贫，但也该适当做点好事，比如贾府衰败时适当出点力，收养巧姐，为儿孙积攒阴间功德，否则即便贾兰出将入相，贾府中兴，其子孙也会遭到报应，不过是又一次兴衰更替的轮回。

“气昂昂头戴簪缨；光灿灿腰悬金印；威赫赫爵禄高登，昏惨惨黄泉路近。”前三句是说贾兰官越做越大，爵位越来越高，权势越来越大，而贾兰官越大，李纨也就越衰老。李纨晚年享受过短暂而美好的时光，死期将至，大限已到。这里运用反差形成反讽。所谓“昏惨惨黄泉路近”，更有一种老态龙钟头脑昏聩的意味，形容年老人衰更为贴切。

“问古来将相可还存？也只是虚名儿与后人钦敬。”这句话其实是诘问李纨，你不惜明哲保身含辛茹苦抚养贾兰长大，出将入相，又能怎样？“古今将相今何在，荒冢一堆草没了”，不过是留下虚名，供人们茶余饭后说笑的谈资而已。这是与《好了歌》的呼应，也是对李纨一生努力的质疑。这说明曹雪芹对所谓的贾兰中兴，持毫不留情的批判态度，不过是“乱哄哄你方唱罢我登场”，“反认他乡是故乡”。

所以，我以为，李纨之红楼梦曲《晚韶华》，说的还是贾兰高位，贾府中兴之时，就是李纨死期。她的一生，年轻时有和贾珠的美韶华，晚年有和贾兰的晚韶华，只是这种美好太过短暂，只是匆匆一瞬，和她一生枯槁死灰般的痛苦相比，又算得了什么？！李纨依然是薄命之人！这里面既有批判，也有哀婉。

第四节　招匪引盗不肖子

贾芹和贾琏王熙凤夫妇的恩怨

第二十三回，写贾琏夫妇对贾芹的恩德。

贾府因元妃省亲，添出多少发财机会来。贾珍坐收建造大观园工程之利，贾琏负责大观园装修装饰，贾蓉专管打造金银器皿，贾蔷成为采买戏班子和经营戏班子的总管。这是嫡系，自然近水楼台先得月。这可把那些近支近派的贾府子孙羡慕坏了，也想着能有个什么发财的好差事。

而元妃省亲买来的十二个小沙弥和十二个小道士的安置问题，立即引起了贾芹母亲的注意：

不想后街上住的贾芹之母周氏，正盘算着也要到贾政这边谋一个大小事务与儿子管管，也好弄些银钱使用，可巧听见这件事出来，便坐轿子来求凤姐。

凤姐很爽快就答应了：

凤姐因见他素日不大拿班作势的，便依允了，想了几句话便回王夫人说："这些小和尚道士万不可打发到别处去，一时娘娘出来就要承应。倘或散了，若再用时，可是又费事。依我的主意，不如将他们竟送到咱们家庙里铁槛寺去，月间不过派一个人拿几两银子去买柴米就完了。说声用，走去叫来，一点儿不费事呢。"王夫人听了，便商之于贾政。贾政听了笑道："倒是提醒了我，就是这样。"即时唤贾琏来。

主意虽是凤姐的，可是这外面的差事，是贾琏办：

当下贾琏正同凤姐吃饭，一闻呼唤，不知何事，放下饭便走。凤姐一把拉住，笑道："你且站住，听我说话。若是别的事我不管，若是为小和尚们的事，好歹依我这么着。”如此这般教了一套话。贾琏笑道：“我不知道，你有本事你说去。”凤姐听了，把头一梗，把筷子一放，腮上似笑不笑的瞅着贾琏道：“你当真的，还是玩话？”贾琏笑道：“西廊下五嫂子的儿子芸儿来求了我两三遭，要个事情管管。我依了，叫他等着。好容易出来这件事，你又夺了去。”凤姐儿笑道：“你放心。园子东北角子上，娘娘说了，还叫多多的种松柏树，楼底下还叫种些花草。等这件事出来，我管保叫芸儿管这件工程。”

王熙凤有人情，贾琏也有人情，贾芸已经求了贾琏。王熙凤用大观园植树工程和贾琏做交换，贾琏方应允：

贾琏已经笑着去了，到了前面见了贾政，果然是小和尚一事。贾琏便依了凤姐主意，说道：“如今看来，芹儿倒大大的出息了，这件事竟交予他去管办。横竖照在里头的规例，每月叫芹儿支领就是了。”贾政原不大理论这些事，听贾琏如此说，便如此依了。贾琏回到房中告诉凤姐儿，凤姐即命人去告诉了周氏。贾芹便来见贾琏夫妻两个，感谢不尽。凤姐又作情央贾琏先支三个月的，叫他写了领字，贾琏批票画了押，登时发了对牌出去。银库上按数发出三个月的供给来，白花花二三百两。贾芹随手拈一块，撂与掌平的人，叫他们吃茶罢。于是命小厮拿回家，与母亲商议。登时雇了大叫驴，自己骑上；又雇了几辆车，至荣国府角门前，唤出二十四个人来，坐上车，一径往城外铁槛寺去了。

全得贾琏夫妇关照，贾芹才发迹了。这二三百两银子，可是二十四个小沙弥小道士三个月的生活费，现在全攥在贾芹手里。贾芹才拿到钱就这样铺张，实在是慷他人之慨。贾芹这样大手大脚的结果，可以想见那二十四个小沙弥小道士的日子要过得如何拮据和艰难，他们的命攥在贾芹手里。

贾芹的事，直到第五十三回才对上账。贾珍作为族长，过年照例要分发食物给族中艰难弟子过年：

贾珍看着收拾完备供器，靸着鞋，披着猞猁狲大裘，命人在厅柱下石矶上太阳中铺了一个大狼皮褥子，负暄闲看各子弟们来领取年物。因见贾芹亦来领物，贾珍叫他过来，说道：“你作什么也来了？谁叫你来的？”贾芹垂手回说：“听见大爷这里叫我们领东西，我没等人去就来了。”贾珍道：“我这东西，原是给你那些闲着无事的无进益的小叔叔兄弟们的。那二年你闲着，我也给过你的。你如今在那府里管事，家庙里管和尚道士们，一月又有你的分例外，这些和尚的分例银子都从你手里过，你还来取这个，太也贪了！你自己瞧瞧，你穿的可像个手里使钱办事的？先前说你没进益，如今又怎么了？比先倒不像了。”

看到贾芹也来领食物，连贾珍都觉得过分。从贾珍口中我们得知，贾芹如今不仅掌管那二十四个小沙弥小道士，还连带着管起了贾府家庙，这显然是贾琏夫妇进一步关照贾芹的结果。贾芹这样有肥差的子弟，还来领“救济粮”，可见贾芹此人，太过贪婪。

正如贾珍所说，贾芹穿着竟比没差事之前还要邋遢不成样子。贾芹的理由是：

“我家里原人口多，费用大。”

这显然是借口：

贾珍冷笑道：“你还支吾我。你在家庙里干的事，打谅我不知道呢。你到了那里自然是爷了，没人敢违拗你。你手里又有了钱，离着我们又远，你就为王称霸起来，夜夜招聚匪类赌钱，养老婆小子。这会子花的这个形象，你还敢领东西来？领不成东西，领一顿驮水棍去才罢。等过了年，我必和你琏二叔说，换回你来。”贾芹红了脸，不敢答应。

贾芹虽有肥差，却花天酒地大手大脚入不敷出。

经由大恶人贾珍之口，说出贾芹之恶，可见贾芹也不是什么好东西。竟然在家庙胡作非为，克扣和尚道士生活费，养小老婆养男宠，竟至于和盗匪交朋友，一起赌钱，这可是贾珍这样的人都不敢为也不能为的事情。这下，贾芹有肥差还过得这么寒酸的真相出来了，不是没钱，而是他挥霍过度。

这段话是埋下伏笔的。贾珍应该把贾芹的恶劣行径告诉了贾琏。贾琏本就不待见贾芹，一怒之下，废了贾芹差事。听闻贾芹丑事，王熙凤也无话可说。从此，贾芹这个白眼狼，不仅恨贾珍，也恨贾琏和王熙凤。他虽然失去差事，却已劣迹斑斑，和附近出没的盗匪交上了朋友。

这就为妙玉和巧姐的悲剧命运埋下了伏笔。

贾芸探庵与贾芹结局

据脂砚斋批语，贾芸八十回后有仗义探庵之举。

贾芸所仗之“义”，乃是和贾宝玉的父子之义。

贾府被抄，熙凤宝玉下狱。昔日曾得王熙凤和贾宝玉关照，获得自由的小红和贾芸结为夫妻。二人感激熙凤和宝玉恩情，打通关系，不时前去探望。

宝玉是个痴人，此时身陷囹圄，反觉无牵无挂。查抄贾府，栊翠庵因是贾府家庙而幸免。宝玉放心不下妙玉，嘱咐贾芸多留心照顾，贾芸慨然允诺。

妙玉原本去意已决，奈何宝玉遭难，祸福难测。妙玉想动用家资，上下打点，为宝玉开脱。

然而就是妙玉救宝玉之举，给她带来灾祸。妙玉修书，要管理妙玉家产的管家或族中叔伯兄弟火速汇银子来。这帮人所想所愿，是妙玉从此出家，不再回来，或者早早死掉，巨额家财好落入他们之手。可是现在，妙玉不但要银子，还要回来。这帮人早就在偷偷挪用妙玉家财。妙玉回来，岂不败露？看来，狠舅奸兄，并非巧姐一人得，妙玉也得了。于是，妙玉家人借送银票来到京都，却暗中联络附近盗匪。

妙玉拿到银票，只想着如何打点，却不知危险和阴谋正在逼近。这帮盗匪恰好是贾芹早先掌管家庙时夜夜聚赌熟络的朋友，遂暗中联络贾芹。

贾芹长期掌管家庙，熟知栊翠庵地形及妙玉居所，一日深夜，他做内应，招引匪徒抢劫栊翠庵，劫持妙玉。

就住在贾府西廊外的贾芸记得宝玉嘱托。虽男女有别不好随便出入栊翠庵，却时刻留心。这天夜里，贾芸隐隐听得人声马蹄，感觉不妙，遥望栊翠庵火光凌乱，遂孤身探庵，发现了贾芹和盗匪狼狈为奸之举。贾芸孤身一人，不是贾芹、盗匪对手，此时挺身而出，无异飞蛾扑火，只得火速报官。等官府衙役赶到，栊翠庵早已一片狼藉，妙玉不知所终，官府发文书通告缉拿。

贾芹听闻走漏风声，知恶行败露，不敢回来，便随盗匪落草，成了“训有方，保不定日后做强梁”的贾府子孙。

第五节　不幸早夭贾府殇

贾珠为何早死

贾宝玉的哥哥贾珠，是以亡人的身份出场的（第二回），而且关于他的描写也十分简略：

这政老爹的夫人王氏，头胎生的公子，名唤贾珠，十四岁进学，不到二十岁就娶了妻生了子，一病死了。

即使这样，贾珠之死，还是值得一探究竟的。

我们知道，贾府对男性继承人的教育是很严厉的，轻则呵斥重则责打。其中又以贾政最严。贾珠十四岁中秀才，相当了得。大作家蒲松龄一辈子科举，始终是个童生。可见贾政夫妇管教贾珠之严，贾珠之勤奋努力，不是一般贵族公子能比的。

不仅如此，贾珠还早早就成家立业，不到二十岁便娶妻生子。而他也终于支撑不住，一病死了。这个一直努力做父母好孩子的人，实在可怜。他短暂的一生，实在没有什么快乐可言。

贾珠之死，不仅是贾政王夫人心底永远的痛，也是贾府之痛。

我们不能忽略贾珠之死给贾府带来的潜在影响：

一是贾珠之死使贾府不得不收敛那种高压的人才培养方式，如贾元春所说：

“过严恐生不虞，且致父母之忧。”

贾宝玉读书，只要贾母在场，必提“吓坏了我可不依”。

贾珠之死使得贾母更加娇惯贾宝玉，贾元春更加珍惜这个弟弟，贾政、王夫人不敢过问，贾宝玉在大观园与众姐妹欢聚的盛况才得以实现。说起来，贾宝玉还是得感谢这位早逝的兄长，没有贾珠的牺牲，哪里有贾宝玉那种神仙般的日子。

二是贾珠之死使贾府对子女早婚早育更加谨慎。第六十六回兴儿就说：

“因林姑娘多病，二则都还小，故尚未及比。再过三二年，老太太便一开言，那是再无不准的了。”

其时贾宝玉和林黛玉都已十六七岁，可是鉴于贾珠早死的教训，贾母更不愿他们早婚。这也是贾母一直认为成婚尚早、迟迟不明确贾宝玉和林黛玉婚姻的重要原因。

贾政夫妇深爱贾珠

贾政夫妇深爱贾珠，是在第三十三回贾政毒打贾宝玉时看出来的。

王夫人：

抱着宝玉，只见他面白气弱，底下穿着一条绿纱小衣皆是血渍，禁不住解下汗巾去，由臀至胫，或青或紫，或整或破，竟无一点好处，不觉失声大哭起来，“苦命的儿吓！”因哭出“苦命儿”来，忽又想起贾珠来，便叫着贾珠哭道：“若有你活着，便死一百个我也不管了！”

这话好直接，一个贾珠，抵得一百个宝玉。可见王夫人心里，贾珠才是她的希望。贾珠死了，王夫人才不得不依靠贾宝玉这根独苗。

王夫人苦劝贾政：

“老爷虽然应当管教儿子，也要看夫妻分上。我如今已将五十岁的人，只有这个孽障，必定苦苦的以他为法，我也不敢深劝。今日越发要他死，岂不是有意绝我。既要勒死他，快拿绳子来先勒死我，再勒死他。我们娘儿们不敢含怨，到底在阴司里得个依靠。”说毕，爬在宝玉身上大哭起来。

贾政：

听了此话，不觉长叹一声，向椅上坐了，泪如雨下。

毕竟父子之情尚在。

可是，等王夫人哭起贾珠：

贾政听了，那泪珠更似滚瓜一般滚了下来。

先前的泪如雨下，和此时滚瓜般的泪珠，说明对贾珠，贾政伤心更甚。那么多年过去，提及死去的长子，伤心若斯，可见政老也深爱贾珠。

及至贾母赶来，王夫人触景生情：

“儿”一声，“肉”一声，“你替珠儿早死了，留着珠儿，免你父亲生气，我也不白操这半世的心了。这会子你倘或有个好歹，丢下我，叫我靠那一个！”数落一场，又哭“不争气的儿”。

王夫人不仅重申对贾珠的感情，更引出贾政感伤：

贾政听了，也就灰心，自悔不该下毒手打到如此地步。

贾政灰心，包含三层意思：

一是不该下狠手险些打死宝玉。

二是贾珠死了，贾政早已灰心。

三是既然最成器的长子死了，已不抱什么希望，何苦还要这样逼贾宝玉。

可见贾珠之死对贾政的打击，其实是断绝了贾政的希望和念想，宝玉不过是勉为其难狗尾续貂。贾政此时的心境可谓微妙复杂。

第六节　色字当头一把刀

贾瑞是情痴吗

有人说贾瑞是情痴。

据我看，与其说是情痴，不如说是“淫痴”。

贾瑞在《红楼梦》中存活期很短。贾瑞是情痴的观点只能出自贾瑞遭王熙凤三次戏耍而痴心不改直至死去。贾瑞痴倒是痴了，是为情吗？

第一，贾瑞和王熙凤根本无情可言。

作为贾氏宗族一员，贾瑞不过是认识王熙凤而已，谈不上熟，更谈不上情。无论从小说叙述还是从王熙凤的反应来看，两人没什么交集，有的只是王熙凤“这才是‘知人知面不知心’呢。那里有这样禽兽的人”的反感！

第二，即便从贾瑞单方面来看，他对王熙凤也不是情，而是欲。

说穿了，贾瑞就是贪恋王熙凤美色，想勾引王熙凤。王熙凤设计让贾蓉贾蔷戏耍贾瑞一段，就非常露骨地表现出贾瑞对王熙凤肮脏下流的欲望：

贾瑞便意定是凤姐，不管皂白，饿虎一般，等那人刚至门前，便如猫捕鼠的一般，抱住叫道：“亲嫂子，等死我了。”说着，抱到屋里炕上就亲嘴扯裤子，满口里“亲爹”“亲娘”的乱叫起来。那人只不作声。贾瑞拉了自己裤子，硬帮帮的就想顶入。忽见灯光一闪，只见贾蔷举着个捻子，照道：“谁在屋里？”只见炕上那人笑道：“瑞大叔要臊我呢。”

这段描写已经把贾瑞对王熙凤的粗俗情欲表现得淋漓尽致。如果真是王熙凤，不正是一场下流下作的“三级片”吗？这是曹雪芹叙事高妙之处，用“假设”的情景告诉我们，贾瑞是如何下流粗俗。

第三，贾瑞照风月宝鉴致死，再次告诉我们，贾瑞是为色欲而死。

明明已病入膏肓，可是只要见到凤姐，哪怕是幻象，贾瑞想的还是下半身那点事情，于是他一次又一次走进风月宝镜，与王熙凤幻象做爱。

这样一个人，正如平儿所说：

“癞蛤蟆想天鹅肉吃，没人伦的混帐东西，起这样念头，叫他不得好死！”

正如小说所说：

“邪心未改”。

即便知道是王熙凤作弄他以后，也是：

心下方想到凤姐顽他，因此发一回恨；再想想凤姐的模样儿，又恨不得一时搂在怀里，一夜竟不曾合眼。

可谓为色所困，欲罢不能。

及至病入膏肓，仍是：

贾瑞收了镜子，想道：“这道士倒有意思，我何不照一照试试？”想毕，拿起“风月鉴”来，向反面一照，只见一个骷髅立在里面唬得贾瑞连忙掩了，骂：“道士混帐，如何吓我！我倒再照正面是什么。”想着，又将正面一照，只见凤姐站在里面招手叫他。贾瑞心中一喜，荡悠悠的觉得进了镜子，与凤姐云雨一番，凤姐仍送他出来。到了床上，嗳哟了一声，一睁眼，镜子从手里掉过来，仍是反面立着一个骷髅。贾瑞自觉汗津津的，底下已遗了一滩精。心中到底不足，又翻过正面来，只见凤姐还招手叫他，他又进去。如此三四次。

列位看官，如此一个至死都不知两情相悦只知淫欲的人，说他是情痴，那是对感情的一种侮辱。其实贾瑞是另一种象征，那就是《金瓶梅》所谓的“精尽人亡”。正是这种导致贾瑞之死的欲望，驱使贾府的须眉浊物们干出有伤风化有违人伦的丑事来！

凡此种种，都使我坚信，贾瑞绝不是什么值得同情甚至赞扬的情痴，而是一个身陷色欲而不能自拔的可悲可笑的可怜虫。

《风月宝鉴》的初衷

《红楼梦》创作的起源，乃是《风月宝鉴》。第一回有这样的话：

从此空空道人因空见色，由色生情，传情入色，自色悟空，遂易名为情僧，改《石头记》为《情僧录》。东鲁孔梅溪则题曰《风月宝鉴》。【甲戌眉批：雪芹旧有《风月宝鉴》之书，乃其弟棠村序也。今棠村已逝，余睹新怀旧，故仍因之。】

这就说明了《风月宝鉴》和《红楼梦》的关系，《风月宝鉴》是《红楼梦》的发端，《红楼梦》是《风月宝鉴》的成稿。这是一个一脉相承的创作和修改的过程。

那么，《风月宝鉴》又是一部怎样的书呢？曹雪芹写《风月宝鉴》的初衷又是什么呢？其实，曹雪芹是一个极其怀旧的人，他会巧妙地让曾经过往在小说中留下痕迹。这就好比希区柯克、昆丁·塔兰提诺、张艺谋、陈凯歌这样的大导演，很热衷于在自己的电影里扮演一个小角色，留下一个背影。

第一，小说第一回，借有灵性的石头之口，与空空道人对话，其实已经道出了当初创作《风月宝鉴》的初衷。所谓：

历来野史，或讪谤君相，或贬人妻女，奸淫凶恶，不可胜数。更有一种风月笔墨，其淫秽污臭，屠毒笔墨，坏人子弟，又不可胜数。至若佳人才子等书，则又千部共出一套，且其中终不能不涉于淫滥，以致满纸潘安、子建、西子、文君，不过作者要写出自己的那两首情诗艳赋来，故假拟出男女二人名姓，又必旁出一小人其间拨乱，亦如剧中之小丑然。且鬟婢开口即者也之乎，非文即理。故逐一看去，悉皆自相矛盾、大不近情理之话，竟不如我半世亲睹亲闻的这几个女子，虽不敢说强似前代书中所有之人，但事迹原委，亦可以消愁破闷；也有几首歪诗熟话，可以喷饭供酒。至若离合悲欢，兴衰际遇，则又追踪蹑迹，不敢稍加穿凿，徒为供人之目而反失其真传者。今之人，贫者日为衣食所累，富者又怀不足之心，纵一时稍闲，又有贪淫恋色、好货寻愁之事，那里去有工夫看那理治之书？所以我这一段故事，也不愿世人称奇道妙，也不定要世人喜悦检读，只愿他们当那醉淫饱卧之时，或避事去愁之际，把此一玩，岂不省了些寿命筋力？就比那谋虚逐妄，却也省了口舌是非之害，腿脚奔忙之苦。再者，亦令世人换新眼目，不比那些胡牵乱扯忽离忽遇，满纸才人淑女、子建文君、红娘小玉等通共熟套之旧稿。

这段话，其实就是《风月宝鉴》创作的初衷。虽然其间已经说了所谓古往今来的风月笔墨描写的女子，竟不如曹雪芹一生所遇所见之女子，已经有了《红楼梦》女性崇拜的雏形，但是，其意还是站在男人的角度，为他们“省了些寿命筋力”，也借此批判世俗才子佳人小说的“屠毒笔墨，坏人子弟”，以及千篇一律，试图以“这一段故事”让人耳目一新，看到真正的好小说，感受人间真情真意，以兹济世。

第二，这样的初衷，还体现在第十二回贾瑞之死。

贾瑞就是初涉风月场的浪子，偷偷读了几本歪书，深受风月笔墨之害，不禁想入非非，以为满世界都是寂寞淫荡女子，等着男人来寻是非，更妄想与凤姐偷情，反而贻误了年轻的生命。跛足道人为了给贾瑞治病赠他风月宝镜时说：

“这物出自太虚幻境空灵殿上，警幻仙子所制，专治邪思妄动之症，有济世保生之功。”

贾瑞不听劝告，不照反面，专照正面。焉知反者，返也，回头是岸，正者，症也——贾瑞迷途不知返，终于精尽人亡。

第三，这样的初衷，还体现在第五十四回贾母当着贾府上下狠批才子佳人小说的俗套，其中也暗含为宝黛正名的深意。

历经富贵繁华的曹雪芹，有这样的大悟一点儿也不奇怪，他目睹过太多的贵族公子哥儿荒淫无度，逞皮肤之淫，或堕落下流，或早早地丢掉性命，更有甚者败家误国。曹雪芹对此是有切肤之痛的，因此创作伊始，自然会走到风月批判、道德救世的路上去。

然而虽然随着创作的深入，曹雪芹感到他的宏大叙事已经超越了单一的风月批判，且他笔下的这些女子和他经历的整个家族的由盛转衰似乎更值得展现和刻画，因此他摒弃了当初写《风月宝鉴》时以道德人伦救世的简单初衷，改为表现金陵十二钗的悲欢离合和四大家族的荣辱盛衰，但以德救世、批判风月也成为《红楼梦》的主要题旨之一，得以保留。

如是，我们才可以窥得《红楼梦》创作之流转，成书之过程。

第八章

一生枭雄为谁忙

贾雨村的小人心态

小说第一回，甄士隐资助贾雨村进京赶考，资助的分量很重：

“封五十两白银，并两套冬衣。”

第二天一大早，甄士隐还想着给雨村写两封推荐信，可人家已经不辞而别：

士隐送雨村去后，回房一觉，直至红日三竿方醒。因思昨夜之事，意欲再写两封荐书与雨村带至神都，使雨村投谒个仕宦之家为寄足之地。因使人过去请时，那家人去了回来说：“和尚说，贾爷今日五鼓已进京去了，也曾留下话与和尚转达老爷，说‘读书人不在黄道黑道，总以事理为要，不及面辞了。’”士隐听了，也只得罢了。

贾雨村困顿葫芦庙多时，真的就急在这一时？

我以为，贾雨村不顾礼节，不辞而别，拔脚开溜，有一个极其重要的原因，就是以小人之心度君子之腹，怕甄士隐酒后反悔，于是三十六计走为上计。

甄士隐并非大富贵，不过是隐居乡宦，所谓：

“家中虽不甚富贵，然本地便也推他为望族了。”

然而，甄士隐给贾雨村的礼很重，五十两白银和两套冬衣。刘姥姥曾经说过，二十五两银子就是庄户人家一年的费用了。

这样利人不利己的事情，换作贾雨村绝对不干。这让贾雨村觉得很不真实，也不稳妥，总之很悬。而且，甄士隐资助贾雨村的决定是酒酣兴浓之际做出的，这更让贾雨村觉得不靠谱，心里没底。

所以，贾雨村小人之心，觉得甄士隐资助他是酒后一时冲动，生怕甄士隐酒醒反悔，前来索要资助之物。这种事情，换作贾雨村绝对做得出来。

于是，贾雨村辗转反侧，思量再三，觉得还是早走为妙。

我以为，这才是贾雨村急匆匆上路，甚至不愿和甄士隐亲自告别，再次致谢的原因。

而且，贾雨村辞别的理由，也相当恐怖。所谓：

“读书人不在黄道黑道，总以事理为要”。

什么意思？

那就是贾雨村根本没有敬畏之心，根本不相信老天有眼，头上三尺有神明，是个胆大妄为的人。这样的人，什么事情干不出来?

由此，贾雨村的“坏”，得到淋漓尽致的表现。

正是有这样“坏”的铺垫，贾雨村审理葫芦案，才会毫不犹豫地弃恩公甄士隐失散多年的女儿甄英莲不顾，并且把帮了他的小沙弥发配充军。

假英雄与真献媚

有人以为，贾雨村虽坏，却本性洒脱，不拘小节，终究是读书人格局。

真的如此?

第一回：

士隐笑道：“今夜中秋，俗谓‘团圆之节’，想尊兄旅寄僧房，不无寂寥之感，故特具小酌，邀兄到敝斋一饮，不知可纳芹意否？”雨村听了，并不推辞，便笑道：“既蒙厚爱，何敢拂此盛情。”【甲戌侧批：写雨村豁达，气象不俗。】

还有：

雨村因干过，叹道：“非晚生酒后狂言，若论时尚之学，晚生也或可去充数沽名，只是目今行囊路费一概无措，神京路远，非赖卖字撰文即能到者。”士隐不待说完，便道：“兄何不早言。愚每有此心，但每遇兄时，兄并未谈及，愚故未敢唐突。今既及此，愚虽不才，‘义利’二字却还识得。且喜明岁正当大比，兄宜作速入都，春闱一战，方不负兄之所学也。其盘费余事，弟自代为处置，亦不枉兄之谬识矣！”当下即命小童进去，速封五十两白银，并两套冬衣。又云：“十九日乃黄道之期，兄可即买舟西上，待雄飞高举，明冬再晤，岂非大快之事耶！”雨村收了银衣，不过略谢一语，并不介意，仍是吃酒谈笑。【甲戌侧批：写雨村真是个英雄。】

再有：

士隐送雨村去后，回房一觉，直至红日三竿方醒。因思昨夜之事，意欲再写两封荐书与雨村带至神都，使雨村投谒个仕宦之家为寄足之地。因使人过去请时，那家人去了回来说："和尚说，贾爷今日五鼓已进京去了，也曾留下话与和尚转达老爷，说：'读书人不在黄道黑道，总以事理为要，不及面辞了。'"【甲戌侧批：写雨村真令人爽快。】

这三条批语，我以为是伪批。

贾雨村并非不拘小节，也不是什么真英雄，而是一个虚伪、薄情、寡恩、冷酷、自私的人。第三回，贾雨村从张如圭处得知朝廷要"起复旧员"，来看雨村表现。

首先是"面谋之如海"，主动提及，这时候好像就不顾及读书人身份和体面了。

其次，林如海答应帮忙，贾雨村的表现是：

一面打恭，谢不释口。

这和对甄士隐大恩不言谢的潇洒相比，倒像只哈巴儿狗了。差距怎会如此大？贾雨村怎么不略谢一谢林如海就完事？

再次，贾雨村还是不放心，又问：

"不知令亲大人现居何职？"

等林如海详细介绍贾府和贾政情况，贾雨村才彻底放心，于是：

雨村听了，心下方信了昨日子兴之言，于是又谢了林如海。

看到没有，一谢再谢，很献媚啊。

最后，林如海让贾雨村随林黛玉进京，贾雨村表现更加不堪：

雨村唯唯听命，心中十分得意。

这哪里是读书人的气象？倒像只得了便宜的狗，唯唯诺诺唯命是从。

这就是贾雨村的真英雄？这就是雨村气象不俗？这就是贾雨村的豁达？这就是贾雨村的爽快？

贾雨村面对甄士隐时那点英雄、豁达和爽快气象，面对林如海时跑哪儿去了？

第一回频频赞叹贾雨村"真英雄""豁达"和"爽快"的批语者又哪里去了？怎么不再批两条？

难道，甄士隐以五十两白银和两套冬衣资助贾雨村进京赶考不是大恩，只有林如海举荐是大恩？

当然不是。

原因只有一个。甄士隐不过是个小乡绅，林如海是列侯出身、科举探花和巡盐御史，是朝廷高官，是贾府乘龙快婿。在贾雨村看来，甄士隐和林如海简直天壤之别，在甄士隐这样乡绅面前摆摆读书人的臭架子是可以的，但在林如海面前，还是算了，低调一点好。这就是贾雨村的小人心态，这就是贾雨村的假英雄和真献媚。

说穿了，贾雨村骨子里就是势利和媚俗的人，是崇拜权势的人，和读书人的清高和节操不沾边。

令我欣慰的是，还是有明眼人。第三回：

雨村一面打恭，谢不释口，一面又问："不知令亲大人现居何职？【甲戌侧批：奸险小人欺人语。】只怕晚生草率，不敢骤然入都干渎。"【甲戌侧批：全是假，全是诈。】

这两条批语，大快人心。不仅识破贾雨村假英雄与真献媚的小人嘴脸，而且和诸如雨村"是莽、操遗容""今古穷酸色心最重""奸雄心事，不觉露出"等批语一以贯之，实在爽快。对贾雨村这种薄情寡义忘恩负义恩将仇报的小人，就该拿出鲁迅先生痛打"落水狗"的态度，把他打回原形。

《红楼梦》是面镜子，照见人性人情与人心。不仅留存宝黛的凄美爱情，也留存贾雨村这样的小人嘴脸。什么样的人，就会读出什么样的《红楼梦》。

我觉得，雪芹私心，是要借甄士隐和林如海之误，昭告天下良善之人，谨防贾雨村这样的腹黑小人。

贾雨村的江湖嘴脸

贾雨村每到一处，都会把把周围人的身份地位打听清楚。也许，当他滞留葫芦庙，打听到隔壁有个乐善好施的乡绅甄士隐，就已经想好脱身之法。

因此，当老谋深算的贾雨村看见甄士隐抱了可爱的英莲到街上玩耍，故意走出来制造会面，有一条批语这样写道：

【甲戌侧批："隔壁"二字极细极险，记清。】

这时候，贾雨村已经算计上甄士隐，有所图了。原来，隔壁老王的典故早有出处。

贾雨村故意碰见甄士隐，是看甄士隐闲来无事，逗闺女玩耍，此时相见，很容易搭讪。果然，君子待客之道，甄士隐邀请贾雨村一叙，贾雨村对君子言行果然揣摩通透。如果不是严老爷来访，雨村就得逞了。

怎奈甄士隐是翩翩君子，感觉怠慢了贾雨村，因此八月十五，又来邀请雨村。

我甚至疑心，雨村庙中吟诗长叹的时机也把握得相当好。一个写字卖画为生的人，能有什么生意？既然可以故意碰见甄士隐，也可以故意让甄士隐听他吟诗作对。贾雨村拿捏住甄士隐善良好客和爱惜人才的心理，一步一步去实现他的目标。

适才一首诗，一个对子，已经做了很好铺垫。雨村才华博得了士隐好感。那么接下来，就需要创造时机了。

第一，豪饮。

酒真是个好东西，人们喝了酒就可以毫无顾忌，甚至说出平时说不出的话来：

二人归坐，先是款斟漫饮，次渐谈至兴浓，不觉飞觥限斝起来。当时街坊上家家箫管，户户弦歌，当头一轮明月，飞彩凝辉，二人愈添豪兴，酒到杯干。

那晚雨村怕是把平生学问都抖落出来了，唯一的目的就是要令士隐倾倒。所以：

雨村此时已有七八分酒意，狂兴不禁，乃对月寓怀，口占一绝。

贾雨村今晚吟咏月亮，已是第二首。天知道是即兴而作还是肚子里存货？

雨村酒到了七八分，士隐怕是醉了：

士隐听了，大叫："妙哉！吾每谓兄必非久居人下者，今所吟之句，飞腾之兆已见，不日可接履于云霓之上矣。可贺，可贺！"乃亲斟一斗为贺。

一声"大叫"已把士隐醉态写出，看着醉了的士隐，雨村知道时机到了，士隐是君子，君子有成人之美的美德，于是方吐露心迹：

雨村因干过，叹道："非晚生酒后狂言，若论时尚之学，晚生也或可去充数沽名，只是目今行囊路费一概无措，神京路远，非赖卖字撰文即能到者。"

这话说得够直白，我可以高中的，就是没钱，写字卖画那点钱不够。

这不是要钱是什么?

话说到这份上，士隐之为人，借助酒力，必慨然允诺:

士隐不待说完，便道：“兄何不早言。愚每有此心，但每遇兄时，兄并未谈及，愚故未敢唐突。今既及此，愚虽不才，‘义利’二字却还识得。且喜明岁正当大比，兄宜作速入都，春闱一战，方不负兄之所学也。其盘费余事，弟自代为处置，亦不枉兄之谬识矣！”当下即命小童进去，速封五十两白银，并两套冬衣。又云：“十九日乃黄道之期，兄可即买舟西上，待雄飞高举，明冬再晤，岂非大快之事耶！”

看到士隐醉态否?已经抢着说话了。

士隐不敢唐突资助雨村，是基于“贫者不受嗟来之食”的君子道义，以为雨村是个君子。殊不知雨村是个伪君子，顺势设了这个局，才十拿九稳地开口。所以，受了恩惠的雨村，表现尤其造作:

雨村收了银衣，不过略谢一语，并不介意，仍是吃酒谈笑。

贾雨村伪就伪在明明是千方百计，明明是机关算尽，明明是求之不得，算计人家钱财，一旦得手反而淡然处之，在士隐面前掩盖心机，立牌坊装无辜，意思不是我要，是你硬要给。人虚伪到这个份上，也算登峰造极。

贾雨村江湖骗子的丑陋嘴脸，终于在第二天暴露。

第一，甄士隐是真醉了，所以:

士隐送雨村去后，回房一觉，直至红日三竿方醒。

第二，贾雨村是假醉。如果是真醉，那么早爬不起来。所谓:

和尚说，贾爷今日五鼓已进京去了，也曾留下话与和尚转达老爷，说:“读书人不在黄道黑道，总以事理为要，不及面辞了。”

甄士隐是真君子，酒醒还想着怎么再助贾雨村一臂之力。可惜人家已经溜走。

大凡良善读书人，看甄士隐言行和甄英莲遭遇，是否也该反省?害人之心固不可有，防人之心岂能无?乐善好施固然不错，但施错对象也是害人害己。

至此，可以认定所谓的中秋之宴，表面是士隐安排的，但其间种种机缘，却是雨村创造的。贾雨村做了个局，让甄士隐心甘情愿请他喝酒，让甄士隐心甘情愿拿出钱来送他进京赶考。贾雨村这种嘴脸，即使在他罢官，先后谋甄家和林家家庭教师时也可以看出，谋之不得，便诬人家“辱师”。

谋之既得，便志得意满。名为读书人，实为江湖骗子。

贾雨村这种人，实在是中国文人浸润世俗厚黑的一大变种，比纯粹的江湖之人更为可怕。

贾雨村为何谋林黛玉之师

贾雨村做林黛玉老师，表面看是机缘巧合，其实隐藏很深玄机。

第二回：

因闻得鹾政欲聘一西宾，雨村便相托友力，谋了进去，且作安身之计。

这短短二十七字，最是迷惑人。

贾雨村乃是有莽操遗容的奸雄。一个做过知府的人，为何要为一个家庭教师的职位，“相托友力，谋了进去”？

贾雨村是费了大力气的。一是托人，二是谋划。可见雨村做黛玉之师，绝非偶然，而是预谋。

来看雨村游到扬州时形迹：

那日，偶又游至淮扬地面，因闻得今岁鹾政点的是林如海。这林如海姓林名海，字表如海。乃是前科的探花，今已升至兰台寺大夫，本贯姑苏人氏，今钦点出为巡盐御史，到任方一月有余。

名为游山玩水，实则每到一处即细细打听官场动静。扬州不过知府之地，知府之流不入雨村法眼，雨村关注的是设衙于此的大吏。

这才是雨村闻得林如海要为女儿聘请家庭教师，一个做过知府的官员，不仅托人，而且想尽一切办法进去的原因。其时雨村革职，正需要林如海这样列侯出身、科举探花、巡盐御史的高官扶持。

所以，所谓：

雨村正值偶感风寒，病在旅店，将一月光景方渐愈。一因身体劳倦，二因盘费不继，也正欲寻个合式之处，暂且歇下。

不过障眼法而已。此乃暗写雨村奸雄心机。

如海不察雨村奸佞，也属正常。只因“相托友力”，有人为雨村说了好话，如海信以为真。

而雨村做黛玉之师也是假，所谓：

妙在只一个女学生，并两个伴读丫鬟，这女学生年又小，身体又极怯弱，工课不限多寡，故十分省力。

雨村真意，是要借黛玉师之名，依靠林如海，再谋功名，这才是雨村之所谓“谋了进去”。

果然，雨村不仅抱住如海大腿，也攀上贾府及四大家族高枝儿，从此平步青云，飞黄腾达。

贾雨村真是林黛玉老师吗

贾雨村是以林黛玉师的身份攀上贾府，进而攀上四大家族的。但是，贾雨村真是林黛玉老师吗？

答案是否定的。

首先，贾雨村充任林府西席不过一年光景。第二回：

“堪堪又是一载的光阴，谁知女学生之母贾氏夫人一疾而终。”

林黛玉才学，即便贾雨村才高八斗，也不可能一年就教到如此境界。

其次，这一年贾敏还生着病，黛玉不可能不尽心。所谓：

女学生侍汤奉药，守丧尽哀，遂又将辞馆别图。

贾敏病逝：

近因女学生哀痛过伤，本自怯弱多病的，触犯旧症，遂连日不曾上学。

最后，林黛玉体弱，学习很随意。所谓：

妙在只一个女学生，并两个伴读丫鬟，这女学生年又小，身体又极怯弱，工课不限多寡，故十分省力。

黛玉学得随意，雨村也教得省心。这一年多光景，贾雨村教了多少，林黛玉学了多少，实在有限。

可见贾雨村这个黛玉之师，水分很大。

因此，黛玉才学，并非雨村所授，雨村师名，攀龙附凤，乃是虚名。

那么，黛玉真正的老师是谁?

是她父母。

林黛玉五岁之前，应该是贾敏亲自教养。林如海空暇之余，也会过问。林家世代书香，林如海是科举探花，才学胜雨村十倍。贾敏是贾府千金，才学才情，也出类拔萃。可以这么说，黛玉才学才情，得于母亲教诲和父亲指点。

雨村那一年，不过滥竽充数。

黛玉后来到贾府，大厦之基已成，勤于读书，敏于领悟，和宝玉宝钗三春切磋交流，遂成一代咏絮之才。这和雨村，实在没什么关系。

贾雨村的投名状

说《红楼梦》是一部人性人情小说，许多人大不以为然。其实人性人情和人心也蕴含极高深的政治智慧。

第三回林黛玉抛父进京，是贾雨村陪同到贾府的。

贾雨村拿了宗侄的帖子前去拜见贾政:

有日到了都中，进入神京，雨村先整了衣冠，带了小童，拿着宗侄的名帖，至荣府的门前投了。彼时贾政已看了妹丈之书，即忙请入相会。见雨村相貌魁伟，言语不俗，且这贾政最喜读书人，礼贤下士，济弱扶危，大有祖风；况又系妹丈致意，因此优待雨村，更又不同，便竭力内中协助。题奏之日，轻轻谋【甲戌侧批：《春秋》字法。】了一个复职候缺，不上两个月，金陵应天府缺出，便谋补【甲戌侧批：《春秋》字法。】了此缺，拜辞了贾政，择日上任去了。

表面看，贾政相中贾雨村，只两三个月贾雨村就到金陵赴任，其实不然。此间经历了一个漫长过程，此处两条脂批连说春秋笔法，奥妙正在于此。

我多次说过，从第三回林黛玉到贾府，到第三回末金陵薛家有书信来，提及薛蟠打死人，其实已经过去三年。也就是第三回最后一个自然段，而且是隔了一行的自然段，林黛玉“次早起来”，正所谓，黛玉一夕夜，世上已三年。

这是从宝黛钗年龄推演出来的。黛玉到贾府时七岁，宝玉八岁，宝钗九岁，显然九岁的宝钗是没资格待选的。及至到第四回说薛蟠打死人薛家准备进京，薛蟠十五，宝钗小薛蟠两岁，十三岁，正是待选年龄。这说明从第三回黛玉到贾府至第四回薛家进京，已经过去四年。

前面说过，第三回王夫人王熙凤收到薛家书信提及打死人事件，正好是黛玉到贾府第三年。而贾雨村赴任金陵，到任第一宗案子就是冯渊命案，见第四回，所谓：

如今且说雨村，因补授了应天府，一下马就有一件人命官司详至案下，乃是两家争买一婢，各不相让，以至殴伤人命。彼时雨村即拘原告之人来审。那原告道：“被殴死者乃小人之主人。因那日买了一个丫头，不想是拐子拐来卖的。这拐子先已得了我家的银子，我家小爷原说第三日方是好日子，再接入门。这拐子便又悄悄的卖与薛家，被我们知道了，去找拿卖主，夺取丫头。无奈薛家原系金陵一霸，倚财仗势，众豪奴将我小主人竟打死了。凶身主仆已皆逃走，无影无踪，只剩了几个局外之人。小人告了一年的状，竟无人作主。望大老爷拘拿凶犯，剪恶除凶，以救孤寡，死者感戴天恩不尽！”

这里冯家说得明明白白，此案已经拖了一年，也就说，从第三回“次早起来”黛玉看到王夫人王熙凤看薛家书信说薛蟠打死人，到贾雨村赴任金陵，第一件命案就是拖了一年的冯渊案，时间过去了一年，刚好对得上。

原来，贾雨村经林如海推荐，贾政面试，觉得不错，为贾雨村起复运作，其实花了三年多时间，到雨村赴任金陵，刚好四年。

这是什么缘故？是贾政实力不够，还是时机不到？

应天府知府虽是肥缺，正如应天府门子，葫芦庙原先的小沙弥所说，贾史王薛四大家族，盘踞金陵几十年，这点子事情，运作了三年多，确实有点夸张。

而另一个惊人的巧合是，第三回末了黛玉听说薛家命案，第四回就写贾雨村到应天府赴任，一到任就是拖了一年的冯渊命案，世间哪有这么巧的事情？

如此，贾雨村能够到金陵任应天府知府的真相便浮出水面。

即使有林如海书信推荐，贾政面试合格，贾雨村也经历三年漫长等待过程。这是四大家族深入考察贾雨村，并考虑什么时机把贾雨村放在什么位置的过程。这期间贾雨村应该是贾政门客。果然到第三年，四大家族用人的机会来了。这一年薛蟠，这位王子腾外甥、贾政外侄为抢英莲打死冯渊犯下命案，前任应天府知府忌惮四大家族威势，一拖再拖，不敢断案，甚至可能动用关系，调离应天府，溜之大吉。于是，应天府知府这样的肥缺因冯渊案空缺，贾政等终于看到使用贾雨村的契机，于是上下走动关系，“不上两个月”便让贾雨村去应天府任职，处理冯渊命案。这个“不上两个月”是三年之后的两个月。

因此，我们的贾雨村大人，苦等四年，一到任，第一件命案就是冯渊案。

此间曲折隐情，贾政自然不会明白告诉贾雨村，一切得靠贾雨村去悟。贾雨村一上来就差点铸成大错，如果他真下令缉拿薛蟠，恐怕他这个知府也就做到头了。亏得门子提醒，贾雨村方如梦初醒，这是贾政王子腾给他的投名状啊。应天府知府给你了，就看你会不会办事、怎么为四大家族办事了。就从这时，冯渊命案的调子已经定了。贾雨村为让主子满意，写好这篇投名状，自然也就顾不得旧恩公士隐了。果然：

雨村断了此案，急忙作书信二封，与贾政并京营节度使王子腾，【甲戌侧批：随笔带出王家。】不过说“令甥之事已完，不必过虑”等语。

贾雨村这篇投名状写得好，贾政和王子腾很满意。第十六回，王子腾就累本保奏贾雨村进京补缺。这是贾雨村替四大家族摆平冯渊命案的回报。贾雨村从此搭上四大家族这条大船，一路官运亨通，直到搬到兴隆街，做了大司马。

这就是官场积习，没有靠山想做官，比登天还难。只是这些官场作为，融于小说的人情世故，几乎不露痕迹。

从贾雨村投名状来看，贾史王薛四大家族，尤其是贾府和王家，甚至包括贾府女婿林家，都是一股盘根错节的强大政治势力。这股势力的源头就是坏了事的义忠亲王老千岁，还有北静郡王、南安郡王、冯紫英家、公子卫若兰家等。他们的政敌是忠顺亲王。这就是《红楼梦》向我们揭示的真实而残酷的官场政治。

这样看来，无论儒雅的林如海，还是刻板的贾政，都跻身于肮脏龌龊的官场，谁又能独善其身？

贾雨村如何与王子腾结怨

贾雨村的投名状写得好。第十六回，王子腾便累本保奏他进京补缺。

进京补缺的贾雨村，可谓春风得意，住在兴隆街，贾府称之为兴隆街大爷，再不是贾府宗侄。能以一条街来命名一个人，说明此时的贾雨村已非同小可。他进京补缺，不是有什么位置就补上，而是挑挑拣拣，等时机等肥缺。

这时候的贾雨村也没闲着。他和东府的珍大爷极为要好，又极力巴结贾赦。为贾赦喜欢几把扇子，居然使计谋陷害藏家石呆子吃官司，弄得人家破人亡。

以贾雨村的老辣，看出来了，贾政是君子，不可深交，也不敢深交。贾政的利用价值，不过是一块敲门砖而已。他要以邪恶的方式继续往上爬，只能去巴结贾赦贾珍，以此间接讨好王子腾。

果然，第四十八回帮贾赦谋得石呆子的扇子，第五十三回，他便谋到了肥缺，王子腾授九省都点检，贾雨村补受大司马。

贾雨村的发展轨迹，显然已弃文从武，跟王子腾一样走武路子。这表明贾雨村巴结的重心已从贾政移向王子腾。

此时的贾雨村，早已不是困顿葫芦庙的穷儒，也不是罢官之后的家庭教师，而是朝廷相当于兵部尚书之类的大人物，虽然手中并无兵权，官职貌似已在王子腾之上，至少是平级，按职权可以节制王子腾。

贾雨村终于按捺不住他的张狂，时不时地要在王子腾面前摆摆谱张狂一下，狐狸终于露出了尾巴。

大司马是朝廷节制武将的职位，貌似位高权重，其实很空。王子腾是节制九省兵马的武将，之所以为贾雨村谋个大司马之职，是想着内外有个照应，没想到贾雨村也是个中山狼，得志便猖狂。王子腾不是贾政。王子腾比贾政更为老辣，更懂得谋略，更能看透人心。

很多时候官职并不重要，重要的是有没有实力，起作用的是兵权。王子腾能左右一个国家的武官系统，又手握重兵，资历人脉深厚，助雨村不难，废贾雨村也不难。果然，第七十二回，林之孝就对贾琏说贾雨村要降了。

贾雨村的降，固然有他小人得志的张狂，得罪的不止王子腾一人，更重要的是王子腾看穿了贾雨村反复无常恩将仇报的小人嘴脸，于是纠集反对贾雨村的势力，累本参奏，废了贾雨村这个大司马，从此结怨。

这就为八十回后降职的贾雨村心怀怨恨，暗中投靠忠顺亲王埋下伏笔。

总之，贾雨村的发迹史，就是巧妙欺骗和利用甄士隐林如海贾政这样的君子，巴结贾赦贾珍这样的无赖，讨好王子腾这样的武将的历史。为了到达更高的位置，他背弃甄士隐，背弃贾政，在即将背弃王子腾时，终于被王子腾狠狠杀了个回马枪。

第九章

红楼第一真俗人

薛蟠宝钗兄妹情深

第六十七回，薛蟠做生意回来，给母亲和妹妹各带了一箱子礼物。其中一件是：

在虎丘山上泥捏的薛蟠的小像，与薛蟠毫无相差。

唯独这件，引起宝钗注意：

宝钗见了，别的都不理论，倒是薛蟠的小像，拿着细细看了一看，又看看他哥哥，不禁笑起来了。

这是冷美人难得一见的调皮，兄妹情深，于此见矣。

薛蟠固然混账，即便对母亲也时有顶撞。唯独对妹妹，是打心眼里服。这是薛蟠的好处，内心并无男权观念，一味看轻妹妹。

第三十五回宝玉惨遭毒打，有人说是薛蟠诬告。薛蟠觉得委屈，一气之下对妹妹说了重话，宝钗伤心痛哭。事后，薛蟠是这样讨饶的：

薛蟠在外边听见，连忙跑了过来，对着宝钗，左一个揖，右一个揖，只说："好妹妹，恕我这一次罢！原是我昨儿吃了酒，回来的晚了，路上撞客着了，来家未醒，不知胡说了什么，连自己也不知道，怨不得你生气。"宝钗原是掩面哭的，听如此说，由不得又好笑了，遂抬头向地下啐了一口，说道："你不用做这些像生儿。我知道你的心里多嫌我们娘儿两个，是要变着法儿叫我们离了你，你就心净了。"

薛蟠听说，连忙笑道："妹妹这话从那里说起来的，这样我连立足之地都没了。妹妹从来不是这样多心说歪话的人。"薛姨妈忙又接着道："你只会听见你妹妹的歪话，难道昨儿晚上你说的那话就应该的不成？当真是你发昏了！"薛蟠道："妈也不必生气，妹妹也不用烦恼，从今以后我再不同他们一处吃酒闲逛如何？"宝钗笑道："这不明白过来了！"薛姨妈道："你要有这个横劲，那龙也下蛋了。"薛蟠道："我若再和他们一处逛，妹妹听见了只管啐我，再叫我畜生，不是人，如何？何苦来，为我一个人，娘儿两个天天操心！妈为我生气还有可恕，若只管叫妹妹为我操心，我更不是人了。如今父亲没了，我不能多孝顺妈多疼妹妹，反教娘生气妹妹烦恼，真连个畜生也不如了。"口里说着，眼睛里禁不起也滚下泪来。

薛姨妈本不哭了，听他一说又勾起伤心来。宝钗勉强笑道："你闹够了，这会子又招着妈哭起来了。"薛蟠听说，忙收了泪，笑道："我何曾招妈哭来！罢，罢，罢，丢下这个别提了。叫香菱来倒茶妹妹吃。"宝钗道："我也不吃茶，等妈洗了手，我们就过去了。"薛蟠道："妹妹的项圈我瞧瞧，只怕该炸一炸去了。"宝钗道："黄澄澄的又炸他作什么？"薛蟠又道："妹妹如今也该添补些衣裳了。要什么颜色花样，告诉我。"

这里面有两句话很重要。

第一句是"好妹妹，恕我这一次罢！"说明薛蟠虽是霸王，却是尽让着妹妹的。这不光是宝钗说话做事在理，还有薛蟠疼爱妹妹的意思。

第二句是"妹妹这话从那里说起来的，这样我连立足之地都没了"。这使我想起贾政打宝玉时对贾母说的话：

"母亲如此说，贾政无立足之地。"

可见宝钗在薛蟠心里的分量。

薛姨妈也曾对宝钗说过：

"我的儿，你别委曲了，你等我处分他（指薛蟠）。你要有个好歹，我指望那一个来！"

那样一个男权社会，薛蟠可是薛家男性继承人。母子均这样说，足可见出宝钗在薛家举足轻重的地位。实际上，大薛公亡故，薛家一切重大决策，都有薛宝钗参与，甚至是薛宝钗做主。包括薛蟠什么时候出去做生意，怎么张罗伙计，就是史湘云的螃蟹宴，那十几篓肥大螃蟹，也是宝钗给薛蟠捎个话就搞定。

薛公早亡，薛家衰败，但母子兄妹情深，至真至诚，毫无芥蒂，也算不幸中大幸。而薛家对宝钗的依赖，既有骨肉亲情，更有宝钗之须眉大才。及至夏金桂嫁进薛家，要取得领导权，折磨香菱，不战而胜薛蟠，气得薛姨妈失了方寸，唯一攻不破的堡垒就是宝钗。

宝钗是薛家的定海神针。

等薛蟠下狱，宝玉弃而为僧，薛家只留下薛姨妈和夏金桂苦苦对峙，薛宝钗回到薛家几乎势在必然。她不回来，薛家就真的要姓夏了。对薛家而言，这可是生死存亡的大事。

薛蟠是否陷害贾宝玉

贾宝玉被打，是两条线索导致的。一条是金钏之死，贾环使坏。而另一条蒋玉菡和贾宝玉互赠汗巾，就有点蹊跷。在冯紫英家，这么隐秘的事情，就这么几个人，怎么会泄露出去?

甚至有人怀疑冯紫英是奸细。

其实，只要细读文本，是能够看出端倪的。

第三十三回，宝玉被打，聪明的花袭人岂肯善罢甘休，首先就找来宝玉的跟班茗烟对质：

袭人满心委屈，只不好十分使出来，见众人围着，灌水的灌水，打扇的打扇，自己插不下手去，便越性走出来到二门前，令小厮们找了焙茗来细问："方才好端端的，为什么打起来？你也不早来透个信儿！"焙茗急的说："偏生我没在跟前，打到半中间我才听见了。忙打听原故，却是为琪官金钏姐姐的事。"袭人道："老爷怎么得知道的？"焙茗道："那琪官的事，多半是薛大爷素日吃醋，没法儿出气，不知在外头唆挑了谁来，在老爷跟前下的火。那金钏儿的事是三爷说的，我也是听见老爷的人说的。"袭人听了这两件事都对景，心中也就信了八九分。

这场对质，一是对质出贾环，金钏的事情就是他诬告的。二是对质出薛蟠陷害。

但是茗烟的话，不可全信。

薛蟠酷爱男风，吃宝玉和蒋玉菡的醋是有的。薛蟠气不忿，在外面马尿黄汤灌多了，随口说出来也可能。但有意陷害，却不可能。

一是薛蟠再糊涂，也知道四大家族和忠顺亲王不是一路，这是政治底线，不可能去忠顺亲王府挑唆。

二是薛家要和贾府联姻，宝钗要嫁宝玉之事，薛蟠知道。薛蟠再混账，也不会去陷害未来的妹夫。

其实第三十四回写的明明白白：

那薛蟠都因素日有这个名声，其实这一次却不是他干的，被人生生的一口咬死是他，有口难分。

薛宝钗的分析才合情合理：

“就是我哥哥说话不防头，一时说出宝兄弟来，也不是有心调唆：一则也是本来的实话，二则他原不理论这些防嫌小事。袭姑娘从小儿只见宝兄弟这么样细心的人，你何尝见过天不怕地不怕、心里有什么口里就说什么的人。”

薛宝钗的见识岂是花袭人能比的。薛宝钗的分析透彻而中肯，并没有袒护哥哥薛蟠的意思。以薛蟠的性格，只是说话不注意场合被人听了去报告给忠顺亲王而已。

通过这件事情，可以知道，忠顺亲王是很可怕的对手。他早已经四处安插亲信和眼线，收集包括贾府在内的政敌的罪证。贾府的罪证就是这么一点一点被忠顺亲王府收集起来的，甚至包括薛家和薛蟠的事情。这再一次说明，咱们薛大爷其实只是个二百五，并不是内奸。却原来，小说是在用一件事情来叙述另外一件事情，传达一种令人惊悸的氛围。八十回后，忠顺亲王这个贾府的真正对手，就会从幕后跳到前台，对贾府上下其手。这种带有悲剧性质的恐怖氛围，就像一部高明的恐怖片，那种紧张的心理，细腻的情节，需要细细体味才能感觉出来。小说这种恐怖氛围经不着痕迹的渐进式渲染，如寒气一般渗入心底，终于酿成一场震撼人心的大悲剧。

能把一个儿女情长的故事写得有大智慧，有大权谋，有大恐怖，有大悲悯，有大悲剧，古往今来，非《红楼梦》莫属。

薛蟠和柳湘莲如何不打不成交

想当初，薛蟠是把柳湘莲当成面首，才遭痛打的。一样的世家子弟，只因家世凋零，客串几回优伶，便被误认作面首，也是奇耻大辱。

薛蟠和柳湘莲，也算不打不相识。薛蟠当时，恨死了湘莲。即便误会，也不至于下此狠手，说开了撂开手就好的。他不能体会湘莲自尊，只因薛家尚未败落到那个地步。

大凡没落贵族，都有强烈的荣誉感。正因败落，更珍惜名誉。薛蟠不知道的，是湘莲打则打矣，拳拳到肉，皮开肉绽，却手下留情，未伤及筋骨。这便是湘莲的好，设若真下狠手，打残薛蟠，恐怕朋友都没得做。

湘莲明白是非。薛蟠调戏他，该打，打！薛蟠为盗匪抢劫，该救，救！

薛蟠恩怨分明。遭湘莲痛打，该骂，骂！受湘莲救命之恩，该报，报！

他们骨子里其实是一类人。不过是家世缘故，一个锦衣玉食娇生惯养不知世道艰难，一个遗世独立放浪形骸深知人心险恶。

所以，一旦机缘巧合，湘莲救了薛蟠，便冰释前嫌，成过命好友。第六十六回，所谓：

“天下竟有这样奇事。我同伙计贩了货物，自春天起身，往回里走，一路平安。谁知前日到了平安州界，遇一伙强盗，已将东西劫去。不想柳二弟从那边来了，方把贼人赶散，夺回货物，还救了我们的性命。我谢他又不受，所以我们结拜了生死弟兄，如今一路进京。从此后我们是亲弟亲兄一般。到前面岔口上分路，他就分路往南二百里有他一个姑妈，他去望候望候。我先进京去安置了我的事，然后给他寻一所宅子，寻一门好亲事，大家过起来。”

湘莲施以援手，不受财帛，乃侠客所为。此时薛蟠眼里的湘莲，便是一位英雄。一番暴打，方知湘莲是正经人家，一番相救，方悟湘莲是风流大侠。薛蟠对湘莲的认识不断深入，也是薛蟠的成长。于是，结为生死兄弟。

可见大凡性情之人，皆置情为至境，比之于财帛，粪土之别。等成为兄弟，湘莲便坦然接受薛蟠馈赠，薛蟠方可为兄弟做点什么，寻所宅子，寻桩好亲，大家过起来，既然有难同当，势必有福同享。

这一节是薛蟠的人性光辉，也是湘莲的人性光辉。他们从险些堕入公子与鸾宠的地狱，攀上了男性友谊的巅峰。

及至湘莲情误三姐，削发出家，不知所终，薛蟠内心的痛苦，是真挚的。所谓：

众人道：“那时难道你知道了也没找寻他去？”薛蟠说：“城里城外，那里没有找到？不怕你们笑话，我找不着他，还哭了一场呢。“言毕，只是长吁短叹无精打彩的，不像往日高兴。

为兄弟大哭一场，原是该的。此处批语：

【该批：呆兄也是有情之人。】

不错，薛蟠也是有情之人，不枉了和湘莲兄弟一场。湘莲去偿还他的孽债，生死兄弟也不及辞别。而薛蟠哪里知道，他的孽债，才刚刚开头。纵然兄弟情深，也是各走各的路，各还各的孽债。此时情非得已，倒不能施以援手了。如果说宝玉和湘莲是性情之交，那么，薛蟠和湘莲就是患难之交。

等薛蟠下狱，流放千里，将死之时，于母亲妹妹香菱之外，是否会闪过湘莲的面庞，那段奇妙的交集，也许会换来他微微一笑。

这就是薛蟠和柳湘莲，一对好朋友的故事。

薛蟠是一只傻傻的螳螂

自打夏金桂嫁进薛家，就认定要在薛家当家做主。第七十九回，所谓：

今日出了阁，自为要作当家的奶奶，比不得作女儿时腼腆温柔，须要拿出这威风来，才钤压得住人。

当时薛家是薛姨妈当家，那是婆婆，一时奈何不得。薛宝钗终究是要出阁的姑娘，不足为虑。因此，在夏金桂看来，要治服薛蟠，首先得除掉香菱。所谓：

况且见薛蟠气质刚硬，举止骄奢，若不趁热灶一气炮制熟烂，将来必不能自竖旗帜矣；又见有香菱这等一个才貌俱全的爱妾在室，越发添了“宋太祖灭南唐”之意，“卧榻之侧岂容他人酣睡”之心。

夏金桂见薛蟠对宝蟾有意，便主动给薛蟠机会，然后两次三番做陷阱，借薛蟠之手，毒打香菱。

这便是螳螂捕蝉。薛蟠是螳螂，可怜的香菱是蝉。若不是宝钗收留，香菱不仅丢了妾位，还要再一次惨遭买卖。

薛呆子这只自以为得意的螳螂，万万没想到，他的捕蝉行动，是黄雀设计好的。黄雀借螳螂之手除掉了蝉，也抓住了螳螂的把柄。第八十回：

金桂听见他婆婆如此说着，怕薛蟠耳软心活，便益发嚎啕大哭起来，一面又哭喊说：“这半个多月把我的宝蟾霸占了去，不容他进我的房，唯有秋菱跟着我睡。我要拷问宝蟾，你又护到头里。你这会子又赌气打他去。治死我，再拣富贵的标致的娶来就是了，何苦作出这些把戏来！”

夏金桂这番话，绵里藏针，恶毒犀利。

第一，她斥责薛蟠霸占她陪嫁过来的丫鬟。这样的名声传出去是很不雅的。而且是妻子所说，谁人不信？妻子陪嫁过来的丫鬟，丈夫可以纳为妾，但是须征得妻子同意。夏金桂这样说，就是指责薛蟠未经同意，偷鸡摸狗，有辱门风。

第二，指责薛蟠迫害她。所谓“治死我，再拣富贵的标致的娶来就是了”，戳中了薛家软肋。薛家相中夏家，就是图夏家钱财。如今带巨资过来的夏金桂，说薛蟠要弄死她，再如法炮制去娶有钱人家女儿，其实就是嘲笑薛家不义，借婚姻敛财。这是薛家最怕听到的话。

如此一来，不仅薛蟠这只傻傻的螳螂被夏金桂拿住，薛姨妈也被拿住，她气急之下乱了方寸要卖香菱就是明证。即便薛宝钗沉得住气，与夏金桂周旋，终究是要出阁的小姐，为之奈何。

明明是夏金桂要除掉香菱，造成的事实却是薛蟠和薛姨妈要除掉香菱。薛蟠除掉香菱的同时，也被夏金桂降服。薛蟠从此在夏金桂面前再也硬不起来。他若翻脸，夏金桂就说他霸占丫鬟，图谋夏家钱财。

这多少还是冤枉了薛家，薛家好歹还娶了夏金桂。这些话，原本是该林黛玉说的。贾府霸占林家财产，却愣是没娶人家女儿。林黛玉的委屈和愤懑，曹雪芹竟设计让一个泼妇说出，也算得是千古奇文。其中差别只是，贾府猪狗不如，宝玉却是人中龙凤，薛家倒是言出必行，薛蟠却猪狗不如，林黛玉是阆苑仙葩，夏金桂是恶毒泼妇。

人世间，真的是阴差阳错，无奇不有，徒增奈何。

第十章

君子当如兰

蒋玉菡的汗巾子与贾宝玉的金麒麟

第二十八回到第三十一回，决定了四个人的命运，花袭人和蒋玉菡，史湘云和卫若兰，而月下老人居然是贾宝玉。

贾宝玉初识蒋玉菡，蒋玉菡把北静郡王赠送的茜香国进贡的大红汗巾子赠给宝玉，宝玉把腰间一条松花汗巾赠给蒋玉菡，回来：

方想起那条汗巾子原是袭人的，不该给人才是，心里后悔，口里说不出来，只得笑道："我赔你一条罢。"

无意之中，花袭人的汗巾，一个女孩的私密之物，到了蒋玉菡腰间。怎么赔？原文：

至次日天明，方才醒了，只见宝玉笑道："夜里失了盗也不晓得，你瞧瞧裤子上。"袭人低头一看，只见昨日宝玉系的那条汗巾子系在自己腰里呢，便知是宝玉夜间换了，忙一顿把解下来，说道："我不希罕这行子，趁早儿拿了去！"宝玉见他如此，只得委婉解劝了一回。袭人无法，只得系在腰里。过后宝玉出去，终久解下来掷在个空箱子里，自己又换了一条系着。

原来，宝玉把蒋玉菡赠的茜香国大红汗巾子赔给袭人。赔者，配也。其实暗喻八十回后蒋玉菡和花袭人的婚配。

花袭人虽无奈，但那条被她撂在箱子里的汗巾终究随她离开了贾府。和蒋玉菡婚后，互相发现彼此的汗巾，居然早就是对方贴身之物，方信婚姻前定，逃脱不得。花袭人之婚姻，应该是其兄花自芳撮合。但那时的花袭人，依然挂念宝玉，蒋玉菡只娶得一个身子，等双方亮出底牌，方知彼此就是对方命里的那一个，也就无话可说。

贾宝玉的撮合，是心灵和精神层面的撮合。

第二十九回清虚观打醮，宝玉因湘云配着金麒麟，便挑了一个雄性的大金麒麟准备送给湘云。这就点出了贾宝玉的心思。史湘云已有麒麟，宝玉再送一个，配成一对儿，不就是要湘云婚配的意思吗?

最奇妙的，宝玉不慎丢失的金麒麟，恰好是史湘云捡到。史湘云在阳光下仔细端详，从此就记得这只金碧辉煌的金麒麟。宝玉原是要给湘云的，有了这个曲折，反而自己收着了。

第二十六回，有这样批语:

【庚辰眉批：惜“卫若兰射圃”文字无稿。叹叹！丁亥夏。笏叟。】

到第三十一回一条批语，就揭示了这只金麒麟的归宿:

【庚辰：后数十回若兰在射圃所佩之麒麟正此麒麟也。提纲伏于此回中，所谓“草蛇灰线，在千里外”。】

显然，贾宝玉后来把这只金麒麟赠给了好友卫若兰。

这只金麒麟经历了一个从宝玉到湘云到宝玉再到若兰的过程，终于找到它真正的主人。而就在第三十一回，众人提及史湘云定亲，定亲的对象其实就是卫若兰。

和花袭人与蒋玉菡的婚姻一样，婚姻定下的只是他们的身体。婚后，史湘云看见她曾经捡着的那个金麒麟配在卫若兰身上，一问缘由，方知是宝玉所赠，方信千里姻缘一线牵，从此举案齐眉琴瑟和鸣。这就点了第三十一回“因麒麟伏白首双星”的题。所谓白首双星，是史湘云和卫若兰。而第二十八回蒋玉菡情赠茜香罗，赠的也不是宝玉，而是袭人。

湘云和翠缕的阴阳论

第三十一回，来到贾府的湘云和翠缕主仆有一段欢乐英雄阴阳论，云淡风轻，暗地里牵涉多少重大事情，实在是天下第一妙文。

首先，翠缕说:

“他们那边有棵石榴，接连四五枝，真是楼子上起楼子，这也难为他长。”

湘云道：

“花草也是同人一样，气脉充足，长的就好。”

又说：

“我说你不用说话，你偏好说。这叫人怎么好答言？天地间都赋阴阳二气所生，或正或邪，或奇或怪，千变万化，都是阴阳顺逆。一生出来，人罕见的就奇，究竟理还是一样。”

记得贾元春是大年初一生的。

记得贾元春判词有一句：榴花开处照宫闱。

这就把贾元春的事情交代了：贾元春生得奇，是贵人；贾元春运势旺，楼子上起楼子；贾元春恩宠日隆，阴阳交汇，必有喜。

其次是金麒麟：

翠缕又点头笑了，还要拿几件东西问，因想不起个什么来，猛低头就看见湘云宫绦上系的金麒麟，便提起来笑道：“姑娘，这个难道也有阴阳？”湘云道：“走兽飞禽，雄为阳，雌为阴；牝为阴，牡为阳。怎么没有呢！”翠缕道：“这是公的，到底是母的呢？”

这就涉及湘云所配之金麒麟的性别，虽然：

湘云道：“这连我也不知道。”

但是，翠缕说着说着就说到了人事，所谓：

翠缕道：“这也罢了，怎么东西都有阴阳，咱们人倒没有阴阳呢？”湘云照脸啐了一口道：“下流东西，好生走罢。越问越问出好的来了！”

湘云的骂，是大家小姐身份。可是翠缕说的究竟是对的：

一面说，一面走，刚到蔷薇架下，湘云道：“你瞧那是谁掉的首饰，金晃晃在那里。”翠缕听了，忙赶上拾在手里攥着，笑道：“可分出阴阳来了。”说着，先拿史湘云的麒麟瞧。湘云要他拣的瞧，翠缕只管不放手，笑道：“是件宝贝，姑娘瞧不得。这是从那里来的？好奇怪！我从来在这里没见有人有这个。”湘云笑道：“拿来我看。”翠缕将手一撒，笑道：“请看。”湘云举目一验，却是文彩辉煌的一个金麒麟，比自己佩的又大又有文彩。

可巧这时，翠缕捡到了一个比湘云所佩金麒麟还要大还要金碧辉煌的金麒麟。这个金麒麟，就是清虚观打醮宝玉要了来要送给湘云的。这个金麒麟和湘云所佩之金麒麟的差别，连现学现卖的翠缕都看得出来，显然是个雄性金麒麟，而湘云所佩是个雌性金麒麟，这莫不是一对？

所以：

湘云伸手擎在掌上，只是默默不语。

这是湘云感觉到了一种命运的启示。只是她还不明白，这个雄性的金麒麟为她捡到，预示着谁？

预示着宝玉？

不可能了。

一来湘云已经定亲。

二来湘云曾经和宝玉有一段早于黛玉的青梅竹马的缘分，只可惜有缘无分。

三来那只金麒麟，宝玉原本是要送给湘云的，如此一折腾，失而复得，他反而不给湘云了，而是伸手拿了回来。这便预示着他和湘云的擦肩而过。

这只麒麟，八十回后，宝玉送给了挚友，随父外任回京的卫家公子卫若兰，一次和冯紫英等人射圃，幼时好友重逢，宝玉无以为赠，送了这只他原本要送给湘云的金麒麟。

等到湘云和若兰成亲，湘云看到若兰所佩之又大又金碧辉煌的雄性金麒麟，一问之下，知道是宝玉所赠，方悟这道神谕，乃是预示着她和若兰的姻缘。

可见湘云和翠缕的一段阴阳论，不仅牵涉贾元春的命运，也涉及湘云和若兰的婚姻。

卫若兰和史湘云的婚姻

前八十回几乎没有提及卫若兰，只在第十四回秦可卿葬礼一笔带过：

馀者锦乡伯公子韩奇，神武将军公子冯紫英，陈也俊、卫若兰等诸王孙公子，不可枚数。

批语倒是提过两次。

第二十六回：

【庚辰眉批：惜“卫若兰射圃”文字无稿。叹叹！丁亥夏。笏叟。】

第三十一回：

【庚辰：后数十回若兰在射圃所佩之麒麟正此麒麟也。提纲伏于此回中，所谓“草蛇灰线，在千里之外”。】

从小说叙事和批语看，卫家和贾府也是世交，也是义忠亲王老千岁故旧。卫若兰精于骑射，和贾宝玉、冯紫英等人是义气相投的朋友。

很有意思。贾兰，可惜是假兰。而真正的兰，是鲜有提及的公子卫若兰，湘云之夫婿。卫若兰者，谓若兰也，也就是人们所说真正像兰花一样高洁的君子。这真是讽刺。

卫若兰和史湘云婚后，有一段短暂而幸福的时光。所谓：

厮配得才貌仙郎，博得个地久天长，准折得幼年时坎坷形状。

曾以功名劝导宝玉的湘云，虽爱极若兰，却也会鼓励丈夫建功立业，扬名立万，所以小说最有可能支持丈夫“觅封侯”的，是湘云。若兰很可能在婚后从军，要建立一番功名。

贾府被抄，并不是一个简单孤立的政治事件，而是义忠亲王老千岁这一派和忠顺亲王这一派的斗争，会有所牵连。贾府世交故旧避之唯恐不及，只有从军的公子卫若兰仗义为贾府申辩，遭致皇帝训斥，被贬责去戍关，从此和湘云天各一方，这时候的湘云，必“悔教夫婿觅封侯”。

这一离别，竟成永恒。直至白发苍苍，若兰客死边关，湘云践守“执子之手与子偕老”的誓言，自沉湖塘，驾鹤西去，应验“湘江水逝楚云飞”（逝水）和“寒塘渡鹤影”（自沉）的结局。

第十一章

红楼四侠

第二十六回批语：

【庚辰眉批：写倪二、紫英、湘莲、玉菡侠义，皆各得传真写照之笔。丁亥夏。畸笏叟。】湘莲之红尘，乃是眠花卧柳，和三姐一段孽缘。玉菡之风尘，乃是不堪的少年经历和优伶境遇。倪二实为市井泼皮，却重义轻利。紫英出于将门，英侠累累。

是为红楼四侠。

第一节　红尘义侠

柳湘莲怎样痛打薛蟠

柳湘莲绝对是个理智的人。第四十七回，薛蟠误认他作男宠：

刚至大门前，早遇见薛蟠在那里乱嚷乱叫说："谁放了小柳儿走了！"柳湘莲听了，火星乱迸，恨不得一拳打死，复思酒后挥拳，又碍着赖尚荣的脸面，只得忍了又忍。

以柳湘莲心情，是想揍死薛蟠的。以柳湘莲手段，绝对是很容易的事情。可是，我们千万不要被那场轰轰烈烈的痛打所迷惑。怒归怒，恨归恨，柳湘莲下手很有分寸。他打薛蟠，都是些不伤筋骨不伤性命的皮肉伤。

第一是背上给了一下。原文：

薛蟠笑道："这话有理。"连忙下了马，也拴在树上，便跪下说道："我要日久变心，告诉人去的，天诛地灭！"一语未了，只听"嘡"的一声，颈后好似铁锤砸下来，只觉得一阵黑，满眼金星乱迸，身不由己，便倒下来。

这一下虽重，打的却不是要害。

第二是扇耳光。原文：

湘莲走上来瞧瞧，知道他是个笨家，不惯捱打，只使了三分气力，向他脸上拍了几下，登时便开了果子铺。

这里面有个判断，背上一下就把薛蟠打成这样，柳湘莲就知道薛蟠没有功夫，是个绣花枕头，下手便轻了，只用三分气力。否则，以柳湘莲功力，气头上下手过重，搞不好要出人命。打死薛蟠，大家都没好处。一来一点误会便伤人性命，不值；二来毕竟是宝玉表兄，赖尚荣朋友，不可。那几耳光，效果出彩，鲜血淋漓，却只是皮肉之痛。

第三是踢了两脚。原文：

薛蟠先还要挣挫起来，又被湘莲用脚尖点了两点，仍旧跌倒。

这种打法，绝对是点到为止。

第四是用鞭子抽。

湘莲道："我把你瞎了眼的，你认认柳大爷是谁！你不说哀求，你还伤我！我打死你也无益，只给你个利害罢。"说着，便取了马鞭过来，从背至胫，打了三四十下。

柳湘莲的话已经挑明，并不想伤及性命，只是给薛蟠一个血淋淋的教训，用皮鞭抽。所打之处也有讲究，从后背打到大腿，并不抽头部和面部，给薛蟠留足面子。

第五是拖拽。原文：

一面说，一面又把薛蟠的左腿拉起来，朝苇中泞泥处拉了几步，滚的满身泥水。

让薛蟠显得更狼狈。

第六是给了几拳。原文：

湘莲又掷下鞭子，用拳头向他身上擂了几下。薛蟠便乱滚乱叫，说："肋条折了。我知道你是正经人，因为我错听了旁人的话了。"湘莲道："不用拉别人，你只说现在的。"薛蟠道："现在没什么说的。不过你是个正经人，我错了。"湘莲道："还要说软些才饶你。"薛蟠哼哼着道："好兄弟。"湘莲便又一拳。薛蟠"嗳哟"了一声道："好哥哥。"湘莲又连两拳。薛蟠忙"嗳哟"叫道："好老爷，饶了我这没眼睛的瞎子罢！从今以后我敬你怕你了。"

这几乎是闹着玩了。

第七是逼着喝脏水。原文:

湘涟道:“你把那水喝两口!”薛蟠一面听了,一面皱眉道:“那水脏得很,怎么喝得下去!”湘莲举拳就打。薛蟠忙道:“我喝,喝。”说着,只得俯头向苇根下喝了一口,犹未咽下去,只听“哇”的一声,把方才吃的东西都吐了出来。湘莲道:“好脏东西,你快吃尽了饶你。”薛蟠听了,叩头不迭道:“好歹积阴功饶我罢!这至死不能吃的。”湘莲道:“这样气息,倒薰坏了我。”说着丢了薛蟠,便牵马认镫去了。

如此,严格说来,柳湘莲也就是想给薛蟠一个教训。虽然拳拳到肉,但也仅仅是到肉而已,流点血,吃点苦,让薛蟠长点记性,场面轰轰烈烈,哭声震天,却不是真刀真枪的下狠手。

这可以从薛姨妈和薛宝钗事后的反应看出来。薛姨妈便没看到这一层,又是哭又是骂,还要派人去抓柳湘莲。薛宝钗却看到了这一层,这样劝妈妈:

“这不是什么大事,不过他们一处吃酒,酒后反脸常情。谁醉了,多挨几下子打,也是有的。况且咱们家的无法无天,也是人所共知的。妈不过是心疼的缘故。要出气也容易,等三五天哥哥养好了出的去时,那边珍大爷琏二爷这干人也未必白丢开了,自然备个东道,叫了那个人来,当着众人替哥哥赔不是认罪就是了。如今妈先当件大事告诉众人,倒显得妈偏心溺爱,纵容他生事招人,今儿偶然吃了一次亏,妈就这样兴师动众,倚着亲戚之势欺压常人。”

宝钗厉害,看到哥哥虽然狼狈,其实并无大碍,人家只是想给哥哥一点教训而已,并不想伤及薛蟠性命,什么贾珍贾琏不会善罢甘休都是缓兵之计,目的就是息事宁人,不再深究。这一层,就连哭肿了眼睛的香菱也没看到。

我惊讶于《红楼梦》这么一件小小的事情,也写得如此奇妙。柳湘莲和薛宝钗一生从未谋面,但是他们的智慧,却隔空喊话。柳湘莲的打法,薛宝钗的看法,其实不谋而合。聪明的人,一点就通,智慧的人,心有灵犀。就这样,柳湘莲和薛宝钗,穿越时空,好好过了一回招,也算是惺惺相惜。这份善缘,最终落在薛蟠身上,这次薛家相让,换来下次柳湘莲出手相救,因果循环,善莫大焉。

柳湘莲痛打薛蟠的意义

第四十七回，柳湘莲痛打薛蟠，到底是何用意?

贾宝玉和他一干朋友，秦钟、蒋玉菡和柳湘莲，我们若有若无的，或者有意无意的，都是认为他们有断袖之好的。

这是因为第七回，宝玉初见秦钟：

那宝玉自见了秦钟的人品出众，心中似有所失，痴了半日，自己心中又起了呆意，乃自思道："天下竟有这等人物！如今看来，我竟成了泥猪癞狗了。可恨我为什么生在这侯门公府之家，若也生在寒门薄宦之家，早得与他交结，也不枉生了一世。我虽如此比他尊贵，可知锦绣纱罗，也不过裹了我这根死木头；美酒羊羔,也不过填了我这粪窟泥沟。'富贵'二字，不料遭我荼毒了！"秦钟自见了宝玉形容出众，举止不浮，更兼金冠绣服，骄婢侈童，心中亦自思道："果然这宝玉怨不得人溺爱他。可恨我偏生于清寒之家，不能与他耳鬓交接，可知'贫窭'二字限人，亦世间之大不快事。"

这样行文，实在暧昧。

还有第十五回：

宝玉笑道："这会子也不用说，等一会睡下，再细细的算帐。"一时宽衣要安歇的时节，凤姐在里间，秦钟宝玉在外间，满地下皆是家下婆子，打铺坐更。凤姐因怕通灵玉失落，便等宝玉睡下，命人拿来搁在自己枕边。宝玉不知与秦钟算何帐目，未见真切，未曾记得，此系疑案，不敢纂创。

这样叙事，着实费解。

还有第二十八回，蒋玉菡情赠茜香罗。

此间种种，加之满清贵族，男风盛行，不免使人想到，宝玉诸君也有同性之恋。

说来惭愧，我也一直这样以为。而转机，缘于湘莲痛打薛蟠。

柳湘莲痛打薛蟠，并不仅仅是薛蟠误认他为戏子。第四十七回的题目"呆霸王调情遭苦打"，是他想调戏柳湘莲。小说里明确说了：

因其中有柳湘莲，薛蟠自上次会过一次，已念念不忘。又打听他最喜串戏，且串的都是生旦风月戏文，不免错会了意，误认他作了风月子弟，正要与他相交，恨没有个引进，这日可巧遇见，乐得无可不可。

所谓风月弟子，便是男宠。薛呆子一个劲儿地喊湘莲“小柳儿”：

柳湘莲听了，火星乱迸，恨不得一拳打死，复思酒后挥拳，又碍着赖尚荣的脸面，只得忍了又忍。

这说明柳湘莲对于男宠之恋、同性之爱，深恶痛绝。他痛打薛蟠便是明证。

这便是湘莲痛打薛蟠的意义。其意乃是要说明，柳湘莲宝玉秦钟蒋玉菡一干朋友，乃是惺惺相惜的知己，并非尘世里的男性之爱。

因此这一回，柳湘莲和宝玉说起秦钟的坟墓，表现的便是他们三人纯真的男性友情。

柳湘莲此人，放荡不羁，眠花卧柳，风流深情，便是要找一个绝色的女子。可见其性取向十分清晰，并非同性恋者。这痛打，便是昭告。

由此回溯。

第二十八回蒋玉菡赠宝玉汗巾。蒋玉菡不幸沦为忠顺亲王男宠不假，因此表情达意的方式确实有些唐突，他赠宝玉汗巾，宝玉当然也只得赠玉菡汗巾。汗巾就是现如今咱们男人的裤腰带，宝玉不回赠汗巾，玉菡如何了局。而从玉菡决然逃离忠顺亲王府，娶了花袭人来看，他的性取向依然是正常的，宝玉这一干人等给予玉菡的影响，也是正常的。

第十五回，宝玉床上和秦钟算账，看似暧昧，其实不过是障眼法。就是这一回馒头庵，有智能儿和秦钟的情愫，是宝玉促成他们捅破那层窗户纸的，又是宝玉在他们就要越过底线时制止的。

这已经说明，宝玉和秦钟，不过是知己好友，而非同性恋。

妙在第九回，也有一场混战，也是为同性恋的说法打的。

宝玉和秦钟上学堂，和香怜惺惺相惜，想结交，不想被金荣诬为同性恋。所谓：

金荣只一口咬定说：“方才明明的撞见他两个在后院子里亲嘴摸屁股，一对一肏，撅草根儿抽长短，谁长谁先干。”

金荣的话，说得如此露骨，说的正是男性之间的性事。可是，其实秦钟和香怜，不过是刚说了句：

秦钟先问他：“家里的大人可管你交朋友不管？”

可见秦钟之交朋友，并非金荣所说的不堪之事。

而金荣的诬蔑，惹恼的恰好是贾蔷，另一个被误认为是贾珍男宠的人，这才引出一番乱战。

此间之种种，恰好说明，宝玉和秦钟甚至和香怜的相交，乃是交朋友，不是男性之间不堪的性事。而贾蔷的愤怒也说明，他并非要么和贾珍要么和贾蓉有一腿的男宠。

这种有意味的行文，告诉我们，即使男性，宝玉和柳湘莲和秦钟和蒋玉菡，包括贾蔷，他们相交，还是“意淫”，是交心，不是金荣所谓的“滥淫”。

其实《红楼梦》行文，虽然在宝玉和他一干朋友相交时极尽暧昧之能事，但那不过是真假之笔，是障眼法。到大关键处，说及男性之间的性事，明确点的，只有贾琏，拿清俊的小厮泻火，内惧娇妻外惧鸾宠，还有薛蟠薛大爷的龙阳之兴，以及一刻儿也离不得蒋玉菡的忠顺亲王。其余，包括贾珍贾蓉，都没提及。

这便是刚刚和宝玉“意淫“，畅谈和秦钟友情的柳湘莲痛打有龙阳之兴的薛蟠的意义。这是一条很隐秘的线索，一直串联到第九回，宝玉秦钟和金荣的一场混战，其间的真意，至此明了，原来，《红楼梦》所写宝玉和秦钟和玉菡和湘莲的友情，乃是真挚的男性友情，是钟子期和俞伯牙那样高山流水的友情，并不涉及男性之间的性事。

宝玉这一干人等，无论和男性还是女性交往，皆是“意淫”，是情。而贾珍贾琏贾蓉薛蟠之流，无论和男性还是女性交往，皆是“滥淫”，是性。

柳湘莲对宝玉隐秘微妙的感情

赖大儿子赖尚荣荣升知县，大摆家宴。作为贾府包衣奴才，自然要请贾府。席间柳湘莲和贾宝玉有一番对话。柳湘莲态度，着实微妙。见第四十七回：

宝玉便拉了柳湘莲到厅侧小书房中坐下，问他这几日可到秦钟的坟上去了。湘莲道：“怎么不去？前日我们几个人放鹰去，离他坟上还有二里，我想今年夏天的雨水勤，恐怕他的坟站不住。我背着众人，走去瞧了一瞧，果然又动了一点子。回家来就便弄了几百钱，第三日一早出去，雇了两个人收拾好了。”宝玉道：“怪道呢，上月我们大观园的池子里头结了莲蓬，我摘了十个，叫茗烟出去到坟上供他去，回来我也问他，可被雨冲坏了没有。他说不但不冲，且比上回又新了些。我想着，不过是这几个朋友新筑了。我只恨我天天圈在家里，一点儿做不得主，行动就有人知道，不是这个拦就是那个劝的，能说不能行。虽然有钱，又不由我使。”湘莲道：“这个事也用不着你操心，外头有我，你只心里有了就是。眼前十月初一，我已经打点下上坟的花消。你知道我一贫如洗，家里是没的积聚，纵有几个钱来，又随手就光的，不如趁空儿留下这一分，省得到了跟前扎煞手。”

宝玉道：“我也正为这个要打发茗烟找你，你又不大在家，知道你天天萍踪浪迹，没个一定的去处。”湘莲道：“这也不用找我。这个事不过各尽其道。眼前我还要出门去走走，外头逛个三年五载再回来。”宝玉听了，忙问道：“这是为何？”柳湘莲冷笑道：“你不知道我的心事，等到跟前你自然知道。我如今要别过了。”宝玉道：“好容易会着，晚上同散岂不好？”湘莲道：“你那令姨表兄还是那样，再坐着未免有事，不如我回避了倒好。”宝玉想了一想，道：“既是这样，倒是回避他为是。只是你要果真远行，必须先告诉我一声，千万别悄悄的去了。”说着便滴下泪来。柳湘莲道：“自然要辞的。你只别和别人说就是。”说着便站起来要走，又道：“你们进去，不必送我。”一面说，一面出了书房。

贾宝玉听说柳湘莲要出去闯荡，滴下泪来，而柳湘莲只是冷笑。

这个冷笑，用冷二郎来解释不通。柳湘莲其实很仁义，即便是对秦钟这样一个死去多年的朋友，依然那么惦记，纵使手头不宽裕，也要时时修葺拜祭。

贾宝玉问起柳湘莲为何出走，柳湘莲不但不说，而且一句“你不知道我的心事，等到跟前你自然知道”带过，而且冷笑。

在我看来，这个冷笑带有深深的冷意。

至交朋友，不告诉出走原由也就罢了，还冷冷一笑，明摆着就是不信任嘛。

写到这里，我心里一惊，相交如此深厚的朋友，何以变得如此隔阂？

这事，还得从第三十三回蒋玉菡的事情说起。

蒋玉菡叛逃忠顺亲王府，贾宝玉这一班朋友是知道去处的。结果，贾宝玉被忠顺亲王府长史一吓一诈，就露出了底细。

无论如何，贾宝玉此举是出卖了朋友的。好在，忠顺亲王府并没有捉拿到蒋玉菡。但是这件事情，是会让贾宝玉的朋友们，对贾宝玉有重新认识的。至少，贾宝玉虽是值得交心的朋友，但由于特殊的身份和地位，却未必是靠得住的朋友。这样的认识一旦确立，就会对贾宝玉采取新的交往策略。朋友可以做，贾宝玉毕竟是至纯至善之人，但有的事情还是不让贾宝玉知道的好，这对大家都好。

所以，当贾宝玉婆婆妈妈地问起柳湘莲为何出走时，柳湘莲的脑海顿时闪过他和蒋玉菡告别的情景，蒋玉菡告诉了贾宝玉去处，才落得流亡困顿四海为家。所以，柳湘莲冷冷一笑，决计不告诉宝玉。

柳湘莲惧祸走他乡之谜

第四十七回，有个谜题必须解开。

第四十七回标题，冷郎君惧祸走他乡。

从整回叙述来看，似乎是柳湘莲痛打薛蟠，害怕贾府和薛家报复逃走的。所谓：

薛姨妈又是心疼，又是发恨，骂一回薛蟠，又骂一回柳湘莲，意欲告诉王夫人，遣人寻拿柳湘莲。

又谓：

薛蟠睡在炕上痛骂柳湘莲，又命小厮们去拆他的房子，打死他，和他打官司。薛姨妈禁住小厮们，只说柳湘莲一时酒后放肆，如今酒醒，后悔不及，惧罪逃走了。

但是，细读小说就会发现，柳湘莲尚未痛打薛蟠之前，就已经告诉贾宝玉要出去游历个三年五载的。

这说明柳湘莲并不是怕薛家报复，他早就决定要走的。不过刚好遇到薛蟠调戏，打一顿再走罢了。薛姨妈是骗薛蟠说柳湘莲惧祸逃走。

但是，这里面还有蹊跷。

贾宝玉和柳湘莲是知己，为何对贾宝玉态度如此冷淡？不告诉原因也罢，还冷笑，冷笑也罢，还一再告诫宝玉：

“你只别和别人说就是。”

如果只是出去游历，怎会如此谨慎？

还有，此回标题是“冷郎君惧祸走他乡”，既然章回标题都说了是惧祸，肯定有祸事。既然不是暴打薛蟠之祸，那是什么祸？逼得天不怕地不怕的柳二爷，要悄悄溜走？

第三十三回发生过一件事情，那就是忠顺亲王府长史到贾府索要逃走的蒋玉菡，贾宝玉经不住恐吓，说出蒋玉菡隐居之所。宝玉被打，梦见蒋玉菡前来诉说被忠顺亲王府追拿之事。这说明：

第一，贾宝玉胆识不足，无意之中出卖了蒋玉菡。

第二，蒋玉菡还是跑了，忠顺亲王府并没拿住蒋玉菡。

第三，柳湘莲、贾宝玉和蒋玉菡都是好朋友，其间还牵扯上那位风度翩翩的北静郡王。这样一来，问题就清楚了。

首先，蒋玉菡是和宝玉这帮朋友交往后决定逃离忠顺亲王府的。

其次，也是贾宝玉这帮朋友帮助蒋玉菡逃离忠顺亲王府并悄悄在外面置办田庄隐居。

这就牵扯到了柳湘莲的祸事。很显然，忠顺亲王府追拿蒋玉菡，不仅去贾府要人，还去威逼利诱蒋玉菡的朋友，冯紫英也可能被追问过，柳湘莲也已经被追查或跟踪。只有北静郡王身份摆在那儿，忠顺亲王不好造次。

以柳湘莲的本领、侠义和身份，很可能就是他帮助蒋玉菡逃走，置办田庄隐居的，也是他得到消息帮助蒋玉菡逃过忠顺亲王府追拿而被忠顺亲王府盯上的，这才是真正的祸事。因此，柳湘莲才觉得有必要出去避避风头。

更或许，正是北静郡王让柳湘莲帮助蒋玉菡逃跑的，此时要柳湘莲出去避避风头的正是北静郡王，此等机密之事，怎可告诉贾宝玉这样涉世不深的公子哥儿？

所以，贾宝玉问柳湘莲要去哪里，柳湘莲的反应是冷笑和不说。

我以为，这才是柳湘莲惧祸之谜，这祸事和蒋玉菡逃亡有关。

巧的是，薛蟠薛大爷的出现，以及他企图调戏柳湘莲遭到暴打，正好给柳湘莲一个表面惧此祸（打薛蟠）实则避彼祸（帮玉菡）的假象，以此撇清和蒋玉菡逃亡的干系，遭受皮肉之苦的呆霸王当了一回幌子，也算立了一功。

难怪，柳湘莲拳拳到肉，并未伤及筋骨。后来柳湘莲出手，从盗匪手中解救薛蟠，虽是仗义之举，也算是回报薛蟠。湘莲之惧祸，其实是围绕一场义忠亲王老千岁、北静郡王和忠顺亲王府的明争暗斗。

好一部红楼，繁华温柔之中，却也暗流汹涌。

柳湘莲真的做了强盗吗

第一回甄士隐所注《好了歌》，有这样一条批语：

训有方，保不定日后作强梁。【甲戌侧批：柳湘莲一干人。】

后人依据这条批语，认定八十回后，柳湘莲落草做了强盗。

关于这个结论，我觉得疑点多多。

第一，“训有方”是指大家族教育培养子弟，小说却压根儿没有提及柳湘莲父母家教。第四十七回：

那柳湘莲原是世家子弟，读书不成，父母早丧，素性爽侠，不拘细事，酷好耍枪舞剑，赌博吃酒，以至眠花卧柳，吹笛弹筝，无所不为。因他年纪又轻，生得又美，不知他身分的人，却误认作优伶一类。

既然“读书不成，父母早丧”，怎样训有方？

第二，关于柳湘莲去向，前八十回交代得清清楚楚，尤三姐自刎，柳湘莲悲痛绝望，为跛足道人度化出家。

第六十六回标题即是“情小妹耻情归地府，冷二郎一冷入空门”。

更有原文：

湘莲反伏尸大哭一场。等买了棺木，眼见入殓，又抚棺大哭一场，方告辞而去。

出门无所之，昏昏默默，自想方才之事。原来尤三姐这样标致，又这等刚烈，自悔不及。正走之间，只见薛蟠的小厮寻他家去，那湘莲只管出神。那小厮带他到新房之中，十分齐整。忽听环佩叮当，尤三姐从外而入，一手捧着鸳鸯剑，一手捧着一卷册子，向柳湘莲泣道："妾痴情待君五年矣。不期君果冷心冷面，妾以死报此痴情。妾今奉警幻之命，前往太虚幻境修注案中所有一干情鬼。妾不忍一别，故来一会，从此再不能相见矣。"说着便走。湘莲不舍，忙欲上来拉住问时，那尤三姐便说："来自情天，去由情地。前生误被情惑，今既耻情而觉，与君两无干涉。"说毕，一阵香风，无踪无影去了。

湘莲警觉，似梦非梦，睁眼看时，那里有薛家小童，也非新室，竟是一座破庙，旁边坐着一个跏腿道士捕虱。湘莲便起身稽首相问："此系何方？仙师仙名法号？"道士笑道："连我也不知道此系何方，我系何人，不过暂来歇足而已。"柳湘莲听了，不觉冷然如寒冰侵骨，掣出那股雄剑，将万根烦恼丝一挥而尽，便随那道士，不知往那里去了。

这段说得很清楚，柳湘莲斩断情丝，随跛足道人出家。每每读这一段，总觉得心酸，柳湘莲和尤三姐的自误与被误，尤三姐魂魄相告，写尽人世间男女的真情与无情，真实与幻象。"妾痴情待君五年矣。不期君果冷心冷面，妾以死报此痴情。"这句话好深情，好绝情，好动情，好悲情，爱情如斯，端的让人肝肠俱断，肺腑俱裂。经历过这样感情大劫的柳湘莲，还看不破红尘，堪不破人生？出家之后，还会还俗，又去干杀人越货的勾当？

不会。

第六十七回开篇再一次这样写道：

柳湘莲见尤三姐身亡，痴情眷恋，却被道人数句冷言打破迷关，竟自截发出家，跟随疯道人飘然而去，不知何往。

一句"打破迷关"，一句"截发出家"，一句"飘然而去"，一句"不知何往"，还有什么歧义，还有什么可想，还有什么可续？没有了。柳湘莲的结局，就和秦钟、秦可卿、金钏、晴雯、尤二姐、尤三姐一样，是完结了的。

第二节　风尘情侠

蒋玉菡其实是忠顺亲王男宠

蒋玉菡，一代名伶，其实是忠顺亲王的男宠。

第三十三回，忠顺亲王府长史，是这样跟贾政说的：

王爷亦云："若是别的戏子呢，一百个也罢了；只是这琪官随机应答，谨慎老成，甚合我老人家的心，竟断断少不得此人。"

蒋玉菡的身份，和贾府的十二官一样，是唱戏的。可是，蒋玉菡在忠顺亲王府的角色，显然超越了戏子，不单单唱戏，还要鞍前马后陪侍忠顺亲王。所谓"甚合我老人家的心，竟断断少不得此人"这话就更加露骨，可见什么随机应答、谨慎老成都是套话，蒋玉菡真实身份，是忠顺亲王的男宠。

《霸王别姬》里程蝶衣曾经有过的不堪经历，却是蒋玉菡自小以来的悲惨命运。

这可以从蒋玉菡初见宝玉那种独特的表情达意的方式看出来，玉菡解下北静郡王赠予他的名贵汗巾给宝玉。所谓汗巾就是裤腰带，乃是私密贴身之物。而且，没有裤腰带，裤子是要掉下来的。所以宝玉也只得解下腰间的汗巾回赠玉菡。

蒋玉菡的驾轻就熟，说明他早已经习惯这种男人之间的眷恋。

由此引发的问题更加火爆。难道北静郡王和贾宝玉真是在和忠顺亲王争风吃醋？

不是。

北静郡王赠蒋玉菡一条名贵的汗巾，蒋玉菡转赠贾宝玉，这本身就表明他们之间的感情是友谊而不是私情。

第二十八回冯紫英宴请薛蟠贾宝玉，席间还有蒋玉菡和妓女云儿，但蒋玉菡的身份角色却和云儿不同。云儿就是冯紫英花钱从锦香院请来喝花酒唱小曲的妓女，蒋玉菡是客，是座上宾，冯紫英等人是把蒋玉菡当朋友看的。

这说明以北静郡王为首的宝玉这一干朋友都尊重蒋玉菡的人格和才艺，愿意和蒋玉菡做朋友。

也就是说，蒋玉菡在忠顺亲王府为奴，在宝玉等人这里是人。

正是这样的交往，让蒋玉菡意识到了在忠顺亲王府的屈辱，看到另外一种人生。

蒋玉菡从此开始流亡生涯

《红楼梦》的叙事功力，真的是让人们叹服。忠顺亲王追拿蒋玉菡，换作他人，要怎么写？写几章几节？可是，这里却是举重若轻，一笔带过。

第三十三回，写忠顺亲王府长史来贾府索要蒋玉菡，实际就暗写追拿蒋玉菡和蒋玉菡的逃亡。

到第三十四回，只用一个梦便完成整件事件的交代：

这里宝玉昏昏默默，只见蒋玉菡走了进来，诉说忠顺府拿他之事。

从此，一代名伶，不满忠顺亲王府禁锢，一心追求自由，开始逃亡生涯。

蒋玉菡的人生，其实和芳官龄官等相似，早早为王府买来唱戏，勤学苦练，终成名角。只是没能逃脱忠顺亲王魔爪，成为男宠。为长久笼络蒋玉菡，忠顺亲王给予长大成人的蒋玉菡一定人身自由，可以自由外出，并经他提携参与贵族社会的社交活动。

然后便结识北静郡王、冯紫英、贾宝玉、柳湘莲、薛蟠这一帮朋友，感觉到做人的尊严，看到另外一种人生，产生叛逃念想。而叛逃的结果，就是遭忠顺亲王府追拿，从此过着隐姓埋名、颠沛流离、困顿不堪的生活。

从小说及批语来看，忠顺亲王府其实一直没能拿住蒋玉菡。这里面肯定有北静郡王为首的柳湘莲冯紫英等一帮朋友的帮助。直到贾元春贾母黛玉相继死去，贾府一片混乱，忠顺亲王找到扳倒贾府机会，才放弃追拿蒋玉菡，蒋玉菡才悄悄安顿下来。

就在这当口，贾政整顿家务，听信赵姨娘谗言，知道袭人和贾宝玉之事，借裁撤冗员节省开支为由，撵走袭人。

而机缘巧合，花自芳为袭人找的夫婿，竟是隐居的蒋玉菡。此时袭人心如死灰，任凭哥哥裁夺。新婚之夜，互见各自的汗巾早已在对方那里，方知皆系宝玉所为，始信姻缘前定，从此相敬如宾，过着清苦而和谐的生活。

蒋玉菡作为一个戏子，本可以过上锦衣玉食众人仰望的名角儿生活，却挣破牢笼，反对权贵，追求自由，即便颠沛流离，也不愿做笼中的金丝雀，也要做遨游天际的雄鹰。这种不屈权贵、百折不挠的精神，使他站上更高的道德平台，令我们仰视。

风尘情侠蒋玉菡

玉菡身世可怜，自幼即为优伶。玉菡之童年，便是贾府之十二官。这是雪芹互写之法。十二个活泼可爱的小戏子，能活下来者几何？龄官、药官死了，不死的或遣散回家，或入寺庵，多半也是死路一条。这种残酷的淘汰，玉菡能长大成角儿，实在侥幸。

可是侥幸之中，又有大不幸。这大不幸，是玉菡心底永远的痛，不足为外人道。

原来玉菡自幼买进王府，不仅唱戏，还是忠顺亲王娈宠。

难怪玉菡初见宝玉，表情达意的方式那么暧昧。

名伶兼男宠，此之谓风尘。

玉菡伴随屈辱的性经历长大，却向往真挚美好的感情。和宝玉北静郡王冯紫英柳湘莲这帮朋友交往，使玉菡明白，还有自由而美好的人生。于是，才抛去荣华富贵，悄悄逃离王府，去追求自由的灵魂。

这是玉菡由非人走向人之大关键。

难怪，宝玉虽为忠顺亲王府长史诈出玉菡居所，惨遭毒打，依然牵挂玉菡安危，对黛玉说：

“我便是为这些人死了，也是情愿的。”

然而玉菡之事，若仅至于此，也算不得侠。

玉菡之侠，不是湘莲一般的义气，也不是倪二一般的豪气、紫英一般的谋断，而是情。

那条他赠予宝玉的汗巾在袭人那里，袭人的汗巾又在玉菡腰间。宝玉和玉菡的友情，却牵出玉菡和袭人的婚姻。

从此袭人知道，这是宝玉挚友。从此玉菡也知道，这是宝玉的女人。难得的是玉菡，因他早年那段屈辱的经历，因他对宝玉的了解，居然不拘于男权观念，感同身受将心比心，如此悲悯和宽容地接纳袭人，那是比柳湘莲还要高明的格局和胸襟。

这便是玉菡的侠，情侠。

既为夫妻，即便隐姓埋名困顿奔波，也相濡以沫。玉菡和袭人，也算患难见真情的夫妻。

到贾府被抄，宝玉下狱，玉菡又想法让袭人悄悄去狱神庙探望安慰宝玉。第二十回畸笏叟批语：

【庚辰眉批：茜雪至“狱神庙”方呈正文。袭人正文标目曰“花袭人有始有终”，余只见有一次誊清时，与“狱神庙慰宝玉”等五六稿，被借阅者迷失，叹叹！丁亥夏。畸笏叟。】

这不仅是袭人情意，也是玉菡情怀。

等宝玉出狱，那时正忙着搞垮贾府的忠顺亲王早已无暇顾及逃亡的玉菡，于是，隐姓埋名的玉菡和袭人又竭尽所能，帮助困顿不堪的宝玉宝钗夫妇。第二十八回批语：

【庚辰：茜香罗、红麝串写于一回，盖琪官虽系优人，后回与袭人供奉玉兄宝卿得同终始者，非泛泛之文也。】

这便是有始有终的花袭人，能够如此对宝玉宝钗，也算情深意重。这便是博大悲悯的蒋玉菡，那个时代的男子，能够接纳袭人，能够和袭人一起帮助宝玉夫妇，也算得“意淫”中人。

玉菡为风尘情侠，不谬矣。

第三节　市井豪侠

倪二,一个市井泼皮，却又是豪侠。《红楼梦》如何写这个豪侠，细细玩赏，颇为有趣。

第一，亮相便是泼皮无赖气。原文（第二十四回）:

且说贾芸赌气离了母舅家门，一径回归旧路，心下正自烦恼，一边想，一边低头只管走，不想一头就碰在一个醉汉身上，把贾芸唬了一跳。听醉汉骂道："臊你娘的！瞎了眼睛，碰起我来了。"贾芸忙要躲身，早被那醉汉一把抓住，对面一看，不是别人，却是紧邻倪二。原来这倪二是个泼皮，专放重利债,在赌博场吃闲钱,专管打降吃酒。如今正从欠钱人家索了利钱，吃醉回来，不想被贾芸碰了一头，正没好气，抡拳就要打。

倪二的亮相，无论对人的粗暴无礼，还是他从事职业，赌场放贷，追债逼债，都是黑道来头。吃这碗饭，在刀尖上讨生活，原本也要凶煞些，才镇得住人。

说实话，看到这里，我是有些担心的，倪二写得如此尊容，如何翻转过来，成了豪侠?

第二，无赖相里开始透出些好歹来。

倪二看清是贾芸，忙着道歉。却原来，这倪二也不是一味不讲理，不知道好歹之人。贾芸行止，正如批语所言:

【庚辰侧批：如此称呼，可知芸哥素日行止，是"金盆虽破分量在"也。】

可见贾芸家道虽然败落,倪二却敬重贾芸为人,还知利益之外还有义字。

第三，知好歹之余又透出些热心肠来。

贾芸说刚讨了没趣，倪二便格外关心，问是什么事。一般人误会了，客套一下便罢，管你受了什么气。倪二却是个热心肠，所谓:

"有什么不平的事，告诉我，替你出气。"

第四，古道热肠之余渐次便露出义气来。

贾芸把舅舅丑行说出来，倪二说:

"真真气死我倪二。也罢，你也不用愁烦，我这里现有几两银子，你若用什么，只管拿去买办。但只一件，你我作了这些年的街坊，我在外头有名放帐，你却从没有和我张过口。也不知你厌恶我是个泼皮，怕低了你的身分；也不知是你怕我难缠，利钱重？若说怕利钱重，这银子我是不要利钱的，也不用写文约；若说怕低了你的身分，我就不敢借给你了，各自走开。”一面说，一面果然从搭包里掏出一卷银子来。

这段话用现代江湖话翻译过来就是：我这里有钱，看得起我，把我当兄弟，就拿去用，休提利钱，看不起我，不把我当兄弟，要提利钱，就此拉倒。我不赚你的利钱，也不要立什么字据。我倪二当你是兄弟，你当不当我兄弟！？

原来这倪二看得起贾芸为人，素日里已惺惺相惜，这下子全露出来。

第五，倪二行为得贾芸回应。所谓：

贾芸心下自思：“素日倪二虽然是泼皮无赖，却因人而使，颇颇的有义侠之名。若今日不领他这情，怕他臊了，倒恐生事。不如借了他的，改日加倍还他也倒罢了。”

贾芸一番心思，已把倪二归结为侠义。所谓“因人而使”，就是能够明断是非，分清好坏，对好的更好，对坏的更坏，这不是侠客是什么？所以，此处批语云：

【庚辰侧批：四字是评，难得难得，非豪杰不可当。】

至此，倪二豪侠面目渐渐清晰。

第六，只是贾芸认可不行，还得有倪二言行：

倪二大笑道：“好会说话的人。我却听不上这话。既说‘相与交结’四个字，如何放帐给他，使他的利钱！既把银子借与他，图他的利钱，便不是相与交结了。闲话也不必讲。既肯青目，这是十五两三钱有零的银子，便拿去治买东西。你要写什么文契，趁早把银子还我，让我放给那些有指望的人使去。”

这话再次表明倪二豪侠本色，正如此间批语所云：

【庚辰侧批：“光棍眼内揉不下沙子”是也。】

【庚辰侧批：如今不单是亲友言利，不但亲友，即闺阁中亦然，不但生意新发户，即大户旧族颇颇有之。】

至此，倪二市井豪侠形象，跃然纸上矣。

倪二的身世，还有线索。倪二听了贾芸舅舅的丑行：

倪二听了大怒，“要不是令舅，我便骂不出好话来，真真气死我倪二……"

此处批语：

【庚辰侧批：仗义人岂有不知礼者乎？何尝是破落户？冤杀金刚了。】

这条批语说倪二粗鲁莽撞言行下面，其实知礼义明廉耻。卜世仁再混账，毕竟是贾芸舅舅，倪二还真骂不出口。倪二如此分寸，又哪里会是天生的市井泼皮？原来祖上也是大户人家败落下来的。倪二出身，原不低贱，所以看到贾芸败落，才会感同身受，热心襄助。

这便是倪二侠义的根源。

想想也是，自古滚滚红尘，有谁天生富贵天生贱种？世事变迁，人生轮回，上演一幕一幕悲欢离合。

第四节　将门少侠

神武将军冯唐之子冯紫英，贾宝玉、薛蟠和蒋玉菡的至交好友，也是《红楼梦》中的侠客。

冯家和贾府也是世交。冯紫英不但和贾宝玉、薛蟠交好，也和贾珍熟络，给秦可卿看病的名医张友士，就是冯紫英引见的。

其实古今中外，真正出身贵族的侠客不多。或者说不历经世道艰难人生苦楚，不能为侠。比如倪二，虽是市井泼皮，却也知晓大义，如批语所云，祖上绝非等闲之辈。比如贾芸，贾府子孙，家道中落，历经磨难，方有侠义之心。

但紫英的不凡，虽贵为公子，却好游侠。

前八十回，只是寥寥几笔，还是依稀可寻冯紫英意气风发的少年侠客形象。

第一，好骑射。

第二十六回，和贾宝玉、薛蟠吃酒，脸上有伤，是：

“前日打围，在铁网山教兔鹘捎一翅膀。”

第二，好打架。

冯紫英脸上的伤，贾宝玉和薛蟠以为又是打架闹的，说明冯紫英少年意气，一言不合便拳脚相向，受伤挂彩是家常便饭。所谓：

薛蟠见他面上有些青伤，便笑道：“这脸上又和谁挥拳的？挂了幌子了。”

第三，好抱打不平。

打架这事儿，冯紫英是这样解释的：

“从那一遭把仇都尉的儿子打伤了，我就记了再不怄气，如何又挥拳？”

中国文化语境，都尉太尉之子，也就是所谓衙内，多不是什么好东西。《水浒传》高俅之子高衙内便是。据此断定，冯紫英痛打仇都尉之子，必是看不惯那厮欺男霸女胡作非为。这可是梁山好汉所为。

第四，有计谋。

冯紫英为约贾宝玉和薛蟠喝酒，居然不动声色，设下一局，所谓：

“可不是家父去，我没法儿，去罢了。难道我闲疯了，咱们几个人吃酒听唱的不乐，寻那个苦恼去？这一次，大不幸之中又大幸。”

又谓：

“论理，我该陪饮几杯才是，只是今儿有一件大大要紧的事，回去还要见家父面回，实不敢领。”

把贾宝玉和薛蟠唬得一愣一愣的，直到第二十八回贾宝玉和薛蟠赴约，问起那件不幸之中又大幸事情，冯紫英才说：

“你们令表兄弟倒都心实。前日不过是我的设辞，诚心请你们一饮，恐又推托，故说下这句话。今日一邀即至，谁知都信真了。”

虽然小事一桩，但说到权谋机变，贾宝玉和薛蟠不及冯紫英十分之一。

如此，冯紫英少年侠客形象便呼之欲出。出身将门，年纪轻轻，有武功，好骑射，好打架，好打抱不平，有权谋机变，这是贵族阶层罕见的一位将门少侠，像极了王维诗歌《少年行》里的少年侠客。推子及父，顾名思义，冯唐将军也是一位豪迈干云的将军。

只可惜八十回后散落，有关冯紫英批语几不可见，无法推演。但我相信，八十回后，这位将门少侠也会有一番作为。

第十二章

飞黄腾达的大将军

王子腾的官运

贾史王薛四大家族，是按政治地位来排序的。贾氏宁荣二公是国公，爵位最高，所以居长。史家保龄侯忠靖侯一门双侯，次之。王家始祖都太尉，虽是虚拟官职，相当于高级军职，但爵位只是县伯，伯爵里面最低等次，和贾史两家比差了一大截的。至于薛家，皇商而已，那个紫薇舍人的发迹虚名，估计也是花钱买的，附庸风雅，为的是能够勉强跻身贵族之列。

可是，贾史两家的子孙不过是吃老本而已。世袭祖爵的贾赦贾珍，花天酒地，不务正业。入部学习的贾政，历经二十余年的苦熬，也不过熬到工部员外郎。要不是出了个贵妃贾元春，贾政如何放了学政，后来又升任工部侍郎？余者贾敬虽是进士出身，却出家做了道士。贾珠十四岁中秀才，却早早去世。贾琏贾蓉之流皆是不好读书之流，宝玉虽机敏聪慧却不务正业厌恶八股。贾环贾兰太小。实在有一代不如一代之叹。

至于一门双侯爷的史家，也是勉力维持，竟至于外面风光内里消耗，史湘云这样的小姐也要做针线贴补。不是沾贵妃的光，忠靖侯史鼎哪里可能有机会放外任获得实职？

倒是位居第三的王家，稳扎稳打，一路高歌猛进。第四回薛蟠打死冯渊，吃了官司，让薛家到京避祸的，就是母舅王子腾。可见王子腾其人很有韬略。其时王子腾为京营节度使。这个职位也属漫拟，满清一朝的文字狱，不得不提防。这个职位相当于首都警备司令，清代唤作九门提督，职位官衔不高，却极其重要，是拱卫京师的重要力量，不是皇帝极其信任倚重之人，难当此任。而能够得到这个职位，前途一定未可限量。

果然，第四回，薛家刚刚到京：

“王子腾升了九省统制，奉旨出都查边。”

九省统制当然也是虚拟职位，但管理九省兵马，实在是位高权重。有这样一个舅舅，难怪薛蟠啥也不怕，天塌下来有他舅舅。这样官职，应该是从一品的武将。

到第五十三回，王子腾又升了九省都检点，还是漫拟，但这个职位显然比统制更高，可以节制和调动九省兵马。这样官职，应该是正一品的武将。

也就是说，四大家族到第三代，贾府只是贾政放了学政升了侍郎，相当于正三品文职官员。史家双侯也只是虚职，直到第四十九回保龄侯史鼐才外放获实缺。而早在第四回，王子腾已经是从一品的武官，到第五十三回便官居正一品了。薛家则大小薛公逝世，薛蟠不成器，薛蝌年少，尽显颓势。

很显然，王家在四大家族大有后来居上之势。难怪王熙凤时时处处以娘家傲娇，打击贾琏。

伴随王家的飞黄腾达，王家在四大家族的势力也在不断扩散渗透。王子腾的妹妹一个嫁给贾政，一个嫁给大薛公。王夫人现是荣国府的实际管理者，薛姨妈更是薛家的当家人。王子腾的侄女王熙凤又嫁给荣国府的长房长孙贾琏，协助王夫人管理荣国府。可以说贾薛两家，几乎都是王家人当家。独善其身的史家也未能幸免，第七十回，王子腾之女就许与保龄侯史鼐之子为妻。试看将来只四大家族，竟是谁家之天下?

从这个意义来讲，贾母坚定选择黛玉做宝玉妻子，其实是有着深远的现实考量。王家势力之大，对内对外，都不由让人感到深深的忧虑。贾母试图以宝玉和黛玉的婚姻来避免荣国府沦为王家傀儡的命运。

王家那点事儿

从小说叙事来看，王家的基本情况应该是这样的。

第一，王子腾王夫人的父母，也就是贾宝玉的外公外婆已过世。

第二，王家应该是兄妹五人。

王仁和王熙凤的父亲，也就是王夫人之大兄，周瑞家的称为大舅老爷，现居金陵的是王家长子，赋闲在家。王子腾是次子，仕途最为成功。

正因为如此，贾府被抄王熙凤下狱之后才会托王仁贾芹把巧姐送回金陵，也就是巧姐外祖父那里。

从刘姥姥和周瑞家的称呼在娘家时的王夫人为二小姐，王家应该还有一个大小姐，薛姨妈是三妹。但从王夫人和王熙凤与王家的交往来看，只有金陵王熙凤之父兄，王子腾夫妇和薛姨妈，这位所谓的王家大小姐几乎就是空白。如果这位王家大小姐和王熙凤的父亲、王子腾、王夫人和薛姨妈一母同胞，即使这位王家大小姐过世，她的子女依然会和王家过从甚密。但是，小说没有一丁点儿痕迹，王夫人薛姨妈王熙凤也从没提及，加之刘姥姥口中王夫人在娘家时便当家的情形，便只有两种可能，要么这位大小姐尚未出阁便离世，要么这位大小姐和王熙凤之父、王子腾、王夫人、薛姨妈并非一母所生，很可能是庶出的小姐。由于母辈的纠葛，出嫁就遭正妻所生四兄妹压制，出嫁之后，加之父母过世，便鲜有往来。

从王家出场的四兄妹来看，王家子女是很抱团的。王夫人嫁到贾府，又把王熙凤弄进贾府，薛姨妈嫁到薛家，王夫人又想宝钗嫁进贾府。后来王子腾的女儿嫁给了保龄史侯的儿子。王家的女儿几乎成为其余三大家族的媳妇。这几乎是一种姻亲战术，以此达到巩固王家地位和扩大王家势力的目的。这就是所谓四大家族一荣俱荣一损俱损的由来。

第十三章

一门双侯

四大家族谁先败

读到第三十二回方知，史家竟是《红楼梦》四大家族中最先败落的。且看原文：

宝钗听见这话，便两边回头，看无人来往，便笑道："你这么个明白人，怎么一时半刻的就不会体谅人情。我近来看着云丫头神情，再风里言风里语的听起来，那云丫头在家里竟一点儿作不得主。他们家嫌费用大，竟不用那些针线上的人，差不多的东西多是他们娘儿们动手。为什么这几次他来了，他和我说话儿，见没人在跟前，他就说家里累的很。我再问他两句家常过日子的话，他就连眼圈儿都红了，口里含含糊糊待说不说的。想其形景来，自然从小儿没爹娘的苦。我看着他，也不觉的伤起心来。"

袭人见说这话，将手一拍，说："是了，是了。怪道上月我烦他打十根蝴蝶结子，过了那些日子才打发人送来，还说'打的粗，且在别处能着使罢；要匀净的，等明儿来住着再好生打罢'。如今听宝姑娘这话，想来我们烦他他不好推辞，不知他在家里怎么三更半夜的做呢。可是我也糊涂了，早知是这样，我也不烦他了。"宝钗道："上次他就告诉我，在家里做活做到三更天，若是替别人做一点半点，他家的那些奶奶太太们还不受用呢。"

宝钗等谈论湘云在家做不得主，无父无母苦等都是障眼法，这一段要说的其实是史家败象已露。

因为在史家，做针线活的不只是史湘云，而是"差不多的东西多是他们娘儿们动手"，既然史家的娘儿们都要做针线活，史湘云无父无母当然更得做，而且可能更受冷遇，更得多做些。但是，这里面透露出来史家的情形，就实在是贾母谓宝钗屋内陈设素净而说的"不像"了。

第一，堂堂史侯之家，偌大个家族，居然不用针线丫鬟，针线活都得府上的娘儿们自己做，如果不是入不敷出、捉襟见肘，谁愿意出这个丑？从宝钗和袭人悄悄议论的情形看，于史家而言，这已经是很丢脸跌份的事情。

第二，史湘云做针线活居然要做到三更半夜，这里面固然有湘云之苦，但史家其他娘儿们也是如此，可见史家已经是外强中干，金玉其外，败絮其中。

第三，史家为什么这样？为了苦撑繁华之相，其中定隐含其子孙不肖而致家道中落，但曹公并未悉数，只以湘云事让读者窥一斑。可见，史家比贾府败得更快。外头自然要有侯门的排场，内里却苦苦支撑，避免沦为笑谈。

所以，这一段不仅说湘云之苦，也说史家之败。

当然，还有更重要的第四点，那就是史家吃大户、占便宜的心理。

史湘云为什么隔三差五地就来贾府，一住就是十天半月。除贾母疼湘云、湘云喜欢来贾府，恐怕也有为为史家节省开支的原因。而且史家光想着占便宜，一点亏也吃不得，湘云为宝玉做针线活耽误了家务，史家还有意见。这种心态，已经是败落心态，末世心态。

这个时候，王家正蒸蒸日上（王子腾高升），贾府还风光无限（元春封妃），就是举家投靠贾府的薛家，也不失大户人家风范，而史家，就已经到了这个地步。

史家一门双侯爵

贾母和贾代善绝配。

论门第，贾府一门双国公，史家一门双侯爷。

论感情，贾母提及贾代善，不由得泪流满面。她疼爱宝玉，是宝玉像极了她的丈夫。

所以贾母心里，是有要把她的美好姻缘延续下去的奢望的。

她的女儿，一门双国公的千金，嫁的是五世列侯林如海家。又是一门公侯好姻缘。

她把黛玉接回来，一力促成和宝玉的婚姻，还是要在第三代，再造一门门当户对的好姻缘。

贾母，史老太君，自然有她心底最隐秘的感情。

这感情便出自她娘家和夫家的门第渊源。

第四回护官符，史家起家始祖史公便是贾母父亲，一个官至尚书令，爵至侯爵的重臣。史家和贾府、王家不同，是文职起家。可以想见贾母的修为，乃是来自她父亲那深厚的根基。

一个文官之家，可以到达这样的高度。父亲居宰辅之位，两子一女，长子继承保龄侯爵位，次子又封忠靖侯，女儿则嫁给第二代荣国公贾代善。如果说贾府第一代即达到一门双国公的巅峰，史家则至第二代达到一门双侯爵的光荣。

到第三代，保龄侯生两子。长子即是湘云父亲，不幸早逝。次子继承了爵位，便是小说谓保龄侯史鼐，贾母的侄儿，湘云的叔叔。而继承忠靖侯的应该是史家二房的长子史鼎，也是贾母侄儿。

从“阿房宫，三百里，住不下金陵一个史”来看，史家的铺排和奢华甚至胜过贾府。这也是史家是四大家族第一个衰败之所在。至湘云不过第四代，内里却已渐渐耗空。

可见家大业大铺排大，难以持久。贾母的好热闹好奢华，虽然也是场面需要，骨子里却来自娘家，来自她父亲史公庞大的家世和场面。

这时候的史家，经历第一代尚书令保龄侯史公的威势，第二代一门双侯爵的辉煌，到第三代保龄侯史鼐和忠靖侯史鼎，虽然爵位高贵，却和贾赦贾珍一样，赋闲在家，坐吃山空，渐渐支撑不住繁华。史家第三代，堂堂侯爵家眷，居然要自己做针线活到三更半夜，已呈没落之相。这便是湘云父母双亡之苦外，另一层辛酸。

若不是贾府出了个皇帝恩宠，皇后倚重的贵妃，只怕史家衰落得更快。第四十九回，史家的第二春终于来临：

“谁知保龄侯史鼐又迁委了外省大员，不日要带家眷去上任。”

保龄侯史鼐终于放了外省大员，这背后干系，依然是贾元春羸弱而沉默的身影。

我曾说过到第四代，贾元春是贾府靠山。其实贾元春不止是贾府的靠山，也是四大家的靠山。

第四回，王子腾是京营节度使，清朝称九城兵马司，相当于北京警备区司令，这个职位之重要，须是皇帝亲信才行。而王子腾是谁？贾元春亲舅舅。其时贾元春是皇后女史，乃是掌管皇后礼仪的女官。皇后母仪天下，掌管内宫，靠的就是礼仪和秩序。贾元春的得宠和王子腾的信任，至少互为因果。等薛家到京，王子腾已升任九省统制。

第十三回可卿葬礼，风光无限，皇亲贵戚，王公大臣，故旧世交，就连大明宫掌宫内相大太监戴权都赶来凑热闹，还是冲着隐藏在幕后的贾元春，明眼人都看出贾府这位小姐，皇帝喜欢，皇后倚重，册封是早晚的事情。

果然，第十六回，贾元春便册封贵妃，入主凤藻宫。

第三十七回，工部员外郎任上苦熬多年的贾政点了学政。

第四十九回，保龄侯史鼐放外省大员。

然后便是薛蝌宝琴前来依附。贾母借元春之手打消梅家悔婚之意，解决宝琴婚姻危机。

史家及其四大家族，均是靠贵妃贾元春一力承担，才能延续繁华。

第七十回，保龄侯史鼐之子，又娶王子腾之女为妻。史家借助贵妃和大将军的威势，东山再起。

这便是第五回所谓四大家族俱有联姻一荣俱荣一损俱损之意。

下篇

大厦倾覆

第一章

蚁穴溃堤

荣国府败象已现

第七十二回，荣国府败象已现。不是外在打击，而是内在衰竭。坚固的堡垒往往都从内部攻破。

第一，是财力难支，开始典当。

贾琏这样对鸳鸯说：

“这两日因老太太的千秋，所有的几千两银子都使了。几处房租地税通在九月才得，这会子竟接不上。明儿又要送南安府里的礼，又要预备娘娘的重阳节礼，还有几家红白大礼，至少还得三二千两银子用，一时难去支借。俗语说，‘求人不如求己’。说不得，姐姐担个不是，暂且把老太太查不着的金银家伙偷着运出一箱子来，暂押千数两银子支腾过去。不上半年的光景，银子来了，我就赎了交还，断不能叫姐姐落不是。”

这说明荣国府流动资金严重短缺，资金链濒临断裂。

第二，由于资金短缺，开始黑吃黑。

贾琏和王熙凤还是夫妻，王熙凤帮贾琏做成典当贾母家私的事情，要抽彩头：

贾琏笑道：“好人，你若说定了，我谢你如何？”凤姐笑道：“你说，谢我什么？”贾琏笑道：“你说要什么就给你什么。”平儿一旁笑道：“奶奶倒不要谢的。昨儿正说，要作一件什么事，恰少一二百银子使，不如借了来，奶奶拿一二百银子，岂不两全其美。”凤姐笑道：“幸亏提起我来，就是这样也罢。”贾琏笑道：“你们太也狠了。你们这会子别说一千两的当头，就是现银子要三五千，只怕也难不倒。我不和你们借就罢了。这会子烦你说一句话，还要个利钱，真真了不得。”

夫妻尚且如此，荣国府上下，还不知道要怎么互相掣肘。

第三，开销太大，入不敷出。原文：

凤姐冷笑道：“我也是一场痴心白使了。我真个的还等钱作什么，不过为的是日用出的多，进的少。这屋里有的没的，我和你姑爷一月的月钱，再连上四个丫头的月钱，通共一二十两银子，还不够三五天的使用呢。若不是我千凑万挪的，早不知道到什么破窑里去了。如今倒落了一个放帐破落户的名儿。既这样，我就收了回来。我比谁不会花钱，咱们以后就坐着花，到多早晚是多早晚。这不是样儿：前儿老太太生日，太太急了两个月，想不出法儿来，还是我提了一句，后楼上现有些没要紧的大铜锡家伙四五箱子，拿去弄了三百银子，才把太太遮羞礼儿搪过去了。我是你们知道的，那一个金自鸣钟卖了五百六十两银子。没有半个月，大事小事倒有十来件，白填在里头。今儿外头也短住了，不知是谁的主意，搜寻上老太太了。明儿再过一年，各人搜寻到头面衣服，可就好了！”

这段话牵扯面很广：

1. 贾琏房里每月月钱还不够三五天开销。

2. 王夫人也捉襟见肘，拆了东墙补西墙。

3. 王熙凤已开始变卖家当。那架晃得刘姥姥头晕眼花的自鸣钟也卖了，这其间才几年光景？

第四，公开放印子钱。

原文：

凤姐忙道：“连你还这样开恩操心呢，我倒反袖手旁观不成。旺儿家的，你听见说了这事？你也忙忙的给我完了事来。说给你男人，外头所有的帐，一概赶今年年底下收了进来，少一个钱我也不依的。我的名声不好，再放一年，都要生吃了我呢。”旺儿媳妇笑道：“奶奶也太胆小了，谁敢议论奶奶！若收了时，公道说，我们倒还省些事，不大得罪人。”

王熙凤放印子钱，从前还是偷偷摸摸，不敢让贾琏知道。现如今却是当贾琏面说，说明荣国府已经缺钱缺到不得不铤而走险的地步。

所以，王熙凤和贾琏斗嘴：

“我有三千五万，不是赚的你的。如今里里外外上上下下背着我嚼说我的不少，就差你来说了，可知没家亲引不出外鬼来。我们王家可那里来的钱，都是你们贾家赚的。别叫我恶心了。你们看着你家什么石崇邓通。把我王家的地缝子扫一扫，就够你们过一辈子呢。说出来的话也不怕臊！现有对证：把太太和我的嫁妆细看看，比一比你们的，那一样是配不上你们的。”

其实也只是要强嘴硬不服软，真正的境况是，即便借王家的风光也遮掩不住贾府的衰落。

第五，来旺媳妇的话，暴露出一个惊人秘密，贾府下人已经开始偷偷变卖主子私物。

原文：

旺儿媳妇笑道："那一位太太奶奶的头面衣服折变了不够过一辈子的，只是不肯罢了。"

这话表面是安慰王熙凤，却暴露出下人的狼子野心。

第六十一回，赵姨娘为何唆使彩云偷拿王夫人东西私赠贾环？

第七十三回，贾迎春奶娘为什么敢把贾迎春的攒珠累丝金凤拿去典当？

这说明，偷拿偷卖主子财物已成为贾府下人发财的一大门道。这是何等可怕的事情？荣国府尚且如此，一意任由贾珍贾蓉胡来的宁国府，又会好到哪里去？

下人们一旦感觉主子即将败落，就会产生离散心，就会为了发财出卖主子，这时候，贾府的敌人就有机可趁，就可以攻破堡垒。

堂堂荣国府，专供贾母食用的细粮，居然也是定额配给，多添一人便难以周全。贾赦居然用了孙绍祖五千两银子赖着不还。贾琏王熙凤已想着裁撤丫鬟下人，节省开支。不是快到山穷水尽，谁愿出此下策？

宁国府难以为继

第六十三回贾敬葬礼，皇帝下旨：

追赐五品之职。令其子孙扶柩由北下之门进都，入彼私第殡殓。任子孙尽丧礼毕扶柩回籍外，着光禄寺按上例赐祭。朝中由王公以下准其祭吊。

又一次皇恩浩荡，自然要办得风光体面，但宁国府内囊羞涩的窘境，也渐渐露出来。

第六十四回：

一日，有小管家俞禄来回贾珍道："前者所用棚杠孝布并请杠人青衣，共使银一千一百十两，除给银五百两外，仍欠六百零十两。昨日两处买卖人俱来催讨，小的特来讨爷的示下。"贾珍道："你且向库上领去就是了，这又何必来回我。"俞禄道："昨日已曾上库上去领，但只是老爷宾天以后，各处支领甚多，所剩还要预备百日道场及庙中用度，此时竟不能发给。所以小的今日特来回爷，或者爷内库里暂且发给，或者挪借何项，吩咐了小的好办。”贾珍笑道：“你还当是先呢，有银子放着不使。你无论那里借了给他罢。”俞禄笑回道：“若说一二百，小的还可以挪借；这五六百，小的一时那里办得来。”

贾珍想了一回，向贾蓉道：“你问你娘去，昨日出殡以后，有江南甄家送来打祭银五百两，未曾交到库上去，你先要了来，给他去罢。”贾蓉答应了，连忙过这边来回了尤氏，复转来回他父亲道：“昨日那项银子已使了二百两，下剩的三百两令人送至家中交与老娘收了。”贾珍道：“既然如此，你就带了他去，向你老娘要了出来交给他。再也瞧瞧家中有事无事，问你两个姨娘好。下剩的俞禄先借了添上罢。”

棚杠孝布并请杠人青衣一项，欠卖家六百零十两银子，宁国府竟一时不能周全，说明资金链也出现了问题。即便临时把甄家五百两祭银拿来应急，也只剩下三百两，尤氏已经用了二百两，肯定也是应付抓打不开的事情。贾珍的办法，也只是先拿这三百两应付，余下三百零十两，让俞禄暂时挪借给人家。即便如此，俞禄说他至多只能挪借一二百两，也还差一百一十两银子。若不是贾琏给补上，恐怕又是一项拖欠。

可见宁国府的境况，也是一个萝卜一个坑，全没有盈余。遇到突发事件，岂不是抓瞎？宁国府人丁没有荣国府兴旺，饶是如此，也如冷子兴所言，内里渐渐空了。

年前庄头乌进孝上缴的年货，看着庞大，贾珍却是冷笑，说如此打饥荒，这年如何过？可见宁国府开销之大，也是难以支撑。

贾府之殇

第七十五回，贾珍召集族中子弟习武，有这么一句话：“文既误矣，武事当亦该习。”

这可是贾赦贾政意见。无论颓废如贾赦者，还是敬业如贾政者，于此倒是不谋而合，贾府子弟，文不成，武不就。

贾府是行伍起家，其后改弦更张，弃武从文，却没出过几个像样的读书人。贾敬倒是进士出身，却出家。贾政是免试入仕，无科举功名，他后来难以升迁，与此有关。贾珠十四岁中秀才，可惜短命。余者贾珍贾琏贾蓉之流，皆不好读书。宝玉倒是好读书，却不务正业，好读野史趣闻诗词歌赋。

贾府转型升级，显然并不成功。

从文不成，原本的武举也已荒疏。贾府习武之举，贾珍等人已经演化为聚众喝酒赌博。贾兰拿个小弓箭追小鹿，不过是小孩子玩意儿，还遭宝玉嘲弄。贾府一门双国公，子孙承袭着一等将军的爵位，却是银样镴枪头。

所以，中秋之夜，贾珍在宁国府高乐，只听得：

“那边墙下有人长叹之声。”

及至贾珍喝问：

“只听得一阵风声，竟过墙去了。恍惚闻得祠堂内槅扇开阖之声。只觉得风气森森，比先更觉凉飒起来；月色惨淡，也不似先明朗。”

宁荣二公魂魄，目睹子孙不肖，文不成武不就，高不成低不就，不免发出长长的叹息。

此乃贾府之殇。

贾府丑事早已是公开秘密

很多人觉得，贾府丑事挺隐秘的，不大可能为贾府敌人察觉。

其实，这是一种错觉。

早在第七回焦大醉骂，已把贾珍“爬灰”和“养小叔子”事件抖落出来，这可是贾府惊天秘密。众小厮虽用马粪堵住焦大的嘴，却难堵天下悠悠之口。贾府那些丑事，早已是人们私底下议论的话题。

第六十三回贾敬丧期，贾蓉与尤二姐、尤三姐及丫鬟调笑：

贾蓉撇下他姨娘，便抱着丫头们亲嘴："我的心肝，你说的是，咱们谗他两个。"丫头们忙推他，恨的骂："短命鬼儿，你一般有老婆丫头，只和我们闹，知道的说是顽；不知道的人，再遇见那脏心烂肺的爱多管闲事嚼舌头的人，吵嚷的那府里谁不知道，谁不背地里嚼舌说咱们这边乱帐。"贾蓉笑道："各门另户，谁管谁的事。都够使的了。从古至今，连汉朝和唐朝，人还说脏唐臭汉，何况咱们这宗人家。谁家没风流事，别讨我说出来。连那边大老爷这么利害，琏叔还和那小姨娘不干净呢。凤姑娘那样刚强，瑞叔还想他的帐。那一件瞒了我！"

从丫鬟话里，我们知道两府的下人在互相打嘴仗，互相指责各自主子不检点。贾蓉听了毫不示弱，立即说出了贾琏和他爹贾赦的妾关系不干不净，以及贾瑞勾引王熙凤的事情。

贾府这些丑事，早已在下人间作为谈资流传，早已是公开的秘密。忠顺亲王府要收集证据，简直易如反掌。这就为八十回后忠顺亲王参奏弹劾贾府埋下伏笔。

可怜贾府这帮不肖子孙，尚醉生梦死而不自知耶。

贾府会不会因乱伦获罪

很多人认为，贾府所谓乱伦之事，在那个时代那种人家，其实屡见不鲜，不足为奇。那么，贾府到底会不会因乱伦获罪？

贾府乱伦之罪，一是贾珍"爬灰"事件，二是老太妃之死国孝和贾敬之死家孝期间贾琏偷娶尤二姐。

不妨用史实说话。

清乾隆嘉庆年间，发生过一起非常著名的查抄流放事件。

乾隆皇帝六十五岁时所生的十公主，最得宠爱。乾隆甚至说如你是男子，就传位给你。这位十公主由乾隆做主下嫁宠臣和珅的儿子丰绅殷德。

乾隆去世，嘉庆查抄和珅，却未牵连丰绅殷德和十公主，不仅保留丰绅殷德爵位，还留下和家一半家产。乾隆国孝三年期满，嘉庆起用丰绅殷德，封为公爵。

但是一年之后，丰绅殷德府长史向嘉庆告发，乾隆三年国孝期间，丰绅殷德有房事，致使伺妾怀孕，产一女。

嘉庆震怒，革去丰绅殷德爵位，将之流放边疆。

丰绅殷德“乱伦”，不过是岳父乾隆皇帝国孝期间和妾发生性关系，生儿育女。实在不能和贾珍贾琏相比，贾珍是“乱了父子伦常”，贾琏是“乱了君臣伦常”。

《红楼梦》中那位老太妃之死，皇帝居然下旨要守国孝，说明这位老太妃与皇帝关系非同一般，极有可能是皇帝生母。丰绅殷德不能幸免，贾珍贾琏如何幸免?

十公主生母，原是普通宫女，乾隆因宠爱十公主，将其封为贵妃。这位贵妃骄横跋扈，竟鞭笞一名宫女致死。乾隆一怒之下将其贬为庶人。后因太过宠爱十公主才又恢复其妃子地位。

试想十公主生母亲尚且因虐待宫女致死获罪，追究起来，贾府屡屡逼死丫鬟，又焉能幸免?

小说一再强调当今皇帝重视仁孝，贾元春以道德修养封贤德妃，不是没有缘由的。其实是影射康雍乾时期的以德治国方略，也是为贾府获罪造势。

凡此种种，都说明乱伦和失德绝不是小事。《红楼梦》前八十回贾府种种“不肖”，足以获罪。

戕害宝玉凤姐的小纸人儿

用细节来还原故事，这叫一斑窥豹。

第二十五回，赵姨娘和马道婆施展巫咒之术，戕害宝玉和凤姐，是如此这般:

（马道婆）又向裤腰里掏了半晌，掏出十个纸铰的青面白发的鬼来，并两个纸人，递与赵姨娘，又悄悄的教他道："把他两个的年庚八字写在这两个纸人身上，一并五个鬼都掖在他们各人的床上就完了。我只在家里作法，自有效验。千万小心，不要害怕！"

这段话，便是推演八十回后赵姨娘、马道婆乃至贾环命运的重要线索。

第一，那些小纸人儿，赵姨娘是如何掖在宝玉和凤姐床上而无人察觉的？

第二，等到一僧一道前来解救，宝玉凤姐度过危险，那些小纸人儿又如何处置？

我相信，曹雪芹在这里伏下的线，八十回后是要见分晓的。

第一个问题，赵姨娘是贾府包衣奴才，其家世代为奴，在贾府盘根错节，比如喜欢柳五儿的钱槐就是赵姨娘的外侄儿。赵姨娘生下探春和贾环，成了贾府的主子，肯定有一大批下等婆子和奴仆围绕在赵姨娘周围，结成团伙。这些小纸人儿，应该是定期为宝玉和凤姐房里打扫房间浆洗床帏被褥的下等丫鬟或者婆子为赵姨娘收买，偷偷掖在宝玉和凤姐床榻之下的。

那时候大户人家的床榻，大多用极其名贵的木材做成，上面还有木制的帐架，非常笨重，除非搬家，轻易不会移动，那些小纸人儿很容易掖在床榻之下最里边的犄角旮旯处，难以发现。

第二个问题，一僧一道前来解救，恢复通灵宝玉法力，宝玉和凤姐渐渐恢复健康，击溃了马道婆的巫咒之术，或者是赵姨娘懊恼之余忘记了，或者是马道婆法术失败羞愧难当很长时间不敢来见赵姨娘忘记嘱咐了，又或者是小纸人儿掖上去容易撕下来难，别忘了是在床榻下面靠里边的犄角旮旯，赵姨娘指使的丫鬟婆子因害怕搪塞过去了，那些小纸人儿，就一直留在了宝玉和凤姐床榻之下。更或者，赵姨娘以法术并不灵验为由，因为之前已经给过马道婆一把白花花的银子，便想赖这五百两契银，要求减少酬金甚至不付报酬，马道婆敢怒不敢言，索性撩开手，根本不再去过问赵姨娘是否将小纸人撕去，而赵姨娘愚蠢根本就再没有想到这一层。总之，种种原因，阴差阳错，那些戕害宝玉凤姐的小纸人居然就一直留在了宝玉和凤姐的床榻之下。

而这件阴谋的东窗事发，还得从马道婆说起。

马道婆答应施展巫咒之术戕害宝玉和凤姐，是有条件的。所谓：

马道婆道："果然这样？"赵姨娘道："这如何还撒得谎。"说着便叫过一个心腹婆子来，耳根底下嘁嘁喳喳说了几句话。

那婆子出去了，一时回来，果然写了个五百两欠契来。赵姨娘便印了手模，走到橱柜里将梯己拿了出来，与马道婆道："这个你先拿了去做香烛供奉使费，可好不好？"马道婆看看白花花的一堆银子，又有欠契，并不顾青红皂白，满口里应着，伸手先去抓了银子掖起来，然后收了欠契。

马道婆所干之事，即使在那个时代也是法律禁止的。马道婆肯定也不仅只是为赵姨娘做。常言道：常在河边走，哪有不湿鞋。终有一天，这个见钱眼开为非作歹的马道婆因施巫术之法被抓了，眼见自身难保，内心又怨恨赵姨娘反悔，一打即招，索性拉赵姨娘下水，供出了包括戕害宝玉凤姐之事在内的一系列违法之事。官府搜出了赵姨娘写给马道婆的欠契，到贾府禀报贾政贾琏，查验现场，果然在宝玉和凤姐的床榻之下发现了那些蒙上了厚厚灰尘青面獠牙的小纸人儿，赵姨娘伙同马道婆戕害宝玉和凤姐的阴谋就此败露。

这件事情，应该发生在八十回后贾探春远嫁番邦之后。贾府蒙羞，贾母贾政王夫人震怒，贾政虽有怜悯之心也万难挽回，赵姨娘就此下狱。只剩下孤苦无依的贾环，在贾府遭人白眼耻笑。等到贾府事败被抄，贾环趁乱出走，流落人海，不知所踪。

这便是赵姨娘和贾环的下场。可悲可叹！

王熙凤如何东窗事发

第八十回，夏金桂为辖制薛蟠，除掉香菱，任由陪房丫鬟宝蟾去勾引薛蟠，心里却是气不忿的。所谓：

那薛蟠得了宝蟾，如获珍宝，一概都置之不顾。恨的金桂暗暗的发恨道："且叫你乐这几天，等我慢慢的摆布了来，那时可别怨我！"一面隐忍，一面设计摆布香菱。

夏金桂的意思，借宝蟾之手除掉香菱，渐次再收拾宝蟾。

第六十九回王熙凤也是这样：

凤姐虽恨秋桐，且喜借他先可发脱二姐，自己且抽头，用“借剑杀人”之法“坐山观虎斗”，等秋桐杀了尤二姐，自己再杀秋桐。

这便是小说谓夏金桂颇步熙凤后尘之处。

果然，熙凤借秋桐之手逼死尤二姐，夏金桂借宝蟾之手除掉了香菱（妾之位）。按照计划，就该收拾秋桐和宝蟾了。

很可惜，八十回后散失，熙凤如何收拾秋桐，已不得而知。但是夏金桂收拾宝蟾，倒有所提及：

虽是香菱犹在，却亦如不在的一般，纵不能十分畅快，也就不觉的碍眼了，且姑置不究。如此又渐次寻趁宝蟾。

宝蟾却不比香菱的情性，最是个烈火干柴，既和薛蟠情投意合，便把金桂忘在脑后。近见金桂又作践他，他便不肯服低容让半点。先是一冲一撞的拌嘴口角，后来金桂气急了，甚至于骂，再至于打。他虽不敢还言还手，便大撒泼性，拾头打滚，寻死觅活，昼则刀剪，夜则绳索，无所不闹。

夏金桂貌似打错了算盘。宝蟾哪里有香菱一星半点儿人品，却是和她一路的泼妇，万万不会任凭摆布。而宝蟾性格，就和秋桐很像。第六十九回：

秋桐自为系贾赦之赐，无人僭他的，连凤姐、平儿皆不放在眼里，岂肯容他（指尤二姐）。

这么说吧，宝蟾和秋桐，好比孪生，都不是任人宰割的善茬儿。

夏金桂收拾宝蟾，宝蟾敢于反抗。王熙凤收拾秋桐，秋桐又怎会束手就擒？

夏金桂和王熙凤都犯了一个错，那就是普天下女子并非都如香菱、尤二姐一般温柔贤惠，良善可欺。

我以为，王熙凤东窗事发，就在于她收拾秋桐，遭致激烈反抗。秋桐是贾赦所赐之妾，也会有怨恨王熙凤的房里丫鬟悄悄巴结，王熙凤所做之事，也会悄悄传到秋桐那里。比如水月庵老尼所托之事，比如唆使张华状告贾琏，甚至王熙凤主使迫害尤二姐之事，一旦秋桐撒泼，就会嚷开来，告到贾琏那里，渐次闹到贾赦邢夫人那里。天不怕地不怕的秋桐一旦把这些事捕风捉影、添油加醋地说出来，原本经贾蓉挑拨就信了三分的贾琏就会翻脸，邢夫人巴不得除掉王熙凤，就会趁势挑唆，贾珍尤氏贾蓉早已为尤二姐的事和王熙凤隔阂，面对这样局面，素来无主意的王夫人只会又气又恨，无可奈何，王熙凤自此陷入巨大危机。

尽管上有贾母，又碍于王夫人和王家脸面，贾琏一时休不得王熙凤，但夫妻情分已土崩瓦解，王夫人也会失望之极，王熙凤在贾府的地位岌岌可危。

而这样一闹，王熙凤的事情也会如风般越过贾府高墙，传为笑谈，成为贾府失德的把柄，为忠顺亲王府所用。只等奏本一上，一并算账。王熙凤下狱神庙，几乎是不可避免的悲剧。

何谓“玉在椟中求善价”

第一回，贾雨村吟了两句诗：

玉在椟中求善价，钗于奁内待时飞。

这绝不仅仅是展示雨村诗才，而是揭示小说发展大关隘。

首先，此处批语云：

【甲戌侧批：表过黛玉则紧接上宝钗。甲夹批：前用二玉合传，今用二宝合传，自是书中正眼。蒙侧批：偏有些脂气。】

批语的意思，前面木石前盟还泪神话，说的是宝玉黛玉二玉。这里贾雨村两句诗，说的是宝玉宝钗二宝。

按照批语的提示，这两句诗，前一句“玉在椟中求善价”说的是宝玉，后一句“钗于奁内待时飞”说的是宝钗。

这样看来，贾雨村这两句诗，表面是说他自命不凡，不甘埋没，其实却是暗示八十回后宝玉宝钗夫妇的故事。

其次，“玉在椟中求善价”说贾宝玉很贴切。

第一，宝玉衔玉而生，有通灵宝玉，货真价实的玉。

第二，据脂批，八十回后有“甄宝玉送玉”情节，“玉在椟中求善价”应该与此密切相关。

第三，就在第一回，我们发现了甄士隐和通灵宝玉的干系。所谓：

却说甄士隐俱听得明白，但不知所云“蠢物”系何东西。遂不禁上前施礼，笑问道：“二仙师请了。”那僧道也忙答礼相问。士隐因说道：“适闻仙师所谈因果，实人世罕闻者。但弟子愚浊，不能洞悉明白，若蒙大开痴顽，备细一闻，弟子则洗耳谛听，稍能警省，亦可免沉伦之苦。”二仙笑道：“此乃玄机不可预泄者。到那时不要忘了我二人，便可跳出火坑矣。”士隐听了，不便再问。因笑道：“玄机不可预泄，但适云‘蠢物’，不知为何，或可一见否？”那僧道：“若问此物，倒有一面之缘。”说着，取出递与士隐。

士隐接了看时，原来是块鲜明美玉，上面字迹分明，镌着“通灵宝玉”四字，后面还有几行小字。正欲细看时，那僧便说已到幻境，便强从手中夺了去，与道人竟过一大石牌坊，上书四个大字，乃是“太虚幻境”。两边又有一幅对联，道是：

假作真时真亦假，无为有处有还无。

士隐意欲也跟了过去，方举步时，忽听一声霹雳，有若山崩地陷。士隐大叫一声，定睛一看，只见烈日炎炎，芭蕉冉冉，所梦之事便忘了大半。

这里说的是甄士隐和通灵宝玉在幻境的一面之缘。那么，这是否暗示通灵宝玉和甄士隐在俗世也有一面之缘呢？我觉得是。这一面之缘就是“甄宝玉送玉”。

甄宝玉的一生，抄家前为甄宝玉，抄家后为甄士隐。写甄士隐梦中偏偏对通灵宝玉感兴趣，央求把玩，乃是真假之笔，预示由此敷衍的假事，也就是俗世，甄宝玉和通灵宝玉确实有一面之缘。

《红楼梦》的写法也算千古难寻，先写甄宝玉后世甄士隐（真事隐），以甄宝玉后半生遭遇为小说开端，敷衍出贾化（假话）贾雨村（假语存），引出贾府故事，伴之以甄家过往以及甄宝玉前半生富贵荣华，这就是“回风舞雪倒峡逆波”写法，其实也是真假写法之一技。这样一来，“玉在椟中求善价”和“甄宝玉送玉”就联系起来了。

贾府被抄，通灵宝玉为查抄衙役趁乱藏匿偷走，贾宝玉失去通灵宝玉。无罪释放后和王夫人薛宝钗等居于贾府祖产田庄度日。

偷窃通灵宝玉的衙役知道此玉事关重大，不敢久留，转手贱卖。通灵宝玉辗转流落至金陵。

早已经抄家的甄家，男子大多获罪，流放充军。甄宝玉无罪释放，靠着甄家早先转移藏匿于亲友世交（包括贾府）的财产度日，也还殷实。甄家虽败，甄宝玉公子习气未改，一日游历金陵古玩集市，得遇通灵宝玉。甄宝玉已闻知京城贾府被抄，又从卖家嘴里听到些此物影影绰绰的来历，断定就是素未谋面（两人只是梦中相会）的贾宝玉的通灵宝玉。因是罪臣家产，商家也不敢久留，于是甄宝玉沽价再三，得着一个合适的价格，买下通灵宝玉，这便是“玉在椟中求善价”。为了一面之缘，千里迢迢，亲到京都，找到宝玉，偷偷送还通灵宝玉，这便是“甄宝玉送玉”。甄贾宝玉，自梦中相会，若干年后，成落魄公子，方得相见。恰如庄生化蝶，梦耶非耶，亦自难辨。

何谓“钗于奁内待时飞”

如果说“玉在椟中求善价”暗示甄贾宝玉因通灵宝玉失而复得终于相会，那么，“钗于奁内待时飞”则预言的是薛宝钗和贾雨村的一段纠葛。

“待时飞”，既有金簪等待时机飞上云鬓的意思，也有等雨村的意思。贾雨村表字时飞，绝非巧合。而宝钗“好风频好力送我上青云”之语，似乎也有等待时机一飞冲天之意。

那么，八十回后，贾府事败被抄，薛宝钗和贾雨村到底会有什么纠葛？

首先，所谓“待时飞”的“待”，只是贾雨村一厢情愿。就好像若干年前甄家丫鬟娇杏多看贾雨村两眼，贾雨村就认定娇杏对他有意，是个巨眼英雄。这里暗示贾雨村因贾府败落宝玉出家得睹宝钗天颜，宝钗也因冯渊案多打量了雨村两眼，雨村就以为贾宝玉弃妇对他有意。所以这个“待”，并非宝钗等待雨村，而是雨村再一次出现幻觉。宝钗如果甘愿等待雨村，就失了身份，断非金陵十二钗正册和黛玉并列第一女子所为。这是曹雪芹和《红楼梦》的语境底线。

其次，面相学认定很多女子有克夫相，偏偏《红楼梦》也认定贾雨村有克妻相，这是一种绝妙的反讽，也是对贾雨村最决绝的否定。来看贾雨村长相：

面阔口方，更兼剑眉星眼，直鼻权腮。

直鼻就是所谓尖鼻，权腮就是高颧骨，这样长相不唯和王莽曹操一样，也和《史记》记载的越王勾践相似。《史记》说勾践长颈鸟喙，可患难，却不可有福同享，范蠡离去，文仲不悟，终遭杀戮。

小说借长相引申，不仅把贾雨村定义为忘恩负义之人，还定义为是女人克星。

雨村娶甄家丫鬟娇杏做二房，大房很快死去。八十回后，雨村见到宝钗，我估计娇杏也已去世。这是曹雪芹对贾雨村最歹毒的描写。

最后，贾雨村丧妻，又见宝钗，仰慕不已。贾雨村倒是从来娶妻不问出身，他既然曾经娶恩公甄家丫鬟娇杏为妻，便极有可能重蹈覆辙，想娶另一恩公贾府弃妇宝钗为妻。贾雨村以为，以他的地位，以贾府之颓败，宝钗弃妇之身，那是莫大的恩典，只怕会水到渠成，到时候老夫少妻，赏心乐事，因此厚着脸皮托人向王夫人提亲。王夫人倒是动心，不过还是征求了薛姨妈和宝钗意见。薛姨妈也有些动心，毕竟宝玉已经出家，贾雨村也算薛家恩公，又正得势。可是，却遭到薛宝钗坚决反对。为表明终生不再嫁的决心，薛宝钗打定主意，愿回娘家，终生服侍母亲，做个老姑娘。王夫人和薛姨妈见宝钗如此决绝，只能作罢。贾雨村碰了一鼻子灰。

这时候再领悟宝钗“好风频好力送我上青云”诗句就不是什么青云之志，而是高冷的出世倾向。

当然，贾雨村的厄运才刚刚开始。他暗中投靠忠顺亲王，帮忠顺亲王扳倒贾府，但他的利用价值也到头了，倒霉的日子也不远了。这种两面三刀的小人，忠顺亲王怎么会真心重用？

林黛玉家财产去向

这是我关于林家财产观点的重要修正。

关于林家财产，如前文所述：

第一，林黛玉是林家财产的唯一合法继承人。

第二，贾琏通过高价卖出低价入账方式变现林家金银珠宝古玩、房产、地产，鲸吞林家三二百万财产，用于填补贾府建盖省亲别墅以及省亲亏空。贾母坚持要黛玉嫁给宝玉，除母女亲情、怜惜外孙女、理解宝黛感情，尚有重大现实考量，林家声誉于贾府有益，林家财产也为贾府急需，林家财产要合法变为贾府财产，唯有黛玉成为贾府媳妇。

第三，虽然发生鲸吞，但贾府托管林家财产的账目还在，林家剩余财产也还在，这是林黛玉可以从贾母那里额外拿到一份钱的原因。这钱并非贾母私房，贾母儿孙众多，如此明目张胆偏爱黛玉有失公允，说不过去。但贾府托管林家财产，林黛玉作为唯一合法继承人享受这笔遗产天经地义，无人置喙。也只有让黛玉花点儿，贾府才经得住世人的眼光。

以上分析，都没有问题，问题出在后面。

第四，我以为，八十回后查抄贾府，靠北静郡王庇护，并没查抄林家财产。无罪的邢王夫人尤氏一帮孤儿寡母不仅靠贾府祭祀田庄度日，还继续享用林家财产，这就是宝玉所谓之“悬崖”，最终促使宝玉悬崖撒手弃而为僧。

这个观点，需要修正。

其一，林黛玉一死，林家已成绝户。按照唐宋明清法律，绝户财产充公，也就是为国家所有。

其二，北静郡王再想庇护贾府，也不会授人以柄，当忠顺亲王面做出这样违背国家法律的行为，他所能做的只是依法保护不该被查抄的贾府祭祀田庄和义学。

所以，林家财产的去向，应该是这样的：

1. 林黛玉自缢而死，按照法律规定，贾府应该立即向官府申报，将林家财产依法上缴国库。

2. 不知是贾府相继离丧，还是忠顺亲王频频出击，贾府风雨飘摇，贾政焦头烂额，首尾不能相顾。又或者王夫人只想着赶紧给宝玉和宝钗办婚事冲喜，贾赦贾珍贾琏贾蓉等人心贪婪，竟无一人想到要依法申报上缴林家财产。

这一疏忽或者说不检点，成为忠顺亲王为贾府罗列的又一大罪状：逼死林家孤女，霸占林家财产。

林家五世列侯出身，是朝廷重臣，林如海是前科探花，巡盐御史，曾经也是皇帝红人，忠顺亲王言之灼灼，查如实据，皇帝想庇护贾府都不可能，只会感觉震惊和失望，甚至有上当受骗的感觉，什么有德之家，什么贤德妃，原来都是一场骗局。可以想象，皇帝内心要如何沮丧和愤怒。这成为直接促成皇帝下令查抄贾府的导火索。

而贾宝玉之所谓“悬崖”，就是在查抄贾府和狱神庙审理过程中，方如梦初醒，了解到林家财产的真相，了解到他的家族作恶多端，是和贾府同流合污还是决裂，对宝玉来说，就是佛家所谓人生之大悬崖。正是这种反思，促使宝玉决定抛弃家族抛弃父母抛弃妻子，“悬崖撒手弃而为僧”。

这就是林家财产的去向，以及与此相关的贾宝玉悬崖撒手弃而为僧的大致情形。

至于贾府林家财产内情如何为忠顺亲王得知，王熙凤派去杀张华父子灭口的来旺儿是关键。来旺儿是王熙凤陪房来旺儿媳妇的丈夫，肯定知道这些事情。

一旦王熙凤发现张华父子没死，旺儿就只有畏罪潜逃这一条路可走，而投奔忠顺亲王府或许是他唯一的也是最好的出路。

巧姐为啥惨遭拐卖

要还原八十回后轮廓，避不开巧姐险些遭狠舅奸兄拐卖这事。这件事的关联和牵扯如此复杂，使我思之再三，迟迟不敢动笔。

整件事情的蹊跷在于，巧姐是荣国府正牌小姐，如何会遭此大难？还有，拐卖巧姐的为何会是她的至亲，舅舅和兄长？

细细揣摩前八十回，还是可以找到巧姐遭难迹象的。

第一，巧姐惨遭拐卖，只有一种可能，那就是贾琏王熙凤都获罪下狱，再难出来。

第二，贾琏和王熙凤，尤其是王熙凤遭贾府幸免人员邢王夫人尤氏李纨等人唾弃。

第三，王仁和贾芹对贾琏王熙凤夫妇怀有深深怨恨，才会有此报复之举。

当然，这只是一种大势判断，要提供论据支撑，还得从前八十回细细说起。

首先，贾琏下狱前后，方渐渐知王熙凤瞒着他的一系列所为。

一是尤二姐堕胎自杀，王熙凤本就难脱干系，秋桐又一口咬定是王熙凤指使所为，还有贾蓉暗示，王熙凤百口莫辩。二姐堕胎后庸医胡君荣溜之大吉从军，又隐隐牵涉到王子腾和王家。

二是收受馒头庵老尼贿赂，干预张金哥与云守备之子婚姻，致使二人自杀殉情。这件事情是王熙凤假借贾琏名义，动用王子腾旧部关系迫使云守备同意退婚的。历经退婚之辱和丧子之痛的云守备是会站出来说话的。

三是王熙凤唆使来旺儿买通张华父子状告贾琏停妻再娶，实际是妻告夫。

四是唆使来旺儿杀张华父子灭口未遂。

五是逼死鲍二家的。这件事虽和王熙凤有关，但未必是王熙凤所为，但是鲍二家的娘家人有忠顺亲王府撑腰，一口咬定是王熙凤逼死鲍二家的。

贾琏内心的绝望和愤怒可想而知，即便很快成为阶下囚，他也愤愤扬言要休妻。

其次，王熙凤的很多事情牵扯到王子腾和王家，突破了王夫人的底线。不唯王夫人，就是王子腾和王家都极为恼怒，急于撇清干系。至于邢夫人，早就恨王熙凤入骨。就是公认的老好人李纨，也保持沉默，暴露出她对王熙凤“如冰水好空相妒”的真实态度。

再次，王熙凤下狱，受尽凌辱，血崩之症复发，又面临贾琏休弃，邢王夫人绝情，李纨冷漠，王子腾回避，又担心巧姐安危，无可奈何之下想到送女儿到金陵她父亲那里，这是她唯一的选择，这就是判词所谓“哭向金陵”。

最后，王熙凤要送巧姐到金陵，只能求哥哥王仁和她曾经施恩的贾芹。王仁嘴上不说，心里却窝着一肚子火，他觉得妹妹这时候要送巧姐到金陵，简直是在添乱，是要将王家拖下水。

一则妹妹王熙凤所作所为，使得他这一房也就是王家长房在王家蒙羞，丢尽脸面，王仁为此怨恨妹妹。

二则贾琏扬言要休弃王熙凤，王仁更是觉得打脸，为此深恨贾琏，在他看来，巧姐终是贾琏的女儿。

三则王仁知道，一旦送巧姐到金陵，会得罪叔叔王子腾。巧姐是罪臣之后，送到金陵王家，难道不是向朝廷和世人昭告王家和贾府依然有扯不清的关系？即便王熙凤父亲有心收留巧姐，王子腾也未必乐意，不然何必舍近求远，直接把巧姐托付给京城王子腾家就行。

这一切汇集起来，王仁不由得对整日哭哭啼啼跟他要娘亲的巧姐厌烦嫌弃。在王仁看来，巧姐和她妈一样是不折不扣的灾星。

而贾芹与贾琏夫妇的恩怨，则来自贾芹母亲求王熙凤获得掌管贾府家庙的差事。贾芹小人得志贪心不足，按贾珍的说法就是日日招匪聚赌，养老婆小子，为非作歹。贾珍察觉，告诉贾琏，遭贾琏革职。贾芹为此深恨贾珍贾琏，又怨王熙凤不为他说话开脱。

贾府倒台，贾府诸如贾芹之类的不肖子孙，不是为家族悲哀，而是想着怎么墙倒众人推，发一笔横财。

王仁为送巧姐烦恼，和臭味相投的贾芹喝酒，席间大骂贾府无情无义，贾琏不是东西，妹妹不争气，给王家抹黑，让自己蒙羞。贾芹乘机说动王仁，乱世之秋，谁会顾及一个小女孩的生死。贾琏王熙凤再万难出来，根本不会再有人过问此事，莫若途中卖了巧姐，发一笔横财，就说已经送到，交差了事。这样既不祸害王家，也不得罪王子腾，又给贾府一个交代。

王仁仗着酒气，一咬牙一跺脚一横心，同意了贾芹的主张。这就是王仁贾芹，一个狠舅，一个奸兄，一个是枉为人，一个假情假意，他们决计拐卖巧姐的由来。

王熙凤直到将死时也没想到，她所谓的亲人会如此算计她的女儿。这就是“哭向金陵事更哀”。人性的复杂和丑恶，由此可见。所幸，还有恩人刘姥姥。

刘姥姥怎样救的巧姐

八十回后的故事，刘姥姥救巧姐无疑是很重的一笔。但刘姥姥怎么救的巧姐？前八十回线索少之又少，几乎不得而知。而要还原八十回后故事，这又是绕不开的话题。

面对做贼心虚、贪图钱财、丧失人性的王仁和贾芹，刘姥姥救巧姐，必有一番波折。

我以为，事情的缘起还在刘姥姥二进荣国府所得的一百零八两银子，这个数字是有意味的。《水浒传》就是一百单八将，暗示刘姥姥从此与贾府或者说与王熙凤结下一种超越世俗的关系。王熙凤又曾请姥姥为巧姐取名，其实就是一种庇佑。所谓以火攻火、以毒攻毒、逢凶化吉都从这个“巧”字上来，似乎就暗示刘姥姥解救巧姐。

王夫人曾带话要刘姥姥拿这笔钱或做个小买卖或卖几亩地度日，关于刘姥姥救巧姐的推演，就从这里开始。

刘姥姥回到原乡，和女儿女婿合计，就用这一百零八两银子做本钱开了家小客栈，供往来京城行人歇脚打尖。好多年过去，生意也还红火。贾府获罪被抄的消息，刘姥姥也是从往来旅客的言谈渐渐知道，她为贾府难过，尤其牵挂给予她关照最多的王熙凤。

一天，刘姥姥注意到两个形迹可疑的布衣男子带了个衣着华丽娇生惯养的女孩住进客栈，女孩满脸泪痕似有无限委屈。以刘姥姥的阅历，知道十有八九是拐子拐卖良家女儿。

也许是冥冥之中自有天意，这个楚楚可怜的女孩儿激发起刘姥姥怜悯之心。

趁拐子喝酒吃饭给屋里女孩送饭的机会，刘姥姥和女孩搭讪。不想女孩立时泪流满面，悄悄向姥姥求救。

原来此女便是巧姐，她舅舅王仁和族兄贾芹护送她去金陵途中，悄悄将她转卖给拐子。拐子看巧姐生得好，打算远远的离开京城，瞅准时机，卖个好价钱的。

刘姥姥万万没想到，王仁和贾芹转手卖给拐子的巧姐，会住进自己的客栈。这便是刘姥姥说的一个巧字，巧姐的一切凶险皆从这个巧字化解。

当夜，刘姥姥召集女婿一家子商议，说出真相，决定要救巧姐。女婿狗儿虽有抱怨，怎奈没有贾府就没有今天，也不好多说。一家子商议好解救之法，刘姥姥带着女婿狗儿和外孙板儿敲开拐子客房，说认出巧姐是亲戚家走散的女儿，狗儿和板儿则咋胡拐子拐卖良家妇女，要报官。这时巧姐终于敢哭出来，大胆说出自己是贾府女儿，被舅舅哥哥卖给这两个拐子的。

两个拐子被识破，虽还强词，却也有些慌张。

刘姥姥知道一旦报官，事情就会超出她的控制范围，能否救出巧姐就得另说。这时候，她拿出这几年开店积攒下来准备给青儿板儿婚嫁和养老的银子，说不报官也行，拿钱放人。拐子只是贪图钱财，一看刘姥姥拿出的银子也不少，拿钱走人，连夜开溜。

刘姥姥安顿好惊魂未定的巧姐，才一五一十地说出和贾府和凤姐的经历，巧姐这才知道这位老婆婆就是母亲曾经提起给她取名的刘姥姥。

刘姥姥又设法四处打探狱中王熙凤的消息，想送巧姐回贾府。哪知巧姐已经看透了所谓家人的冷酷，再不肯回到王夫人那里。刘姥姥左思右想，客栈毕竟离京城不远，谁知道还有什么危险，索性卖掉生意不错的客栈，回到原乡，置办些田亩，过回庄户人家的日子，保全凤哥儿血脉。

这就是刘姥姥解救巧姐的大致情形。

凤姐结局

关于凤姐结局，大致是狱神庙血崩而死。

但我之前认为，她死时，是不知道巧姐下落的。只知道哥哥王仁和贾芹给送回金陵老家。

而第四十二回的一条批语，改变了我的看法。

这是写凤姐向姥姥求巧姐名字时的批语。所谓：

【眉批："应了这话就好"，批书人焉能不心伤？狱庙相逢之日始知"遇难成祥，逢凶化吉"实伏线于千里，哀哉伤哉！此后文字不忍卒读。辛卯冬日。】

这条批语的风格，应该是脂砚斋或者畸芴叟的。

从批语透露的信息来看，八十回后，狱神庙中，垂死的凤姐和刘姥姥，甚至巧姐，还有一面之缘。

这样看来，凤姐死前，是知道了王仁和贾芹这对狠舅奸兄拐卖自己女儿的罪恶的，也知道是刘姥姥巧救了巧姐的。

那么，关于八十回后凤姐之死，应该是这样的：

刘姥姥巧救巧姐之后，始终心有不甘，变着法儿的和袭人玉菡贾芸小红茜雪联系上了，在他们的帮助下，带着巧姐乔装打扮来牢狱与凤姐见最后一面。

母女相见，巧姐备述狠舅奸兄拐卖之事，刘姥姥告之相救之缘，此时相逢，凤姐始知当年刘姥姥给巧姐这个名字所蕴含的玄机，那便是"遇难成祥，逢凶化吉"，而大恩人便是自己曾经随意举手之劳帮助过的刘姥姥。

这样看来，巧姐决定寄身乡野，不肯再回贾府或者金陵，也是凤姐同意了的。刘姥姥此番带着巧姐冒险前来相见，也有向凤姐征询巧姐日后安置之意。

这样看来，凤姐死前，是知道了亲人之薄情和女儿之下落的。她是对所谓的家人怀着深深的绝望，对女儿之万幸怀着深深的感恩，对自己之过往怀着深深的忏悔走完一生的，那淋漓止不住的鲜血，便是她的赎罪。

凤姐之死，是绝望的，也是庆幸的。

巧姐和板儿的纠葛

刘姥姥为保全巧姐，卖掉客栈，重回原乡，这便是刘姥姥一家的"义"，那一百零八两银子蕴含的契约精神。

板儿还记得那个曾经用柚子和他换佛手的千金小姐，巧姐的遭遇不免使板儿有些相信命运。板儿的心里渐渐有了巧姐。

而经历过大难的巧姐，却看清人性的阴暗和丑陋，心如死水。板儿又带来凤姐死于狱中和贾琏遭流放的消息，不仅剪断巧姐回家之路径，也促使巧姐拿定主意，要一个人清清白白来，清清白白去，了无牵挂，走完一生。为忘却痛苦，巧姐开始学着干一些力所能及的农活，渐渐爱上纺织，那双巧手使她成为原乡数一数二的织女。

当十七八岁的板儿向姥姥和父母莽撞提出想娶巧姐，遭到刘姥姥反对。在刘姥姥看来，解救巧姐是天经地义的事情，不是要人家做媳妇，何况不般配。这便是第四十回刘姥姥打板儿的缘故：

刘姥姥忙打了他一巴掌，骂道："下作黄子，没干没净的乱闹。倒叫你进来瞧瞧，就上脸了。"打的板儿哭起来，众人忙劝解方罢。

巧姐似乎感觉到了什么，遂搬出来寻一间小屋另过。

巧姐的到来，带给板儿一个不同的世界。原来世界不止原乡和客栈那么大，于是他不辞而别远走他乡。

刘姥姥用尽一生呵护巧姐，去世前，把巧姐托付给嫁在村里的青儿。

这就是板儿和巧姐的纠葛，源自前八十回巧姐板儿互换佛手柚子的经历。板儿的佛手给了巧姐，暗喻刘姥姥板儿一家机缘巧合犹如佛手指引解救巧姐，使巧姐避免了沦落天涯不知所踪的"游子"（柚子）命运。而拿到巧姐柚子的板儿，暗含巧姐"游子"的命运阴差阳错转化为板儿的命运。板儿为巧姐离家出走背井离乡，成为浪迹天涯的游子。

这是一语双关的妙意。

贾探春和板儿的交集

贾探春和板儿的交集，其实在前八十回就有。第四十回，板儿做了两件事，一件是从贾探春桌案拿了个佛手，就是后来给巧姐的佛手。也就是说，佛手其实是贾探春的。贾探春的佛手给板儿，预示八十回后贾探春冥冥之中指引着板儿的人生，恰如板儿把佛手给巧姐，预示刘姥姥及板儿一家影响了巧姐的人生。小说写这个佛手是“娇黄玲珑大佛手”，又暗含贾探春王妃身份。

另一件就是板儿拿到佛手，见探春卧床精致有趣，觉得好奇，竟扑过去：

左边紫檀架上放着一个大观窑的大盘，盘内盛着数十个娇黄玲珑大佛手。右边洋漆架上悬着一个白玉比目磬，旁边挂着小锤。那板儿略熟了些，便要摘那锤子要击，丫鬟们忙拦住他。他又要佛手吃，探春拣了一个与他说：“顽罢，吃不得的。”东边便设着卧榻，拔步床上悬着葱绿双绣卉草虫的纱帐。板儿又跑过来看，说：“这是蝈蝈，这是蚂蚱。”

注意贾探春卧榻位置，小说特意写设在东边，也就是所谓东床。东床在中国古典语境就是女婿的意思，典出王羲之东床快婿。小说第二回冷子兴和贾雨村也说过，不知贾府三春将来之东床如何。据此我认为，板儿八十回后和贾探春的交集，就是成为贾探春东床之婿。

八十回后，贾探春还没来得及和南安郡王府定亲，就经忠顺亲王提议、皇帝首肯，从贤德妃贾元春之妹挑选一人和亲，出嫁海域番邦。这是忠顺亲王的诡计，意在阻止贾府和南安郡王府联姻，削弱贾府力量。

以贾探春才干，虽远嫁番邦，也是藩王极为敬重的一位王妃。虽和亲人天各一方，倒也实现了她当初向赵姨娘哭诉的，但凡她是个男子必有出去创一番事业的愿望。藩王之前已有妻室子女，只是王妃去世，才向天朝求亲。贾探春是藩王子女名义上的母妃。

板儿负气出走，去闯一番事业。从伙计学起，走南闯北，以海外贸易起家，逐步历练成为一名客商，常常到海域番邦做生意。海域番邦，务实为要，没有天朝的繁文缛节和条条框框，其间种种机缘巧合，或者板儿对番邦王室有支持，或者藩王为女儿招亲，结局就是板儿居然成为藩王乘龙快婿。

成为藩王女婿的板儿，认出王妃就是贾府三小姐，告知贾府遭遇。贾探春得知亲人变故，奈何天涯相隔，只能洒泪东望，遥遥凭吊。

贾探春的佛手，历经板儿和巧姐遭际，其实是贾府施恩的善果，拯救巧姐，惠及板儿。这便是因果循环，善恶有报。

板儿失去和巧姐的婚姻，却成为探春女婿，正所谓失之桑榆收之东隅。也应了柚子（游子）之外香橼（香缘）的意思，板儿从巧姐那里得到的是游子的使命，在探春这里收获的是香缘的福报。

宝玉和茜雪之缘

茜雪之命运，尽在一个“欠”，说的是宝玉对她的亏欠。

前八十回，宝玉对奶妈不满，借故发飙，殃及茜雪。贾府顾及李嬷嬷老脸，揣着明白装糊涂，让李嬷嬷告老，却让茜雪做替罪羊，撵了出去。宝玉本意是撵李嬷嬷，可这违背了贾府宽柔以待下人，尤其尊重奶妈超过主子的传统，只好拿茜雪开刀。

宝玉愧疚，第二十回前后，告老的李嬷嬷忿忿不平，哭骂袭人和宝玉，宝玉自知理亏，默默忍受。

八十回后，茜雪和宝玉的交集，线索在第二十回批语：

【庚辰眉批：茜雪至“狱神庙”方呈正文。袭人正文标目曰“花袭人有始有终”，余只见有一次誊清时，与“狱神庙慰宝玉”等五六稿，被借阅者迷失，叹叹！丁亥夏。畸笏叟。】

这条批语是畸笏叟所作，可信度很高。

批语说他曾经看过曹雪芹修改誊写八十回后面章节，到狱神庙，茜雪的事情才有一个完整的呈现和交代。

茜雪的事情是和袭人联系在一起的，而且和袭人偷偷到狱神庙看望安慰贾宝玉有关。那时袭人已和蒋玉菡成亲。

而茜雪和袭人都曾是宝玉房里丫鬟，我觉得线索要从这里去找。

茜雪被撵，但贾府宽柔，并没有胡乱拿去配小厮，而是如柳五儿、小燕所说，按照宝玉房里丫鬟的待遇放出去自向外边择婿。也许是宝玉偷偷央求凤姐，或者凤姐明白茜雪冤枉，无论如何，茜雪离开宝玉房里，却获得了人身自由和婚姻自由，也算不幸之中大幸。

茜雪遭屈，却感戴宝玉和凤姐。

茜雪很可能嫁给一个衙役狱卒之类的男子做丈夫，也是有些见识之人，敬重茜雪为人，夫妻恩爱和顺。

贾府被抄，宝玉、凤姐下狱，茜雪丈夫恰好在狱神庙当值，还是个小头目。茜雪看东家遭难，不免感叹。丈夫知晓妻子感受，倒也不曾为难拘押的贾府之人。

隐姓埋名的蒋玉菡和袭人挂念狱中宝玉，袭人偷偷找到茜雪，得茜雪丈夫帮助，悄悄探视安慰宝玉。宝玉见到袭人，方知茜雪之事，以及袭人和玉菡之婚姻。贾府被抄，多少靠贾府庇护生存之人反目相向落井下石，倒是被冤枉的茜雪，雪中送炭，宝玉愧疚，觉得亏欠了茜雪。

全得茜雪和她丈夫之力，小红才得以探视王熙凤和宝玉，帮二人传递消息。凤姐才能够狱中托付王仁贾芹送巧姐到金陵，贾芸也才有“仗义探庵”，而刘姥姥和巧姐也才能见到垂死的凤姐。

这便是有情有义的茜雪，“至狱神庙方呈正文”。

第二章

外势绞杀

贾府和甄家到底有啥瓜葛

第七十五回，尤氏要去王夫人那儿：

跟从的老嬷嬷们因悄悄的回道："奶奶且别往上房去。才有甄家的几个人来，还有些东西，不知是作什么机密事。奶奶这一去恐不便。"尤氏听了道："昨日听见你爷说，看邸报甄家犯了罪，现今抄没家私，调取进京治罪。怎么又有人来？"老嬷嬷道："正是呢。才来了几个女人，气色不成气色，慌慌张张的，想必有什么瞒人的事情也是有的。"

甄家和贾府是老亲，但是，甄家获罪还有甄家婆子拿了东西偷偷往贾府跑，贾府还敢接待，就不仅仅是老亲能说得过去的了。

第十六回，贾蔷去苏州采买戏班子，是这么说的：

贾蔷道："才也议到这里。赖爷爷说，不用从京里带下去，江南甄家还收着我们五万银子。明日写一封书信会票我们带去，先支三万，下剩二万存着，等置办花烛彩灯并各色帘栊帐幔的使费！"

这说明贾府和甄家多年来有极为密切的利益往来。贾府祖宅在金陵，还有房产地产田庄，还有很多经济利益。这些都需要甄家帮忙照顾。

甄家也有女儿在京，甄家在京很多事务也需要贾府照应。

几十年过去，贾府和甄家累积了数不清的瓜葛。

而且，从政治派系看，甄家也属坏了事的义忠亲王老千岁、北静郡王、南安郡王、四大家族、冯紫英卫若兰家阵营。

因此甄家获罪，抄走的还有贾府寄存的银钱财物，不敢吭声也不敢承认。而贾府也还有甄家的东西。甄家被抄，为日后生计，极有可能派几个婆子，偷偷携带些财物，藏匿于贾府，以备不时之需。甄宝玉日后能够购买贾宝玉丢失的通灵宝玉并且送还，就是靠的这个，也算是因果。

从王夫人向贾母报告此事情形看，贾府是接待并帮助了甄家的。这也可能成为贾府日后获罪的证据，帮助罪臣藏匿私产。

谁是贾府最危险的敌人

贾府最危险的敌人，早在第三十三回就跳出来了，就是忠顺亲王。

不妨来看看忠顺亲王府长史来访时贾政的反应：

忽有回事人来回："忠顺亲王府里有人来，要见老爷。"贾政听了，心下疑惑，暗暗思忖道："素日并不和忠顺府来往，为什么今日打发人来？"一面想，一面令"快请"，急走出来看时，却是忠顺府长史官，忙接进厅上坐了献茶。

未及叙谈，那长史官先就说道："下官此来，并非擅造潭府，皆因奉王命而来，有一件事相求。看王爷面上，敢烦老大人做主，不但王爷知情，且连下官辈亦感谢不尽。"贾政听了这话，摸不着头脑，忙陪笑起身问道："大人既奉王命而来，不知有何见谕，望大人宣明，学生好遵谕承办。"那长史官便冷笑道："也不必承办，只用大人一句话就完了。我们府里有一个做小旦的琪官，一向好好在府，如今竟三五日不见回去，各处去找，又摸不着他的道路，因此各处察访。这一城内，十停人倒有八停人都说，他近日和衔玉的那位令郎相与甚厚。下官辈等听了，尊府不比别家，可以擅入索取，因此启明王爷。王爷亦云：'若是别的戏子呢，一百个也罢了；只是这琪官随机应答，谨慎老成，甚合我老人家的心，竟断断少不得此人。'故此求老大人转谕令郎，请将琪官放回，一则可慰王爷谆谆奉恳，二则下官辈也可免操劳求觅之苦。"说毕，忙打一躬。

贾政听了这话，又惊又气，即命唤宝玉出来。宝玉也不知是何原故，忙赶来时，贾政便问："该死的奴才！你在家不读书也罢了，怎么又做出这些无法无天的事来！那琪官现是忠顺王爷驾前承奉的人，你是何等草莽，无故引逗他出来，如今祸及于我！"宝玉听了，唬了一跳，忙回道："实在不知此事。究竟连'琪官'两个字不知为何物，岂更又加'引逗'二字！"说着便哭了。

贾政未及开口，只见那长史官冷笑道："公子也不必隐饰。或藏在家，或知其下落，早说了出来，我们也少受些辛苦，岂不念公子之德？"宝玉连说不知，"恐是讹传，也未见得。"那长史官冷笑道："现有证据，何必还赖？必定当着老大人说出来，公子岂不吃亏？既云不知此人，那红汗巾子怎么到了公子腰里？”宝玉听了这话，不觉轰去魂魄，目瞪口呆，心下自思：“这话他如何得知！他既连这样机密事都知道了，大约别的瞒他不过，不如打发他去了，免得再说出别的事来。”因说道：“大人既知他的底细，如何连他置买房舍这样大事倒不晓得了？听得说他如今在东郊离城二十里有个什么紫檀堡，他在那里置了几亩田地几间房舍。想是在那里也未可知。”那长史官听了，笑道：“这样说，一定是在那里了。我且去找一回，若有了便罢，若没有，还要来请教。”说着，便忙忙的走了。

这段话传达的信息，需要细细琢磨。

第一，忠顺亲王地位，和坏了事的义忠亲王老千岁相当，都是皇帝近亲。从小说叙事看，贾史王薛四大家族和坏了事的义忠亲王老千岁、北静郡王、南安郡王、冯紫英家、卫若兰家走得很近，却“素日并不与忠顺府来往”，这说明贾府与忠顺亲王属于不同的政治派别。

第二，忠顺亲王与贾府素无往来却密切关注贾府动态。就连贾宝玉这样的纨绔子弟和戏子蒋玉菡“四下无人”互赠汗巾这样的隐私都知道。

第三，蒋玉菡叛逃这件事情，是对忠顺亲王的公然羞辱和挑衅。

第四，忠顺亲王府既然连贾宝玉与蒋玉菡私赠汗巾这样的隐私都知道，怎会不知道蒋玉菡在城郊置房买地？贾宝玉的判断其实很有道理。

第五，如果忠顺亲王府知道蒋玉菡的去处，一面派人缉拿，一面假模假样跑来贾府兴师问罪，那便是要借机给贾府一个警告。而蒋玉菡逃脱，应该是得到了北静郡王和柳湘莲、冯紫英等人帮助。

从贾政“又惊又气”“祸及于我”的反应来看，忠顺亲王府的警告收到奇效。贾政谓之“祸及于我”，其实就是祸及贾府的意思，问题相当严重。

忠顺亲王府长史来要人，虽然很生气，但也很客气，知道不可“擅入索取”。这和贾府还有一位深得皇帝宠爱的贵妃贾元春大有关系。那可是贾政亲生女儿，贾宝玉的嫡亲姐姐，贾政和贾宝玉还有额外身份，那就是国丈和国舅。忠顺亲王府长史言外之意，要是勾引我家王爷戏子的不是你贾府，便要“擅入索取”，拿人了！这是无声的威胁。

忠顺亲王是皇亲，贾府是国戚，贾元春正得宠，忠顺亲王也只能忍让三分。但是，旧恨未消（政见不同），又添新仇（勾引玉菡），忠顺亲王怎会善罢甘休？

看来这个梁子，是结下了。

因此，完全可以想见，八十回后，一旦贾元春死去，贾府靠山不再，忠顺亲王那点“顾忌”便荡然无存。他通过“眼线”和“密探”收集到的贾府罪证就可以写成一本厚厚的奏折。贾府命运，就此风雨飘摇，岌岌可危。

“虎兕相逢”与“双悬日月”

我一直以为，第四十回史湘云行酒令“双悬日月照乾坤”和第五回贾元春判词“虎兕相逢大梦归”有某种神秘联系。

这既暗喻元春之死，也是贾府悲剧根源。

第五回判词，贾元春之死的直接原因就是“虎兕相逢大梦归”。

虎者，贾府也。贾府宁荣二公以武事起家，累积军功至封国公，焦大就因曾在死人堆里冒死背出宁国公而备受优待。第七十五回贾珍以习武为名邀约纨绔子弟聚众喝酒赌博，得到贾政赞许，也是贾府“况在武荫之属”。对能征善战的武将，人们习惯性称为“虎将”，其家谓之“将门”，将门虎子。

那么，“兕”呢？相关资料解释是一种犀牛类的凶猛怪兽。

虎兕相逢，也就是老虎和这种凶猛怪兽相逢，定是一场你死我活的争斗。也就是说，这兕，就是贾府敌人。而贾府最危险的敌人，就是忠顺亲王。

“兕”这种称谓，既指其凶猛，也带贬义。曹雪芹站在贾府立场表达，自然要把贾府敌人“妖魔化”。

由是，贾元春“虎兕相逢大梦归”真相便是，她身陷忠顺亲王对贾府一系列阴谋的恐惧，难产而死。

那么，“双悬日月照乾坤”又是怎么回事？

“双悬日月照乾坤”出自李白《上皇西巡南京歌》：

剑阁重关蜀北门，上皇归马若云屯。

少帝长安开紫极，双悬日月照乾坤。

说的是马嵬坡兵乱唐玄宗避难蜀中，其子唐肃宗即位，两位皇帝在世，造成“双悬日月照乾坤”的局面，指责唐肃宗有篡位之意。

我们虽没必要穿凿历史，但还是可以看到史湘云酒令“双悬日月照乾坤”和李白所指类似，暗指某种宫廷斗争。

义忠亲王这个封号是带有褒义色彩的，恰如水泊梁山“忠义厅”，所指乃是这位王爷忠义双全，是个好王。

义忠亲王人称“老千岁”，表明不仅是皇室近亲，而且辈分颇高，应该是皇帝叔叔，权势仅次于皇帝。

可惜这位老王爷“坏了事”。对于一位如此位高权重的王爷来说，能让他坏事的理由可不多，除非与皇帝政见不和，或者功高盖主，皇帝感觉到威胁。

偏偏贾府又是义忠亲王故旧，当年宁荣二公可能就是跟着义忠亲王老千岁南征北战。这可从义忠亲王棺木由薛家准备看出。

反观忠顺亲王，虽然都是亲王，但封号有微妙区别。曹雪芹、施耐庵这样的文人，骨子里都是不拘的，他们不愿意做顺民。比如晁盖的聚义厅与宋江的忠义堂，这里的义忠和忠顺都体现了一种微妙区别。前者透着豪气，后者透着一股子媚骨。从小说语境来看，虽然此王也自称老人家，但应该是皇帝兄弟。虽然也是千岁，却从未见小说或贾府称这位王爷千岁，这恰好说明贾府与忠顺亲王府“素无往来”，不是客套，是真的不睦。

这样一来，所谓“双悬日月”应该是指当今皇帝和他的叔叔义忠亲王老千岁政见不和，发生激烈争执，使朝廷出现“两种声音”，百官莫衷一是。皇帝感觉到威胁，指责义忠亲王扰乱朝政视听，给义忠亲王一个企图篡位的罪名。而素来善于见风使舵的忠顺亲王则紧跟皇帝，获得宠信。

“双悬日月”这场政治风波的结果，就是贾府所属这一政治派系的领袖义忠亲王老千岁倒台，忠顺亲王取而代之。作为新的权臣，忠顺亲王自然要清理义忠亲王旧部，首当其冲就是曾经以蒋玉菡事件羞辱过他的贾府，这便是“虎兕相逢”。

贾元春身在后宫，随伺皇帝，又是皇后心腹，也有自己耳目，隐隐约约知晓其中危险和风波。这些事情属于国家政治高度机密，又不敢轻易透露给贾府。她唯一能做的就是“故向爹娘梦里相寻告”，提醒父亲贾政“天伦啊，须要退步抽身早”，曲折暗示贾府赶紧抽身避祸。她唯一能做的就是不断巩固皇帝恩宠，保全贾府一生一世。

正是在这种巨大的精神压力和折磨中她有了身孕，可谓又悲又喜，悲喜交集。她多么希望能诞下龙嗣，保全娘家。然而巨大的压力最终压垮了贾元春，贾元春难产而死“大梦归”。

三王查抄大观园

查抄大观园，真正领头的是三个人。

第一个是王夫人。

第二个是王熙凤。

第三个是王善保家的。王善保家的是邢夫人陪房，未必姓王，地位卑微，嫁了个叫王善保的男人，嫁鸡随鸡嫁狗随狗，也就跟着丈夫姓了王。

很有趣，曹雪芹设计查抄大观园的，其实是三位王姓的女人。

王夫人，王子腾妹妹，贾政妻子，贵妃贾元春的母亲，在贾府也算“王”一样的人物。

王熙凤，王子腾和王夫人侄女，贾琏妻子，荣国府内当家，算得上位高权重。

王善保家的，虽不管事，却也是有些脸面，可以代表邢夫人和王夫人说话。

这里面有没有深意?

有。

查抄大观园，正如贾探春所说:

“你们别忙，自然连你们抄的日子有呢！你们今日早起不曾议论甄家，自己家里好好的抄家，果然今日真抄了。咱们也渐渐的来了。”

其实就是日后贾府被抄的预兆。

那么，三个姓王的女性查抄大观园又预示着什么?

首先，王除了姓氏外，还有帝王、亲王、郡王的意思。三王累加，何等威势？是不是暗喻八十回后就是最大的王，当今皇帝下令查抄贾府的?

我觉得是。

其次，王善宝家的诬告，是不是暗喻八十回后，有一个王向皇帝弹劾贾府?

我觉得是。

这个王就是和贾府“素无往来”又有过节的忠顺亲王。

当然，还有一个王，本体是王熙凤，本意是中立，甚至有意让王善保家的难堪，这意味着八十回后查抄贾府，有一个王一定程度保护了贾府，这个王就是北静郡王。

如此一来，第七十四、七十五回，三王查抄大观园的象征意义就清楚了。它实际暗指八十回后贾府遭弹劾的基本情况，忠顺亲王收集到贾府一系列不伦罪证，向皇帝告御状，皇帝震怒，下令查抄贾府。执行圣旨的，就是忠顺亲王和北静郡王。

忠顺亲王是怎么扳倒贾府的

要还原小说八十回后轮廓，还真绕不开忠顺亲王扳倒贾府这事儿。

第一，收集贾府罪证。

这件事情几乎从第三十三回忠顺亲王府长史到贾府索要蒋玉菡就开始了。贾政如此惊悸，一是宝玉得罪了忠顺亲王，两家关系雪上加霜。二是贾政敏锐察觉到素无往来的忠顺亲王盯上了贾府。贾宝玉的交际行踪，忠顺亲王府居然摸得一清二楚，那么贾政呢？贾府其他人呢？这才最可怕。

贾府和忠顺亲王府属于不同的政治派系。贾府等四大家族和北静郡王、南安郡王以及冯紫英家，和史家结亲的卫若兰家，都是义忠亲王老千岁的世交旧属。义忠亲王老千岁虽然坏了事，但是这一派系的人物也个个手握实权，根基并未动摇。

忠顺亲王则紧跟当今皇帝，很可能就是他利用皇帝对义忠亲王的顾忌，挑唆并帮着皇帝扳倒义忠亲王老千岁，成为一人之下万人之上的权臣。忠顺亲王和义忠亲王两派势力表面和谐，暗里对峙。

从皇帝的角度，拿掉义忠亲王即达到目的，义忠亲王这一派故旧不仅是朝廷重臣，还是牵制忠顺亲王的重要力量，可以防止再次出现义忠亲王那样权倾朝野的局面。皇帝因此并不想牵涉义忠亲王老千岁故旧，反而乐于在两派之间左右逢源搞平衡。但是从忠顺亲王角度分析，他肯定会抓住一切机会瓦解和打击义忠亲王故旧。

北静郡王和南安郡王是皇室近亲，没有十足把握动不得。冯紫英的父亲冯唐是手握兵权的将军，也不好惹。史家也就是贾母娘家，一门双侯，不容小觑。关键是史家在这一派系表现最为消极，已有疏远和脱离迹象，不宜打压，只宜拉拢。而王家风头正盛，王子腾曾掌管京城防卫，现在又是节制九省兵马的将军，更加招惹不起。薛家只是皇商，而且已经败落，不堪一击，根本不值得出手。唯有贾府，表面风光犹在，实则凋敝，子孙坐享祖爵，贪图享乐，毫不检点，劣迹斑斑。而且贾府牵连甚广，一旦拿下，四大家族都会受挫，可以狠狠打击义忠亲王故旧的气焰。如果不是贾府出了位贵妃，只怕忠顺亲王早就下手了。

即便如此，忠顺亲王也暗中布置眼线，收集贾府罪证。忠顺亲王府长史到贾府索要蒋玉菡，不过是一次小小的试探和警告。

第二，怎么收集证据。

除广布眼线外，就是大肆收买和贾府结怨的人。冯渊案里的冯家族人，薛家既然可以花钱买通，必然也会为忠顺亲王府买通。

薛宝钗待选，那么优秀的女孩居然落选，固然与冯渊命案中薛家失德有关，但是谁在宝钗选秀关键时刻捅出此事的？这样的人没有强硬后台，没有强硬关系根本做不到。我以为就是忠顺亲王。忠顺亲王眼看贾府长女贾元春恩宠日隆，怎么可能再弄个四大家族女子进宫，万一两人联手成了大气候，岂不更难下手。因此，宝钗落选，薛家失德是真，但能运作此事废了宝钗的，唯有忠顺亲王。

甚至于贾府差点和南安郡王府结亲。如果贾探春嫁到南安郡王府，贾府地位会更加稳固。我以为关键时刻，也是老奸巨猾的忠顺亲王给皇帝出主意，从贤德妃姊妹挑选一个和亲，既破坏了贾府和南安郡王府联姻，又使贾府亲人离散，有苦难言。

险些为王熙凤灭口的张华父子，那是有奶便是娘的人物，只要忠顺亲王府给钱，他们一定会不遗余力甚至添油加醋地牵扯出贾珍贾琏贾蓉和尤二姐尤三姐难以撇清的关系。

王熙凤收受贿赂，干预司法公正，导致张金哥和云守备之子殉情，云守备从此和贾府结怨，此事不仅关系贾府，王熙凤还假借贾琏之名动用王子腾关系，王家也难辞其咎。

还有贾雨村发配从军的小沙弥，此人一定会为忠顺亲王所用，成为扳倒贾府、控制贾雨村的重要棋子。

还有因贾雨村讨好贾赦而被弄得家破人亡的石呆子，这位耿直的扇子收藏家几乎不用收买就愿意站出来作证。

还有王熙凤陪房来旺媳妇的丈夫旺儿，没有按照王熙凤命令买凶杀死张华父子，一旦王熙凤知道张华父子还活着，旺儿恐怕只能抛妻弃子逃跑，投靠忠顺亲王求一条生路。此人是贾府资深奴仆，知道贾府太多烂事儿。贾府一系列有违伦常的罪状，比如秦可卿事件、尤二姐尤三姐事件、张金哥事件、放高利贷事件，甚至包括私通甄家事件、林黛玉事件，都可以从旺儿这里得到确证和旁证。

还有虐待贾迎春致死和贾府结怨的孙绍祖，此人也是武将，还是贾府女婿，无德势利贪财好色，巴不得抱忠顺亲王大腿。

忠顺亲王就是通过拉拢和收买这些人收集到贾府罪证的。

第三，贾府罪证。

忠顺亲王收集到的贾府罪状：

一是宁国府贾珍贾蓉父子聚麀之诮，共同占有秦可卿，致秦可卿自缢而死，是乱天理伦常之大罪。

二是荣国府贾琏国孝家孝期间瞒着父母停妻再娶尤二姐，犯下四重大罪。

三是荣国府托管列侯世家前科探花巡盐御史林如海家产，收养其孤女，霸占林家财产，逼死其女。

四是贾珍贾琏贾蓉长期和尤二姐尤三姐保持不正当关系。

五是王熙凤收受贿赂干预司法公正，致使已有婚约的张金哥和云守备之子殉情而死。

六是王熙凤虐待致尤二姐和鲍二家自杀，欲杀张华父子灭口未遂。

七是宁荣二府长期放高利贷牟取暴利。

八是与罪臣甄家私通。

这八条大罪，足以抄贾府三回。

至于冯渊案，却是忠顺亲王后手。

第四，策反贾雨村。

策反贾雨村是忠顺亲王扳倒贾府的关键。之前收集的证据虽然确凿，但提供证据的人身份卑微，品德可疑，有可能引起皇帝疑心，这是忠顺亲王最为担心的事情。他一方面要搞掉贾府，另一方面要做得好像是贾府自己不争气出了问题，和他无关。那么，他就需要贾雨村这样又姓贾，和贾府一伙，又是朝廷官员的人，这样的人出来反水，皇帝就会无话可说深信不疑，贾雨村无论从品行还是地位来看都是最佳人选。

前面我们说过，贾雨村相继抱林如海、贾政、贾赦和王子腾大腿，得到义忠亲王老千岁这一派政治势力的接纳和支持，做到大司马，可谓风光一时。

这其实也是皇帝搞平衡的结果，既然已经废了义忠亲王，沉重打击了这一派势力，不妨安抚和提拔这一派势力，不仅可以起到分化和瓦解作用，还可以有效制衡忠顺亲王扩充势力。于是，封贾元春贵妃，提拔王子腾，放贾政学政，放史鼐外任，重用贾雨村，皇帝对贾府可谓“捧杀”。

贾雨村做到大司马，得志猖狂，渐渐在王子腾面前露出怠慢情绪，王子腾及四大家族终于看清楚贾雨村嘴脸，王子腾联合这一派势力弹劾贾雨村，这便是林之孝和贾琏说的雨村又要降了。

我以为八十回后，贾雨村是降了的。这是王子腾要给贾雨村一点颜色，让他知道谁说了算，一个手无兵权的大司马算什么。贾雨村表面不敢抱怨，内心却埋下怨恨的种子。

忠顺亲王抓住时机，召见贾雨村，让他与小沙弥相见，又提及冯渊案和石呆子案，恩威并施，迫使贾雨村反水，使其成为贾府最大内奸。

于是贾雨村和孙绍祖联手，一个是贾府宗侄，另一个是贾府女婿，组成构陷贾府的绝佳拍档。万事俱备只欠东风。

第五，致命一击。

八十回后，贾府厄运连连，贾元春难产而死，贾母惊悸伤恸猝死，林黛玉自缢而死。皇帝固然为贾元春的死伤恸，但也意味着贾府失去稳当的靠山。忠顺亲王抓住时机，于贾元春死后一年也就是国孝期满，贾府忙于一连串丧事，以及张罗宝玉宝钗完婚冲喜时，亲上奏本，率贾雨村和孙绍祖密奏参劾贾府，列举贾府罪状，痛斥贾府失德乱伦，违法乱纪，草菅人命。

皇帝震怒，因元春之死对贾府那一点点怜惜之情也消失殆尽，下令查抄贾府。此时贾府历经离乱，刚刚办好宝玉宝钗冲喜婚事没几个月。

这就是忠顺亲王扳倒贾府的大致情形。

面对贾府遭遇，义忠亲王老千岁这一派故旧始料不及、心惊胆战、明哲保身、噤若寒蝉。只有史湘云夫婿，从军的公子卫若兰不明就里，奏本为贾府申辩，惹恼皇帝，责令卫戍边关，无旨不得调回，从此和史湘云天各一方，酿成“白首双星”的悲剧。

但是，卫若兰直言也点醒皇帝保持了必要警惕。贾府罪案滴水不漏，更使皇帝隐约感觉是忠顺亲王的精心设计。贾府固罪不可恕，对忠顺亲王、皇帝也不得不防。于是他下令北静郡王协助忠顺亲王查抄，其意就是要节制忠顺亲王，不至于扩大冤案。这样，贾府才得有罪者遭惩，无罪者赦免，保全祭祀田庄和公学，为贾府中兴埋下伏笔。

贾府一案，其实还牵扯到王家和薛家。但皇帝并没有扩大化，只是严厉申斥了王子腾，致使王仁怨恨妹妹王熙凤，波及巧姐。

忠顺亲王见皇帝不愿扩大打击面，只得作罢。但是老谋深算的他还是留了一着后手。

两年后，忠顺亲王得知皇帝有赦免贾赦贾政之意，授意孙绍祖抖落出冯渊案以及石呆子案，废了已无利用价值的贾雨村，波及薛家，薛蟠下狱。已经流放的贾赦再次涉案，彻底让皇帝相信贾府案是铁案。皇帝无话可说，只赦免了贾政。

这便是忠顺亲王的收官之战，做掉反复无常的贾雨村，以绝后患，又顺带废掉了奄奄一息的薛家。

《红楼梦》一干男性结局

《红楼梦》一干男性结局，是还原八十回后轮廓无法绕开的话题。

贾府被抄，第一，最先获罪的就是宁荣二府男性成员。

贾赦贾政贾珍贾琏贾宝玉贾蓉贾环无一例外收监受审。贾兰年幼幸免。这一审，贾赦贾政贾珍贾琏贾蓉定罪论处，贾宝玉和贾环无罪释放。

贾环回来，不受邢王夫人待见，赵姨娘又在狱中，遭受羞辱，遂卷了几两银子，离家出走，不知所踪。

贾府被抄一二年后，皇帝念及贾府旧情，本欲赦免贾赦贾政。怎奈忠顺亲王见势又导演出贾雨村案，抖落出石呆子冤案，贾雨村薛蟠下狱，贾赦罪责难逃，只有贾政为皇帝赦免。贾赦贾珍贾琏贾蓉贾雨村薛蟠尽皆流放。

甄宝玉送玉，和贾宝玉历经悲欢，彻夜长谈。贾宝玉看透世事人心，生无可恋，悬崖撒手弃而为僧。

第二，贾雨村案严重打击了王家和薛家。

贾府被抄后接连发生关联案件。贾芸报官揭发贾芹伙同盗匪抢劫栊翠庵和妙玉，贾芹落草为寇。

贾雨村案发，王子腾深感难逃干系，向皇帝奏本谢罪。皇帝念旧，也顾忌忠顺亲王打击面太大，没有追究王家之罪，准许王子腾告老还乡。

贾雨村案牵扯出冯渊命案，薛蟠下狱，薛家从此风雨飘摇。

第三，卫若兰和史湘云受贾府牵连。

史湘云嫁卫若兰，夫妻恩爱。湘云是个劝男子功名的，忍痛割舍夫妻之情，支持丈夫从军。贾府事发，人人自保，唯有公子卫若兰上书皇帝，为贾府求情，龙颜震怒，御批卿所至爱之贾府，尽皆流放，卿即代朕随之。从此卫若兰相当于流放，卫戍边关，和史湘云白首双星，不能相见，这就是湘云之悔教夫婿觅封侯，直至若兰客死边关。

第四，薛蝌和邢岫烟完婚回到金陵祖籍照料生意。夏金桂相继虐待香菱、薛姨妈致死，薛蝌忍无可忍，得宝琴夫家梅翰林之子帮助，去流放地取得薛蟠休书，以薛家唯一合法继承人身份，报官例举夏金桂种种失德之处，官府断案，将夏金桂逐出薛家。

第五，经历一番浩劫，贾芸不再以贾府为念，在倪二帮衬下，踏踏实实经商度日，相继赎出受贾府被抄牵连卖为官奴的林之孝夫妇，和母亲及小红一家过着平凡幸福的日子。

第六，贾蔷则早在龄官痨病死即堪破红尘，又隐隐闻得他和贾珍不清不白的关系，不辞而别，离开伤心之地，不知所踪。

第七，柳湘莲出家做了道人，宝玉做了和尚，若干年后，二人尚有一面之缘。

第八，贾兰发奋苦读，多年后殿试高中，皇帝念及贾府旧情，贾府中兴。其时贾政邢王夫人尤氏都已过世，李纨也垂垂老矣，即将步入黄泉。而她以自私和冷漠培养出来的贾兰，不过是贾府兴衰轮回的再版而已。贾府中兴，又能持续多久？

第三章

八十回后轮廓

八十回后故事轮廓，是红学研究的终极目标。我之还原，遵循三条原则：

一是小说大悲剧精神，即使其后贾府中兴也隐含悲剧色彩，不过是又一轮悲欢离合。

二是人物行为逻辑力求符合前八十回定位。

三是综合《风语红楼》一、二、三辑及本书人物分析与情节梳理展开，略有重复再所难免。

一、贾蔷出走

太医确诊龄官得痨病，王夫人着令放出去调养。贾蔷自作主张，在外买房给龄官养病。并不顾贾蓉阻拦，禀告贾珍，要娶龄官为妻。

贾珍闻之暴怒，说一个本家戏子，怎可为宁府嫡孙之妻。

贾蔷负气出走，不再和宁府往来。

贾蔷断了经济来源，只有贾蓉还顾及这个弟弟，暗中周济。

龄官死，贾蔷伤心欲绝。

好事者见贾蔷和贾珍翻脸，有意无意地添油加醋放出风来，暗示贾蔷身世。贾蔷回顾自小跟贾珍长大经历，又隐约知道了焦大因醉骂流放田庄的事情，恍然大悟，明白了和贾珍的关系，不辞而别，不知所踪。

二、贾母筹划探春和宝黛婚姻

老太妃一年国丧及贾敬三年家孝期满。其时贾宝玉十九岁，而林黛玉十八岁。南安太妃自上次借贾母生日相看，相中贾探春，已有提亲之意。只是探春庶出之身，南安郡王府稍有顾虑，毕竟要娶探春的是世子，未来王爵继承人。贾母暗暗筹划，只等探春婚事定下，即为宝黛婚事做主。

冯紫英召集的一次射圃聚会，宝玉遇见幼时好友卫家公子若兰。原来外放的卫家已回京。宝玉无以为赠，将原本要给湘云的那只金麒麟赠予若兰。

三、宝琴薛蝌相继完婚

外放回京的梅家履行婚约。宝琴如愿嫁入梅家，和梅翰林之子琴瑟和鸣倒也恩爱。

薛蝌等妹妹完婚即迎娶邢岫烟，成婚后回金陵老家，照料薛家在金陵的生意。

兄妹婚姻美满，了却薛姨妈心愿。薛姨妈只是愁苦宝钗终身之事，宝钗反倒不以为意，安慰母亲。

四、探春远嫁

贾府与南安郡王府频频接洽，商议定亲之事。贾府上至贾母贾政王夫人，下至仆从丫鬟，都为探春高兴，就连一贯不知足的赵姨娘也乐开花，贾环更是趾高气扬不少。

恰在此时，忽宣贾政入朝，近年朝廷与海域番邦素有争端，避免兵戈相见，皇帝决定和亲。皇室自家女儿自是不忍，忠顺亲王早已洞察贾府欲和南安郡王府联姻，贾府于贵妃之外，未来又要出一位王妃，这是忠顺亲王所不乐意见到的，于是他趁机提议，贤德妃贤淑可敬，实乃贾府教养得法，莫若从贵妃姊妹中选一位代表皇室和亲。其实早在宝钗选秀时，忠顺亲王就派人使坏，在冯渊案做文章，坏了宝钗入选之事。此议一出，居然深得帝心。贾元春纵有千般苦楚，也说不出。贾政战战兢兢接旨，跪谢皇恩。

南安郡王府惊闻圣意，颇觉蹊跷，从此不敢再提联姻之事。

其时贾迎春已嫁中山狼孙绍祖，惜春年幼且品貌才学不及探春，只剩下探春合适，贾府上下，万般伤恸无奈，却不敢表露。贾政王夫人伤感，熙凤李纨黛玉宝钗惜春平儿众姐妹伤心，赵姨娘更是哭得死去活来。母女嫌隙，直到别离，消融无形。

贾宝玉深恨朝廷无能，拿女儿做挡箭牌。

朝廷钦封探春郡主，远嫁和亲。贾探春洒泪告别亲人，从此天各一方。

贾探春不幸远嫁，却凭借才干，在番邦有一番作为，深得藩王及子民敬重，成为一代贤妃，也算不幸之中的大幸。

五、湘云出嫁

史湘云终于离开薄情的史家，与卫家公子卫若兰成婚。卫若兰文武双全，气质高雅。

新婚之夜，湘云得见卫若兰所配之金麒麟，正是她曾经捡到又还给宝玉的金麒麟，一问方知是宝玉所赠，从此方信婚姻前定。纯真开朗的史湘云和卫若兰琴瑟和谐相得益彰。

只是卫若兰年轻气盛，意气风发，也想立一世功名，和好朋友们谈及从军。宝玉忧虑湘云幸福，好言劝阻，却遭若兰讥笑，说贵表妹也支持我“觅封侯”呢。

六、贾政升迁与雨村降职

贾探春和亲远嫁，虽骨肉分离，也是一番荣耀，继贾元春成为贵妃，贾探春也成番邦王妃。此二女皆贾政之女，朝廷为嘉奖贾府，着学政期满赋闲在家的贾政升任工部侍郎。贾府不免于伤感之余，又庆贺一番。

贾雨村靠王子腾、冯唐一般武将抬举，做到大司马，却渐渐露出奸相，屡屡托大，招致王子腾、冯唐等人不满，纠集力量，参奏雨村，不出一年，雨村便降为闲职。虽然嬉笑如旧，内心却怨恨王子腾，又及贾政。

七、贾元春有喜与宝黛婚事

经历贾探春远嫁的短暂悲伤，贾政升迁似乎又给贾府打了一剂强心针。

喜上加喜的是，贵妃贾元春有了身孕。

这对贾府来说无疑是天大喜讯，一旦诞下龙嗣，就意味着贾府与皇室由姻亲发展为血亲关系，贾府地位必将得到进一步提高和巩固。

贾府似乎又进入新一轮“上升通道”。

为此，贾母决意待贵妃诞下龙嗣，便为宝黛成亲。那时贾宝玉二十岁，林黛玉十九岁，都已长大，既可避免贾珠早婚风险，又应和贾妃之喜。

但为林黛玉能继续住在贾府，贾母又决定宝黛之事，不定亲，不公开，时候一到请薛姨妈提亲，成婚就是。

贾政虽觉自己儿子配不上黛玉才学品貌，奈何母亲之意不可强逆。王夫人虽不情愿，却也无可奈何。王熙凤自是满心欢喜，如意称愿。即便自尤二姐死后，贾琏对她日渐冷淡，只要贾母和王夫人在，贾琏能奈她何。

周瑞家的外出办事，隐约见到张华父子，无意说给王熙凤。熙凤大惊，立即找来旺儿质问，来旺儿指天发誓，说此事早已妥当，一定是周瑞家的看走眼。熙凤将信将疑，来旺儿却抛弃妻子连夜逃走。好在贾府上下沉浸于贵妃有喜和贾政升迁的喜庆，没人过问此事。王熙凤内心忐忑，悄悄派心腹小厮查访来旺儿。

八、宝黛感情

薛宝钗搬走，迎春、探春、湘云相继出嫁，大观园更加冷清。贾宝玉林黛玉其时心迹已明，相处含蓄而默契。林黛玉从王熙凤平儿处隐约知道她和贾宝玉不过一年就要成亲，反而有意疏远宝玉，暗示宝玉少来潇湘馆，只是日日找惜春厮磨。

九、迎春夭折

孙家忽来报丧，说迎春病死。贾府惊愕，觉得不可思议。王夫人凤姐宝黛惜春等知是为中山狼虐待而死，自是感伤。贾赦震怒，说要报官，却无凭无据，亏得贾政劝住。又恐贾母伤心，居然瞒着贾母。两家从此结怨，断绝往来。

惜春感觉到深深的震撼，自小经历母亲之死，父亲贾敬出家，哥哥嫂子貌合神离，侄儿侄媳离心离德，以及哥哥隐隐约约爬灰和养小叔子的传闻，惜春虽和嫂子大吵一场，断绝东府来旺，内心还是又羞又怕，只怕坏了她的千金小姐的清白。如今迎春又早亡，让她对未知的婚姻充满绝望和恐惧，唯有青灯古佛给她些许慰藉。

十、贾琏凤姐内耗

尤二姐死后，贾琏越发心灰意懒，秋桐越加骄横。王熙凤不忿，以雷霆手段弹压，不想招致秋桐激烈反抗，一般的撒泼打滚，又说王熙凤如何逼死尤二姐和鲍二家的，如今要拿她作筏子，渐次闹到邢夫人和王夫人那里。邢夫人如意称愿，一味说王熙凤失德。王夫人虽极力维护，心里也老大不爽，只得以贾母为托词，弹压局面。

贾琏渐生休妻之意，怎奈四大家族荣辱与共，王家的脸面如何处置，还要顾及贾母、叔叔贾政和王夫人的感受，贾琏做不得主，怒不敢言。

唯有平儿在熙凤与贾琏间周旋，不至于场面失控。熙凤怀疑兴儿嘴巴不严，迁怒于兴儿。兴儿忌惮熙凤威势，偷偷逃走。

十一、忠顺亲王的小动作

贾府欢天喜地，他们的老对手忠顺亲王府也没有闲着。

自从忠顺亲王体察圣意，扳倒义忠亲王老千岁后，他就成为皇帝信赖的权臣。但忠顺亲王却知道伴君如伴虎，义忠亲王苦心经营多年，门生故吏遍布天下，根基并未动摇，皇帝对这位皇叔还有顾惜之情，一旦义忠亲王党羽发难，祸福难测。因此他一直寻找机会，剪除义忠亲王旧部。这些人中，北静郡王和南安郡王一时难以撼动，王子腾和冯唐都是手握重兵的将军，一门双侯的史家似乎力图保持中立，不宜打击，只宜争取。破落的皇商薛家根本不值得出手，只有貌似风光实则不堪的贾府，似乎已成为这个阵营最值得也最容易攻破的堡垒。上次和亲之事，一箭双雕，既破坏了贾府和南安郡王府联姻，也让贾府小小不痛快了一番，也算报了蒋玉菡出逃之仇。

忠顺亲王府陆续收罗冯渊家人，鲍二家的娘家，张华父子，来旺儿和兴儿至其门下，又牵扯出长安守备，贾府所犯之事渐渐清晰。

一为贾珍贾蓉父子“聚麀”可卿，坏了天理伦常，致其自缢。

二为贾琏国孝家孝期间偷娶尤二姐，坏了朝廷制度。

三为贾府和罪臣甄家私自往来。

四为贾府长期放印子钱牟利。

五为王熙凤收受张金哥父母贿赂，干预司法公正，致云守备之子和张金哥殉情。

六为王熙凤逼死鲍二家的和尤二姐。

忠顺亲王眼见贾元春恩宠日隆，坐不住了，决心冒险上奏。于是罗列贾府罪状，秘奏皇帝。

皇帝看过忠顺亲王奏本，虽有怀疑，但其时贵妃贾元春已有身孕，且奏本中所列检举贾府罪证之人，皆是与贾府有仇隙不入流之人。皇帝对忠顺亲王和贾府的矛盾，心知肚明，以为贾府虽有不检点之处，但也不至于如此胆大，便认定是忠顺亲王有意挑衅，龙颜不悦，申斥忠顺亲王，奏本留中不发。

十二、贾元春困局

以皇后长史册封贵妃的贾元春不仅是皇帝宠妃，也是皇后心腹，宫中自有眼线。忠顺亲王秘密弹劾贾府，以及皇帝的态度很快便为贾元春知晓。元春久居深宫，知道帝王心术的叵测和宫廷斗争的残酷，她认定忠顺亲王是忌惮她即将诞下龙嗣，想一箭双雕废了贾府，也把她和腹中孩子拉下水，沉浸于怀孕幸福中的贾元春感觉到巨大的阴谋和危机。元春知道，忠顺亲王必然不会善罢甘休，而贾府所犯之事如果属实，那么，贾府危矣。

贾元春了解皇帝的城府和精细，也知道留中不发便是顾及贾府旧情和对她的恩宠。这时候绝不可轻举妄动，只能静观其变，否则，一旦为皇帝察觉，便是助忠顺亲王坐实贾府有罪。贾元春唯一能做的就是更加尽心尽力侍奉皇帝，保龙嗣平安，巩固恩宠，或可化解贾府危难于无形。这样巨大的心理压力，使得贾元春悲欣交集、度日如年、战战兢兢、如履薄冰。她只能在给父亲的懿旨以及和祖母母亲每月一次的会面一再强调贾府要感念皇恩浩荡，克己复礼，洁身自好，清净自持。元春的深意和难言之隐，只能如此含蓄传达给祖父母。这便是红楼曲所谓：天伦啊，须要退步抽身早。

十三、贾雨村反水

冒险一搏的忠顺亲王碰了一鼻子灰，悻悻而退，从此认定皇帝对元妃恩宠，一时难以撼动。唯有韬光养晦，等待时机。

此时却传来好消息。王府线人收罗到更为重要的证人，那便是被贾雨村发配的门子，葫芦庙小沙弥。此人恨透贾雨村，一旦为王府收买，便和盘托出贾雨村的来历以及对贾雨村不利的冯渊家人。而对贾雨村的调查，又牵扯出石呆子案。忠顺亲王立即看到了扳倒贾府的机会，那就是拿住把柄，策反刚刚遭王子腾等人弹劾降为闲职的贾雨村。

冯渊一案，还可以顺带拿下薛家，真是合算买卖。

对王子腾和贾政心生怨恨的贾雨村根本禁不住威胁和恐吓，很快被忠顺亲王拉下水。从贾雨村处，忠顺亲王知悉贾府更为详尽的罪证。更重要的是，他获得了最具可信度和说服力的证人，原本是四大家族一员的贾雨村。

贾雨村投靠忠顺亲王，为表忠心，又引见和贾府交恶的孙绍祖。忠顺亲王大喜，有此二人——贾府宗族和贾府女婿——反水，事情会变得无可置疑。不是本王要为难贾府，而是贾府失德，忠顺亲王定是如此想法。

正所谓万事俱备，只欠东风——一个好时机了。

十四、贾元春难产

贾元春惶恐不安地经历了十月怀胎的悲喜，堪堪就要临盆，皇帝期待，贾府翘首。贾元春知道，或许只有这个孩子的降生才能解除贾府危机。可是，期望越大，压力也就越大，所有人都没有想到，贾元春难产。巨大的恐惧笼罩着贾元春，血与泪的折磨，贾元春和男婴都没有挺过来，正应了判词那句“把芳魂消耗”，一时间喜讯变为噩耗。

十五、噩耗降临

贾府一面欢庆元宵，一面期盼元春生产的喜讯，不免人人喜气洋洋，渐露得意之色。不想噩耗传来，贵妃贾元春难产而薨，小皇子也未能幸免。贾府上下惊疑不定，颜面失色，佳节顿为丧日，元宵即成元消，正应了“好逢佳节元宵后，便是烟消火灭时”，真是造化弄人！

十六、贾母骤逝

其时已然七十五六岁高龄的贾母和众人一起熬夜等待贾元春临盆的消息，欢喜而又疲惫。噩耗骤然传来，贾母一时惊悸，一时伤恸，终于承受不住如此巨大打击，着了风寒，当时就晕厥过去，虽立即传太医看视，怎奈痰迷心窍，已口不能言，只能手指心口，不一日便仙逝。贾母有多少事情要交待，已不得而知。这个智慧老人，能算人命，却算不过天命，可谓宿命。

贾府于贵妃皇子薨逝，又添贾母之丧，一时喜庆化成丧事，披麻戴孝，哀乐奏鸣，贾赦贾政贾珍贾琏贾宝玉贾环贾蓉贾兰一干人等，哭成一片，乱成麻团，进宫的，置丧的，络绎不绝。

十七、惜春出家

皇帝听闻贾母离世，也是感伤，遂赐予贾母一品诰命太君封号，着有爵世交故旧皆可凭吊。国孝家孝笼罩贾府，披麻戴孝，哭声震天，哀哀欲绝。

黛玉之心，似遭重锤，隐隐有决绝之感。宝玉痛哭流涕，不知所措，只是木偶一般任人摆布。

薛姨妈宝钗薛蟠也赶来吊孝帮忙。昔日大观园兄妹，如今只剩宝黛和宝钗惜春暗自垂泪。

贾母离世，熙凤感觉到贾府上下看她眼神的冷意，不觉心惊。

惜春目睹三位姐姐悲剧，刹那间了悟脱离苦海的佛光。她于高堂之上，趁着贾赦贾政贾珍贾琏贾蓉和邢王夫人尤氏熙凤在场，当众下跪，愿削发为尼，出家为元春贾母诵经超度。众人惊愕，莫衷一是，却获得世人称颂。

鸳鸯恪守誓言，发誓终身不嫁，为贾母守制。

贾母葬礼，后于贾元春发丧，奈何贾府早已内空，贾珍贾琏叫苦不已，不得已，先从林家财产挪借了来花销，容日后填补。

十八、袭人遭逐小红圆满

贾府窘境，连不问俗务的贾政也渐渐感觉到了。他叫来贾琏查问，不问则已，一问大惊。

贾琏趁机进言裁撤冗员，节省开支，方可勉强维持体面。于是贾政亲自主持，治理家政。

他还记得赵姨娘进言，知道宝玉房里背着他放了一个袭人，如鲠在喉。于是借这个机会，雷霆之势，不容王夫人和宝玉辩驳，裁撤了袭人。

袭人临走，含泪留下一句话，好歹留下麝月。王夫人和宝玉落泪应允。其余秋纹碧痕皆依照贾母定例，放了出去。

花自芳接了妹妹回家。

借此机会，小红也得王熙凤恩赏，放出去自向外边择婿，摆脱了和父母一样为奴的命运。

早已有意小红的贾芸央求母亲提亲，贾芸和小红的婚事，得到宝玉和贾琏夫妇的支持。

十九、赵姨娘事发

堪堪半载，贾府伤恸未消，一场春梦，夜寒水凉。贾政告了丁忧，在家守制。

一日贾琏忽急急来报，京兆尹来访。贾政惊疑，不知何事。原来是以巫咒之术害人谋财的马道婆落网，拷打之下，居然供出曾受贾府赵姨娘之托，施展巫术，欲取贾府公子奶奶性命。原本答应付银五百两，未能得逞，只给了二百两，马道婆恨赵姨娘毁约，一并供出。贾府国公国戚之家，京兆尹不敢大意，亲自前来。

贾政又羞又气，只能任衙役搜查。果然在宝玉和熙凤卧榻下的犄角旮旯处发现那些已然蒙上灰尘青面獠牙的小纸人。宝玉和熙凤方如梦初醒，原来多年前那场几乎要了两人性命的病，是赵姨娘和马道婆所为。

赵姨娘为衙役带走，贾环面无人色。

赵姨娘事发，宝玉心生悲凉，人性之恶，令人侧目。王熙凤却由此获得一线生机，邢夫人一时无话可说，王夫人心里也悄悄原谅熙凤，重又倚重起她来，贾琏和熙凤也稍稍缓和。贾政终于识破赵姨娘面目，对王夫人有羞愧之意，夫妻少了些嫌隙。

二十、王夫人的小九九

赵姨娘下狱，王夫人自是称愿。贾母逝世，宝玉婚姻主导权重回王夫人。只是贾母之意，贾政乃至贾府上下皆心知肚明，还得从长计议，慢慢消解。

其时贾赦贾政贾珍贾琏等人已经隐隐感觉到一个巨大的阴谋正逼近贾府，哪里还顾得这些许家事，一任王夫人操持。而王熙凤处境微妙，如今贾母去世，只得全心依附王夫人方可立足，哪里还敢拂逆王夫人之意?

忠顺亲王确实在捕捉时机，贾元春难产而死是对贾府的沉重打击，而今皇帝对贾妃尚有垂怜之情，须等到一年国孝期满，再做定夺。

王夫人思来想去，终于找到了一个好借口。元春国孝期满，黛玉虚岁已经二十，王夫人以宝玉尚有贾母家孝，黛玉是外戚，可以不受拘束，又以不可耽误外甥女为由，找贾政商议，说再过两年，外甥女成老姑娘了，贾府必遭世人讥笑，莫如为外甥女觅一佳婿，作速成婚。

贾政自然知道贾母要宝黛成亲的意思。只是其时贾政已经预感到贾府风雨飘摇福祸难测，宝玉又荒废学业颇不成器，实实配不得外甥女。宝玉家孝在身，黛玉又拖不起。一旦贾府有什么祸事，妹妹妹丈相托一场，反而害了外甥女，怎么交代? 岂不成天下笑柄? 贾政迂腐，哪里知道宝黛感情，思虑良久，又征求贾赦邢夫人意见，邢夫人是事不关己高高挂起，贾赦于此毫无主张，于是随了王夫人之意。

如此，黛玉绝矣。

渐渐的，王夫人有意让这样的风声传到黛玉那里。所谓：贵妃之死虽是国孝，但于贾府，也是家孝。更有贾母逝世，家孝三年，宝玉不能婚娶。虽有老太太的主张，却情非得已，黛玉年已二十，耽误不得，且为外戚，可以婚嫁。如果为此误了姑娘终生大事，岂不辜负了先姑爷（林如海）相托之意，也对不起贾夫人在天之灵。

一日，王夫人亲自来黛玉处，说已经征得大舅二舅同意，要为她寻东床之婿。

林黛玉如五雷轰顶万箭穿心，心如死灰却还得强作掩饰。王夫人何时走的，她已不知，她只知道，死期已至。

这一切，宝玉蒙在鼓里。

二十一、黛玉之死

黛玉千金之躯，奈何婚姻大事，由不得自己。贾母主张，自是情愿，但表面也得不露声色，才合乎礼仪。如今王夫人改弦更张，她也只能打掉牙齿往肚里咽。

以她的身份，不可能去求贾政说不愿意，也不可能去和宝玉说明。黛玉深知，贾母已死，靠山不再，即使挑明，只会自取其辱。

黛玉来贾府十三载，贾府上下，谁不知贾母把她许了宝玉。如此一来，她如何在贾府立足？要如何为世人耻笑？既和宝玉婚姻无望，唯有一死了之。

黛玉最后一次去看贾宝玉，可怜这呆子什么也不知道。

黛玉还去探望了薛宝钗，她对宝钗的亲昵，分明有一种心痛的感觉。宝钗知道姨妈王夫人心思，可是，她又能做什么？说什么？

正是一年暮春芒种时节，祭奠花神的大观园，丝绦飞舞，柳絮漫天，寂寥而空阔。黛玉趁夜深人静，众人熟睡，自缢于大观园她和宝玉共读西厢的桃花树下，花塚之上。

黛玉之死，震惊贾府。王夫人手足无措，她万没想到，一个女孩子竟可以如此刚烈。宝玉惊闻噩耗，哭得死去活来，数度昏厥。宝钗伤感，也隐约感觉到自己命运多舛，嫁宝玉并非她所愿。可是，又如何拗得过母亲和姨妈？

贾政惊闻黛玉自缢，悔之不跌，伤恸之余，更觉不祥。贾府一干男子内外难顾手忙脚乱，不知是贾珍贾琏凤姐心虚还是贪婪，偏偏无人想起，黛玉一死，林家绝户，贾府托管之林家财产，应立即造册报官，上缴国库，由此埋下祸根。

黛玉的灵柩暂时寄存馒头庵。

紫鹃为黛玉之死自责，拒绝了王夫人放她出去的赏赐，决意为黛玉守灵。雪雁本随黛玉自扬州来，也守着黛玉，只等贾府腾出空来，送黛玉灵柩返乡。

二十二、宝玉痴呆

失去黛玉的宝玉失魂落魄，形容消瘦，举止木讷，变得沉默，每晚都要到潇湘馆呆呆坐上一两个时辰。在这里，他贪婪吮吸着有关黛玉的一切气息，但再也不见黛玉身影，甚至紫鹃哀怨的眼神，雪雁冷冷的叹息。

二十三、宝玉宝钗完婚

一转眼，一年过去。看儿子几乎变成呆子，王夫人心急如焚。此时熙凤献言，虽贾母三年孝期未满，莫若为宝玉和宝钗完婚，冲冲喜。彼时宝玉虚岁已经二十二岁，宝钗已经是二十三岁的老姑娘。王夫人和薛姨妈一拍即合，原本早已有“好风频好力送我上青云”出世独身倾向的宝钗，看着焦虑的母亲和着急的姨妈，也只得无可奈何的应允。

王夫人以冲喜煞煞贾府晦气，以及宝玉宝钗年龄为由，商之于贾政。贾政自赵姨娘下狱，对王夫人已然言听计从。自黛玉自缢，早已万念俱灰，一切随王夫人安排。

于是宝玉和宝钗，以冲喜为名，以结婚不圆房的方式，草草完婚。

新婚之夜，宝钗忧郁，宝玉悲凉，那里有一丝丝喜庆，简直雪洞一般。

宝钗为香菱免遭夏金桂荼毒，带了香菱和莺儿过来，合着麝月，一起侍奉宝玉宝钗夫妇。

宝玉却因香菱和黛玉师生之谊，触发痴情，对香菱格外垂怜。其时香菱病势已成，宝钗不忍使唤，只由她成日家枯坐发呆，夫妇二人反而常常逗她说话解闷。

婚后的贾宝玉和薛宝钗相敬如宾非常和睦，但总觉得少了点什么。宝钗屡屡劝导宝玉功名，致使宝玉心生厌倦。

王夫人果然要宝钗协助熙凤管家，大有取代熙凤之意。

熙凤有荒凉之谈，贾琏却无动于衷。

二十四、袭人结婚

痴痴的袭人一直等到宝玉结婚的消息，方答应哥哥花自芳考虑终身大事。

也是天缘巧合，花自芳居然结识了隐姓埋名的蒋玉菡，引为知己。

其时忠顺亲王府忙于算计贾府，放松了缉拿蒋玉菡之事。

经花自芳做主，将袭人许配给蒋玉菡。

新婚之夜，蒋玉菡见到袭人因思念宝玉而系着的茜香国大红汗巾，袭人见到蒋玉菡腰间系着自己的汗巾，互相对证，方知彼此由来，皆因宝玉结缘，方信婚姻前定，从此袭人一心一意和玉菡度日。虽颠沛流离困顿奔波，倒也情和意顺。

二十五、忠顺亲王再度出击

贵妃元春之死，已过去两年。忠顺亲王感觉到皇帝对元春之情渐渐淡漠，时机已到，于是再度出击，密见皇帝，不仅携带密奏，还带了贾雨村和孙绍祖作证。

此次贾府罪状，经由贾雨村和孙绍祖说出，不由得皇帝不信。而且忠顺亲王此次上奏的起因，乃是贾府霸占五世列侯巡盐御史林家家产，逼死林家孤女。

不管是密折的内容，还是忠顺亲王、贾雨村和孙绍祖的对答，皆言之灼灼，又牵扯五世老臣林家，而贾雨村本人正是林家孤女之师。老师为学生抱不平，还有什么可怀疑？皇帝终于相信是贾府作孽，羞辱贵妃和皇室脸面，震怒之下，下令查抄贾府。

二十六、卫若兰仗义上书

贾府被抄，即便义忠亲王故旧也避之唯恐不及。只有从军的卫家公子若兰，仗义执言，上奏朝廷，为贾府申辩。皇帝震怒，称卿忠心爱国，着即戍边，永世不回。从此，湘云和若兰天各一方，直至白首双星。

但是卫若兰上书，也及时提醒了皇帝须防忠顺亲王赶尽杀绝，于是传旨着忠顺亲王和北静郡王查抄贾府。

二十七、事败被抄

忠顺亲王和北静郡王奉旨查抄贾府。

贾府上下鸡飞狗跳、沸反盈天哭声一片。贾赦贾政贾珍贾琏贾宝玉贾蓉贾环一干男子全部押往狱神庙，王熙凤也一并下狱，平儿也受牵连。贾兰年幼幸免，和王夫人邢夫人王熙凤尤氏李纨宝钗巧姐等人着即迁往贾府祭祀田庄看守。

通灵宝玉于混乱中迷失。

二十八、狱神庙审查

忠顺亲王故作姿态，请北静郡王主持狱神庙审查。

贾府一干人等，逐一审问对质。贾政如梦初醒，原来兄弟子侄犯下如此重罪。

贾琏没有想到的是，王熙凤竟然为尤二姐之事唆使张华父子状告自己，还欲杀人灭口，一怒之下，扬言要休妻。

王熙凤羞愧难当，血崩之症迸发，幸而北静郡王关照，有平儿同居一室，照料凤姐。

审判官员说出的一桩桩罪行，宝玉闻所未闻。他心目中的贾府，分崩离析，沦为男盗女娼之所。

贾府罪状，一桩桩落实。北静郡王也无可奈何，所幸贾政和宝玉并未牵涉其中。

二十九、狱中相托

多年前因宝玉缘故撵出去的茜雪，其夫乃是狱神庙牢头，倒也不曾为难宝玉和凤姐。

得茜雪之力，小红、袭人相继前来探望宝玉和熙凤。

熙凤自知不能幸免，唯求一死，只是挂念巧姐。她知道贾琏也未必能出去，巧姐在贾府难有立足之地。于是求小红让贾芸哀求李纨，照看巧姐。贾芸找到李纨，李纨却是可怕的沉默。贾芸精细之人，知道靠不住，只得回来告诉小红。凤姐悲痛，又求贾芸找到哥哥王仁和曾施恩的贾芹，护送巧姐回金陵父亲那里，保全女儿。

袭人宽慰狱中的宝玉。宝玉此时反倒看开，生死并未放在心上，只是牵挂栊翠庵的妙玉，要小红转告贾芸时时留心。

宝玉还有一事放不下，就是寄放于馒头庵的黛玉灵柩。贾府倒台，黛玉灵柩要回苏州，已是万难。此时宝玉心中，已为黛玉想到了安身之所，他在审讯时冒死求见北静郡王。

北静郡王屏退众人，宝玉泣求北静郡王将黛玉灵柩葬于大观园桃花树花塚，“莫若锦囊收艳骨，一杯净土演风流”。北静郡王也是性情风雅之人，答应了宝玉。

三十、拐卖巧姐

贾芸找到王仁和贾芹，说明凤姐要他俩护送巧姐回金陵外祖那里。

王仁正为贾府牵连王家之事烦心，又抱怨妹妹所为使王家蒙羞，内心不大乐意。贾芹内心也恨极贾琏，也殃及凤姐，和王仁是人面兽心一路货色。

贾芸哪里知道这其中利害干系。

邢王夫人等首尾难顾，巴不得省却许多麻烦，于是顺水推舟，将巧姐交付给王仁和贾芹。

贾芹利用王仁的不满，挑拨离间，诱使王仁决意卖掉巧姐。

王仁算定，贾琏王熙凤万难出来，贾府和王家上下视巧姐如敝履，弃之不顾，哪里还会有人过问巧姐下落？而老父昏聩，不告诉他便是。于是出京城不远便把巧姐卖于拐子，二人分了银钱，也不回京，各自高乐。

懵懂的巧姐骤然落入拐子之手，方知为狠舅奸兄所卖。所幸拐子要将巧姐卖往外省，住进刘姥姥当初用贾府资助的一百零八两银子开的客栈。一番波折，为刘姥姥所救。刘姥姥为保全巧姐，卖了客栈，返回原乡。

三十一、黛玉葬于花塚

北静郡王既然应承了宝玉，就决心了却宝玉心愿。此时贾府尚在登记造册封存阶段，可怜林黛玉家所余财产，也一并充公。

冷月之夜，北静郡王着心腹到馒头庵取黛玉灵柩，紫鹃雪雁陪伴，运入大观园。紫鹃雪雁指认花塚，亲自收敛黛玉尸骨，人不知鬼不觉，葬黛玉于桃花树花塚。正应验了北静郡王赠宝玉之念珠，宝玉欲转赠黛玉，度化黛玉之意，也应了“冷月葬花魂”之偈语。

紫鹃知道贾府查封，需有官婢看守。紫鹃斗胆苦求北静郡王，愿为官婢，一生守护黛玉之灵。雪雁听闻，也愿随了紫鹃陪伴姑娘。北静郡王为紫鹃和雪雁忠义感动，答应了她们。日后紫鹃雪雁果充为官婢，居大观园，守护黛玉。

自此大观园内，便有杜绝啼血，雪雁哀鸣。

三十二、仗义探庵

贾芹在外高乐，挥霍卖巧姐分得之钱，回京谎称已护送巧姐到金陵。

妙玉决意救出宝玉，书信要家人寄银票来，并说办好这边事情即还俗返家。这可急坏了企图霸占妙玉家财的管家和族人。

妙玉族人一面安排人手送银票敷衍，一面派人暗中联络京城附近的盗匪。这些盗匪恰好就是和贾芹一起胡作非为的狐朋狗友。盗匪找到贾芹，合谋劫持栊翠庵。

一日深夜，贾芸隐约闻得栊翠庵人声喧哗，火光冲天，感觉有异，孤身一人，仗义探庵，于暗处目睹贾芹勾结盗匪劫持妙玉。

贾芸方知所托非人，巧姐凶多吉少。奈何人单影只，只能火速潜回报官。

等官府赶到，栊翠庵已是一片狼藉，妙玉杳无踪迹。不日，官府查实巧姐并未送到金陵，遂发签牌，缉拿贾芹和王仁。

贾芹得到风声，落草为寇，应了“训有方保不定日后做强梁”之偈语。王仁畏罪潜逃，不知所终。

三十三、凤姐之死

贾芸让小红将妙玉和巧姐的不幸如实告诉宝玉和凤姐。

宝玉闻之叹息，泪流满面。

凤姐嚎哭昏厥，血崩之症加剧，哀哀欲绝。

所幸刘姥姥始终觉得应该带巧姐见凤姐一面。于是带着乔装打扮的巧姐，千寻万寻找到袭人玉菡小红贾芸和茜雪，在茜雪丈夫的帮助下，到狱中和凤姐会面。

凤姐见到巧姐，喜极而泣。巧姐备述狠舅奸兄拐卖之事，姥姥告之相救之缘，此时相逢，凤姐始知当年姥姥给巧姐取这个名字所蕴含的玄机，那便是“遇难成祥，逢凶化吉”，而大恩人便是自己曾经举手之劳帮助过的刘姥姥。

刘姥姥此番带着巧姐冒险前来相见，也有向凤姐征询巧姐日后安置之意。而巧姐历经此番幻灭，看透世事人心，决定寄身乡野，不肯再回贾府或者金陵。凤姐沉默半晌，同意了。母女泣别。

万幸凤姐死前，是知道了亲人之薄情和女儿之下落的。她是对所谓的家人怀着深深的绝望，对女儿之万幸怀着深深的感恩，对自己之过往怀着深深的忏悔走完一生的，那淋漓止不住的鲜血，便是她的赎罪。

凤姐之死，是绝望的，也是庆幸的。

三十四、狱神庙审判

狱神庙终审，贾府乱伦违法之事坐实，贾赦贾珍革去世袭爵位。

贾赦、贾珍、贾琏、贾蓉发配流放。

贾政虽无大涉，却难辞其咎，着革去官职，一并流放。

贾宝玉贾环无罪释放。可怜平儿、紫鹃、雪雁、麝月一班贾府丫鬟，着即充为官婢。只有香菱和莺儿系宝钗陪房带来，得北静郡王开恩，幸免于难。

三十五、贾环出走

贾宝玉贾环兄弟释放回家。王夫人一干人欢天喜地，对宝玉嘘寒问暖，对贾环不闻不问，贾环自知难以立足。一日深夜，卷了王夫人几两银子，离家出走，不知所踪。

三十六、宝玉宝钗生活

回家的宝玉和宝钗一起居住在祖产田庄，此时贾府已困顿不堪，王夫人虽有意照顾，奈何邢夫人不满，说已没有什么国舅爷。所幸隐姓埋名的蒋玉菡夫妇时时周济，也算有始有终。

贾芸则打通关系，赎回充为官婢的林之孝夫妇，和贾芸母亲一起，一家子平淡度日。

三十七、甄宝玉送玉

一日，忽有客人来访，莺儿大惊，说是另一个姑爷。宝玉出见，竟然是自己一模一样的男子，便知是甄家宝玉。

果然，二人之前魂魄相见，今日终得谋面。甄宝玉拿出通灵宝玉，说物归原主。

原来查抄贾府时，一衙役趁乱拿了通灵宝玉，随手转卖，辗转流于金陵。甄家宝玉自抄家之后，隐姓埋名，靠之前寄存在亲戚世交家的资产，以周济之名维持度日，倒也过得殷实。一日于街市偶见此宝物，断定为贾府宝玉之物，遂不惜重金买下，千里送来，也为了却一面之缘。

甄贾宝玉，彻夜长谈。

这便是“玉于椟中求善价”和“甄宝玉送玉”。

蒋玉菡袭人夫妇周济宝玉宝钗夫妇为忠顺亲王府察觉，北静郡王差人报信，玉菡袭人夫妇不得不又踏上流亡路途，和宝玉宝钗夫妇洒泪而别。

三十八、悬崖撒手

宝玉从贾芸处知紫鹃雪雁之事，痴性大发，托贾芸打通关系，从大观园角门入内，凭吊黛玉，看视紫鹃雪雁。只见大观园一片寥落，唯有那棵桃花树依然落红阵阵，花塚芳草萋萋，紫鹃雪雁闭门而泣，不肯相见。

宝玉似万箭穿心，痛哭一场，三拜九叩，洒泪而去。

回至家中，在母亲王夫人那里坐了半晌，又在未同房的妻子宝钗那里坐了半晌，看香菱仍是对窗枯坐，看莺儿麝月做着针线。至傍晚时分，说出去走走，便再也没有回来。

贾府四处打听，说有人看见一个青年男子，把一块美玉掷给一僧一道，随他们飘然而去。宝钗听闻，知道宝玉出家去了。

王夫人宝钗哭得死去活来。唯有一丝不易觉察的笑意在香菱嘴角闪过。

三十九、李纨教子

此时的李纨，深知“覆巢之下，焉有完卵”的道理。她诸事不闻不问，只是保贾兰平安，教贾兰读书。幸得李纨在贾府未败之时，便已将多年辛辛苦苦攒下的钱财暗暗寄存了一部分在娘家。此时李纨娘家虽不敢与贾府往来，却不时以周济之名，以李纨积攒的财富助母子度日。暗地里，李纨母子的日子是最舒坦的。

四十、奸雄来访

反水的贾雨村，自以为做得天衣无缝。他虽还是闲职，但忠顺亲王已经暗示要保举他。听闻宝玉出家，他以宗侄之名，又来拜访。其时贾府简陋，宝钗听得是当年冯渊案主审，不免多看了雨村几眼。

雨村得睹宝钗天颜，恰正妻娇杏已丧，不免打动淫心，即着人去王夫人处求亲。

王夫人倒觉得也是一桩好去处，于是商之于薛姨妈和宝钗，遭宝钗坚拒。

宝玉出家，可怜宝钗并未和宝玉同房，却成了弃妇。为表心志，宝钗提出要回娘家，终身不嫁，帮持母亲。王夫人和薛姨妈见宝钗心意已决，只好落泪随了宝钗之意。

奸雄雨村，只是碰了一鼻子灰。

这便是一厢情愿的“钗于奁内待时飞”。

四十一、香菱之死

宝钗不得已带香菱和莺儿回到薛家。薛姨妈又是欢喜又是悲伤。喜的是有女儿帮着一起对付泼妇夏金桂，悲的是女儿一生再无寄托。

夏金桂见宝钗回来，一面嘲笑，一面拿香菱出气。虽有薛姨妈和宝钗保护，奈何香菱心死，不堪折磨，很快奄奄一息，溘然而逝。

薛蟠左右为难，整日出去玩耍躲避。

四十二、雨村薛蟠下狱

贾府被抄一年有余，皇帝念及贾氏一门，动了恻隐之心，欲赦免贾赦贾政。

忠顺亲王不肯善罢甘休，贾雨村已无利用价值，遂指使孙绍祖抛出冯渊案和石呆子案，参倒贾雨村。冯渊案牵出薛蟠，石呆子案牵出贾赦。

贾雨村是王子腾保举起家，王子腾闻之，主动上书请罪。

皇帝思虑再三，着贾雨村革职流放，薛蟠下狱流放，准王子腾告老还乡，却赦免贾政，准其返家。贾赦因石呆子案牵连，没有得到赦免，是为“假赦”。

雨村下狱，此时方见出宝钗眼光。

薛蟠下狱，薛姨妈哭作一团，夏金桂更是撒泼胡闹，说薛家骗她财色，入了火坑。

四十三、贾政还家

贾政赦免回家，和王夫人团聚，得知宝玉出家，贾环出走，不免伤感。所幸贾兰成器，大有祖父遗风。从此一家子战战兢兢度日。

四十四、宝钗之死

薛姨妈终不能承受薛蟠下狱之痛，哀哀病倒，经不住夏金桂气辱，撒手人寰。此时薛家，只剩下宝钗莺儿和夏金桂对峙。夏金桂拿出当家媳妇的威势，再无顾忌，成日间挑衅辱骂宝钗。

这年冬季，宝钗哮喘病发，冷香丸早已吃尽，心如死灰，一日挨不过一日，奄奄欲绝，只有莺儿不离不弃，守护在侧。

大雪纷飞之夜，这位心冷意冷的姑娘，终于死去。可恨夏金桂竟指使家奴，趁夜抛尸荒野，为大雪掩埋。

莺儿悄悄逃离薛家，找到宝钗尸首，掩埋了宝钗，去了金陵找薛蝌。

四十五、金桂遭休

薛蝌听闻噩耗，决心休弃金桂。他一面找到宝琴，请妹夫出面打通官府，一面去流放地探视薛蟠，告知家中情形。薛蟠听闻母亲妹妹惨死，号啕大哭，一应家事，交付薛蝌。薛蝌取得薛蟠休书，赶到京都，状告夏金桂不守妇道，逼死婆婆和小姑，将夏金桂逐出家门。

四十六、板儿的命运

渐渐长大的板儿想娶巧姐为妻，遭巧姐婉拒。巧姐搬出来独自过日，靠纺织为生。刘姥姥一生照顾巧姐，临死还把巧姐托付给嫁在村里的青儿。

板儿遭拒，负气出走，浪迹天涯。从伙计做起，学做海路生意，在探春所嫁的海域番邦成为富商。机缘巧合，又招为驸马，成为藩王前妃所生公主的丈夫，贾探春名义上的东床之婿，和探春相认。

探春方知道贾府悲剧，唯有流泪遥拜而已。所谓“清明涕送江边望，千里东风一梦遥”。

这便是板儿和巧姐交换佛手和柚子的含义，板儿和贾探春的东床之缘。

四十七、湘云自沉

一晃数十载过去，贾府悲剧，早已淡漠。贾赦贾珍贾琏贾蓉薛蟠等人早已不堪重负，纷纷消亡。可怜无辜的卫若兰，也垂垂老矣，客死边关。噩耗传来，湘云心死，自沉寒塘，一命归西，应验了“展眼吊斜晖，湘江水逝楚云飞”和“寒塘渡鹤影”的偈语。

贾雨村经熬，直至多年以后赦免。

四十八、贾府中兴

贾兰果不负众望，科举入仕，步步高中，直到殿试，成为天子门生。皇帝问及，方知是贾氏遗孤，着即启用，贾兰从此发迹。

只是此时，贾政邢王夫人尤氏已不在人世。

唯有李纨，苦苦煎熬，等贾兰出将入相，敕封李纨诰命的圣旨到时，李纨也已垂垂老矣，只待归西，空留笑谈。

贾兰之贾府中兴，不过是又一轮的兴衰悲欢而已。正所谓：乱哄哄，你方唱罢我登场，反认他乡是故乡。

四十九、太虚幻境销号

出家数十年的宝玉，苦苦煎熬着生命，只等罪孽消，尘缘尽，便归西。期间，他遇见过沦落庙庵、淄衣乞食的惜春，看到过纺织为生的巧姐，还和做了道人的柳湘莲有过一面之缘，直至生命耗尽，坐化于智通寺之前，还见到了落魄流浪的贾雨村。至此，一段“贾（假）史王（亡）薛（雪）”的故事，于甄士隐（真事隐）始，以贾雨村（假语存）结。

离恨天缥缈之境，林黛玉、薛宝钗、秦可卿、妙玉、四春、晴雯等一干风流冤魂等耳聋眼瞎垂垂老矣的贾宝玉仙逝，即一同前往太虚幻境销号，偿清冤孽情债，各归三十六位情榜。

至于那块通灵宝玉，为一僧一道大展幻术，还原为青埂峰下那块万世万劫亘古不变的石头，历经风雨而不动，只是密密麻麻写满了石头所见所闻之贾府故事，是为《石头记》。

正所谓，赤条条来去无牵挂，白茫茫一片大地真干净。

后记 各人得各人的红楼

我之于《红楼梦》，算是梦尽缘起。

十岁读红楼，爱极黛玉。

二十读红楼，恨极宝钗。

三十读红楼，觉黛玉幸福，宝钗可怜。

四十读红楼，悟人生之不如意十之八九。

五十读红楼，始知放下怨念，方得解脱。

宝玉出家，谓此也。

中国没有《圣经》，有人把《红楼梦》当中国的《圣经》来读。它们解决的都是人类的精神和信仰问题，该怎么对人，对这个世界。

饶是如此，西方人也读出了不同的《圣经》，始有天主教，东正教，新教。可见《圣经》是一面镜子，人心取舍，自成影像。

《红楼梦》也是如此。鲁迅先生说：经学家看见《易》，道学家看见淫，才子看见缠绵，革命家看见排满，流言家看见宫闱秘事。

毛泽东这位伟人，为何在他生前，一再推荐高级干部读《红楼梦》？难道《红楼梦》也是治国之书？

其实至高的智慧，往往着眼于人生和社会的根本问题。其实家长里短，也隐含治国平天下的道理。所谓修身齐家，方可治国平天下。所谓一屋不扫，何以扫天下。

《红楼梦》不写政治，却表现出最高境界的政治智慧。《红楼梦》为写爱情，折射出复杂广阔微妙的人性、人情和人心。

于是，一部《圣经》是西方的精神居所，一部《红楼梦》成为中国人的情感皈依。

你与《红楼梦》的机缘，便是你一生的机缘；你对《红楼梦》的理解，便是你对人生的理解。

宝玉终悟，各人得各人的眼泪罢了。

我辈终悟，各人得各人的红楼好了。

2017 年 8 月 16 日